«PANDORA»

Della stessa autrice

ANNA DAGLI OCCHI VERDI
IL BARONE
SAULINA (IL VENTO DEL PASSATO)
COME STELLE CADENTI
DISPERATAMENTE GIULIA
DONNA D'ONORE
E INFINE UNA PIOGGIA DI DIAMANTI
LO SPLENDORE DELLA VITA
IL CIGNO NERO
COME VENTO SELVAGGIO
IL CORSARO E LA ROSA
CATERINA A MODO SUO
LEZIONE DI TANGO
VANIGLIA E CIOCCOLATO
VICOLO DELLA DUCHESCA
6 APRILE '96
QUALCOSA DI BUONO
ROSSO CORALLO
ROSSO CORALLO
(EDIZIONE ILLUSTRATA)
SINGOLARE FEMMINILE
IL GIOCO DELLE VERITÀ
MISTER GREGORY
UN AMORE DI MARITO
LÉONIE

Tutti i libri di Sveva Casati Modignani sono disponibili anche in versione ebook, a eccezione di *Rosso Corallo* (Edizione illustrata).

SVEVA CASATI MODIGNANI

LÉONIE

Sperling & Kupfer

LÉONIE

Proprietà Letteraria Riservata
© 2012 Sperling & Kupfer Editori S.p.A.

ISBN 978-88-200-5251-5
86-I-12

III EDIZIONE

I fatti narrati sono immaginari. Ogni riferimento a fatti e luoghi reali o a persone realmente esistenti o esistite è puramente casuale.

Alla dolce nonna Velia
*che, per tanti anni, ha accudito con amore
i miei nipotini Luna e Lapo*

Ringraziamenti

Per i particolari legati alla sfera della femminilità, ho chiesto aiuto al professor Massimo Candiani, primario di Ginecologia presso l'ospedale San Raffaele di Milano.

Sulle modalità di sostituzione di uno pneumatico d'automobile ho seguito le istruzioni di Edoardo Colombo, responsabile dell'Assistenza Renault di Ezio Colombo.

Per tutto il resto, ringrazio la mia preziosa editor Donatella Barbieri e tutte le «ragazze» della Sperling.

Villanova oggi

1

LÉONIE rallentò la corsa e si fermò di fronte alla prospettiva della villa che sorgeva in fondo al viale, imponente e silenziosa, avvolta da una nebbiolina fluttuante. Respirava affannosamente e l'aria fredda del primo mattino trasformava il suo alito in piccoli sbuffi di vapore. Si piegò in avanti e rimase così per riprendere fiato.

Da molti anni, da quando aveva partorito il quinto figlio, ogni mattina si svegliava alle sette, indossava la tuta e andava a correre nel parco, per mezz'ora, con qualsiasi tempo e in tutte le stagioni.

Quando il respiro riprese il ritmo normale, si raddrizzò e tamponò il sudore che le bagnava il viso con la spugna che portava al collo. Poi, si avviò a passo cadenzato verso il maestoso edificio di fine Ottocento. La villa sembrava un gigante mansueto che riposava con eleganza al centro di un giardino, circondato da un parco di due ettari. I primi raggi del sole disperdevano la nebbia e, avvicinandosi, Léonie vide gli archi del portico che correvano lungo la facciata color paglierino, poi distinse le aiuole bordate di erica violacea, i cespugli di camelie già in boccio, le bacche rosseggianti dell'agrifoglio.

La visione, nel suo insieme, comunicava un senso di serenità e di pace, ma Léonie sapeva che quella dimora custodiva inquietudini, turbamenti, segreti.

Lei stessa teneva gelosamente per sé i propri, pensò, mentre varcava la soglia di casa.

Scese nel seminterrato dove, in uno spazio immenso, illuminato da luci ovattate, c'era la piscina. Si spogliò e, indossando soltanto gli slip, si buttò in acqua. Fece tre vasche e, quando uscì, l'aspettava la fisioterapista che le porse l'accappatoio, silenziosa ed efficiente come sempre.

Léonie la seguì nella cabina foderata con legno di betulla, si distese sul lettino riscaldato e si abbandonò alle sue mani sapienti che, con abili pressioni delle dita, scioglievano la tensione dei muscoli. La donna le praticò un massaggio tonificante spalmandole sul corpo profumati oli essenziali.

A quarantotto anni e dopo cinque gravidanze, Léonie aveva ancora un fisico quasi perfetto. La fisioterapista sosteneva che «la signora» sarebbe stata perfetta anche senza quelle cure quotidiane, ma «la signora» la lasciava dire e persisteva nelle sue abitudini.

Finito il massaggio, Léonie indossò una morbida vestaglia di ciniglia e raggiunse l'ascensore per salire nel suo appartamento. Quando la porta scorrevole si aprì, ne emerse il suocero avvolto in un accappatoio nero.

«*Bonjour*, papà», lo salutò.

«Buongiorno, piccola strega», rispose il cavalier Renzo Cantoni dirigendosi verso la piscina. Léonie sorrise. Quello scambio di saluti si ripeteva ogni giorno, sempre uguale.

L'ascensore era stato installato, anni addietro, per facilitare gli spostamenti di Celina, la suocera, afflitta da una pinguedine devastante e morta ormai da tempo. Ora lo usavano tutti.

Nel suo appartamento, Léonie si vestì e, alle otto e trenta in punto, varcò la soglia della veranda d'inverno dove era allestita la prima colazione.

Guido Cantoni, suo marito, era davanti alla credenza in legno laccato sulla quale era esposto un ricco menu e stava mettendo nel piatto una fetta di crostata di mele appena sfornata che diffondeva un delizioso profumo di burro e cannella.

In quella casa si cucinavano da sempre cibi deliziosi ma ricchi di grassi, che avevano già contribuito a causare due infarti al patriarca e un ictus fatale alla consorte.

Solo Léonie li evitava per seguire una dieta più leggera e più sana.

Il marito la vide e le domandò: «Ne taglio una fetta anche per te?»

«Grazie, no», rispose Léonie.

Gli si avvicinò e sfiorò con un bacio la guancia pallida, riempì una coppetta di vetro con lo yogurt fatto in casa e vi aggiunse un cucchiaio di macedonia di frutta fresca. Poi sedette al tavolo, di fronte a quel cinquantenne dallo sguardo malinconico.

Era il ventidue dicembre e dalle vetrate della veranda

si profilava, oltre il giardino, il parco di lecci e querce sullo sfondo di un cielo in cui si addensavano grosse nuvole bianche.

Un domestico anziano, in marsina rosso cupo, entrò nella stanza portando i bricchi del caffè e del latte che posò sul tavolo.

«Buongiorno, signora. Buongiorno, signore», sussurrò.

Guido ricambiò il saluto, Léonie gli sorrise. Era affezionata al vecchio Nesto, che serviva quella famiglia da tanti anni. Quando era entrata per la prima volta in quella grande villa, lui l'aveva accolta con un atteggiamento quasi paterno, come per incoraggiarla a non farsi intimidire dallo sfarzo del luogo.

Non appena il cameriere si eclissò, Guido disse alla moglie: «Sei elegante, stamattina».

Lei indossava un vecchio maglione nero a collo alto e pantaloni di flanella grigia.

«Grazie, caro», rispose.

«E sei particolarmente luminosa», proseguì lui, con una nota di disappunto nella voce.

Léonie lo guardò disorientata.

Nella veranda dall'atmosfera ovattata e dal tepore confortevole, le parole di Guido Cantoni risuonarono quasi come un'accusa.

Sul volto dell'uomo si disegnò l'ombra di un sorriso amaro, mentre aggiungeva: «Si dice che le donne rifioriscano in primavera. Tu, invece, diventi più bella in prossimità del Natale. È così, da sempre».

Che cosa cercava di farle capire quel marito solitamente avaro di parole, che soltanto quando scriveva si esprimeva con un linguaggio ricco e scintillante?

«Ti senti bene?» gli domandò. Forse Guido aveva scoperto qualcosa? Impossibile! Magari, come faceva a volte, stava provando le battute di un dialogo per qualche nuovo sceneggiato.

Guido aveva smesso di lavorare nell'azienda di famiglia prima che si sposassero e, alla produzione di rubinetti, aveva preferito il mestiere di scrittore. Se la famiglia doveva la sua opulenza alle Rubinetterie Cantoni, Guido viveva dei guadagni che gli garantiva la sua attività di sceneggiatore.

«Io sì. E tu?» domandò a sua volta, con tono quasi aggressivo.

In quel momento, il cavalier Renzo Cantoni fece il suo ingresso avvolto dal profumo degli oli essenziali con cui la fisioterapista lo aveva massaggiato. Indossava un'elegante vestaglia blu scuro e pantofole di velluto dello stesso colore.

Guido gli andò incontro e scostò la sedia imbottita su cui il padre si accomodò ostentando l'abituale espressione imbronciata: il mattino era sempre di cattivo umore. Afferrò il campanellino d'argento posato accanto al suo piatto e lo scosse fino a quando comparve Nesto.

«Sto molto bene, caro», proseguì Léonie riprendendo il dialogo con il marito e soggiunse: «Del resto lo hai già detto tu: in prossimità del Natale rifiorisco come se fosse primavera».

«È questo il punto», sussurrò lui, alzandosi per raggiungere la credenza e servirsi di una nuova razione di cibo.

2

Léonie arrossì come se avesse le caldane e non replicò.

Nesto arrivò reggendo in una mano un cucchiaio d'argento, che conteneva un tuorlo d'uovo affogato nel succo di limone, e nell'altra un piattino per raccogliere eventuali sgocciolii.

Il cavalier Cantoni trangugiò l'uovo con evidente soddisfazione e poi rivolse alla nuora un sorriso malizioso. «Questo è il mio elisir di lunga vita, nel caso qualcuno aspirasse alla mia poltrona di presidente delle Rubinetterie», dichiarò.

Léonie sorrise e non raccolse la provocazione.

Era ufficialmente diventata vicepresidente dell'azienda di famiglia quattro anni prima, quando il cavaliere era stato colpito da un secondo infarto e i medici avevano sentenziato che non sarebbe più stato in grado di guidare le sorti dell'impresa.

C'erano voluti mesi prima che si ristabilisse e, in sua assenza, Léonie aveva diretto la fabbrica con piglio sicuro e grande professionalità. Renzo Cantoni aveva riconosciuto i suoi meriti nominandola vicepresidente e precisando: «Ma ricorda che, fintanto che sarò in grado di intendere e di volere, il padrone sono io».

Aveva pronunciato quelle parole con tono burbero, ma in realtà aveva tirato un sospiro di sollievo. Finalmente aveva un successore degno di prendere il suo posto. Nelle mani di Léonie, l'azienda avrebbe continuato a prosperare. Quell'uomo ruvido e tagliente nutriva per la nuora una stima e una tenerezza che non rivelava temendo di sembrare sentimentale.

«Vuole venire in fabbrica con me, stamattina, papà?» domandò Léonie.

«Perché mai? Tanto dovrò già venirci per gli auguri della vigilia. E poi tu taglierai subito la corda. O no?» replicò con il solito sorriso malizioso.

Era un fatto risaputo in famiglia e in azienda: il ventidue dicembre, giorno del solstizio d'inverno, Léonie saliva sulla sua auto e se ne andava. Ritornava a casa nel pomeriggio. Nessuno sapeva dove passava la giornata. Tutti, compreso suo marito, avevano accettato questa stravaganza senza indagare, né fare commenti. Ma quel mattino, per la prima volta, Guido aveva lanciato un sasso.

Nesto, impassibile e silenzioso, servì la colazione al padrone e si mise alle sue spalle, pronto a intervenire a un suo cenno.

«Nel pomeriggio arriva Giuditta. Chi va a prenderla all'aeroporto?» domandò Guido alla moglie.

Era la figlia più piccola. Studiava in un collegio

svizzero molto esclusivo e, come gli altri figli sparsi per il mondo, avrebbe trascorso le feste con i genitori.

«Non io, lo sai», replicò Léonie.

«Il fatto è che oggi devo vedere un regista... ma se proprio non puoi...»

Léonie posò il tovagliolo sul tavolo, fissò il marito negli occhi e con estrema calma domandò: «Che cosa stai cercando di dirmi, Guido?»

Lui sembrò ritrarsi nel guscio, come una tartaruga. Poi sorrise, posò una mano su quella della moglie e rispose: «Nulla, tesoro. Va tutto bene».

«Ma non doveva arrivare il ventiquattro, come gli altri?» chiese lei.

«Quando mai i figli fanno quello che ci aspettiamo da loro?» brontolò il vecchio, lanciando a Guido uno sguardo carico di allusioni.

Dopo trent'anni, non riusciva ancora a perdonare al suo unico figlio di aver lasciato l'impresa di famiglia. E soggiunse: «La vigilia di Natale si alzerà il sipario sulla solita sceneggiata. Io ho intenzione di passare la serata al club. Saremo in pochi, ma buoni».

Si riferiva al Clubino, un noto circolo milanese di cui era consigliere.

«Lo sappiamo, papà. Dici sempre così e poi te ne stai in famiglia, felice di farti tiranneggiare dai tuoi nipoti», replicò Guido.

Léonie si alzò da tavola, si accostò al suocero e lo baciò sulla guancia. «Buona giornata, papà. E si riguardi», disse con un sorriso raggiante.

«Anche tu, piccola strega», borbottò il vecchio, intenerito.

Il giorno in cui era tornato in fabbrica dopo il secondo infarto, Léonie aveva organizzato una festicciola: gli operai gli avevano offerto un mazzo di fiori e avevano brindato al suo rientro. Lui aveva tenuto un discorso concordato con la nuora. Poche parole per dire che Léonie Cantoni si era sobbarcata un compito tutt'altro che lieve mentre lui era malato: guidare l'azienda da sola e in un periodo in cui si manifestavano i primi segni di una recessione. Poi, l'aveva nominata vicepresidente delle Rubinetterie Cantoni. Poiché Léonie si era conquistata la stima e il rispetto di tutti, l'annuncio del cavaliere era stato a lungo applaudito. Di fatto, quel passaggio di mano era già avvenuto, perché Léonie aveva preso le redini dell'azienda fin dai tempi del primo infarto del suocero e aveva promosso iniziative fruttuose nella programmazione del lavoro.

Dopo l'applauso, il cavaliere aveva ripreso la parola e, rivolto alla nuora, le aveva domandato: «Era questo che volevi?»

Per nulla intimorita, Léonie aveva replicato: «Il bello del nostro rapporto, papà, è che noi due vogliamo le stesse cose. Però lei è il presidente e io sono soltanto la sua vice».

C'era stato un nuovo scroscio di applausi ed era comparso un fascio di fiori anche per «la signora».

Ora il vecchio le sussurrò all'orecchio: «Prima che io muoia riuscirò a farti dire dove te ne vai, tutti gli anni, il ventidue dicembre?»

«Si armi di santa pazienza, perché ci vorranno ancora molti anni prima che arrivi quel giorno», bisbigliò lei, divertita.

«Avete finito di scambiarvi i vostri segreti?» li interruppe Guido.

«Non inventarti una gelosia che non ti appartiene», rispose la moglie con un sorriso. Gli si avvicinò e gli schioccò un bacio sulla guancia. Poi disse: «Ci vediamo questa sera. E fatti raccontare da Giuditta perché si presenta con due giorni d'anticipo».

Arrivata nel vestibolo, le venne incontro una cameriera che le porse un giaccone imbottito, i guanti e la borsa da lavoro.

Léonie la ringraziò e uscì. Qualcuno aveva già provveduto a farle trovare l'auto davanti alla villa. Salì al posto di guida, allacciò la cintura di sicurezza e partì. Attraversò il parco percorrendo il lungo viale fino all'imponente cancello in ferro battuto che si aprì automaticamente.

Niente e nessuno, nemmeno i suoi figli, avrebbero potuto sottrarle quella giornata che, da quando si era sposata, apparteneva soltanto a lei.

3

ALLA guida della sua auto, Léonie si lasciò alle spalle Villanova, il paese tra Milano e Lecco su cui svettava il campanile della chiesa di San Francesco. Imboccò la provinciale, dopo un paio di chilometri superò una rotonda, fece una deviazione e si infilò in una strada asfaltata in fondo alla quale sorgeva un edificio industriale sovrastato da una scritta luminosa a caratteri cubitali: RUBINETTERIE CANTONI.

Addossata al fabbricato, sulla sinistra, si trovava un'altra costruzione più piccola, ottocentesca. Quella era la sede storica dell'azienda che, sulla facciata, in parte coperta dall'edera, conservava sbiadita la scritta originaria ROBINETTI CRIPPA. A quell'epoca si chiamavano «robinetti» dalla parola francese *robin*, perché anticamente avevano la forma di una testa d'ariete, il *robin*. Crippa era il cognome del fondatore dell'azienda che, in seguito, era passata ai Cantoni.

Il nucleo storico era stato interamente ristrutturato e ora ospitava gli uffici e il museo del rubinetto

Quest'ultimo era nato da un'idea geniale di Léonie e risaliva ai primi anni del suo matrimonio con Guido, quando aveva scoperto, nelle cantine dell'edificio, tra rottami e scarti delle lavorazioni, rubinetti antichi dalle fogge più strane, vere e proprie sculture, alcune oscene, altre con teste di animali e, tra queste, quelle dell'ariete. Qualche rubinetto in bronzo dorato e in argento risaliva addirittura al sedicesimo secolo. Probabilmente provenivano dalle residenze nobiliari della zona ed erano stati sostituiti nel corso dei secoli con rubinetti più moderni e funzionali. Da oltre vent'anni, il museo, che Léonie aveva arricchito con altri pezzi rari raccolti in giro per il mondo, era visitato da scolaresche, collezionisti, curiosi, ed era il fiore all'occhiello dell'azienda.

Negli uffici Léonie trovò aria di festa. All'imboccatura delle scale, svettava un abete gigantesco illuminato da stelline luminose. Corone e ghirlande natalizie ornavano le porte. Salì al primo piano, rispose ai saluti degli impiegati ed entrò nel suo ufficio. L'anziana signorina Mombelli, la segretaria, l'aspettava con la posta appena arrivata. Sapeva che «la signora» aveva fretta, perché era il ventidue dicembre, che si sarebbe presto eclissata e sarebbe ritornata soltanto il giorno seguente. Era così ogni anno, anche quando era giovanissima, anche quando era vistosamente incinta, anche quando aveva un figlio da allattare. Léonie sedette alla scrivania, iniziò a scorrere la corrispondenza e, a un tratto, lanciò un grido di gioia.

«Un nuovo ordine da Dubai! Ma è fantastico!» esclamò.

La signorina Mombelli precisò con fierezza: «Ottocento pezzi del modello ariete in oro».

«Siamo fortunati ad avere il metallo in cassaforte. Con le quotazioni attuali dell'oro ne ricaveremo un profitto eccellente», constatò. E soggiunse: «Per l'azienda, questo è davvero un bel regalo di Natale».

Aveva un'espressione radiosa e la segretaria sapeva che non era dovuta solamente all'inatteso ordine di un albergo arabo: «la signora» era sempre felice nel giorno del solstizio d'inverno.

Così, ora, mentre Léonie lasciava il suo ufficio, la signorina Mombelli le sussurrò: «Buona giornata».

«Lo sarà», garantì lei e si avviò verso le scale.

Risalì in macchina, percorse un tratto di provinciale e si immise sulla superstrada per Lecco e il lago.

Il traffico si andava infittendo e rallentava la sua andatura, ma Léonie non si innervosì. Voleva godere di ogni istante fino all'arrivo a Varenna.

La cittadina l'accolse con i festoni e le decorazioni natalizie che si sarebbero accese con le prime ombre della sera per rallegrare le piazze e i vicoli stretti e ripidi. Scendendo verso il lago, vide il promontorio di Bellagio. Il cielo si era rannuvolato e una nebbiolina densa di umidità velava la sponda opposta sovrastata dalla massa scura delle montagne.

Attraversò a passo d'uomo la piazza della chiesa, dove splendeva, appesa al campanile, una cometa argentata, si infilò in una discesa e parcheggiò in un minuscolo spiazzo. Afferrò la borsetta, uscì dalla macchina e scese una scalinata di pietra che si concludeva in un vicolo di fronte a un'antica costruzione che, si diceva, avesse ospitato Teodolinda, la regina dei Longobardi Da tempo era diventata un albergo con poche camere deliziose che si affacciavano sul lago.

All'improvviso, l'euforia si trasformò in una vaga inquietudine. Pensò: quest'anno non ci sarà... succedono tante cose in un solo istante, figuriamoci in dodici mesi! Si fermò a osservare la facciata della piccola costruzione con la scritta HOTEL DU LAC. Il vento gelido le sferzava il viso e, attraverso la porta a vetri dell'ingresso, vide la hall rischiarata a giorno. Bastavano quattro passi per entrare, ma non osava muoversi pensando che, forse, era arrivata in anticipo. Potrei fare un giro, decise.

Il vicolo era deserto e immerso nel silenzio. Lo imboccò, piegò a destra dov'era la terrazzina panoramica dell'albergo, con la vera da pozzo al centro, i tavolini di ferro, le colonnine di pietra a sostenere un bersò spoglio e si affacciò alla ringhiera a strapiombo sull'acqua. La breva, il vento ghiacciato del lago, le sferzava il viso e si insinuava nello scollo del giaccone. Alzò il bavero.

Vide un battello che navigava verso Bellagio. Un taxi-boat, con la scritta GIRO GEORGE, sfrecciava in direzione di Villa Oleandra. Nonostante il freddo, c'era chi si lasciava catturare dal desiderio di spiare, sia pure da lontano, la villa di George Clooney, per il piacere d poter dire: «Ho visto la casa dell'attore»

Sulla terrazza panoramica si aprivano le portefinestre del bar dell'albergo, dove un cameriere allineava bicchieri e tazzine su una rastrelliera. Léonie stava lì fuori a rabbrividire e a chiedersi: forse ha lasciato un messaggio al ricevimento, ma, se non entro, non avrò modo di saperlo.

Con un gesto deciso abbassò la maniglia di una portafinestra ed entrò nel bar.

La avvolse il tepore del locale e il giovane barista le domandò: «Desidera?»

«Vado alla reception», rispose lei e si avviò verso la hall.

Dietro il bancone, la proprietaria la vide e la riconobbe.

«Bentornata, signora», la salutò.

«Bentrovata», disse Léonie, con un sorriso lieve.

«Ha viaggiato bene? Mio marito dice che c'è un gran traffico sulla provinciale», osservò la donna.

«È il solito traffico del Natale», commentò.

«Ha sentito che ventaccio? Ieri sera il tivano, oggi la breva... Per ora non verrà la neve», notò ancora la proprietaria porgendole la chiave della suite. «La faccio accompagnare dal portiere?» aggiunse.

«Grazie, conosco la strada», rispose Léonie, sorridendole.

Cominciò a salire i gradini che portavano al primo piano.

Si fermò davanti alla solita suite. Inserì la chiave, la porta si schiuse e lei entrò nel minuscolo ingresso. Avvertì nell'aria un vago profumo di vetiver e il cuore

fece un balzo di gioia. Si inoltrò nel salotto e lui le andò incontro. La guardò con tenerezza e disse: «*Bonjour*, Léonie».
«*Bonjour*, Roger», sussurrò lei.
E furono l'una tra le braccia dell'altro.

4

«Cosa fai, piangi?» domandò Roger prendendo tra le mani il viso di Léonie.

«Solo qualche lacrima... Ti rendi conto che la nostra è una storia folle? Ci vediamo un solo giorno all'anno e per i rimanenti trecentosessantaquattro non sappiamo più niente l'una dell'altro.»

«Sapessi quante volte avrei voluto aprire di nascosto la tua borsetta per cercare un documento o un'agenda con il tuo indirizzo o un numero di telefono dove rintracciarti, per chiederti come stai, per dirti che mi manchi», confessò lui.

«Ho avuto anch'io la stessa tentazione. Non credi che siamo due sciocchi?» gli domandò.

«Siamo due persone responsabili che una volta all'anno si concedono un bellissimo sogno», rispose lui accarezzandole i fianchi.

Lei rabbrividì al tocco della sua mano calda sulla pelle nuda e gli chiuse le labbra con un bacio. Si amarono teneramente.

Poi si addormentarono sotto le coltri morbide di quel grande letto che li ospitava da tanti anni.

Quando Léonie si svegliò la camera era quasi buia. Roger dormiva raggomitolato su un fianco, le coperte tirate fino al mento. Lei si alzò, si infilò l'accappatoio di spugna dell'albergo e si accostò alla portafinestra. Il lago si intravedeva appena, sulla costa di Bellagio si accendevano le prime luci. Andò nel salotto chiudendo la porta della stanza senza fare rumore. Accese una lampada e recuperò l'orologio dalla borsetta abbandonata sul divano. Erano quasi le tre. Dall'alzatina colma di frutta fresca, scelse un grappolo d'uva ambrata. Si accoccolò su una poltrona e iniziò ad assaporarne i chicchi dolcissimi. Era affamata.

«Ti ho colta in flagrante», scherzò Roger, aprendo la porta. Si era avvolto una coperta attorno ai fianchi e andò a sedersi sul divano, di fronte a lei. «Che ore sono?» le chiese.

«Quasi le tre e non abbiamo pranzato.»

«Ma abbiamo fatto qualcosa di molto più divertente», affermò lui, con un sorriso. E aggiunse: «Ho prenotato il solito tavolo al ristorante sul molo».

«Allora andiamoci, ci accoglieranno ugualmente», propose lei.

Quando si erano conosciuti, lei aveva vent'anni e lui trentadue. Lei era una giovane sposa, lui un bravo ginecologo che lavorava nell'ospedale universitario di Marsiglia. Adesso era primario di ostetricia e ginecologia dello stesso ospedale avendo salito, l'uno dopo l'altro, tutti i gradini della carriera.

Già allora la figura imponente e il volto severo incutevano soggezione. Ma quando sorrideva, il suo viso si illuminava.

Non era cambiato molto negli anni. I capelli castani si erano ingrigiti sulle tempie, le pieghe ai lati della bocca si erano accentuate, ma conservava una corporatura solida e asciutta.

«Chi si lava per primo?» domandò Roger sul punto di alzarsi.

«Io!» trillò Léonie e, con uno scatto da centometrista, lo batté sul tempo fiondandosi in bagno.

Finirono per fare la doccia insieme ridendo e giocando con l'acqua come ragazzini.

A Varenna, come nelle altre piccole località del lago, la cucina era sempre aperta per soddisfare le richieste dei clienti. Quando entrarono nel ristorante c'erano altri avventori che spilluzzicavano gli antipasti.

Una cameriera propose a Léonie e Roger il menu del giorno a base di pesce del lago che entrambi non apprezzavano e finirono per ordinare spaghetti al pomodoro e basilico e un arrosto di vitello con patate al forno.

«Allora, dove eravamo rimasti?» domandò Roger, accarezzando una mano di Léonie. Si riferiva agli eventi dell'ultimo anno.

«I ragazzi, lo sai, sono tutti fuori casa, anche Giuditta, la più piccola. Torna oggi da Ginevra e credo che mio marito sia andato a prelevarla in aeroporto. Giuseppe, il maggiore, ha sposato Fiona, l'americana con la puzza sotto il naso, ma questo già lo sai. Hanno avuto una bambina, Margaret, che ora ha tre mesi. Arriveranno tra due giorni da New York, come Gioacchino e Peter, il suo compagno, che verranno da Londra. Gioia ci raggiungerà da Parigi con il nuovo fidanzato che lavora all'Eliseo, e Giacinta arriva da Roma. Staremo tutti insieme per le feste, come sempre. E tu?»

«Io sono diventato nonno per la terza volta. Alain, il maggiore, ha avuto un altro figlio lo scorso gennaio. Sophie è nevrastenica per colpa, dice lei, dei nipoti che non le danno tregua. Credo che, se passassi il Natale in reparto, lei reciterebbe con gioia il ruolo della moglie trascurata per anticipare la partenza per St. Moritz. Posto che io detesto, peraltro», spiegò.

«Mi dispiace», disse Léonie.

«Non preoccuparti, festeggeremo il Natale con figli e nipoti, come sempre. Inoltre io mi porterò nel cuore la gioia di queste nostre ore bellissime.»

La guardò con occhi ridenti. Léonie sentì un groppo di commozione stringerle la gola e gli occhi le si inumidirono. Lui le accarezzò la guancia.

«Mi dici che cosa ti succede? È la seconda volta oggi che ti vedo piangere.»

«Non lo so... non lo so davvero. Sono felice, eppure ho le lacrime in tasca.»

«Stai bene, vero?»

«Mai stata meglio, ma il mio medico dice che sto per entrare in menopausa ed è questa la causa della mia fragilità emotiva», spiegò lei.

«Se vuoi, ti suggerisco una terapia ormonale per contrastarne gli effetti, ma prima dovresti fare una serie di esami. Parlane con il tuo ginecologo», le consigliò Roger.

Quando lasciarono il ristorante, affrontarono l'aria gelida per raggiungere la piazzola dove Léonie aveva posteggiato la sua auto.

«Grazie per essere stata con me anche quest'anno. Tu sei il mio più bel regalo di Natale, piccola Léonie», disse Roger.

«E tu sei il mio», replicò lei. E soggiunse: «Per quanto tempo ancora continueremo a essere il dono l'uno dell'altra?»

«Non chiediamocelo, accontentiamoci del presente, di quello che abbiamo avuto. Ricordi quando, ventotto anni fa, avevi forato la gomma dell'auto e io ti costrinsi a cambiarla?»

«Quella mattina avevo deciso di andare a Morbegno a cercare il bitto per mia suocera. Si può dire che è stata lei a buttarmi fra le tue braccia», rammentò Léonie, divertita.

«Gran donna, tua suocera», esclamò Roger.

Si salutarono con un lungo abbraccio. Poi Léonie salì in macchina e partì. Durante il viaggio di ritorno a Villanova, ricordò il loro primo incontro e quello che ne seguì.

Varenna

1

Un giorno Celina Cantoni aveva detto a Léonie, che aveva sposato da poco suo figlio: «Quando guidavo ancora, di tanto in tanto andavo a Morbegno a fare incetta di formaggi. Voi francesi vi date tante arie per i vostri che non reggono il paragone con quelli che si producono in Italia. Ecco... adesso, per esempio, non so cosa darei per mangiare una fetta di bitto».

«Il medico le ha proibito i formaggi, lo sa», aveva replicato la nuora.

«I medici dovrebbero proibire l'incalzare degli anni e il conseguente degrado fisico e morale», aveva osservato lei, tristemente.

Léonie aveva visto alcune fotografie di Celina da ragazza: era magrissima e bellissima. Ora si muoveva a fatica a causa dell'obesità e in villa era stato installato l'ascensore perché potesse spostarsi da un piano all'altro con più facilità.

Léonie l'aveva abbracciata di slancio, dicendole:

«Maman. un giorno andrò io a Morbegno a comprarle il bitto, ma non lo dica a nessuno!»

La suocera aveva precisato: «Devi andare a prenderlo dai fratelli Ciapponi. Vedrai la loro bottega, sembra di tornare indietro di cent'anni. Già da fuori senti il profumo dei salumi di montagna, dei biscotti alla vaniglia... Lo so, tutte queste prelibatezze mi hanno ridotta così. È proprio vero quello che diceva la mia mamma: la bellezza della gioventù è un dono, quella della vecchiaia te la regali da sola. Io non l'ho fatto e ora è tardi per tornare indietro».

Con il buonsenso dei suoi pochi anni, la ragazza pensava che, ogni tanto, un piccolo sgarro alla dieta imposta dal medico non avrebbe di sicuro ucciso Celina e l'avrebbe fatta felice.

A volte, di nascosto da tutti, cucinava per lei minuscole porzioni di *escargots* alla provenzale o un assaggio di funghi con la panna. Celina le era grata per queste piccole golosità, che erano il loro segreto, e la ricompensava con una tenerezza materna che Léonie non aveva mai conosciuto.

Al suo primo Natale da donna sposata, Léonie decise di andare a Morbegno a fare incetta di golosità, ma soprattutto per acquistare il bitto per la suocera.

I Cantoni le avevano regalato una Lancia, e in un mattino piovoso salì in macchina: era il ventidue dicembre.

Imboccò la statale e accese la radio sintonizzandola su un programma di musica leggera. Le fecero compagnia i Beatles e poi la colonna sonora di un film di

Jean-Luc Godard che aveva visto con Guido di recente, e il pensiero volò al marito dolce e indecifrabile.

Erano sposati da sei mesi e, da tre, portava in grembo il loro bambino. Ancora una volta si domandò perché mai Guido l'avesse scelta. Quando le aveva parlato di matrimonio, non le aveva detto: «Ti amo», oppure: «Mi piaci», ma solamente: «Vuoi diventare mia moglie?»

Lei aveva subito risposto: «Sì».

Per una ragazzotta della provincia francese, sola al mondo, senza soldi e senza prospettive, se non quella di tornare a Salon a lavorare nell'ufficio postale, il matrimonio con Guido era stato un vero colpo di fortuna.

Ora non poteva dire di essere una donna pienamente felice, ma non era nemmeno infelice. I Cantoni le volevano bene e questo contava molto per lei che non aveva mai avuto, prima d'allora, una vera famiglia e nemmeno la sicurezza e la tranquillità economica che loro le garantivano.

Quando aveva annunciato al marito di essere incinta e lui l'aveva abbracciata, aveva osato domandargli: «Perché mi hai sposata?» Guido l'aveva guardata stupito e poi aveva risposto scherzando: «Perché sei carina».

A quel punto aveva sperato che Guido le domandasse: «E tu, perché mi hai sposato?»

Non lo fece. Forse perché la risposta era lì, sotto gli occhi di tutti. Lo aveva sposato perché lei non aveva niente e lui invece era ricco, bello, intelligente e garbato.

In cambio di tutto questo, Léonie non avanzava pretese, accoglieva con gratitudine tutto quello che le veniva offerto e sapeva rendersi utile. Non aveva mai tentato di sondare il passato di quel marito indecifrabile con lo sguardo spesso malinconico.

Subito dopo il matrimonio, aveva colto in famiglia qualche allusione al passato di Guido.

Una sera, Celina aveva sussurrato al marito: «Voglia Dio che Guido si sia lasciato alle spalle quella brutta storia».

Il cavalier Cantoni aveva replicato: «È stata tutta colpa tua. Lo hai sempre viziato e coperto».

«L'ho soltanto amato anche per te che, specialmente quando era bambino, eri troppo severo con lui.»

«Avrei dovuto esserlo di più, visto che da grande ha rifiutato di occuparsi della fabbrica, e chissà che fine farà la mia azienda, quando non ci sarò più.»

Quella famiglia nascondeva segreti che Léonie non sapeva e non voleva conoscere.

Sulla via del ritorno a Villanova, la pioggia fastidiosa che l'aveva accompagnata durante l'andata si trasformò in un acquazzone. Léonie si rassegnò a rallentare l'andatura, incolonnandosi in una fila di automobili e camion.

Avrebbe voluto fermarsi per telefonare a casa e avvertire che tardava per via del traffico ma non aveva un ombrello e non voleva bagnarsi. Era quasi all'altezza di Bellano quando, all'improvviso, l'auto incominciò a sbandare e lei si rese conto di aver forato una gomma. Individuò una piazzola di sosta e vi si infilò.

Posò la fronte sul volante e, parlando a se stessa, domandò smarrita: «*Mon Dieu!* E adesso che cosa faccio?»

2

La pioggia batteva all'impazzata sulla carrozzeria e lei restava seduta all'interno dell'auto. Sapeva di dover scendere per controllare la gomma forata, ma esitava.

«Avessi almeno un ombrello!» ripeteva disperata.

Infine si decise. Sciolse il foulard che portava al collo, lo mise sul capo, lo annodò e scese. Sotto quel diluvio, constatò che lo pneumatico anteriore si era afflosciato, ed era impossibile proseguire. Non aveva mai cambiato una gomma, quindi non le rimaneva altro da fare che chiedere un passaggio. Si accostò al ciglio della strada, alzò un braccio e lo agitò per fermare un'auto sportiva che stava arrivando. Il guidatore rallentò e deviò verso la piazzola. Abbassò il finestrino e chiese a Léonie che lo aveva raggiunto: «Che cosa succede?» Era un uomo dal viso severo, bello, e aveva uno spiccato accento francese.

«Ho forato una gomma», spiegò Léonie in francese.

Incurante del fatto che lei fosse fradicia, l'uomo rimase a bordo e domandò: «Non ha una ruota di scorta?»

«Non lo so, e anche se l'avessi non sarei capace di cambiare la gomma, non l'ho mai fatto», rispose Léonie irritata dall'indifferenza di quell'uomo.

Allora lui scese dall'auto. Aveva una figura imponente, era in tenuta da sci e calzava confortevoli stivali foderati di pelliccia. Alzò il cappuccio del giaccone per coprirsi la testa e con voce ferma le disse: «Be', è arrivato il momento di imparare a farlo».

«Senta, lasciamo perdere. Mi dia soltanto un passaggio fino al paese più vicino», lo pregò lei.

Senza risponderle, lui la prese per un braccio e la condusse alla sua Lancia.

«Apra il bagagliaio», le ordinò. E proseguì: «Ora io le dirò che cosa deve fare e lei cambierà la ruota. È importante che impari a farlo. Lo capisce, vero?»

Incapace di ribellarsi alla sua autorevolezza, Léonie aprì il bagagliaio.

«Ecco, guardi. Non c'è nemmeno l'ombra della ruota di scorta», disse allo sconosciuto.

«Sollevi il tappetino, così. La ruota è lì. E se guarda bene ci sono anche le chiavi per sbloccarla e il cric per sollevare l'auto.»

«Sollevare l'auto?» ripeté Léonie, sconcertata.

«È il solo modo per cambiare la ruota», spiegò lui, con una calma irritante.

Ormai rassegnata, ma terribilmente irritata, Léonie sibilò: «Che altro devo fare?»

«Con la chiavetta allenti i bulloni e liberi la ruota di scorta.»

Stavano tutti e due sotto la pioggia, ma lui indossava

indumenti impermeabili mentre il cappotto di Léonie era già fradicio.

«Lei è la persona meno gentile che abbia mai incontrato», si lamentò, ma intanto eseguiva i suoi ordini.

«Davvero? I miei amici non la pensano così e mi considerano anche molto simpatico. Comunque non perdiamo tempo. Adesso infili il cric sotto l'auto e giri la manovella.»

«Si solleva davvero! Chi l'avrebbe detto!» trillò Léonie al culmine dello stupore.

«Sviti i bulloni ed estragga la ruota», proseguì lui con una calma imperturbabile. Quindi soggiunse: «Il più è fatto. Non le resta che montare quella di scorta, rimettere i bulloni e abbassare il cric».

Lei eseguì ogni passaggio senza fare commenti, limitandosi a odiare quel connazionale che non muoveva un dito per aiutarla.

Da quando viveva in Italia, più di una volta le era capitato di sentire commenti poco lusinghieri sui francesi a proposito del loro atteggiamento supponente. In quel momento ebbe la certezza che gli italiani avevano ragione.

«È stata bravissima!» esclamò lui, soddisfatto, dopo aver controllato che tutto fosse a posto.

«Non è possibile... ce l'ho fatta!» si meravigliò Léonie.

Non le importava della pioggia che le aveva inzuppato il cappotto e le scarpe, e del freddo che la faceva rabbrividire.

«Ha visto? Non era poi difficile come credeva»,

commentò lui e dischiuse le labbra in un sorriso che gli illuminò il volto.

Anche Léonie gli sorrise, mentre diceva: «Grazie di cuore. Pensa che possa ripartire tranquilla? Voglio dire... non è che la ruota che ho messo salta via?»

«Ha fatto un lavoro eccellente... Nessuno avrebbe potuto fare meglio. Dove deve andare?»

«Ho ancora un'ora di strada. Forse di più, dato il traffico.»

«Non può guidare per un'ora in queste condizioni. È bagnata come un pulcino. Il mio albergo è vicinissimo. Salga sulla sua auto e mi segua. Deve asciugarsi e bere qualcosa di caldo.»

«Non importa, davvero...» azzardò lei, che voleva ritornare a casa.

«È necessario. Sono un medico e so quello che dico.»

Léonie cedette. Si mise al volante e seguì l'auto dell'uomo. Dopo pochi metri lesse un cartello stradale che indicava l'ingresso a Varenna. Attraversò il paese semideserto e proseguì verso il lago. Parcheggiò la sua Lancia accanto all'auto sportiva dello sconosciuto. Poi, sempre sotto la pioggia, scesero insieme una scalinata ed entrarono nell'atrio di un piccolo albergo che si chiamava *Hotel du Lac*.

Mentre lei si toglieva il foulard fradicio, una giovane donna bionda e prosperosa li accolse dicendo: «È tornato presto, dottore», e gli diede la chiave di una stanza.

«La neve era bruttissima. Ho fatto un paio di piste e ho dichiarato forfait», spiegò lui, liquidando velocemente l'argomento. Poi soggiunse, indicando Léonie:

«La signora ha bisogno di una stanza e di una cameriera che provveda ad asciugarle gli abiti».

In quel momento si rese conto di non essersi ancora presentato a Léonie.

«Mi perdoni. Sono Roger Bastiani.»

Di origine corsa, con accento di Marsiglia, pensò lei, mentre a sua volta diceva: «Léonie Tardivaux».

La signora bionda controllò il registro delle presenze e sentenziò: «Mi dispiace, non ho nemmeno una stanza libera».

«Tuttavia, noi non vogliamo che la signora si ammali, vero?» domandò il medico con lo stesso tono autorevole che Léonie ormai conosceva.

In quel momento, lei avvertì un pizzicore al naso e infilò una serie di starnuti.

«Vada immediatamente nella mia stanza», le ordinò. Poi si rivolse alla donna dietro il bancone. «Per favore, la faccia accompagnare da una cameriera e mandi subito in camera del tè caldo. Io aspetterò al bar, qui sotto», concluse consegnando la chiave a Léonie.

«Non voglio che si disturbi...» sussurrò lei, ma lui non la sentì perché aveva già imboccato il corridoio che portava al bar.

«È un orso», commentò la donna bionda e prosperosa. «Lo conosco ormai da tre anni e so quel che dico», soggiunse.

3

LÉONIE entrò nella suite in cui aleggiava un lieve profumo di vetiver. Si liberò delle scarpe e affondò con piacere i piedi nella moquette folta e calda. La cameriera che la seguiva le raccolse e l'aiutò a sfilarsi il cappotto inzuppato d'acqua.

«La giacca... in che condizioni è?» le domandò la donna.

«Mi sembra asciutta», rispose Léonie, mentre la slacciava per controllare. «È tutto a posto, grazie», precisò con un sorriso.

«Le faccio portare subito il tè, come ha ordinato il dottor Bastiani. Il bagno è qui», disse la cameriera spalancando la porta sulla sinistra. Poi la lasciò sola.

Léonie entrò nel salotto arredato con un divano, due poltrone, un tavolino, un televisore. Alle pareti erano appese stampe di ispirazione lacustre e una portafinestra conduceva a un terrazzo che si affacciava sul lago. Si guardò intorno. Una porta semiaperta dava sulla camera da letto. Intravide un letto intatto coperto di un drappo azzurro. D'istinto chiuse la porta, come se non volesse violare l'intimità del suo soccorritore. Notò sul tavolino del salotto una pila di fascicoli su cui lesse: TERZO CONVEGNO INTERNAZIONALE DI OSTETRICIA E GINECOLOGIA. Dunque, il suo ospite era un ginecologo.

«Che uomo strano!» sussurrò.

Sedette in poltrona, accanto al tavolino su cui era appoggiato il telefono. Sollevò il ricevitore, compose lo zero per avere la linea esterna e chiamò casa. Nesto rispose al secondo squillo.

«Per favore, dica che non mi aspettino per l'ora di pranzo. Ho forato una gomma e...» le sfuggì nuovamente una serie di starnuti.

«La signora si è raffreddata?» chiese l'anziano domestico.

«Temo proprio che sia così. Comunque ora è tutto a posto e tra poco ripartirò», tagliò corto.

Bussarono. Era il cameriere del bar che le portava il tè con un vassoio di biscotti e pasticcini.

Léonie lo ringraziò e si chiuse in bagno per spogliarsi. Trasse conforto da una doccia caldissima. Poi indossò un accappatoio di spugna, si asciugò velocemente i capelli con il phon, mentre osservava gli oggetti da toeletta allineati su una mensola accanto al lavabo: rasoio elettrico, dentifricio e spazzolino, filo interdentale, un barattolo di crema solare, una spazzola per i capelli, un flacone di profumo *Vétiver*.

Si rivestì e tornò in salotto. Si accostò alla portafinestra: non pioveva più, ma il cielo era grigio e opaco.

Bevve una tazza di tè caldo e ignorò i dolci.

Bussarono di nuovo alla porta. Era la cameriera che le portava le scarpe asciutte e lucidate.

«Ci vorrà ancora un po' di tempo per il cappotto», la informò.

Léonie scese al piano terreno, attraversò la hall che era deserta e raggiunse il bar.

C'erano un paio di clienti al banco, una coppia seduta a un tavolino e Roger Bastiani in piedi, di spalle, davanti alla vetrata che si affacciava su una terrazza. Si era tolto la giacca a vento, e il maglione di lana bianca, lavorata a treccia, rivelava spalle larghe e possenti. Piccoli riccioli bruni gli accarezzavano la nuca. Teneva le mani affondate nelle tasche dei pantaloni da sci. Léonie gli si avvicinò.

«Eccomi», disse.

Lui si girò e le sorrise.

«Non so come ringraziarla. Mi sento di nuovo in pace con il mondo», proseguì Léonie.

«Si segga», disse lui, scostando dal tavolino una poltroncina. «Ho chiesto che ci preparino due toast e tè bollente. L'ora di pranzo è passata e deve mangiare qualcosa prima di rimettersi in viaggio.»

Sedette di fronte a lei, mentre il cameriere stendeva sul tavolino una candida tovaglia inamidata.

«Posso rifiutare?» domandò lei. Non aveva fretta di andarsene, ora che aveva tranquillizzato la famiglia, ma l'ospitalità un po' rude di quell'uomo le procurava un vago imbarazzo.

«Assolutamente no. Non conosco i suoi impegni, ma un quarto d'ora per rifocillarsi non le cambierà la vita.»

«Lei ha un modo curioso di esercitare la sua generosità.»

«Non amo i formalismi, le frasi fatte, e tutte le altre idiozie imposte dall'etichetta. E adesso mangi», concluse, mentre il cameriere serviva i toast caldi e il tè fumante.

«Sul tavolino, nel salotto della sua suite, ho visto gli atti di un convegno di ostetricia. Lei è ginecologo?» gli domandò.

«Ho scelto questa specializzazione anche se, quando nacqui, mio padre, che era un genio della medicina, disse a mia madre: 'Se questo figlio è intelligente diventerà un internista come me oppure un chirurgo come te, se avrà buona manualità. Altrimenti...' Si guardarono e scoppiarono a ridere mentre dicevano: 'Farà il ginecologo!' Me lo raccontarono ridendo quando annunciai che volevo specializzarmi in ostetricia», spiegò Roger, divertito.

Léonie rise fino alle lacrime, poi disse: «Non penserà che le creda, lei mi ha raccontato solo una barzelletta, molto spiritosa, devo ammetterlo. Comunque, adesso è meglio che ritorni a casa. Grazie di cuore per la sua infinita cortesia».

«Non ho fatto niente, tranne mettere a rischio la sua salute. Ma non volevo che si arrendesse di fronte a una piccola difficoltà.»

«L'ho capito e non immagina quanto mi abbia aiutato la sua determinazione, dottore», replicò Léonie. «Mi dispiace solamente di averle fatto perdere tanto tempo.»

«Oggi è un giorno di vacanza per me. Dovrei essere a Bellagio con gli altri congressisti, ma preferisco stare in albergo qui, a Varenna, perché di là dal lago c'è troppa confusione. Il convegno termina tra due giorni e ho il mio *speech* soltanto domani.»

Vennero interrotti dalla padrona dell'albergo che aveva in mano il cappotto di Léonie.

«Guardi, signora, com'è venuto bene. È un tessuto eccellente e non ha fatto scherzi con l'acqua.»

«La prego, mi dica quanto le devo per tutto questo disturbo», chiese lei.

La signora bionda si schermì, limitandosi a posare delicatamente il cappotto sulla spalliera di una sedia e subito si allontanò.

«Ora è meglio che riparta, prima che faccia buio», disse a Roger.

«Già, oggi è il solstizio d'inverno, il giorno più breve dell'anno. Da domani, le giornate cominceranno ad allungarsi, anche se impercettibilmente», ragionò il dottore. E soggiunse: «Recupero il giubbotto e l'accompagno».

Uscirono dall'albergo e iniziarono a salire la scalinata per raggiungere le auto posteggiate sul piazzale.

«Sono sposata e aspetto un bambino. Sono al terzo mese di gravidanza», si sorprese a dire lei.

«È il primo figlio?» domandò lui.

Lei annuì.

«Come sta? Nessun disturbo, nausee…»

«Non sono mai stata meglio, però sono più suscettibile del solito», ammise.

Erano arrivati sul piazzale.

«Abbia cura di sé e continuerà a stare benissimo», disse il dottore aprendole la portiera dell'auto. Lei, sul punto di salire in macchina, gli rivolse un sorriso venato di malinconia.

«Grazie di tutto, dottor Roger Bastiani», sussurrò.

Imprevedibilmente lui prese tra le mani il viso di Léonie e posò un bacio lieve sulle sue labbra.

«Buon Natale, signora Léonie Tardivaux», disse in un soffio.

Lei sedette al posto di guida e accese il motore. Lui chiuse la portiera, poi si chinò e bussò al finestrino. Lei lo abbassò e lui disse: «L'anno venturo, per il solstizio d'inverno, sarò di nuovo qui... e ti aspetterò».

Villanova

1

Guido era in giardino e discuteva con gli operai che stavano addobbando gli archi del porticato con le ghirlande luminose. Vide arrivare l'auto di Léonie, chiuse il discorso e le andò incontro.

«Che cos'è la storia della gomma forata?» le domandò mentre lei scendeva dalla macchina e si apprestava ad aprire il bagagliaio.

«È successo sulla via del ritorno. Pioveva e faceva un gran freddo. Aiutami a portare dentro i pacchi», disse mettendogli in mano una scatola da imballaggio colma di golosità.

«Hai chiamato il soccorso Aci?» si informò lui, precedendola verso l'ingresso di casa.

«Più o meno», rispose lei, con in mano soltanto il pacchetto dei formaggi. E proseguì: «Mi sono messa sul bordo della strada per chiedere un passaggio. Quando si è fermata una macchina, il guidatore mi ha aiutato a cambiare la ruota», spiegò infilando la scala per scendere in cucina.

Léonie amava quella grande stanza con i finestroni a bocca di lupo che si aprivano sul giardino. Le piacevano le pentole di rame lucenti appese alle rastrelliere, i banchi da lavoro su cui erano allineati in un ordine quasi maniacale coltelli di ogni foggia e dimensione, trinciapolli, mestoli, fruste, frullini, pinze e forchettoni, la grande cappa aspirante sopra la cucina economica monumentale e la serie di forni a gas, elettrici, a microonde, scongelatori, essiccatori... Era stata Celina, una decina d'anni prima, a ristrutturare la cucina e le stanze annesse dotandole anche di celle frigorifere per le carni, i formaggi, i vini. In cucina lavoravano un cuoco, un pasticciere e due assistenti, come se dovessero sfamare una famiglia di venti persone, mentre erano soltanto in sei: il patriarca, Amilcare Cantoni, sua moglie Bianca Crippa, il figlio Renzo con la moglie Celina Olgiati Tremonti e, infine, Guido con Léonie Tardivaux, la giovane sposa.

Guido depose la scatola dei cibi su un tavolo e Léonie sistemò il pacchetto dei formaggi nel frigorifero. Si sentiva colpevole non tanto perché il suo soccorritore l'aveva baciata quanto per il piacere che il tocco fuggevole delle sue labbra le aveva procurato. E questo era disdicevole per una donna sposata e in attesa di un figlio. Ripensandoci, concluse che stava costruendo un castello sul niente, ma si chiese perché non provava lo stesso trasporto per suo marito. Voleva bene a Guido ma lui era sempre così controllato, distante, come se vivesse in un mondo tutto suo da cui lei era esclusa.

Si rivolse al marito che era di fronte a lei, e gli chiese

guardandolo negli occhi: «Perché ti sento sempre così lontano da me, come se fossi altrove?»

Guido le sorrise e appoggiò le mani sulle sue spalle dicendo: «È vero che spesso ho la mente altrove, ma ti voglio bene, lo sai, e amo il nostro bambino».

Sul viso sorridente di suo marito Léonie colse un'ombra di malinconia. Non era la prima volta che la guardava così. Abbassò gli occhi e non fece altre domande. Non voleva approfondire quel discorso perché temeva di soffrire. Meglio accontentarsi delle parole di Guido, almeno per il momento.

Qualcuno lo chiamò dal giardino.

«Gli operai hanno bisogno di te», disse Léonie grata per quella interruzione.

Mentre lui raggiungeva gli uomini che stavano lavorando, lei, che lo aveva seguito, si fermò a osservare da lontano le ghirlande luminose montate sugli archi del porticato che splendevano nell'oscurità.

All'improvviso sentì un tonfo sordo alle spalle. Si girò di scatto e percepì un lamento fievole che proveniva dai cespugli di mortella. Si avvicinò e vide una massa scura, a terra.

«Aiuto!» si lamentò Bianca Cantoni con voce tremula.

Léonie si chinò su di lei, l'afferrò per le braccia e la sollevò come se fosse una piuma.

«Chi sei? Che cosa vuoi?» reagì l'anziana signora, risentita.

«Sono Léonie, grand-maman», rispose la ragazza, mentre si domandava come la matriarca potesse essere sfuggita alla sorveglianza delle domestiche e del marito.

«Si è fatta male?» la interrogò mentre la sorreggeva circondandole la vita con un braccio.

«Adesso ti riconosco, lasciami andare, non ho bisogno del tuo aiuto, cacciatrice di patrimoni», l'apostrofò con tono acido, mentre cercava di liberarsi dal suo braccio.

«Non voglio che cada di nuovo. Si lasci aiutare», insistette Léonie.

«Tu e tutti gli altri siete un branco di parassiti succhiasangue. Vi detesto. Lasciami andare.» Diede uno strappo e cadde di nuovo.

«Guido», chiamò Léonie a gran voce, «vieni, presto!»

Quando il marito la raggiunse gli sussurrò: «Mi ha insultata e non vuole che l'aiuti. Veditela tu con tua nonna. Io ritorno in casa perché ho freddo», disse e si allontanò con passo deciso.

Quella vecchia era insopportabile. Non capiva come tutta la famiglia potesse tollerarla senza reagire, ma era uno dei tanti aspetti incomprensibili dei Cantoni.

Entrò nel soggiorno dove erano disseminati tappeti, divani, poltrone, antiche tele alle pareti che riproducevano scene di grandi battaglie.

«Vieni qui, figliola», disse la suocera che era sprofondata in una poltrona davanti al camino dove guizzavano fiamme scoppiettanti.

«Eccomi, maman Celina», rispose Léonie, andando verso di lei. Le posò un bacio sulla guancia paffuta che profumava di violetta.

«Tutto bene?» domandò la donna.

«Mica tanto. Ho appena avuto uno scontro con nonna Bianca. Era in giardino, da sola, ed era caduta. L'ho soccorsa e mi ha preso a male parole. Devo dirglielo, maman: penso che sia una donna cattiva.»

Celina sospirò con fare rassegnato.

«È soltanto una donna infelice. Lo è sempre stata, così almeno mi è stato detto da mio suocero e da mio marito, perché lei non parla. Non so quale demone la divori, ma ha dato filo da torcere a tutti. Perché credi che viva appartata e condivida con la famiglia soltanto il pasto serale?»

«Cene tristissime, peraltro. Io quasi non oso fiatare quando siamo a tavola.»

«Stiamo tutti attenti a non scatenare la sua aggressività che può essere pericolosa, come lo è stata in passato. Soltanto suo marito riesce a gestirla. Ma parliamo d'altro, per favore», disse Celina.

La donna aveva tra le mani uno spartito musicale e proseguì: «Ecco, vedi, stavo ripassando una ninnananna di Mozart. Credo che riprenderò a suonare il pianoforte perché quando nascerà il tuo bambino voglio tenermelo accanto e fargli ascoltare della buona musica. Che ne dici?»

Léonie si accarezzò il grembo con un gesto involontario e ritrovò il sorriso.

«Mi sembra un'idea molto bella. Grazie, maman Celina.»

«Grazie a te per avermi messo in cantiere un nipotino; e mi piacerebbe che dopo di lui ne arrivassero altri. Questa villa immensa ha bisogno degli strilli e delle risate dei bambini. Dopo il mio Guido, non ho potuto avere altri figli e mi dispiace.»

Scese il silenzio. Celina era immersa nei ricordi e Léonie ripensò al tocco lieve delle labbra di Roger sulle sue e alla sua voce, mentre le diceva: «L'anno venturo, per il solstizio d'inverno, sarò di nuovo qui... e ti aspetterò».

«Sei stata a Morbegno?» domandò la suocera distogliendola dai suoi pensieri.

«E le ho portato il bitto», rispose Léonie.

«Sei un tesoro. Non lo hai detto a nessuno vero?»

«Ci può scommettere.»

«Che cosa aspetti per farmelo assaggiare?»

«Facciamo un patto. Io le porto un pezzettino di bitto e lei mi racconta qualcosa di nonna Bianca.»

«Il tuo non è un patto, è un ricatto. Però, poiché prima di me qualcuno si è venduto per un piatto di lenticchie, meglio il bitto, è più saporito!» scherzò Celina. E raccontò.

Bianca

1

Le speranze del commendator Luigi Crippa di affidare al primogenito la conduzione dell'azienda, che aveva creato e fatto prosperare con tanta fatica, si erano infrante quando suo figlio era morto sul Carso durante la guerra. Ne aveva provato un dolore immenso dal quale non si era più ripreso. A volte osservava la secondogenita Bianca, nata quando lui era ormai anziano, e si rammaricava che fosse una femmina, e come tale inadatta a subentrare a lui nella direzione delle Robinetterie Crippa.

La piccola avvertiva l'ostilità del padre ed evitava anche la madre, che la considerava uno scherzo della vecchiaia, essendo rimasta incinta quando credeva di non essere più fertile.

Affidata alle cure delle domestiche, Bianca cresceva in bellezza ed estrosità. Rinchiusa nel collegio delle suore Orsoline, a Milano, ne era uscita sedicenne ancora più stravagante di quando vi era entrata.

La signora Crippa, quando era al limite della sopportazione, convocava il parroco e gli diceva: «Per carità, signor prevosto, le parli e la benedica perché ha il diavolo addosso».

L'uomo, un anziano curato di campagna, sedeva in salotto, davanti alla ragazza, e le domandava: «Dimmi, Bianca, che cosa ti affligge?»

«Niente, don Giuseppe», rispondeva lei.

«Perché fai impazzire la tua povera mamma e il tuo povero papà?»

«Loro mi odiano. Hanno nel cuore soltanto mio fratello, l'erede al trono morto in guerra. In questo buco di paese, in questa villa che a sentir loro è un castello, io sono sola. Voglio andarmene e invece mi tengono qui come una prigioniera.»

C'erano alcune verità nelle parole di Bianca e il parroco lo sapeva, anche se fingeva di ignorarle, un po' per carità cristiana e un po' per via delle donazioni che il commendator Crippa elargiva alla parrocchia.

«Devi avere pazienza, figliola. Se questa casa ti va tanto stretta, pensa che un giorno il Signore metterà sulla tua strada un bravo giovane che ti sposerà e te ne andrai con lui», la confortava.

«Va bene, don Giuseppe, sarà come dice lei. Allora mi benedica, intaschi la busta che le darà la mamma e mi lasci in pace.»

Quella ragazzina intelligente e infelice gli faceva pena. Il parroco sospirava, la benediceva e se ne andava.

Il «bravo giovane» auspicato da don Giuseppe si presentò un giorno nelle vesti del rampollo di un costruttore edile che aveva siglato un contratto con il commendator Crippa.

Nella campagna lodigiana, tra le proprietà della Chiesa, c'era un antico convento che si era deciso di ristrutturare per farne un convitto per seminaristi.

Luigi Crippa si era aggiudicato l'appalto della fornitura idraulica e aveva deciso di invitare a pranzo, in villa, l'ingegner Castelli, proprietario della ditta che avrebbe eseguito i lavori, con il figlio Generoso.

Il giovane si presentò dai Crippa con due grandi fasci di fiori, uno per la padrona di casa e uno per «la di lei figliola».

Generoso Castelli arrivò al volante di una Super Fiat blu e argento, vestito all'ultima moda dal suo sarto londinese, con i capelli impomatati e i baffi profumati all'essenza di vaniglia e tabacco.

Bianca Crippa, che stava per compiere diciott'anni, era molto bella e accolse gli ospiti con una grazia che lasciò esterrefatti i genitori abituati ai suoi modi stravaganti.

Bastò uno scambio di sguardi tra Bianca e Generoso per dirsi: «Ti voglio».

Dopo pranzo, mentre i Crippa e i Castelli bevevano il caffè in salotto, Generoso mostrò a Bianca la sua autovettura posteggiata nel piazzale davanti alla villa.

«Pensi, signorina, che questa automobile va a 120 all'ora. Con questa, si può partire da qui e arrivare a Parigi in un giorno e una notte», le disse il giovane che aveva ventott'anni e tanta voglia di divertirsi.

«Ah, Parigi! Schiaparelli, Chanel, Marthe Régnier...

come vorrei vedere gli Champs-Elysées e la Tour Eiffel e il Bois de Boulogne e il Moulin Rouge. Vorrei ascoltare Mistinguett e Joséphine Baker, incontrare Colette e Marcel Proust, bere champagne in un bistrot di Montmartre... Caro signor Castelli», esclamò con aria sognante da diva del cinema, socchiudendo i grandi occhi scuri.

«Ma quale signor Castelli? Siamo giovani e moderni, diamoci del tu. Io metterò Parigi ai tuoi piedi. Quando si parte?» dichiarò lui con la stessa enfasi.

«Mai, *mon cher ami*. Uscirò da questa casa solamente con una fede al dito. Così ha deciso il commendator Crippa. Questa è la disgrazia di nascere donna in un mondo in cui vige la legge del più forte, cioè quella degli uomini. A loro è concesso tutto, a noi niente.»

«Non siamo più nell'Ottocento e questi vecchi dovranno rendersene conto, che gli piaccia o no. Io sono un uomo e mi schiero in favore delle donne che devono avere gli stessi privilegi che abbiamo noi», affermò convinto.

«È facile a dirsi quando lavori, guadagni e disponi di denaro tuo. Io dipendo da mio padre anche per comprare un paio di calze, e la mamma mi rimprovera perché ascolto troppa musica e leggo troppi libri. Così, che altro potrei fare, se non sognare?» domandò Bianca, tristemente, accarezzando il metallo lucente dell'automobile. Poi disse di slancio: «Insegnami a guidare».

«Non chiedo di meglio», replicò Generoso, spalancando la portiera per far sedere Bianca al posto di guida.

In quel momento la signora Crippa si affacciò sul piazzale e chiamò la figlia.

«Ecco, hai notato che tempismo? Appena mi vede parlare con un uomo entra in agitazione. Fine della prima lezione», brontolò Bianca, e si diresse verso casa.

Passò accanto alla madre senza degnarla di uno sguardo né di una parola, salì al primo piano e si chiuse a chiave nella sua camera. Disfò il letto e trascinò il materasso sul balcone, prese un paio di forbici, tagliò la fodera e fece cadere sul giardino, come neve, la lana dell'imbottitura, incurante dei richiami dei genitori e dei domestici.

«Che cosa volevi dimostrare?» le domandò suo padre quando si decise ad aprire la porta.

«Che non voglio più dormire in questa casa», rispose Bianca.

«Non sarò io a trattenerti con la forza. Il mondo è vasto ed è tutto tuo», replicò il padre, invitandola, con un gesto, ad andarsene.

Era esasperato dalle provocazioni di quella figlia con cui non riusciva a comunicare.

La madre, alle spalle del marito, guardava Bianca costernata.

«Bella figura ci hai fatto fare con gli ospiti! Prima hai civettato con Generoso e dopo sei sparita senza salutare», disse con tono astioso.

«Non sono la figlia che avresti voluto. Forse sei stata punita perché eri troppo vecchia per avere degli altri figli», ribatté Bianca con livore.

La donna, scandalizzata da tanta impudenza, la colpì su una guancia con tutta la forza che aveva.

«Tu sei pazza!» urlò.

«Ti odio!» gridò Bianca di rimando e scese le scale a rompicollo, mentre le domestiche, che stavano origliando, si affrettavano a sparire. Andò in giardino, inforcò la bicicletta, attraversò il parco e uscì dal cancello.

Era un bel pomeriggio di maggio, il sole stava per tramontare e tingeva di rosa il cielo. La campagna era punteggiata da fiori d'ogni colore, file di gelsi rigogliosi si allineavano ai lati della strada che un topolino spaventato attraversò con la velocità di una scheggia. All'improvviso, un sasso appuntito deviò la corsa della bicicletta e Bianca cadde rovinosamente a terra.

Vide il cielo sopra di sé e poi più nulla. Quando riaprì gli occhi, chino su di lei c'era un ragazzo che le ripeteva: «Mi sente? Ehi, mi sente?»

«Lei chi è?» domandò confusa, Bianca.

«Mi chiamo Amilcare Cantoni. L'ho vista fare un volo pauroso dalla bicicletta e sono venuto ad aiutarla. Ce la fa ad alzarsi?»

«Non lo so… Non ne sono sicura… Se ne vada, per favore», disse lei e si mise a piangere. Si passò una mano su una guancia e vide che era coperta di sangue. Sentiva delle fitte dolorose a una caviglia e al braccio sinistro.

«Signorina Bianca, io vado via, se vuole. Ma non racconti a suo padre che non l'ho voluta soccorrere», disse lui, seccato.

Raccolse la bicicletta che aveva appòggiato a un albero, la inforcò e avrebbe voluto ignorare il grido lanciato dalla ragazza nel momento in cui lo vide allontanarsi

2

AMILCARE Cantoni era figlio di contadini e aveva da poco finito le scuole elementari quando suo padre lo accompagnò dal commendator Crippa, padrone dell'omonima azienda che produceva rubinetti.

I signori del luogo erano da sempre gli Olgiati Tremonti, un'antica famiglia aristocratica che possedeva terre e fattorie, oltre al palazzo nobiliare sulla piazza della chiesa. Ma mentre loro, giorno dopo giorno, vedevano assottigliarsi il patrimonio e la considerazione, il commendator Crippa ampliava la sua sfera di attività e guadagnava prestigio.

«Signor commendatore», esordì il padre di Amilcare, tenendo tra le mani il cappello consunto, «questo è il mio ultimo figlio. Non vuole saperne di lavorare in campagna e vorrebbe venire in fabbrica per continuare a studiare alla scuola festiva. Lo prenda con sé, per favore.»

L'uomo era emozionato e non osava guardarsi intorno. Amilcare, invece, esaminava con curiosità ogni particolare: la grande scrivania di legno scuro con il ripiano di cuoio, le scaffalature zeppe di registri, il telefono monumentale, le poltrone nere, l'abito elegante che il commendator Crippa indossava e le sue mani bianche con le unghie pulite come quelle del suo maestro. Anche il colletto inamidato della camicia lo affascinava.

«Ho proprio bisogno di un ragazzetto che spazzi la limaia e la raccolga», rispose il Crippa. E soggiunse: «Lascialo qui. Vedrò se ha voglia di lavorare. Se non funziona, te lo rimando a casa».

Poi chiese al ragazzo: «Come ti chiami?»

«Amilcare Cantoni», rispose lui, con voce chiara.

«Lo sai chi era Amilcare?»

«Il padre di Annibale che aveva attraversato le Alpi con gli elefanti per andare alla conquista di Roma», spiegò, con tono saccente.

«Un po' di rispetto per il signor padrone», intervenne il padre, dandogli uno scappellotto. Poi si rivolse al commendator Crippa, commentando: «Lo vede, signor padrone, come sono i figli d'oggi? Senza creanza».

«Va bene così, Cantoni. Lascia qui il tuo ragazzo», disse, congedando il contadino.

Alla fine della giornata andò in officina e domandò al capo degli operai: «Cos'ha combinato il Cantoni?»

«È ancora lì che lustra i torni e i trapani. Non bisogna spiegargli le cose due volte.»

«Il buongiorno si vede dal mattino. Istruiscilo bene», ordinò il padrone che aveva avvertito un moto di simpatia per quel ragazzetto intraprendente.

Quando lo chiamarono per fare il servizio militare, Amilcare, avendo frequentato le scuole serali, si era guadagnato un diploma di perito meccanico e la qualifica di capofficina. Dopo due anni di naja aveva lasciato l'esercito con il grado di caporale ed era tornato a Villanova a riprendere il suo posto nell'azienda del commendator Crippa, che lo aveva spostato all'ufficio tecnico.

Quella domenica di maggio, il giovane era andato a Milano in bicicletta per incontrare un ex compagno d'armi che studiava ingegneria al Politecnico. Voleva chiedergli se era possibile iscriversi all'università senza una licenza liceale.

L'amico l'aveva ospitato a pranzo in casa dei suoi genitori che erano entrambi insegnanti e Amilcare aveva toccato con mano l'abisso che lo separava dal mondo della cultura. La sua sete di imparare non bastava a colmare le lacune della sua preparazione scolastica.

«Caro ragazzo, non ci sono scorciatoie. Se vuoi iscriverti a ingegneria, devi essere in possesso del diploma di maturità classica o scientifica», gli avevano spiegato i genitori del suo ex commilitone.

«Che cosa devo fare per ottenerlo?» aveva chiesto.

I genitori sapevano che Amilcare lavorava in fabbrica e aveva poco tempo per studiare.

«Poiché non puoi frequentare il liceo, devi dare gli esami da privatista. Ma guarda che sono difficili, devi studiare tante materie tra cui il latino, la filosofia, la letteratura e le scienze. Non ci sono licei serali e dovresti avere almeno un paio di insegnanti che ti preparino.»

«Io imparo alla svelta», aveva risposto, cercando di farsi coraggio.

«Ci vogliono ore e ore di studio. E i libri costano cari. Considera anche che, se pure superassi gli esami di maturità e entrassi all'università, dovresti frequentare i corsi. Come faresti dovendo lavorare in fabbrica?»

«Ci penserò», aveva risposto lui, preoccupato per i tanti ostacoli che avrebbe dovuto affrontare.

Aveva ripreso la strada di casa pedalando con forza per sfogare la rabbia e la delusione. Stava per arrivare a Villanova quando aveva visto una ragazza cadere rovinosamente dalla bicicletta. Si era fermato per soccorrerla e l'aveva riconosciuta perché, qualche volta, il commendator Crippa la portava con sé in ufficio.

Di Bianca Crippa, Amilcare sapeva quello che sentiva raccontare in fabbrica e in paese a proposito del suo carattere difficile.

Ora ritornò malvolentieri da lei che, dopo averlo cacciato, lo richiamava per farsi aiutare.

«Ce la fa ad alzarsi?» le domandò.

Bianca aveva una caviglia che si andava gonfiando e il viso coperto di sangue. La sollevò di peso e si guardò intorno per cercare qualcuno che gli desse manforte. Non vide nessuno. Il sole era al tramonto e, a quell'ora, le donne erano in chiesa e gli uomini all'osteria.

«Dubito che lei riesca a risalire in bicicletta. Se vuole, posso andare in villa e chiedere a qualcuno che la venga a prendere.»

«Avrebbe il coraggio di lasciarmi qui da sola?» reagì lei, sforzandosi di ignorare i dolori al piede e alla spalla.

«Ha un'idea migliore?» domandò lui.

«Non voglio andare a casa. Stavo anzi scappando», confessò.

«Per andare dove?»

«Non ne ho idea. Comunque a casa non ci torno.»

«Signorina, mi ascolti: lei si è fatta male e c'è solo un posto in cui può andare: a casa. Quindi, adesso la riporto in villa», decise lui.

La prese in braccio e la piazzò sul sellino della sua bicicletta. Poi, sostenendola, si avviò a piedi verso la villa dei Crippa.

Ammirò lo sforzo di Bianca per non lamentarsi, ma le raccomandò: «Per favore, cerchi di non svenire di nuovo, altrimenti dovrò portarla a braccia e ci vorrà molto più tempo per arrivare».

Erano ormai vicini alla villa quando lei domandò in un soffio: «Vuole proprio riconsegnarmi ai miei genitori?»

Amilcare non rispose. Non voleva essere coinvolto in affari che riguardavano soltanto il suo datore di lavoro.

Tacque e finalmente arrivarono alla porta d'ingresso.

Amilcare riprese in braccio la ragazza e la consegnò al commendatore.

3

I Crippa portarono Bianca in ospedale a Milano, dove fu medicata, ingessata e ricoverata.

Il mattino seguente, Amilcare venne convocato nell'ufficio del commendator Crippa che gli disse: «A proposito di mia figlia, tu non l'hai vista, non l'hai soccorsa e non sai niente».

«È proprio così. Non so niente», convenne il giovane.

«Grazie», mormorò il padrone.

«Di che cosa?» domandò lui impassibile. E tornò al lavoro.

Dal suo letto, nel reparto solventi dell'ospedale milanese, Bianca scrisse versi sulla falsariga di un'ode del Foscolo a Generoso Castelli, apostrofandolo «mio generoso Ugo» e firmandosi «Luigia Pallavicini caduta da cavallo».

Il giovane si precipitò da lei e colmò di fiori la sua stanza. Lei gli raccontò della sua fuga dalla villa che si era conclusa a pochi metri da casa in maniera disastrosa, come poteva constatare.

Lui la riempì di promesse e di sogni e quando lei fu sul punto di essere dimessa gli scrisse altri versi firmandosi: «Antonietta Fagnani Arese, l'amica risanata».

Quando i Crippa arrivarono in ospedale per riportarla a casa, scoprirono che il conto era già stato saldato e che Bianca se ne era andata.

Non ci volle molto per appurare che il giovane con il quale si era allontanata su una Super Fiat blu e argento era Generoso Castelli. Tra i Crippa e il Castelli ci furono momenti di grande tensione, durante i quali si accusarono vicendevolmente di aver allevato malissimo i loro figli.

Alla fine conclusero che non si poteva creare uno scandalo, che conveniva tacere e aspettare.

Il giorno dopo l'ingegner Castelli ricevette un telegramma dal figlio che gli chiedeva perdono «in nome dell'amore». Il telegramma veniva da Sanremo.

«Dovrà sposarla», decise la signora Crippa e suo marito pensò che non tutti i mali venivano per nuocere. Il padre di Generoso si dichiarò totalmente d'accordo con i Crippa.

«Se Generoso non lava il vostro disonore con il matrimonio, giuro che lo disconosco», garantì.

Dopo due giorni Bianca fece ritorno a Villanova portata di peso dal giovane Castelli che disse: «Commendatore, le restituisco sua figlia e non venga a dirmi che dovrò sposarla, perché non l'ho sfiorata neppure con un dito. Mi sono bastati due giorni per capire che la signorina Bianca è una creatura intrattabile. Per aver cercato di darle una carezza mi sono ritrovato con i suoi denti conficcati proprio qui», mostrò furente una mano fasciata.

La signora Crippa si mise a singhiozzare e altrettanto avrebbe fatto il marito se non avesse temuto di perdere la sua virilità.

«Bisognerà verificare se è vero», insinuò la signora Crippa tra le lacrime.

«È la verità, rassegnati», le sussurrò il marito.

«Io sono come san Tommaso, se non vedo, non credo», decise la moglie e accompagnò Bianca a Milano dal suo ginecologo.

La ragazza subì l'indagine medica senza battere ciglio.

«È vergine», dichiarò il ginecologo alla signora Crippa.

Bianca si rivestì dietro il paravento e, quando si ripresentò, fronteggiò sua madre guardandola con cattiveria.

«Adesso che mi hai inflitto questa umiliazione, sei contenta? Vedi il vizio ovunque, in tutti, anche in me. Io ti disprezzo, mi viene la nausea solo a guardarti in faccia!» urlò alla madre.

«Accompagni la signora nell'altra stanza», disse il ginecologo all'infermiera.

Quando rimase solo con Bianca, le domandò: «Perché odi tanto tua madre?»

«Dottore, si chieda piuttosto perché lei odia me», replicò la ragazza.

L'uomo la conosceva bene perché, quando la signora Crippa si recava nel suo studio per la visita annuale di controllo, a volte portava con sé la figlia. In qualche occasione, dopo aver esaminato la madre, lui faceva entrare Bianca nel suo studio e, per qualche minuto, si intratteneva con lei, parlandole con tenerezza paterna.

Lo inquietava lo sguardo duro e impenetrabile di quella bambina.

Una volta aveva detto alla signora Crippa: «Bianca ha bisogno d'amore».

«È mia figlia. Crede che non le voglia bene?» aveva reagito la donna, seccata.

Lui si era limitato a replicare: «Glielo dimostri».

Ora domandò alla ragazza: «Se è vero che non la odi, da dove ti viene tutta questa aggressività nei suoi confronti?»

«Lei sostiene che ho il diavolo in corpo. Dovrei accettare questa affermazione senza reagire? Anche lei pensa che io sia un'indemoniata, dottore?»

«Credo che tu sia una brava ragazza molto infelice. Non è così?» le chiese il medico.

«Solo Dio può sciogliere i grovigli della mia anima, ma forse è un'impresa troppo difficile anche per Lui», rispose Bianca tristemente.

«Perché hai dato un morso a quel giovane con cui eri fuggita? Un uomo e una donna, quando sono giovani e si piacciono, vogliono darsi l'uno all'altra. Che cosa ti ha impedito di... insomma, hai capito cosa voglio dire.»

«Mi piacerebbe risponderle che me lo ha impedito la morale, il timore di commettere un peccato. Ma non è così. Lui voleva portarmi a letto e non si è chiesto neppure per un attimo se anch'io desiderassi la stessa cosa. Mi sono talmente infuriata che ho perso il controllo e l'ho morsicato. Passata la rabbia, mi sono resa conto che avevo esagerato, ma non sono per niente dispiaciuta di avergli fatto prendere uno spavento. E adesso non mi dica di chiedere scusa a mia madre.»

«Infatti non te lo dico... Invece, ti confesso che sono preoccupato per te e vorrei suggerirti un colloquio con un mio collega psichiatra.»

«Sta pensando anche lei che sono matta?» domandò Bianca con tono aggressivo.

«Ti ripeto che sono convinto che tu sia solo molto infelice.»

«Ci mandi i miei genitori dallo psichiatra. Loro sono molto più infelici di me da quando è morto il loro amatissimo figlio.»

«Ragazzina, sei troppo complicata per un vecchio come me», disse il medico, rassegnato. La accompagnò alla porta e si salutarono.

Al rientro a Villanova, Bianca ottenne dai genitori il permesso di andare qualche giorno dalla sua amica Anna Colombo, a Nervi, dove finì per trascorrere tutta l'estate. I suoi genitori andarono a trovarla e in quel periodo sembrò essersi rappacificata con loro e con il resto del mondo. A settembre volle trasferirsi a Neuilly, alle porte di Parigi, per seguire dei corsi di pittura, e prese alloggio in una specie di pensionato per signorine di buona famiglia. I suoi genitori non erano mai stati tanto accondiscendenti, ma lei non se ne meravigliò. Attribuì la loro arrendevolezza al sollievo di non doversi occupare di lei, angosciati com'erano che commettesse qualche nuova pazzia.

4

Tornò da Parigi dopo due anni, in prossimità del Natale. Vestiva un elegante completo da uomo e portava un Borsalino in tinta con l'abito marrone scuro. Fumava lunghe sigarette viola con il filtro dorato, guidava l'automobile, trascorreva spesso le giornate a Milano e, a volte, anche le nottate. Frequentava giornalisti e poeti, adorava Tommaso Marinetti e Alberto Savinio, e ignorava la costernazione dei Crippa che non osavano contraddirla e tolleravano lei e i suoi amici quando li invitava in villa. C'erano tuttavia giorni in cui tornava a vestire abiti femminili e si univa a sua madre che, in salotto o in giardino, prendeva il tè con le amiche e parlava di banalità.

In quelle occasioni Bianca sorrideva e mostrava un'aria mansueta mentre tra le sue dita fiorivano arabeschi realizzati con l'uncinetto. Qualche volta sedeva al cavalletto, in giardino, e dipingeva un paesaggio o un tramonto, utilizzando colori improponibili che riproducevano una realtà che vedeva lei sola.

I Crippa non amavano quei quadri, che gli trasmettevano un senso di inquietudine, ma tenevano per sé queste impressioni e invece le dicevano: «Brava».

Lei li guardava con aria di sfida e sbottava: «Mai che diciate la verità! Siete degli ipocriti». Aggiungeva anche: «Voi mi vorreste come le figlie dei vostri amici: insulse e ossequiose. Rassegnatevi, perché io non sono così».

I Crippa abbozzavano e tacevano. Solo una volta, la signora Crippa replicò: «Ti capisco. Del resto, neppure io riesco a essere diversa da come sono».

Non era in grado di comunicare con sua figlia e non le disse neppure che, da tempo, aveva problemi di cuore e che, recentemente, la malattia si era aggravata. C'erano giorni in cui la donna non si muoveva dal letto e Bianca non andava da lei per chiederle come stava. Una sera, mentre cenava da sola con il padre, facendo uno sforzo su se stessa, domandò: «Come sta tua moglie?»

«Mia moglie è tua madre e sta male», rispose il Crippa.

«Mi dispiace», sussurrò lei.

«Perché non vai a trovarla?»

«La sua stanza è un mausoleo alla memoria del vostro amatissimo figlio perduto. Ci sono già tutte le sue immagini a consolarla. Io sarei di troppo», concluse.

La signora Crippa morì e Bianca, dopo il funerale, indossò uno sgargiante abito viola e rosso, si mise al volante della sua auto e andò a Milano dove rimase per alcuni giorni. Il padre non sapeva che cosa facesse né chi frequentasse durante le sue assenze e non osava interrogarla. Preferiva non sapere e dimenticava dolori e amarezze concentrandosi sulla prosperità della sua azienda.

Era l'epoca del ventennio fascista e il commendator Crippa era riuscito a individuare alcune mezze figure facilmente corruttibili che, dietro lauti compensi, gli consentivano di aggiudicarsi appalti importanti. Lui pagava e li disprezzava. Loro intascavano e fingevano di ignorare che l'industriale non aveva accettato la tessera del partito e che, le rare volte in cui riceveva gente a casa, evitava accuratamente di invitare i gerarchi locali.

Bianca non partecipava mai a quelle cene e, se era in villa, si isolava nelle sue stanze.

Dalla morte della madre, aveva preso l'abitudine di accompagnare il padre in azienda, saliva con lui nel suo ufficio, sedeva in un angolo sotto una finestra e, armata di carta e matita, disegnava per ore, apparentemente estraniandosi da quanto le accadeva intorno. Aveva notato che tra i collaboratori più assidui con cui il commendator Crippa si confrontava, c'era quell'Amilcare Cantoni che l'aveva soccorsa dopo la rovinosa caduta dalla bicicletta.

Aveva notato anche il rispetto con cui il padre gli si rivolgeva e l'attenzione con cui ascoltava i suoi suggerimenti. Il giovane aveva modi civili, indossava abiti sobri, evitava di esprimersi nel dialetto arioso della zona, elaborava frasi complesse con la disinvoltura di un uomo colto. Bianca sapeva che aveva brillantemente superato la maturità scientifica facendosi aiutare, nella preparazione, dal parroco del paese, che non era più don Giuseppe, ormai ritiratosi in un convitto religioso, ma un giovane sacerdote colto e di origini altoborghesi. Ora il Cantoni era al secondo anno di ingegneria idraulica e doveva alla benevolenza del commendator Crippa la possibilità di assentarsi spesso dal lavoro per seguire le lezioni.

Quando lui entrava nell'ufficio del padre, Bianca smetteva di disegnare per ascoltarlo parlare.

A differenza di tutti gli altri dipendenti, Amilcare non era servile né con il padrone né con lei, cui rivolgeva un sorridente buongiorno e poi la ignorava.

Una volta lo sentì proporre: «Ha mai pensato, commendatore, di fare qualche réclame sui giornali?»

«Si fanno per gli sciroppi ricostituenti, per le creme delle donne, per i lucidi da scarpe, ma per i rubinetti... che cosa se ne farebbero i miei clienti delle réclame?» obiettò il Crippa.

«Per la nuova linea destinata alle abitazioni e agli alberghi si potrebbe proporre un prodotto elegante, oltre che funzionale. Si potrebbe cominciare con dei volantini per la nostra esposizione alla Fiera Campionaria di Milano», insistette il Cantoni.

«Faccio un caffè?» interloquì Bianca, all'improvviso, con un trillo sorridente.

In uno stanzino adiacente l'ufficio, c'erano la ghiacciaia per le bibite fresche e un fornelletto elettrico per il caffè. Senza aspettare una risposta, la ragazza abbandonò i suoi lavori su un tavolino e sgusciò nella piccola stanza. Uno dei disegni scivolò a terra e Amilcare lo raccolse, lo osservò e poi lo tese al padrone, dicendo: «Guardi da sé, commendatore. La signorina Bianca mi ha preceduto».

L'uomo osservò con stupore il bozzetto. Bianca aveva disegnato una figura femminile molto accattivante, davanti a un lavandino da cucina. Una mano posata su un rubinetto a forma di calice di fiore da cui usciva un getto d'acqua e sotto, a caratteri svolazzanti, c'era una scritta: CRIPPA. IL RUBINETTO ELEGANTE E PERFETTO.

Bianca tornò nello studio con il vassoio dei caffè nel momento in cui il commendatore chiese ad Amilcare: «Si è messo d'accordo con mia figlia?»

«Non ho mai avuto il piacere di scambiare una sola parola con la signorina.»

L'uomo guardò la figlia che, posato il vassoio sulla scrivania, recuperò il foglio dalle mani del padre.

«L'ho disegnato qualche giorno fa, quando ti hanno portato i rubinetti nuovi. Ma è un disegno orribile», disse lei e lo strappò buttando i pezzi nel cestino della carta straccia.

«Perché?» domandò Amilcare guardandola con aria smarrita.

«Posso fare di meglio», rispose lei e soggiunse: «Quanto zucchero?»

Quella sera, mentre cenavano soli, Bianca disse al padre: «Quel Cantoni mi convince. Gli ho mandato un biglietto per invitarlo domenica, a pranzo. Sono sicura che ti farà piacere».

Il padre tenne per sé le sue considerazioni, ma quell'iniziativa non gli dispiacque. Era la prima volta che sua figlia faceva qualcosa su cui non aveva niente da obiettare.

5

Il commendator Crippa non ebbe niente da ridire neppure quando le manovre di Bianca per catturare il giovane Cantoni divennero evidenti, così pensò: meglio un contadino intelligente e ambizioso, piuttosto che quei rampolli di buona famiglia viziati, e sicuramente viziosi, con cui per anni si è intrattenuta.

Dalla morte della madre, Bianca si era quasi rasserenata. Aveva smesso di invitare strane compagnie in villa e aveva diradato le fughe in città.

Ora, mentre osservava lei e il Cantoni camminare a fianco a fianco lungo un viale del parco, dopo il pranzo domenicale che era diventato un appuntamento fisso, si domandò in un sussurro: «Chissà che cosa si dicono».

Era estate, l'uomo si riposava su una sedia a sdraio all'ombra di un fico. Vide i due giovani che salivano sulle loro biciclette e si allontanavano. C'era una quiete assoluta tutto intorno.

Lui li guardava pedalare nel parco e non gli importava che la gente del paese dicesse: «Il Crippa non è riuscito a sistemare la figlia con un 'buon partito' e cerca di rifilarla al suo ex operaio che studia da ingegnere».

Si rivide bambino arrancare per strade e stradine di campagna appresso al padre che era *trumbè* ambulante e andava di casa in casa a riparare grondaie e a installare rubinetti. Avrebbe voluto fermarsi a giocare alla lippa con gli altri bambini, ma il padre gli ordinava: «Prima il dovere, dopo il piacere». Anche lui, come Amilcare Cantoni, era di origini modeste e aveva fatto molti sacrifici per costruire la sua fortuna.

Ora, Luigi Crippa assaporò quella quiete e, per la prima volta dopo tanti anni, si sentì quasi felice.

Chiuse gli occhi e, mentalmente, passò in rassegna le réclame sofisticate che da un anno comparivano sui giornali pubblicizzando i suoi rubinetti in tutto il Paese. Bianca e Amilcare avevano creato e diffuso un'immagine di prestigio della sua azienda. Pensò: abbiamo bisogno delle idee innovative dei giovani per progredire, invece il nostro Paese è dominato da una dittatura che schiaccia e ottenebra anche le loro menti seminando odio e paura.

Alla fine si addormentò e non sentì i due ragazzi tornare accaldati, lasciare le biciclette e precipitarsi in casa alla ricerca di una bibita fresca.

La grande villa sonnecchiava nel pomeriggio domenicale. Le domestiche anziane riposavano nella penombra delle loro stanze. I cani dormivano acciambellati sulle mattonelle bianche e nere dell'ingresso. Il resto della servitù era in paese a fare festa. Quasi sicuramente anche il parroco dormiva in vista della grande processione della sera.

Bianca posò sul tavolo della cucina due bicchieri colmi di acqua fresca che irrorò con sciroppo di tamarindo. Amilcare prese il suo bicchiere e bevve con avidità la bibita dolce e asprigna. Bianca osservò le minuscole gocce di sudore che costellavano il collo del ragazzo. Esaminò i lineamenti marcati del suo viso e la mano forte che reggeva il bicchiere. Si sentì attratta da lui e desiderò di essere sfiorata dalle sue carezze.

«Vieni con me», disse, quando lui posò il bicchiere vuoto sul tavolo.

«No. Devo andare a casa a studiare. Ho due libri da mandare a memoria per gli esami di settembre», rispose lui, deciso.

«Voglio farti ascoltare un po' di musica jazz. Mi sono arrivati dall'America dei dischi fantastici», propose lei, prendendolo per mano e trascinandolo su per le scale.

«Non capisco niente di musica. Conosco solo 'Va pensiero' e 'Giovinezza, primavera di bellezza'», protestò Amilcare.

Avevano iniziato a darsi del tu solo di recente, ma Amilcare aveva conservato l'abitudine, parlando di lei con il padrone, di chiamarla «la signorina Bianca». Con i Crippa, padre e figlia, stava attento a non superare mai i limiti del territorio a cui apparteneva. Anche se loro avevano aperto un varco lungo questi confini, lui faceva in modo che fossero sempre i Crippa a fare incursioni nel suo territorio.

Ora Bianca lo aveva trascinato al primo piano della villa e lui cercava di liberarsi dalla presa della sua mano.

«Hai paura?» gli domandò lei.

«Sì», rispose semplicemente.

Non voleva commettere passi falsi con quella strana ragazza «un po' matta e libertina», come dicevano tutti in paese, molto intelligente e dotata di uno spiccato senso artistico. Inoltre, la protezione del padre era davvero importante per lui e non poteva rischiare di perderla. Se non fosse stata la figlia del padrone, non avrebbe esitato ad assecondarla. Era giovane, forte e le ragazze gli piacevano molto, ma non voleva farsi sedurre da Bianca Crippa.

Le uniche esperienze di letto le aveva avute durante il servizio militare nelle case di tolleranza, con donne che avevano soddisfatto la sua sessualità. Le giovani contadine del paese lo stuzzicavano in mille modi, ma lui non aveva né il tempo né la voglia di accorgersi di loro. All'università, invece, c'era una ragazza carina che faceva ingegneria come lui. Si chiamava Margherita, era una bionda minuta e determinata, guardata con sospetto dagli altri studenti per aver scelto quella facoltà tipicamente maschile. Era figlia di un architetto famoso, portava da casa squisiti panini al prosciutto e qualche volta li aveva divisi con lui parlando degli esami che stavano preparando. Margherita gli piaceva ma, scontroso e diffidente com'era, evitava di avvicinarla per primo. Un giorno era scomparsa e qualcuno aveva detto che era emigrata in America con la famiglia. «Perché?» aveva domandato. «Sono ebrei», aveva risposto un compagno. Le leggi razziali non erano ancora state promulgate ma la situazione, per gli ebrei, diventava ogni giorno più pericolosa.

«Be', anch'io ho un po' paura», sussurrò Bianca fronteggiandolo.

Amilcare osservò la grana fine e rosea della sua pelle, le pagliuzze d'oro nelle iridi brune, la frangia lucente delle ciglia, la bocca morbida, il candore brillante della dentatura che si intravedeva appena tra le labbra dischiuse. Desiderò baciarla.

Erano davanti alla porta socchiusa di una stanza. Bianca posò delicatamente le mani sulle guance di Amilcare e lo baciò.

«Sono innamorata di te», mormorò e lo sospinse nella sua camera mentre gli sbottonava la camicia disseminando di piccoli baci il suo torace nudo. «Non dire niente, ti prego, ti prego, ti prego», sussurrò lei, trascinandolo con sé sul letto immerso nella penombra.

Amilcare, incapace ormai di resistere, si abbandonò fra le braccia di Bianca finché, sopraffatto dallo sgomento, esclamò: «Ma tu sei vergine!»

6

«Certo che lo sono! Credevi che fossi una delle tante ragazzotte con le quali probabilmente ti accompagni?» strillò Bianca. Si erano alzati dal letto e recuperavano gli abiti sparsi sul pavimento.

«Io non credevo niente! Hai fatto tutto tu», l'accusò Amilcare, terrorizzato all'idea di quello che sarebbe potuto succedere se avesse seguito il suo istinto, invece che la ragione. E soggiunse: «Cos'altro avrei potuto credere, secondo te?» l'aggredì, mentre si infilava in fretta pantaloni e camicia.

«Ma certo! So bene che cosa dicono di me in paese. Bianca Crippa va e viene dalla città, non si sa che cosa faccia, fuma, guida l'automobile, guarda gli uomini dritto in faccia. Massa di ipocriti! Pensavo che tu fossi diverso e invece sei come loro, sei peggio di loro perché se non fossi vergine avresti fatto l'amore con me. Solo questo conta per te. Credi davvero che mi sarei offerta a te se non fossi innamorata? Sei un imbecille e io ti odio con tutta me stessa», urlò mentre si rivestiva e poi afferrò una spazzola d'argento posata sul comodino. Amilcare stava addossato al muro, in prossimità dell'uscio, paralizzato da quelle accuse che contenevano molte verità.

«Scusami», balbettò, senza riuscire a muoversi.

«Tu mi hai offesa, mi hai umiliata, pensi davvero che possa scusarti?» sibilò andandogli vicino mentre stringeva in pugno la pesante spazzola.

«Scusami», ripeté Amilcare e proseguì: «Ho pensato solo a me, al mio lavoro, alla mia università, al fatto che avrei potuto perdere tutto. Tu mi piaci dal giorno in cui ti ho raccolto da terra dopo la caduta dalla bicicletta. Ma sono soltanto un operaio, figlio di contadini, e sono abituato da sempre a rispettare le distanze. Padroni e operai possono incontrarsi, frequentarsi, ma restando ognuno nel proprio territorio. Non osavo neppure immaginare che ti innamorassi di me. E nessuno lo crederebbe se entrasse adesso in questa stanza. Penserebbe piuttosto che ho tentato di approfittarmi di te. Ti rendi conto della situazione in cui mi hai messo?» disse, severo.

Posò la mano sulla maniglia della porta, l'abbassò per aprirla e vide che Bianca stava per colpirlo sulla testa con la spazzola d'argento. Con un gesto fulmineo le afferrò il polso, avvicinò il suo viso a quello di lei e, guardandola con ferocia, la minacciò: «Non osare mai alzare una mano su di me».

Spalancò la porta e scese le scale. Il commendator Crippa non era più sulla sdraio, sotto il fico. Amilcare recuperò la sua bicicletta e stava per inforcarla quando Luigi Crippa lo chiamò.

Il ragazzo si voltò e pensò: ecco, ha sentito tutto e adesso mi licenzia. Il padrone era in piedi davanti alla porta d'ingresso della villa: «Ricorda che domani mattina alle sette e mezzo abbiamo la riunione con quelli dell'ufficio tecnico».

«Pensavo di essere licenziato», rispose, a mezza voce.

«Perché?» domandò il commendatore.

«Per il litigio con la signorina Bianca», sussurrò, chinando lo sguardo a terra.

«Avete litigato?» domandò l'uomo con l'aria più innocente del mondo.

«Una lite feroce e insanabile», precisò lui.

Il commendatore si girò per entrare in casa e disse: «Non ne so niente e comunque la cosa non mi riguarda. A domattina».

Amilcare non riuscì a studiare, quel pomeriggio. Era furente.

Che razza di gioco stavano conducendo padre e figlia alle sue spalle? Se avesse avuto una sola possibilità, si sarebbe licenziato. Camminò lungo i viottoli tra i campi fino a quando il sole tramontò.

Il giorno seguente, Bianca non si fece vedere in azienda e, dopo qualche giorno, seppe che era partita per la Liguria dove avrebbe trascorso l'estate. La settimana successiva ricevette una sua lettera da Nervi:

È cosa nota, caro Amilcare, che io sono bizzarra. Ci sono momenti in cui perdo il lume della ragione e mi lascio dominare dalla collera, convinta che il mondo intero stia complottando contro di me. In quei momenti, io soffro moltissimo e soltanto umiliando soprattutto le persone che amo riesco a stare meglio. Poi, riprendo il controllo. Mi dispiace di averti aggredito e messo in difficoltà. Io ti amo e desidero sposarti.

Amilcare lesse e rilesse infinite volte quel messaggio e valutò con calma la situazione. Voleva bene a Bianca ma sapeva che era una persona difficile, imprevedibile. Decise di gestire quella proposta di matrimonio come una transazione d'affari. Qualche giorno dopo, bussò alla porta dell'ufficio del padrone.

Gli mostrò la lettera di sua figlia che lui lesse attentamente.

«Bianca vuole diventare tua moglie», constatò il commendator Crippa.

«Lei, invece, vorrebbe un genero più adatto al suo rango», ragionò sommessamente Amilcare.

«Comunque lei vuole te e non un altro e a me sta bene.»

«Allora sposerò la signorina Bianca e mi impegno a volerle bene, ma a una condizione», replicò il giovane.

«La conosco già: domani le Robinetterie Crippa saranno tue.»

Quel matrimonio era una conquista insperata per Amilcare Cantoni, quasi la favola di Cenerentola e il principe, al contrario. Ma lui aveva valutato tutte le implicazioni che questa decisione comportava, perché non sarebbe stato un punto d'arrivo, ma di partenza.

Il Crippa e il suo dipendente erano in piedi, ai due lati della scrivania, come a prendersi reciprocamente le misure e proprio questa reciprocità stava un po' spiazzando l'anziano genitore che si era aspettato un atteggiamento diverso da quello riflessivo e lievemente riluttante del giovane interlocutore. Era pronto a sancire l'accordo con una stretta di mano, anche perché non aveva dubbi sul fatto che Amilcare avrebbe retto degnamente le sorti dell'azienda.

Amilcare, invece, esitava. Il Crippa se lo ricordava adolescente, con i calzoni corti; negli occhi scuri di quel ragazzino aveva letto la determinazione a cambiare il suo destino. Che cos'altro voleva quel benedetto ragazzo, si lamentò ora, aspettando che Amilcare spiegasse le sue riserve.

«Non intendo sposarmi se prima non mi sarò laureato. È una questione di dignità, commendatore, dal momento che non ho altro da portare in dote», esordì.

«È una richiesta o un'affermazione?» domandò il padrone, sedendosi e invitando Amilcare a fare altrettanto.

«Devo pensare che lei non sia d'accordo su un'attesa di tre anni?» chiese il giovane accomodandosi di fronte a lui.

Fu la volta del Crippa di riflettere e concluse che l'atteggiamento e la condizione che Amilcare poneva erano molto apprezzabili, ma pericolose.

«In tre anni possono cambiare tante cose...» disse, meditabondo.

«La signorina Bianca potrebbe cambiare idea e scegliere un uomo migliore», replicò Amilcare che non intendeva fare la parte del marito che entra in casa per appendere il cappello.

Il commendatore pensò a Generoso Castelli sul quale aveva formulato qualche speranza quando Bianca era fuggita con lui a Parigi. Con il senno di poi si era reso conto che il giovane Castelli non sarebbe stato raccomandabile per nessuna ragazza di buona famiglia, tant'è che ora aveva per amante un'attricetta di varietà.

«O potrebbe capitare che le stravaganze di Bianca inducano te a decisioni diverse», puntualizzò Luigi Crippa.

«Questo non può accadere. Quando abbiamo litigato le ho fatto capire una volta per sempre che non accetto le sue bizzarrie. E comunque vorrei precisare che sposo Bianca perché mi piace così com'è e non per il patrimonio che porterà in dote», chiarì e soggiunse: «Nel frattempo spero tanto che la cosa non si risappia, perché detesto i pettegolezzi e Dio sa quanti se ne faranno, a suo tempo».

«Riferirò a Bianca il nostro colloquio», concluse il commendatore.

«Io le scriverò e spero che la sua villeggiatura in Liguria duri a lungo, perché oltre al lavoro ho anche molto da studiare», dichiarò alzandosi dalla sedia.

A quel punto si alzò anche il padrone e gli tese la mano. Quel ragazzo che aveva visto crescere, lavorare con impegno, sacrificarsi per studiare, era la sola persona a cui avrebbe affidato quella figlia un po' folle ma alla quale voleva molto bene.

La sera stessa Amilcare scrisse una lunga lettera a Bianca, che iniziava così: «Anch'io ti amo e sarò felice di sposarti subito dopo la laurea».

Bianca divenne una creatura dolce e mansueta, sempre pronta ad assecondare i desideri del fidanzato. Tre anni dopo Amilcare si laureò, e la settimana successiva sposò Bianca.

7

Le nozze furono celebrate in forma privata nella chiesa di San Francesco. Testimone per lo sposo fu un compagno di università e per la sposa, bizzarra come sempre, Generoso Castelli che, dopo la cerimonia, trovò il modo di sussurrare ad Amilcare: «Lo sai che da oggi in avanti ti aspettano giorni difficili?»

«Adesso che me lo hai detto cercherò di non dimenticarlo», rispose il giovane, con tono ironico.

Erano nel giardino della villa dove era stato allestito un rinfresco per pochi invitati: i genitori dello sposo, alcuni suoi compagni del Politecnico, gli amici più intimi di Bianca e del padre, una rappresentanza della fabbrica.

Gli sposi non avevano voluto doni di nozze, ma un'offerta per la chiesa.

Quando gli ospiti se ne furono andati, il commendatore convocò lo sposo nel suo studio per sancire, alla presenza di due avvocati e di un notaio, il passaggio di proprietà delle Robinetterie Crippa ad Amilcare

Cantoni. Secondo le leggi vigenti, Bianca poteva essere esclusa da questa operazione con il pieno assenso del commendatore che si fidava molto del genero e poco della figlia. Amilcare, invece, pretese che la fabbrica fosse cointestata a lui e a Bianca.

«A condizione, però, che compaia solo il tuo nome come nuovo proprietario dell'azienda», affermò il suocero con tono perentorio.

Quando i due sposi si trovarono finalmente da soli, Bianca domandò al marito: «Sei felice?»

«Sì, molto. E tu?»

«Non ho mai cercato la felicità. È stata lei a venire da me.»

Amilcare la guardò con tenerezza.

«Sei stanca. Vai a riposare», le disse.

«E tu?» domandò lei.

«Io devo abituarmi all'idea di vivere in questo lusso e non è facile...»

«Che cosa intendi dire?» chiese Bianca.

«Le nostre vite non cambieranno, solo perché ci siamo sposati. Giusto?»

«Giusto.»

«Da quando mi sono laureato le tue domestiche mi chiamano ingegnere, come chiamano commendatore tuo padre...»

«Cantoni, sputa l'osso», lo sollecitò scherzosamente sua moglie.

«Non sono a mio agio.»

«Avevamo deciso insieme di vivere qui con mio padre.»

«Lo so, ma...» Amilcare le sorrise, le sfiorò il viso con una carezza e disse: «Dammi il tempo di acquisire tutte queste nuove abitudini. Sai cosa facciamo? Montiamo in macchina e andiamo a Milano. C'è un bellissimo albergo in via Manzoni».

«Il *de Milan*, lo conosco.»

«Bene, passeremo lì la nostra prima notte.»

«Tanto valeva andare in luna di miele», obiettò lei.

«Per quella non ho ancora i soldi, ma posso permettermi una stanza al *Grand Hotel*. Voglio offrire una prima notte fantastica alla mia regina.»

«Grazie, tesoro», sussurrò lei, abbracciandolo.

Era bella, serena, felice. Amilcare la ricordò sempre così nei lunghi anni che seguirono. Aveva capito che Bianca voleva soltanto essere amata, e lui l'amava molto e l'avrebbe sempre protetta.

Villanova

1

«Fu così che i Cantoni subentrarono ai Crippa, e ci sono momenti in cui, nella sua follia, Bianca ritiene che l'abbiano derubata. Non è vero, ovviamente. Quanto a mio suocero, ha amato e ama ancora sua moglie, altrimenti non continuerebbe a proteggerla anche ora che è vecchio e stanco», disse Celina a Léonie.

Aveva centellinato il suo formaggio preferito e il calice di spumante. Nel grande salotto, rischiarato dalla fiamma del focolare, la storia di Bianca aveva catturato Léonie che ascoltava la suocera accoccolata su un cuscino, ai suoi piedi, e ora aspettava il seguito.

«Credo che nessuno, nemmeno Amilcare, sia mai riuscito a penetrare nelle vie tortuose della mente di sua moglie. A volte, la sua sincerità è spiazzante. Ricordo la prima volta che entrai in questa casa come fidanzata di mio marito. Mi prese da parte e mi domandò: 'L'hai già dato il contentino a mio figlio? Sai a cosa alludo'. Divenni rossa, scarlatta, viola. Lei scosse il capo e borbottò: 'Impongono a noi donne di resistere a ogni tentazione, eppure ci definiscono il sesso debole. Invece il sesso debole è quello dei maschi'.»

«E dopo che la nonna Bianca si fu sposata, che cosa accadde?»

«Non voglio raccontarti tutto adesso. Perché non facciamo una pausa e mi racconti tu qualcosa?» propose Celina.

«Ci sto. Che ne direbbe se chiedessi il permesso di lavorare in fabbrica? Poiché Bianca andava in ufficio con suo padre, mi è venuta la voglia di fare la stessa cosa con mio suocero. Mi piacerebbe guardarmi un po' in giro, senza infastidire nessuno. Che ne dice?»

Celina aveva capito da un pezzo che sua nuora si stava annoiando.

«Ne parlerò con mio marito e tu parlane con il tuo», rispose la donna.

In quel momento Nesto entrò con il suo passo cauto, si accostò alle due e annunciò: «Chiedo scusa, ma la signora Bianca non sta bene e il dottor Guido ha chiamato il medico che è arrivato adesso».

«Aiutami ad alzarmi. Vado da lei», disse Celina alla nuora.

«Vengo anch'io», propose Léonie, di slancio. Poi soggiunse: «Se posso». Ora si sentiva in colpa per essersi offesa e non aver offerto nuovamente il suo aiuto a Bianca.

Percorsero tutta l'ala centrale della villa, imboccarono il corridoio dell'ala ovest e incrociarono le due domestiche addette alla cura della nonna.

«Come sta mia suocera?» domandò Celina.

Le due scossero il capo. Guido, in quel momento, uscì dalla stanza della nonna e disse: «Il medico è di là... la sta visitando».

«Tuo nonno?» indagò Celina.

«È con loro», rispose Guido, precedendo la madre e la moglie in un salotto attiguo alla camera da letto.

Léonie sedette accanto al marito e, con la suocera, stettero in silenzio ad aspettare. Ripensò al racconto che maman Celina le aveva fatto e ricordò le fotografie di Bianca Crippa, sola o con il marito, che aveva visto in un album della famiglia Cantoni.

Ritraevano una donna bella, di un'eleganza sofisticata, il viso incorniciato da un'aureola di capelli scuri. Portava lunghe collane e cappelli di ogni foggia. L'aveva colpita lo sguardo impenetrabile, invece Amilcare era sempre sorridente. L'ingegnere e l'ereditiera erano personaggi affascinanti. Ma non c'era una sola fotografia di Bianca con i due figli: Renzo, il maggiore, marito di Celina, e Gioacchino, il sacerdote arciprete di una parrocchia del Lecchese. I due ragazzi, invece, erano spesso ritratti con il padre in immagini scattate in montagna o al mare. Quasi che i figli li avesse allevati Amilcare. Il racconto di Celina si era interrotto al giorno delle nozze.

Che altro nascondeva la vita della grand-maman?

Si sorprese nel sentire sulla sua la mano carezzevole di Guido.

«Credo che la nonna stia morendo», le sussurrò.

«Mi dispiace tanto», rispose lei, sapendo che Guido le voleva molto bene. E proseguì: «Tua madre mi ha parlato a lungo di lei. Mi ha detto di come tuo nonno e lei si sono conosciuti».

Il medico entrò in salotto seguito da una cameriera che gli aveva fatto strada e che gli disse: «Le porto subito il caffè».

«Allora?» domandò Guido.

«Si sta spegnendo più serenamente di quanto sia vissuta.»

«Posso vederla?» chiese.

L'uomo annuì.

«Vengo anch'io, se posso», propose Léonie.

L'uscio della camera di Bianca era socchiuso e i due videro il vecchio Amilcare seduto accanto al letto che parlava sommessamente alla moglie, mentre le accarezzava i capelli candidi.

Léonie e Guido si scambiarono uno sguardo d'intesa. Non avrebbero interrotto quegli ultimi istanti di intimità di un lungo e difficile amore.

Nel salotto, Celina piangeva sommessamente.

«Hai avvertito il papà?» domandò a Guido che rientrava con Léonie.

«Devo farlo?» replicò lui, quasi esitante.

«È sua madre, deve essere informato», lo rimproverò Celina.

Léonie, che non capiva, rivolse uno sguardo interrogativo al medico di famiglia che, sicuramente, sapeva tutto. Le rispose con un gesto per invitarla a ignorare quella conversazione. Poi disse: «Torno da lei», e uscì dal salotto.

«Avvertirò anche lo zio Gioacchino», decise Guido.

2

Bianca Cantoni, nata Crippa, si spense quietamente quella stessa notte e i funerali si svolsero la vigilia di Natale. Venne deposta nella cappella di famiglia del cimitero di Villanova. Come spesso accade, il funerale fu l'occasione per rivedere parenti e amici e, alla sera, il cuoco, il pasticciere e il personale addetto alla cucina della villa esibirono il loro talento culinario per una cena con molti ospiti.

Il patriarca, l'ingegner Amilcare Cantoni, sedeva a capotavola e pronunciò poche parole: «Se esiste un aldilà, la mia Bianca adesso è tra le braccia del Signore. È stata l'unico amore della mia vita, la mia gioia e il mio dolore per non essere riuscito a liberarla dai fantasmi che spesso la perseguitavano. Che mia moglie riposi in pace e io tenterò di vivere serenamente i giorni o gli anni che mi restano. Tutti noi Cantoni cerchiamo di non dimenticare mai che questa è la sua casa e che a lei dobbiamo tutto quello che abbiamo».

Tra i convitati c'era Generoso Castelli che in quel

momento avrebbe voluto confessare che non si era sposato perché nella sua vita aveva amato solo Bianca. Amilcare l'aveva sempre saputo, così come sapeva che l'amico aveva vestito i panni di cicisbeo settecentesco sempre pronto agli ordini di Bianca per accompagnarla a un concerto, quando lui aveva altri impegni, o a una mostra d'arte, o a una prima teatrale sciogliendosi di gioia quando lei gli sussurrava «grazie» o gli regalava un sorriso.

Amilcare, adesso, lo aveva fatto sedere alla sua destra e gli ingiunse: «Smettila di frignare».

L'amico, che aveva gli occhi rossi di pianto, rispose: «Abbiamo tutti e due un piede nella fossa, eppure tu non smetti di rimbrottarmi e io non smetto di detestarti».

«È questo il bello dell'amicizia», replicò Amilcare, con un sorriso.

Léonie, che sedeva al lato opposto del lungo tavolo, domandò a Guido, che le era accanto: «Perché il nonno sta litigando con Generoso?»

«Se mia madre ti ha parlato della nonna, ti avrà raccontato qualcosa anche di lui.»

«Era quello con la Super Fiat blu e argento?» bisbigliò incredula.

«Lui», confermò il marito.

«Il nonno ha accettato che frequentasse sua moglie per tutti questi anni?»

«Credo che gli abbia fatto comodo», rispose Guido.

«Ma non era un libertino?» domandò ancora Léonie, in un sussurro.

«Appunto. Le donne erano il suo svago, Bianca era

il grande amore», spiegò Guido. E soggiunse: «Adesso smettila di fare domande».

Alla fine della cena, gli ospiti, quasi tutti anziani, lasciarono la villa. Si congedò anche lo zio Gioacchino che doveva tornare nella sua parrocchia per officiare la messa di mezzanotte. Il Natale e i giorni che seguirono filarono via velocemente. Léonie e suo marito trascorsero una breve vacanza sulle nevi del Tirolo con i loro amici. Léonie passava le giornate facendo lunghe passeggiate, mentre Guido si lanciava sulle piste innevate. Poi prendeva il sole sul terrazzo dell'albergo, imbastendo chiacchiere con altre signore che, come lei, aspettavano il ritorno dei mariti.

Dopo cena, lei e Guido giocavano a carte con gli amici fino a quando, vinti dalla stanchezza, raggiungevano la loro stanza. Una sera, sdraiati nel grande letto matrimoniale, coperti da un soffice piumino d'oca, lei gli chiese: «Perché non ho mai visto fotografie di tua nonna con i suoi figli?»

«È così importante saperlo?» rispose lui, sbadigliando.

«Vorrei conoscere la famiglia di cui farà parte nostro figlio.»

«Non ti basta quello che ti raccontano le tue amiche a Villanova?» replicò lui, con accento provocatorio.

«Non mi dicono niente e io non faccio domande. I fatti di famiglia riportati da altri sono sempre distorti», precisò Léonie.

«Quello che so della nonna mi viene dalle voci raccolte in cucina, tra la servitù. Credo che nemmeno mio padre sappia esattamente che cosa accadde, perché all'epoca del fattaccio aveva solamente due anni. Il nonno, invece, sa tutto, ma non ne parlerà mai con nessuno.»

«Quale fattaccio?» chiese Léonie.

«Credo che la nonna sia impazzita dopo aver partorito Gioacchino, il secondo figlio, e abbia tentato di ammazzarlo.»

Su questa rivelazione sconvolgente scese il silenzio.

Poi, Guido proseguì: «Penso che si sia trattato di una depressione post partum. Sembra che il piccolo le avesse morso un capezzolo, mentre lo allattava. Lei urlò per il dolore, mentre il sangue fluiva con il latte dal suo seno e, subito dopo, mise il neonato nella culla e gli coprì il viso con un cuscino. Una domestica, richiamata dall'urlo di dolore della nonna, si precipitò nella stanza in tempo per salvare il piccolo».

«Mio Dio!» sussurrò Léonie.

Aveva già sentito storie simili e si chiese quali fantasmi spaventosi avessero sconvolto la mente di Bianca. «E dopo che cosa accadde?» domandò.

«Venne ricoverata a Ginevra, in una famosa clinica psichiatrica. Rimase lì per molti anni. Ogni mese, il nonno andava a trovarla e pare che non gli chiedesse mai notizie dei loro bambini. Li aveva cancellati dalla mente. Quando il nonno la riportò a casa, i bambini erano in collegio. Tornavano a Villanova per le feste ed erano guardati a vista, anche perché Bianca si agitava quando le si avvicinavano, come se avesse paura di loro. Il papà e lo zio Gioacchino sono cresciuti senza una madre, con tutte le conseguenze che puoi immaginare. Poi, nel corso degli anni, sembra che la nonna abbia riacquistato un relativo equilibrio fino a quando il nonno non scoprì che, di nascosto, aveva messo in vendita la villa.»

«Perché?» chiese Léonie.

«Non voleva più stare a Villanova che considerava un paese squallido. Mio padre che, all'epoca, era studente di ingegneria, rincasò nel bel mezzo di una discussione tra i suoi genitori e si sentì in dovere di intervenire. 'Di che t'impicci, tu?' lo aggredì sua madre. 'Questa è anche casa mia e di mio padre e di Gioacchino, casomai te ne fossi dimenticata', ribatté. Lei, allora, urlò: 'Avrei dovuto partorire un coniglio, piuttosto che un impudente come te'. La villa non fu venduta, ma i due non si rivolsero più la parola per molto tempo. E questa è la fine della storia che ho ascoltato a più riprese da bambino.»

«È una storia atroce», sussurrò Léonie.

«C'è di che segnare una vita, vero? Per anni ho temuto di avere ereditato dalla nonna il seme della follia, visto che aveva risparmiato mio padre e lo zio Gioacchino. E adesso dormiamo», concluse Guido.

3

Léonie entrò alle Rubinetterie Cantoni in punta di piedi. Renzo Cantoni, burbero come sempre, non diede a vedere quanto gradisse la sua presenza e, ai dipendenti, comunicò: «Mia nuora viene qui a dare un'occhiata. Datele qualcosa da fare».

La misero al magazzino delle merci dove imparò a conoscere i modelli dei rubinetti e le sigle relative, a evadere gli ordini e a controllarne la spedizione. Sorrideva a tutti, chiedeva scusa quando commetteva un errore e s'inorgogliva quando riceveva un consenso. Si impratichì dei complessi meccanismi di quel settore, memorizzando i nominativi dei fornitori e dei clienti. Dopo un paio di mesi, chiese di essere spostata in officina. Lì si entusiasmò a ogni fase della lavorazione. Torni, trapani, fresatrici e bagni galvanici divennero la sua passione.

«Vorrei imparare a lavorare su un tornio», disse al cavalier Cantoni.

«Non se ne parla. Sei all'ottavo mese di gravidanza e

faresti bene a fermarti», decise il suocero, che sussurrò a Celina: «Léonie è veramente brava. Sta facendo tutto quello che avrebbe dovuto fare Guido che, invece, da quella volta, gira al largo dalla fabbrica come se ne avesse paura».

Léonie aveva colto al volo quelle parole. Che cosa poteva voler dire «quella volta?» Misteri, sempre misteri, pensò.

Poiché, lontana dall'azienda, Léonie si annoiava, Guido le propose di accompagnarlo a Roma. In quel periodo stava lavorando alla sceneggiatura di una serie televisiva e mentre incontrava produttori e registi, lei andò per chiese e musei. Ma, dopo due giorni, non si reggeva più in piedi.

Salutò Guido e tornò a Villanova, decisa ad aspettare con pazienza il momento del parto.

Chiese alla suocera di insegnarle a leggere la musica.

Il suo primogenito nacque in una clinica milanese. Era un bambino sano e forte, che il prozio monsignor Gioacchino volle battezzare imponendogli il nome del santo protettore della sua parrocchia: Giuseppe.

Quando Léonie tornò in villa con il piccolo, ci fu una grande festa. Fu un'altra occasione per presentarla a parenti e amici che non l'avevano ancora incontrata.

Ad alcuni di loro, il cavalier Cantoni confidò: «Questa nuora francese è il figlio che avrei voluto». Con queste parole, l'industriale sottolineò l'affetto che lo legava a Léonie e la stima per l'impegno con cui si stava dedicando all'impresa di famiglia.

A un certo punto, sopraffatta dal cibo e dalle chiacchiere, Léonie abbandonò i festeggiamenti e salì nella camera del bambino che, tra le braccia di un'anziana domestica, cominciava a dare segni di scontento. Era l'ora della poppata. Liquidò la cameriera, si sistemò su una poltrona e cominciò ad allattarlo.

Traeva un piacere quasi fisico dall'allattare il suo bambino, come se, con il latte, trasmettesse a suo figlio la parte migliore di sé.

Quel giorno, dopo tanti mesi, il pensiero tornò a Roger Bastiani. Non sapeva nulla di lui: dove abitava, dove lavorava, se aveva una moglie, se aveva figli, se la sua era una famiglia felice. Eppure credeva di sapere il necessario: era un tipo solitario, maturo, bello, che si portava addosso il profumo della Provenza. Sembrava insolente e severo, invece era tenero e gentile.

Le aveva dato appuntamento a Varenna per il prossimo solstizio d'inverno, ma in un anno capitano tante cose, pensò Léonie.

Lei stessa non era sicura di volerlo rivedere. Ora aveva un figlio a cui pensare. In quel momento Guido entrò nella stanza, si avvicinò a sua moglie e la baciò sulla fronte. Rimase a guardarla mentre allattava il loro bambino, seduta sulla poltroncina di pelle color avorio, il seno turgido e candido che emergeva dalla camicetta di Sangallo bianco, il caschetto di capelli neri che esaltava la curva perfetta della nuca.

«Come sei bella!» sussurrò.

Léonie alzò lo sguardo sul marito e gli sorrise.

La mano minuscola di Giuseppe, che artigliava il

seno materno, abbandonò la presa e scivolò lenta verso il basso.

«Si è addormentato», disse lei.

Guido le sorrise, gli occhi velati dalla solita espressione malinconica. Ancora una volta Léonie si domandò quale segreto nascondesse. Sapeva che non era pazzo d'amore per lei, ma la sua dolcezza, la generosità, l'affetto sincero l'avevano indotta a sposarlo. Pensò che, in apparenza, erano una coppia invidiabile e, forse, lo erano davvero, anche se non li univa una profonda, autentica passione.

Meglio così, pensò, e si augurò che il suo matrimonio durasse per sempre, senza imprevisti né tormenti ma con tanta serenità a scandire i loro giorni. Si alzò dalla poltroncina, sollevò il bambino che dormiva e se lo appoggiò su una spalla. Lei e Guido sussultarono nell'istante in cui il piccolo emise un rutto poderoso. Risero insieme, poi lei adagiò Giuseppe nella culla.

Allora Guido le andò vicino e le porse un piccolo astuccio di velluto. «È per te, per ringraziarti di avermi dato un figlio», disse.

Léonie lo aprì e rimase senza fiato: conteneva un anello d'oro giallo a forma di fiore con, al centro, uno stupendo diamante paglierino.

Guardò Guido e obiettò: «Il figlio l'ho dato a noi due, non solamente a te».

«Certo che sì», rispose lui, «ma l'hai fatto tu!»

«Capisco», sussurrò lei. Tuttavia richiuse l'astuccio e glielo porse, dicendo: «Non voglio un premio per aver messo al mondo un figlio. Il premio è lui, il nostro bambino».

«Non volevo offenderti», replicò Guido, senza riprendere l'anello.

«Non mi hai offesa, caro. Voglio soltanto chiarire il mio punto di vista.»

«Lo hai fatto. Allora accetta questo anello che ti offro solo per il piacere di farti un regalo.»

La intenerì lo sguardo mite di suo marito che meritava una spiegazione ulteriore. Così puntualizzò: «La generosità tua e dei tuoi famigliari mi mette sempre in imbarazzo. È stata una grande fortuna per me entrare a far parte della vostra famiglia, e tu lo sai. Da te e dai tuoi ho molto di più di quello che potrei desiderare. Credo che toccherebbe a me fare a te e a loro dei regali per esprimervi la mia riconoscenza».

Posò l'astuccio su un tavolino, si accostò al marito, gli sfiorò la guancia con una carezza e disse piano: «Sono certa che mi capisci».

«Riesci sempre a sorprendermi», sussurrò lui, abbracciandola di slancio.

4

A dicembre Giuseppe aveva sei mesi ed era nella fase di svezzamento. Léonie aveva ridotto a due le poppate quotidiane, la prima al mattino e l'ultima alla sera. Durante il giorno veniva nutrito con frullati di carne, di frutta e di verdura e affidato alla cura delle domestiche mentre lei riprendeva lentamente il lavoro.

Il solstizio d'inverno si avvicinava e Léonie era inquieta. Bastava un niente per farla sussultare. Il ricordo dell'incontro con Roger Bastiani e la promessa di ritrovarsi il ventidue dicembre non le davano tregua. In un pomeriggio di sole, Guido tornò da Roma e la cercò.

«La signora è nel parco con il bambino», lo informò Nesto.

Léonie sedeva su una panchina, avvolta nella pelliccia e ninnava la carrozzina dentro cui dormiva il piccolo. Guido si avvicinò e notò lo sguardo perduto nel nulla di sua moglie.

«Sono io, tuo marito», scherzò, chinandosi su di lei per baciarle la fronte.

«Ciao. Non ti aspettavo», ribatté Léonie.

Guido guardò il figlio nella carrozzina e sorrise: un raggio di sole tingeva di rosa il viso paffuto del bambino.

«Ieri sera ho finito la sceneggiatura e stamattina l'ho consegnata al capostruttura del programma. Sono partito immediatamente e mi considero ufficialmente in vacanza fino all'anno prossimo», spiegò, sedendosi accanto a lei.

«Ah... fantastico. Il piccolo dorme. Vedi?» replicò lei, con voce monocorde.

«Non è troppo freddo, qui fuori?» domandò lui.

Da lontano veniva il suono metallico di un rastrello con cui un giardiniere ripuliva i viali invasi dalle foglie cadute. Una famiglia di merli, che aveva nidificato tra i rami di un cedro del Libano, becchettava il terreno brullo e gelato.

Erano le tre del pomeriggio. Di lì a poco sarebbe scesa la sera.

«Hai ragione. È tempo di rincasare», convenne lei, alzandosi dalla panchina.

Si avviarono lentamente verso la villa. Guido spingeva la carrozzina e lei aveva infilato una mano sotto il braccio del marito. Lungo il porticato, i domestici stavano allestendo le luci di Natale.

«Ho l'impressione che ti manchino le Rubinetterie», osservò Guido, mentre si toglievano i cappotti e una cameriera si prendeva cura del piccolo, lasciando liberi i genitori.

«Hai ragione. Dopo le feste torno in fabbrica», disse lei.

Questa decisione la liberò da un senso di torpore che, dal mattino, avvolgeva i suoi pensieri in una nebbia densa, in cui si stagliava limpida soltanto la figura di Roger che diceva: «L'anno venturo per il solstizio d'inverno sarò di nuovo qui... e ti aspetterò».

Il giorno dopo era il ventidue dicembre. Ancora non sapeva se si sarebbe messa in viaggio per andare a Varenna. Pensò che adesso poteva tranquillamente affidare Giuseppe alla servitù, dopo la poppata del mattino. In una manciata di secondi si prospettò nei particolari l'arrivo nel piccolo albergo sul lago. Si immaginò nella hall a domandare: «C'è il dottor Bastiani?»

La proprietaria avrebbe risposto: «È andato a sciare a Bormio». Oppure: «Quest'anno non si è visto».

Ma esisteva anche un'altra possibilità: che Roger fosse lì e le chiedesse: «Ci conosciamo?»

«Certo che ci conosciamo. Mi ha chiesto lei di rivederci per il solstizio d'inverno», gli avrebbe risposto.

Inorridì immaginando che lui dicesse: «Oh sì, ora ricordo. Lei è quell'imbranata che non sapeva cambiare la gomma dell'auto. Davvero ci siamo dati un appuntamento? Sa... si dicono tante cose... Francamente la sua visita mi sorprende».

Mentre, al fianco del marito, andava verso il salotto dove Nesto avrebbe servito il tè, sussurrò a fior di labbra: «Meglio scavarmi una buca e sotterrarmi dentro».

«Come dici?» domandò Guido che non aveva capito le sue parole.

Lei arrossì, girò il viso dall'altra parte, perché lui

non la vedesse avvampare, e rispose: «Solo un pensiero che è venuto e fuggito», mentì.

Nel salotto, con Celina c'era il nonno Amilcare che, da quando era morta sua moglie, passava il tempo in compagnia dei famigliari.

Il patriarca amava elaborare progetti di rinnovamento della villa o riordinare vecchie carte e fotografie, e si incantava davanti alla culla del piccolo bisnipote, osservandolo con occhi tenerissimi che esprimevano la sua gioia per quel bimbo che aveva davanti a sé chissà quali straordinarie avventure da vivere.

Amilcare Cantoni sorrise vedendo entrare nel salotto il nipote e la moglie francese.

«Dov'è il nostro cucciolo?» domandò.

«Sta dormendo», rispose Léonie, sedendo accanto a lui, mentre Guido posava un bacio sulla fronte del nonno.

«Sei tornato prima del previsto», disse Celina al figlio.

Nesto entrò sospingendo il carrello con la teiera, le tazze e un vassoio di pasticcini fatti in casa, ricchi di zucchero e di burro, che Celina guardò con golosità.

Guido raccontò di un'attrice che sarebbe stata la protagonista di una fiction ideata da lui, descrivendola bella e negata per la recitazione, ma strenuamente sostenuta dal produttore.

Léonie aveva ripreso a fantasticare su Roger. Ora era sicura che fosse a Varenna ad aspettarla e, dunque, la separavano da lui una manciata di ore. Però si domandava: per quale motivo dovrei correre incontro a uno sconosciuto, soltanto perché un anno fa mi ha dato un appuntamento? Che cosa vado cercando? Non sono forse felice con mio marito? Forse non lo sono pienamente, ma ho tutto quello che una donna può desiderare. Questa è la casa che sognavo, la famiglia accogliente che non ho mai avuto. Mio marito è un po' misterioso, ma basta questo per mettere in gioco la mia serenità? No, mille volte no. Perché dovrei precipitarmi a un incontro così stravagante? È un fatto che Roger mi ha comunicato un senso di sicurezza che non sapevo di avere e, per questo, dovrei almeno ringraziarlo. Sì, decisamente dovrei ringraziarlo. Vado a Varenna e, se lo incontro, gli dico grazie. Farò di più: gli mostrerò le foto del bambino. Questo non significa tradire Guido, non ho nessuna ragione per farlo. In fondo non ho nessun motivo nemmeno per recarmi a Varenna. Proprio così. Non ci andrò.

Il mattino seguente allattò il bambino e dopo annunciò a Guido: «Vado a Morbegno».

«Vuoi che ti accompagni?» domandò lui.

«Ti ringrazio, ma posso anche andare da sola», rispose, sperando che Guido insistesse per accompagnarla e, in quel caso, non avrebbe rivisto Roger.

«Allora vai da sola», decise lui.

«Non aspettarmi per pranzo. Mangerò un panino da qualche parte.»

Salì in auto e prese la strada per il lago.

5

La proprietaria dell'*Hotel du Lac* stava spiegando a una coppia di turisti inglesi che l'albergo non aveva un ristorante, ma che era comunque possibile, avvertendo per tempo, avere un «piatto unico» sia a pranzo sia a cena.

«Di solito, i nostri clienti vanno nei locali qui intorno e ce ne sono alcuni davvero ottimi sul lungolago.»

In quel momento la porta della minuscola hall si aprì ed entrò una giovane donna che indossava una giacca di visone di taglio sportivo e jeans a sigaretta infilati dentro stivali morbidi a tacco basso. Abituata a valutare le persone alla prima occhiata, la proprietaria la definì una bella ragazza di gran classe. Le sorrise e le disse: «Sono subito da lei».

I due inglesi ringraziarono per le informazioni e uscirono, mentre Léonie si avvicinava al banco della reception.

«Buongiorno», disse la padrona. «Posso esserle utile?» La guardava con curiosità, perché era sicura di averla già vista.

«Buongiorno», rispose Léonie. «Per caso, il dottor Bastiani...» iniziò, subito interrotta dalla padrona.

«Lei è la signora che aveva il cappotto fradicio! Ora ricordo. Il dottor Bastiani è al bar e mi ha detto di avvertirlo se qualcuno avesse chiesto di lui. Mi aspetti qui, vado subito a cercarlo», replicò, ma Léonie la trattenne con un gesto.

«Grazie, non si disturbi. Vado io da lui», disse.

Raggiunse la saletta del bar e vide Roger, seduto a un tavolino, che leggeva il giornale.

«Buongiorno», esordì esitante.

L'uomo sollevò lo sguardo e si alzò in piedi di scatto, il viso illuminato da un sorriso.

«Léonie», sussurrò e proseguì: «Dubitavo che saresti venuta e tuttavia lo speravo. Come stai?» Senza aspettare la risposta, soggiunse: «Andiamo fuori».

Roger indossò il cappotto, che aveva lasciato nella hall, e uscirono dall'albergo.

«Spero che tu possa fermarti perché ho prenotato un tavolo al ristorante sulla piazzetta.»

«Posso venire a pranzo ma devo partire subito dopo», precisò lei.

Roger le prese una mano e la infilò sotto il suo braccio, mentre diceva: «Non immagini quante volte ho pensato al nostro incontro nel corso di quest'anno».

«Anch'io», rispose lei.

«Come stai?» ripeté lui e continuò: «La tua gravidanza si è conclusa felicemente e sei la mamma di un maschietto o di una bimba?...»

«Di un maschio che si chiama Giuseppe. È sano, bello e ha quasi sei mesi, ormai.»

C'era poca gente lungo la stretta passeggiata dall'impiantito un po' dissestato. Un battello, staccandosi dal molo per prendere il largo, increspava l'acqua che si frangeva lungo la riva. Il lago scintillava illuminato dal sole di quella bella giornata decembrina.

«Sono felice che tu sia qui», esclamò Roger, e aggiunse: «Ero quasi sicuro che non ti avrei rivista».

«Ho esitato a lungo prima di decidermi a venire», confessò Léonie.

Erano arrivati sulla piazzetta, Roger le indicò un bar.

«Vuoi fermarti a bere un aperitivo o preferisci che andiamo al ristorante?» le domandò.

«Subito a pranzo. Qui fuori si gela.»

Il cameriere li scortò a un tavolo appartato, vicino a un grande camino che conferiva alla saletta un'impronta quasi casalinga, come le lasagne emiliane, buonissime, che mangiarono. Ricordarono, ridendo, l'episodio della gomma bucata e l'orgoglio di Léonie per essere riuscita, sotto la guida di Roger, a sostituirla con la ruota di scorta.

Stavano sorseggiando il caffè quando Roger, guardandola con tenerezza, le disse: «Sei dolce e affascinante, piccola Léonie. Mi hai conquistato».

«Sono sposata, Roger, e voglio molto bene a mio marito e al nostro bambino», rivelò arrossendo.

«Anch'io sono sposato. Amo mia moglie e i nostri due splendidi figli, ma è successo qualcosa di importante fra noi, non credi?»

«Forse è così», rispose lei, esitante.

Roger afferrò la mano di Léonie e la strinse fra le sue: «Riserviamo un piccolo spazio nelle nostre vite soltanto a noi due e lasciamo che il tempo decida per noi», propose lui.

«Come possiamo farlo, senza nuocere alle persone che ci sono care e che dobbiamo rispettare?» chiese Léonie.

«Ci vedremo un solo giorno all'anno, il ventidue dicembre qui a Varenna, fino a quando tutti e due lo vorremo. Sarà il nostro sogno segreto», spiegò Roger, sorridendole.

Léonie esitò, poi annuì con un piccolo cenno del capo e disse: «Adesso andiamo, devo ritornare a casa».

Uscirono dal ristorante e si incamminarono tenendosi per mano.

Léonie raccontò di Guido, della famiglia Cantoni, di Villanova, e Roger del suo matrimonio, dei figli, dell'ospedale, dell'università.

Un fiume inarrestabile di parole fluiva fra loro come se fossero legati da una confidenza e da un'intimità di vecchia data.

Arrivarono sul piazzale dove Léonie aveva posteggiato l'auto.

«Ho portato le foto del mio piccolino per fartele vedere», gli disse lei.

«Me le mostrerai l'anno prossimo», propose Roger e le aprì la portiera per farla salire al posto di guida.

Poi l'abbracciò di slancio e la tenne stretta a sé mentre le sussurrava: «Buon Natale, piccola Léonie, abbi cura di te».

«Buon Natale, Roger», rispose lei, sciogliendosi dalle sue braccia, e aggiunse sorridendogli: «Ci vediamo l'anno prossimo, il ventidue dicembre».

«Sarò qui ad aspettarti», garantì lui.

«E se ci accadesse qualcosa...» disse Léonie.

«Non c'è niente che possa dividerci», la rassicurò Roger che rimase a guardarla mentre saliva in macchina e, avviato il motore, usciva dalla piazzola per riprendere la via di casa.

6

Il giorno di Natale la villa fu invasa dai parenti e dagli amici di Renzo Cantoni e di nonno Amilcare, compreso Generoso Castelli, e da quelli di Guido e Léonie.

Quest'ultima scoprì, poiché glielo disse il marito, che Generoso aveva redatto un testamento in cui lasciava a Guido una parte cospicua dei suoi beni.

«Perché? Che senso ha?» gli domandò.

«Si è sempre considerato parte della nostra famiglia. Mi piacerebbe scrivere un soggetto cinematografico ispirato alla storia di Generoso. Mi stimola l'idea di sviscerare la vita di un uomo che ha amato nonna Bianca per interposta persona, perché tra lui e la nonna c'è sempre stato Amilcare Cantoni. A volte mi domando se la nonna non abbia amato Generoso allo stesso modo, attraverso il nonno. Mi chiedo anche come il nonno abbia vissuto questa storia, al di là della disinvoltura con cui definiva Generoso Castelli: il cicisbeo di mia moglie. Nonna Bianca è stata amata da due uomini intelligenti e onesti. Non ti sembra un intreccio singolare?» le domandò suo marito.

Era sera, erano soli nel salotto rosso. Guido sorseggiava un cognac scaldando il calice di sottilissimo cristallo nel palmo della mano. Léonie reggeva la tazza bollente della tisana alla menta aspettando che si raffreddasse.

«Forse non è così singolare», sussurrò, turbata, pensando a Roger. E domandò: «Ma chi ti dice che nonna Bianca non abbia mai fatto l'amore con il Castelli?»

«Amava suo marito, inoltre era tutto perfetto così com'era. È proprio questa l'idea su cui voglio lavorare per un soggetto cinematografico. Lei, tormentata dalle ombre della follia, intellettualmente attratta da Generoso ma innamorata del nonno, che chiamava teneramente 'il mio Cantoni'.

«Nella mia infanzia, piuttosto solitaria, ricordo certi pomeriggi d'estate quando tutti si ritiravano nelle loro stanze per riposare. Non appena la villa sprofondava nel silenzio, io diventavo l'esploratore di un regno che mi sembrava infinito, perché questa casa è molto vasta e piena di tesori e di segreti. All'epoca, il nonno era ancora il capo della famiglia e dell'azienda, ma si era già ritirato con la nonna nell'ala ovest, la parte che frequentavo meno. Mia madre pensava che fossi a letto a dormire, invece mi avventuravo di soppiatto nelle stanze che non conoscevo ancora. Mi affascinavano la fuga delle sale, gli enormi quadri appesi alle pareti, lo scricchiolio dei legni, i cassetti dei grandi armadi stipati di documenti, vecchie fotografie, scatoline di osso, di avorio, di pelle, che racchiudevano un fiore appassito, un paio di dadi, un rosario... Avevo un gatto che mi seguiva ovunque e, nel mio immaginario, era il mio scudiero fedele, pronto a segnalarmi la presenza di un pericolo, rappresentato da qualcuno di casa che mi avesse scoperto a curiosare. Quando passavo davanti alla stanza dei nonni, accostavo l'orecchio alla porta. Li sentivo parlare, ridere. Quei due sono stati molto felici. A volte percepivo degli strani lamenti. Allora mi spaventavo e scappavo. Solo dopo alcuni anni ho capito che stavano facendo l'amore. E dire che io consideravo la nonna una vecchia. Invece aveva solo cinquant'anni e, evidentemente, con il nonno aveva ancora una vita affettiva molto vivace. Pensi davvero che questa storia non sia singolare?»

«Se ti riferisci a una donna che ama l'amante mancato attraverso il marito, mi sembra in linea con la follia di Bianca», dichiarò, avvertendo un certo imbarazzo, perché non poteva fare a meno di assimilare al suo l'atteggiamento di Bianca Crippa. Poi fu colta dal sospetto che Guido sapesse del suo incontro con Roger e stesse cercando una via tortuosa per indurla a parlarne.

«È una bella storia, credimi», affermò il marito.

Léonie alzò gli occhi su di lui. Nel suo sguardo limpido non vi era neppure l'ombra di un sospetto e questo la confortò.

«Forse hai ragione tu, è una bella storia, ma è troppo complicata. Non credi?» gli domandò.

«Se non lo fosse, non sarei qui a parlarne con te.

Stai facendo da cassa di risonanza ai miei pensieri e questo mi aiuta a sviscerare l'argomento.»

«Non mi avevi mai parlato di questo progetto prima d'ora», osservò Léonie.

«C'è sempre una prima volta per ogni cosa», dichiarò Guido, gustando l'ultimo sorso di cognac. Posò il bicchiere sul tavolino, accanto alla tazza ormai vuota della moglie e soggiunse: «È passata la mezzanotte. Se andassimo a letto?»

Quella sera fecero l'amore e dopo, ormai sul punto di addormentarsi, lei pensò a Roger e disse: «Se tua nonna Bianca fosse stata meno strana, si sarebbe concessa al Castelli e probabilmente tutto sarebbe finito tra loro».

«E se, facendolo, avesse scoperto che lo preferiva a suo marito?» le domandò Guido.

«Nella vita devi correre dei rischi. Altrimenti diventi matto», sentenziò, e in quel momento decise che sarebbe andata al prossimo incontro con Roger.

A quel punto si addormentò.

Finite le vacanze di Natale tornò a lavorare in azienda e si concentrò sullo studio dell'inglese. Si iscrisse al British Council di Milano e divise le sue giornate tra il piccolo Giuseppe, il lavoro e lo studio.

Il suocero prese l'abitudine di portarla con sé quando andava a incontrare i suoi clienti in giro per l'Italia e se lei declinava l'invito per stare vicina al bambino, lui ne sentiva la mancanza, perché Léonie era diventata una presenza importante.

Léonie scoprì anche l'affetto di nonno Amilcare

per lei. Quando poteva, gli faceva compagnia e da lui che, come tutti i vecchi, aveva una memoria intatta per il passato, venne a sapere un'altra storia straordinaria di quella famiglia: quella di Celina, nata Olgiati Tremonti.

Celina

1

ALL'ORA di pranzo, i tavoli del ristorante *Savini*, in Galleria Vittorio Emanuele, a Milano, erano tutti occupati da imprenditori, ricchi commercianti, giornalisti, operatori di Borsa, direttori di banche, stranieri facoltosi, qualche intellettuale, qualche esponente dell'antica nobiltà milanese, qualche politico e relativo portaborse. Non c'era neppure una donna. Più che un ristorante, il *Savini* sembrava il tempio del maschilismo imperante.

Quando il conte Alberto Olgiati Tremonti fece il suo ingresso nel celebre locale, il direttore gli andò incontro con la deferenza dovuta solamente al nome che portava, poiché il nobiluomo, era cosa nota, si trovava sull'orlo della rovina. Nell'arco di un secolo, il patrimonio ingente degli Olgiati Tremonti si era via via assottigliato e le proprietà che il conte conservava ancora erano ipotecate, tranne il palazzo di corso Venezia in cui il nobile viveva con la moglie Marinella, nata principessa Torrani di Gallese, il figlio Jacopo che organizzava safari in Africa, e la figlia Celina, fidanzata con il giovane marchese Filippo Aldovrandi.

«Il suo ospite, signor conte, è già arrivato e la sta aspettando al bar», disse il direttore, scortandolo all'interno del locale. Amilcare Cantoni, al bancone del bar, sorseggiava un aperitivo e sgranocchiava noccioline.

«Caro ingegnere!» lo apostrofò il conte, tendendogli la mano.

«Conte», rispose Amilcare, stringendola.

«Mi segua, Cantoni», proseguì il nobiluomo.

Preceduti dal direttore, sedettero a un tavolo accanto alla vetrata che dava sulla Galleria.

Un cameriere prese nota delle ordinazioni e il sommelier stappò una bottiglia di rosso dell'Oltrepò.

«Allora, figliolo, come va?» chiese il conte Olgiati quando furono soli.

«Non mi lamento. L'azienda prospera, mio figlio Renzo è più bravo di me, quanto a Gioacchino, fa il prete che è il mestiere più bello del mondo», spiegò Amilcare.

«Ne sono convinto. Nella mia famiglia ci sono stati alcuni vescovi e cardinali. Sono vissuti tutti fino a tarda età senza le nostre tribolazioni. Se torno a nascere, giuro che mi faccio prete anch'io», asserì il conte, con fare scherzoso. Non era un segreto che la sua passione per le donne aveva contribuito ad assottigliare ulteriormente il patrimonio già risicato dai suoi avi. Poi proseguì: «Ma passando dal sacro al profano, ho voluto vederla per parlarle del palazzo di Villanova».

«L'ascolto», disse Amilcare.

«Sta andando in rovina e voglio disfarmene. Lei sa che è ipotecato, invece non sa che non ho voglia di darlo alle banche. Vengo al punto e le domando se vuole rilevare l'ipoteca. Preferisco saperlo dei Cantoni, piuttosto che vederlo trasformato in alloggio per famiglie che non avrebbero alcun rispetto per la sua storia e per le cose belle che ancora contiene.»

Amilcare ricordò quando, da bambino, si intrufolava nel parco della villa con i suoi coetanei per fare manbassa di cachi, in autunno, e di frutta gustosa, in estate. A volte si avvicinavano alla limonaia e, attraverso gli arabeschi delle finestre in ferro battuto, occhieggiavano le piante di limoni nei vasi di coccio, o si arrampicavano sui davanzali dei finestroni del piano terreno per ammirare, attraverso i vetri impolverati, le pareti tappezzate di damasco, i divani rococò, i mobili intarsiati, i soffitti affrescati.

«È ancora un gran bel palazzo», osservò Amilcare.

«L'ultima di tante residenze di campagna della mia famiglia. Allora, cosa mi dice?»

«Dovrei pensarci. Grazie a mio suocero, la casa ce l'ho. E poi non acquisterei mai il suo palazzo per abitarlo. I miei compaesani riderebbero di me e avrebbero ragione. I Cantoni sono una razza contadina prestata all'industria. Palazzo Olgiati ha un'aura di nobiltà che non ci appartiene. Guardi che non sto facendo il difficile, sto solo ragionando a voce alta. Mi dia qualche giorno di tempo per decidere.»

«Ci mancherebbe. Ma tenga presente che, il mese venturo, mia figlia Celina si sposa, e ho bisogno di denaro contante. Per fortuna si imparenta con una famiglia che ha ancora terre al sole e il mio futuro genero ha un posto di responsabilità in una banca americana. Dopo il matrimonio, la mia Celina andrà a vivere a New York.»

«Congratulazioni alla contessina», disse Amilcare.

Quello stesso pomeriggio, in azienda, affrontò l'argomento del palazzo Olgiati, che sorgeva sulla piazza della chiesa, con il figlio Renzo.

Amilcare occupava l'ufficio che era stato del suocero, quello in cui aveva imparato ad apprezzare Bianca. A volte, quando entrava in quella stanza e sedeva al posto che era stato del commendator Crippa, si immaginava di vederla ancora seduta con il suo album a disegnare idee suggestive per i loro rubinetti, o a fare ritratti dei collaboratori di suo padre. Bianca era il suo cruccio e la sua gioia. Gli aveva dato due figli sani di mente e di corpo, anche se un po' spigolosi e cocciuti. Il più difficile da gestire era stato Gioacchino, ma aveva scelto il sacerdozio ed era un prete onesto, anche se un po' collerico, che i parrocchiani stimavano. Renzo, riflessivo e determinato, assomigliava di più a suo padre. Era sempre stato uno studente modello, si era laureato in ingegneria e adesso lo affiancava nel lavoro con umiltà e intelligenza.

Renzo sedeva di fronte a lui che gli stava raccontando dell'incontro con il conte.

«Davvero Celina si sposa?» domandò al padre.

«Con un banchiere, a quanto ho capito.»

«Ci incrociamo spesso, soprattutto d'estate a Saint-

Tropez e in un paio d'occasioni l'ho trovata a Gstaad, quando vado a sciare. Devo dirti che fra le ragazze del suo ambiente, tutte molto disinvolte nel rapporto con i ragazzi, lei è una piuttosto riservata», spiegò Renzo, ripensando a tante giovani donne che aveva visto, sulle spiagge della Costa Azzurra, prendere l'aperitivo appollaiate in bikini sugli sgabelli dei bar. Conosceva Celina da quando erano bambini, anche perché, qualche volta, il conte Olgiati con la moglie principessa avevano pranzato a casa loro e si portavano appresso i due figli.

Gli inviti di Amilcare Cantoni erano sempre finalizzati a transazioni economiche. Al momento del caffè, i due uomini si chiudevano in biblioteca e il conte proponeva all'industriale l'acquisto di quadri e suppellettili. Diverse tele preziose che arricchivano le stanze di villa Cantoni venivano dai palazzi dell'Olgiati. Una volta, Amilcare rivelò al conte: «Mi piange il cuore al pensiero che lei si debba privare di tanti bellissimi quadri».

«Caro Cantoni, sa qual è la differenza tra noi due? Che lei può permettersi di acquistare le mie tele ma, pur apprezzandole, non è un esperto di arte. Io invece ne capisco parecchio e i pochi soldi di cui ancora dispongo li investo su opere di artisti che adesso costano poco, ma tra cinquant'anni varranno tantissimo. Lei compra le figure, io le idee. Chiunque, purché abbia i soldi, può avere in casa un Renoir, un Cézanne, uno Chagall, un Van Gogh e così via. L'abilità di un collezionista è quella di capire che l'arte è evoluzione e che un Capogrossi, un Fontana, un Miró un giorno varranno moltissimo. Non voglio offenderla, ma soltanto farle capire...»

«Ho capito benissimo, signor conte, ma è un fatto che a me piacciono le figure e i paesaggi, i colori, le luci e le ombre, perché mi suscitano emozioni. Mi piacciono anche le cornici, quando sono belle. E, mi creda, so distinguere la pennellata di un maestro da quella di un pittorucolo. Ma l'arte moderna più spesso mi irrita. Un quadro può turbarmi, ma non deve irritarmi. Mi bastano le irritazioni che non posso evitare nel vivere quotidiano. Così, lascio agli esperti le avanguardie e mi tengo stretta la bellezza, perché l'arte, per me, deve essere soprattutto tale», aveva risposto il Cantoni.

Renzo e Celina, che erano presenti alla conversazione, si erano guardati sorridendo e Celina gli aveva sussurrato: «Due a uno per il tuo papà».

All'epoca, Renzo era un adolescente e Celina una bimbetta di otto anni, molto sveglia e vivace.

Ora, mentre parlava con suo padre, Renzo ricordò quell'episodio ormai lontano, gli sguardi complici di Celina e la simpatia che aveva sempre avuto per quella bimbetta spigliata e riservata. Appartenevano a mondi diversi e quando il caso li faceva incontrare negli stessi luoghi, Renzo la guardava con ammirazione e un'ombra di soggezione. Suo padre, riferendosi al matrimonio di Celina, stava dicendo: «Comunque, la cosa non ci riguarda. Invece il conte mi propone l'acquisto del palazzo in paese. Cosa ne pensi?»

«C'è da spendere un capitale per restaurarlo», osservò Renzo.

«Mi è venuta un'idea. Ricordi quando il mio papà si era ammalato e abbiamo dovuto metterlo in una casa di riposo a Palazzolo? Perché non la facciamo noi qui, in paese, una casa di riposo per i nostri vecchi? La villa ritornerà bellissima, una volta ristrutturata, il giardino è grande e agli anziani il verde piace. Si potrebbe farne una specie di albergo confortevole. Però agli ospiti non deve costare niente. È la nostra gente, Renzo. Sono i genitori e i nonni dei nostri operai. Con un contributo della Sanità, potrebbero provvedere i Cantoni all'ospitalità e alla cura di queste persone che, non certo il conte Alberto, ma i suoi avi, hanno sfruttato per secoli.»

«Facciamo i calcoli e vediamo quanto possiamo spendere per realizzare questo progetto», propose Renzo.

«Telefona al conte e digli che compriamo», concluse Amilcare.

Renzo lo chiamò e gli rispose Celina. Quando sentì la sua voce, avvertì un tuffo al cuore.

2

«Mio padre è fuori città per un paio di giorni, ma so quanto gli stia a cuore liberarsi del palazzo di Villanova. Ho le chiavi e, se ti va bene, potrei venire oggi stesso per fartelo visitare», propose Celina.

«Dimmi l'ora e sarò sulla piazza ad aspettarti», rispose Renzo.

Nel pomeriggio, la contessina aprì il pesante portone di legno e i due giovani varcarono la soglia dell'imponente edificio disabitato da tempo.

Mentre passavano da una sala all'altra, salivano e scendevano scale, percorrevano vasti corridoi nella luce del primo pomeriggio di maggio, Renzo era avvolto dal profumo di mughetto della ragazza.

Le loro voci rimbombavano negli ambienti in cui erano rimasti soltanto qualche divanetto rococò sfondato, alcuni tavolini e delle belle maioliche antiche in cui nidificavano i ragni. Ovunque la muffa ricopriva le pareti distruggendo gli affreschi.

«Vieni, ti mostro la camera di Napoleone e la sala da

bagno in cui si dice che abbia dimenticato un oggetto molto personale», disse Celina con fare allegro.

«A giudicare da tutte le stanze delle ville in cui l'imperatore ha dormito, si direbbe che la campagna d'Italia si sia svolta nei letti invece che sui campi di battaglia», osservò Renzo che, di locali simili, ne aveva già visitati altri nelle dimore nobili della zona.

«Ma dagli Olgiati c'è stato davvero», replicò lei, divertita dall'osservazione di Renzo, e dischiuse un uscio che si aprì su un piccolo ambiente quadrato che aveva soltanto una tinozza di zinco e un trespolo di legno, basso, dal pianale allungato e stretto, al cui interno si apriva una cavità.

«Lì dentro c'era un catino ovale in argento massiccio che è stato venduto con il resto dell'argenteria e chissà mai che uso ne farà ora il legittimo proprietario. Non indovini che cosa fosse?» gli domandò lei con fare malizioso.

«Un bidet?» propose Renzo.

«Esatto! Il bidet di Napoleone!» esclamò lei. E proseguì: «In seguito, una qualche contessa Olgiati lo giudicò una sconcezza e il catino venne adibito a fioriera. Duecento anni fa, nobili e contadini non tenevano in grande considerazione l'igiene personale».

Finirono il giro del palazzo visitando le cucine che si affacciavano sul giardino. Da uno stipo Celina prelevò due bellissimi bicchieri di cristallo molato, aprì un rubinetto e fece scorrere l'acqua.

«Mi è venuta sete. Ne vuoi?» disse tendendone uno a Renzo.

Il giovane osservò il rubinetto che sembrava una

scultura. Era un cannello di rame che culminava con la testa di un ariete dalla cui bocca usciva l'acqua. Si era ossidato a causa dell'umidità ma era molto bello.

«C'è da fidarsi a bere quest'acqua?» chiese Renzo.

«Mio padre dice che è la migliore di tutto il paese, più pura della minerale», garantì Celina. Sedettero a un tavolo sorseggiando lentamente l'acqua come fosse una bibita.

«Allora, tuo padre vuole davvero comprare questo palazzo malandato?» domandò la ragazza.

«Pare di sì», rispose lui.

«Verrai a viverci quando ti sposerai?»

«Te lo vedi un Cantoni che si installa a Palazzo Olgiati Tremonti?»

«Perché no?»

«Non se ne parla. E, comunque, il matrimonio non è nei miei programmi, per ora», precisò.

Celina lo scrutava con un'intensità che lo faceva sentire a disagio.

«In certi ambienti si chiacchiera dei tuoi flirt.»

«Capirai!» minimizzò, pensando alle sue avventure con qualche attrice più avvenente che brava.

«Io mi sposo tra meno di un mese», annunciò lei.

«Perché?» domandò Renzo.

«Perché che cosa?» domandò Celina.

«Perché me lo dici?»

«Perché... non lo so, non dovevo? L'ho detto così, per dire...»

«Lo sapevo già. Hai venticinque anni ed è normale che ti sposi, soprattutto se hai incontrato l'uomo dei tuoi sogni, bello, di famiglia nobile come la tua, con una carriera brillante. Auguri», disse Renzo con voce incolore, e si alzò di scatto per andarsene.

«Ho fatto qualcosa che ti ha infastidito? Siamo insieme da due ore a parlare piacevolmente e all'improvviso ti irriti e te ne vai di corsa», si meravigliò lei, seguendolo fuori dalla cucina e dalla villa.

«Scusa, Celina. Mi sono ricordato di avere un impegno e non mi ero reso conto che fosse così tardi», replicò lui quand'erano ormai sulla piazza. «Devo proprio scappare», la salutò, lasciandola senza parole. Salì sulla sua auto e partì sgommando. Solo quando uscì dal paese ed era ormai in prossimità delle Rubinetterie, si accorse di essersi comportato malissimo e si chiese perché lo aveva fatto. Dovette ammettere di aver avuto un feroce attacco di gelosia. Ripensandoci, anche quando suo padre gli aveva annunciato che la ragazza stava per sposarsi si era irritato.

Parcheggiò l'auto nel cortile della fabbrica e sussurrò sgomento: «Sono innamorato di Celina e non me ne ero ancora reso conto».

Invece di salire in ufficio, dove suo padre lo aspettava, riaccese il motore e si fiondò a Milano. Entrò nel negozio di un fioraio, nel centro della città, scelse un grande mazzo di lillà bianchi e profumati e unì un biglietto in cui scrisse:

Cara Celina, ti chiedo scusa per la fuga precipitosa. Sei stata gentile a farmi visitare il palazzo di Villanova. Sono contento per il tuo matrimonio e ti auguro di essere felice.

Sulla busta indicò il nome della ragazza e l'indirizzo di Milano. Lo diede alla commessa pregandola di consegnarlo con i fiori al più presto. Poi si quietò e tornò a Villanova.

Quando incontrò suo padre era perfettamente calmo e gli disse: «Ho visitato il Palazzo Olgiati. L'incuria lo sta distruggendo ed è un peccato, perché è magnifico».

«Pensi che si possa ricavare una struttura confortevole per gli anziani del paese, senza stravolgerlo?» domandò Amilcare.

«Ne sono sicuro. È davvero ammirevole che tu voglia offrire a Villanova una casa di riposo che porti il tuo nome», osservò Renzo.

«Ti sbagli. I Cantoni non si mettono mai in mostra. Porterà il nome che le appartiene, quello degli Olgiati Tremonti», stabilì suo padre.

Qualche giorno dopo, mentre facevano colazione sfogliando i quotidiani, lessero in cronaca una notizia che li colpì: «Lutto nel mondo della finanza. In un pauroso incidente automobilistico, ha perso la vita Filippo Aldovrandi, giovane e promettente manager di un importante istituto bancario americano. Il finanziere era alla vigilia delle nozze con la contessina Celina Olgiati Tremonti».

Amilcare Cantoni disse: «Il conte Alberto non ha più bisogno dei soldi per il matrimonio della figlia e deciderà di non vendere il palazzo».

Renzo pensò che avrebbe lasciato passare qualche giorno e poi sarebbe andato a trovare Celina.

3

Quella sera, a cena, commentando la morte improvvisa del fidanzato di Celina, Amilcare chiese a sua moglie: «Che cosa si fa in questi casi? Si telefona, si manda un telegramma di condoglianze o che altro?»

«Non conoscevamo Filippo Aldovrandi, e non aveva ancora sposato la figlia del conte, quindi non si fa nulla. Tra qualche giorno scriverò io due righe agli Olgiati per dire che abbiamo saputo e che ci dispiace», rispose Bianca.

«A me non dispiace», si lasciò sfuggire Renzo.

«Perché?» gli domandò suo padre.

Renzo si chinò sul piatto e farfugliò qualcosa di incomprensibile.

«Perché si è invaghito di Celina», sparò sua madre.

«Davvero?» domandò il padre, meravigliato.

A dispetto dei suoi trent'anni, Renzo arrossì come un bambino sorpreso nel bel mezzo di una marachella. Ma si riprese subito e, folgorando sua madre con un'occhiataccia, replicò: «Ma di che ti impicci?»

«Dico soltanto quello che penso. Comunque, lei non ti degnerebbe mai della sua attenzione perché non sei un aristocratico», precisò Bianca.

«Certo che voi due avete proprio un bel modo di commentare la morte di un giovane uomo e il dolore di una fidanzata», si indignò Amilcare.

«Non vi sopporto più. Né te con il tuo buonismo, né te con il tuo cinismo», sbottò Renzo puntando un dito accusatore prima contro il padre e poi contro la madre. Sbatté il tovagliolo sulla tavola e se ne andò, lasciando la cena a metà.

Si infilò nella sua Porsche e andò a Milano dove era sicuro di trovare una compagnia più allegra in un ristorante che frequentava abitualmente.

Ma anche lì, in quel gruppo di amici provinciali e pettegoli, l'argomento dominante era la morte del giovane Aldovrandi e la quasi vedovanza di Celina Olgiati Tremonti.

Chi aveva conosciuto il giovane finanziere raccontava aneddoti non sempre esaltanti sulla sua vita di studente e di banchiere rampante. E non venivano risparmiate neppure Celina e la sua famiglia.

«Se si aspirasse l'acqua santa in cui nuota, ne verrebbe fuori un peperino. L'ho vista fare scenate furibonde al padre e al fratello solo perché avevano osato criticarla», disse una ragazza.

«Ormai, le speranze degli Olgiati di sistemare velocemente la contessina sono svanite», osservò qualcun altro.

E poiché Renzo dava segni d'impazienza, un'amica gli domandò: «Tu non dici niente?»

«Non sono fatti che mi riguardano e detesto le banalità», dichiarò, sperando di mettere fine a quegli stupidi pettegolezzi.

Dopo quella sera, lasciò trascorrere un paio di giorni e poi telefonò a casa Olgiati. Gli rispose Celina.

«Non ti ho mai ringraziato per i bellissimi lillà che mi hai mandato», esordì lei, togliendolo dall'impaccio di iniziare la conversazione.

«Come stai?» le domandò.

«Vuoi venire a trovarmi?» lo invitò lei.

«Sono in corso Venezia. Se ti fa piacere...»

Lei non gli lasciò finire la frase.

«Allora vieni. Ti aspettiamo», disse.

Lo accolse un cameriere inappuntabile che lo introdusse nello studio dove lo aspettava il padrone di casa, gioviale come sempre. Il conte sedette dietro una scrivania in stile Reggenza e invitò Renzo ad accomodarsi di fronte a lui.

«Poco fa ho parlato con sua figlia per dirle che mi dispiace...» esordì il giovane.

«Sì, sì, lo so. Ma parliamo d'altro finché siamo soli. Allora, so che Celina ti ha mostrato il palazzo. Cosa dice tuo padre?»

«Che va bene, se lei è ancora del parere di vendere.»

«Senti, Renzo, riferisci a tuo padre che si occupi lui della valutazione e di tutti gli atti relativi alla vendita. Abbiamo il notaio in comune, dunque non ci saranno problemi, perché lui ha già tutti gli atti catastali e credo che il passaggio di proprietà non ci riserverà sorprese. Prima si fa e meglio è. Sei d'accordo?» disse il conte con fare sbrigativo, si alzò dalla scrivania e soggiunse: «Adesso scusami, ma ho il mio bridge al club e devo andare. Celina sarà qui tra un attimo. Tu mettiti comodo e aspetta, perché gli attimi delle donne, di solito, sono ore».

Invece Celina entrò nello studio nel momento in cui suo padre ne usciva. A Renzo vennero in mente alcuni versi del Petrarca che aveva studiato al liceo: «Pallida no, ma più che neve bianca, che senza venti, in un bel colle fiocchi».

Celina era terrea e i bellissimi occhi azzurri denunciavano un'ansia incontenibile. Tuttavia sorrideva. Indossava un abito di lana leggera color caramello, stretto in vita da una cintura di cuoio. Calzava ballerine piatte e in una mano stringeva un fazzoletto appallottolato.

«Soffro d'allergia e di tanto in tanto mi sfugge uno starnuto», si scusò, tendendogli la mano.

«Dovresti andare al mare», disse lui. E di slancio propose: «Se vuoi, ti accompagno a Santa Margherita per il fine settimana. Là abbiamo una casa dove non va mai nessuno».

«È un invito?» gli domandò lei.

Renzo annuì.

«Grazie, no», rispose e soggiunse: «Non sarebbe conveniente, Filippo è morto solo da qualche giorno».

Erano tutti e due in piedi, l'uno di fronte all'altra,

bilanciandosi sulle gambe come se non sapessero bene che cosa fare né cosa dire.

«Se posso esserti utile...» balbettò Renzo.

«Hai mai visto il nostro giardino?» gli domandò Celina.

«Non mi sembra», rispose lui.

Lei lo precedette al piano terreno, verso l'androne di marmi e stucchi, chiuso da un grande cancello arabescato. Lo aprì ed entrarono in un giardino fiorito.

«I vecchi palazzi milanesi custodiscono gelosamente la bellezza dei giardini interni nascondendoli agli sguardi degli estranei», spiegò, conducendolo in un gazebo ricoperto da gelsomini in fiore.

All'interno c'erano un tavolino e due divanetti in ferro battuto su cui, l'una di fronte all'altro, si sedettero Celina e Renzo avvolti dal profumo penetrante dei fiori.

«Ti ho invitato qui perché in casa ci sono troppe orecchie in ascolto, anche se non pare. Vorrei che mi spiegassi perché, quando ti ho mostrato il palazzo di Villanova, a un certo punto, te ne sei andato di corsa con la faccia corrucciata», chiese lei.

«Posso fumare?» domandò Renzo, frugando nella tasca della giacca in cerca del pacchetto delle sigarette.

«Puoi fare quello che vuoi, puoi anche rispondermi», insistette Celina.

Lui guardava quella bella ragazza dalle movenze semplici e aggraziate e di getto confessò: «Sono innamorato di te».

«Tutto qui?» domandò lei con un candore disarmante.

«Ti sembra poco?» si risentì lui.

Lei gli sorrise e disse: «Ora ti racconto una storia. Tu avevi dodici, tredici anni, io otto. Credo che ti preparassi ad andare in vacanza con tuo fratello e tuo padre, perché eravate appena tornati dal collegio e si era all'inizio di luglio. Ero venuta a pranzo da voi con mio fratello e i miei genitori e, dopo aver mangiato, noi quattro siamo andati a fare un giro nel giardino. Io camminavo di fianco a te e ti guardavo. Avevi una specie di peluria bruna sul labbro superiore, un primo accenno di barba, che mi intrigava molto e avrei voluto passarci un polpastrello per accarezzarla. 'Che cosa vuoi?' mi domandasti tu, all'improvviso, sentendoti osservato. Io arrossii e sussurrai: 'Niente', e mi si riempirono gli occhi di lacrime. Allora tu cogliesti una margheritina gialla e me la offristi dicendo: 'Guarda che bella! Ha il bottone scuro come i tuoi sandali e i petali d'oro come i tuoi capelli'. Quella margherita la conservo ancora tra le pagine del libriccino della messa, che mi era stato regalato per la prima Comunione».

«Non mi ricordavo questo episodio», disse Renzo, guardandola con tenerezza.

Celina proseguì: «Non è finita. Il giorno seguente era domenica e sono andata in chiesa con la mia famiglia. Sedevamo nel primo banco, riservato agli Olgiati, di fronte all'altare. Tu sedevi alle mie spalle. Ho passato tutto il tempo della funzione con il collo girato verso di te. Tua madre non c'era, tuo fratello pregava assorto, tuo padre stava inginocchiato con gli occhi chiusi e tu fremevi di impazienza e si capiva che non vedevi l'ora che la funzione finisse. Non mi guardasti neppure una volta. Però, quando uscimmo dalla chiesa, mi regalasti un sorriso. Mi sembravi un arcangelo con quella gran testa di capelli neri un po' scomposti. Io pensai che la giacca nascondesse le tue ali. Stringevo il messale in cui avevo infilato la tua margherita e speravo che ti levassi la giacca per dispiegare le ali. Allora saresti volato da me. Mi domando perché, tra tanti ragazzini che conoscevo, avessi scelto proprio te, che eri così diverso da noi», concluse Celina.

«Forse perché ti facevo tenerezza. Non ero un ragazzo felice, ero cresciuto senza madre, con un padre che si sforzava di coprire anche il ruolo della mamma. Tu, invece, eri così serena, bionda, evanescente, sempre elegante. Mi sembrava che, se soltanto ti avessi sfiorato, saresti andata in frantumi. Poi voi smetteste di venire a Villanova. Io, dopo il collegio, mi sono iscritto all'università, mi sono laureato e ho cominciato a lavorare in azienda con mio padre.

«Andavo spesso a Milano dove con i miei ex compagni di università frequentavo i posti giusti per la gente giusta. Ben presto mi sono reso conto che il cosiddetto jet-set è composto per lo più da tipi idioti, che fanno chiacchiere idiote e vivono in maniera idiota. Si salvano in pochi in quest'ambiente dove ci si ubriaca, ci si sposta da un locale all'altro, da una città all'altra, da un continente all'altro, portandosi dietro una paurosa mediocrità e un vuoto incolmabile. Più d'una volta sono stato alle 'feste esclusive', con fiumi di champagne e una miseria morale che mi terrorizza. Mi è capitato di incrociarti ed eri così diversa da quella gente! Scambiavamo due parole e poi me ne andavo. Quando ho saputo che stavi per sposarti ho avvertito un tuffo al cuore. E quando ho letto sul giornale che il tuo fidanzato era morto, devo confessarti che non mi è dispiaciuto.»

«Una confessione in piena regola, senza il minimo tentativo di metterti in buona luce», osservò Celina, lasciandosi sfuggire un sorriso.

Renzo si alzò di scatto e la guardò con tenerezza: «Spero di non averti rovinato il pomeriggio. Ora me ne vado», le disse.

«Hai detto di amarmi, che cosa ti aspetti da me?» gli domandò lei, restando seduta sul divanetto.

Lui le prese una mano e gliela baciò.

«Niente, proprio niente. Mi dispiace che tu soffra.»

«Sono addolorata che Filippo si sia ammazzato, ma soffro per una ragione molto più grave», confessò la ragazza e gli occhi le si riempirono di lacrime.

Renzo tornò a sedersi di fronte a lei e la guardò incuriosito, pronto ad ascoltarla.

«Filippo faceva parte di quella cerchia ristretta di 'gente giusta', come dici tu, ma ti assicuro che era un uomo onesto e determinato a farsi largo nella vita. Il suo mondo era quello della finanza e della politica. I suoi libri preferiti erano i trattati di economia, la musica e la letteratura lo annoiavano. Era molto ricco e questo piaceva a mio padre che, con la sua morte, ha visto sfumare il sogno della mia stabilità economica. Però, andandosene, Filippo mi ha lasciato un'eredità importante.»

«Davvero ha fatto questo?» si meravigliò Renzo.

«Mi ha lasciato un figlio. Sono incinta di due mesi.»

4

Renzo rimase senza fiato.

Dopo qualche istante, Celina si alzò in piedi.

«Adesso possiamo salutarci», disse.

«No no no, aspetta un attimo...» balbettò lui.

«Spero che tu non riferisca a nessuno quello che ti ho confidato», lo pregò lei.

«Non aprirò bocca, mi conosci», garantì lui.

Le andò vicino e le accarezzò il viso. Lei si mise a piangere. Lui prese dalla tasca un fazzoletto immacolato e glielo porse.

Pensò che i genitori di Celina l'avrebbero costretta a interrompere la gravidanza. Si facevano tanti aborti nelle famiglie importanti, mentre in quelle povere, dove non c'era un nome da salvare, i figli si tenevano.

Celina si asciugò le lacrime e riuscì a trovare un sorriso. Sentirono dei passi sul viale coperto di ghiaia, la ragazza si ricompose e si affacciò dal gazebo. Una cameriera stava venendo verso di loro.

«La contessa manda a dire se volete che vi serva un tè», annunciò la donna.

«Grazie, no. Il signore se ne sta andando», rispose Celina.

«Veramente berrei volentieri un tè, non ho fretta», intervenne Renzo.

«Allora lo faccio servire subito», ribatté la cameriera e si allontanò.

«Non hai voglia di scappare lontano, ora che conosci il mio segreto?» domandò Celina, quando furono di nuovo soli.

Lui le circondò le spalle con un braccio, sussurrando: «Non puoi portare questo peso da sola. Non hai pensato di parlarne con i genitori del tuo fidanzato?»

«Ci ho riflettuto a lungo e ho deciso che non posso farlo. Era una faccenda tra me e Filippo. Lui aveva taciuto e io farò altrettanto.»

«Lo amavi?» si decise a domandarle.

«Sì, no, non lo so... Era un legame fortemente voluto dalle nostre famiglie, più che da noi. Tra noi due il più innamorato era lui. Io ero contenta di sposarlo perché era una persona per bene. Siamo finiti a letto quando avevamo già fissato la data delle nozze. Per me era la prima volta... e ora guarda in che guaio mi ha messo il destino.»

Venne un cameriere a servire il tè con una fragrante crostata di mele, sulla quale Celina si avventò come se, ingoiando la torta, potesse soffocare la propria infelicità.

Renzo guardava il suo bellissimo volto, l'espressione cupa degli occhi e soffrì con lei, per lei.

«Tu devi risolvere il problema prestissimo, perché è inutile continuare a tormentarti. Non mi intendo molto di queste faccende, ma credo che una donna incinta debba vivere con serenità la sua condizione», ragionò Renzo.

Ormai sul punto di andarsene, mentre le baciava la mano, riuscì ad aggiungere: «Chiamami in qualunque momento se pensi che possa esserti utile. Io ti porto nel cuore e tu non sei sola».

Quello stesso giorno, quando incontrò suo padre, Renzo disse: «Ho parlato con il conte. Per l'acquisto della villa dobbiamo rivolgerci al notaio che ha già tutta la documentazione per il passaggio di proprietà. Allora, si parte?»

Amilcare Cantoni guardò il figlio con aria sospettosa.

«Lo hai visto oggi? Non ne sapevo niente», esclamò.

«Ho portato a pranzo i nostri clienti di Mantova al *Girarrosto* e, uscendo dal ristorante, l'ho incrociato davanti a casa sua», mentì e, mentre raccontava a suo padre quella stupida bugia, si domandò perché lo stesse facendo.

Amilcare, che conosceva suo figlio molto meglio di quanto Renzo pensasse, si accorse che non era stato sincero, ma non disse niente.

Quella sera, dopo cena, quando padre e figlio si trasferirono nel salotto giallo a leggere i giornali e a discutere dell'andamento dell'azienda, Renzo disse: «Io vado a dormire».

«Mi lasci solo?» domandò Amilcare, che avvertiva nel figlio un'inquietudine insolita.

«Papà, non farmi sentire in colpa se, per una volta, mi defilo. Sai bene che la mamma sarà qui tra poco e ci sarà anche Generoso Castelli. Io mi annoio ad ascoltare i vostri discorsi.»

Bianca era uscita con Generoso Castelli che si era offerto di accompagnarla all'inaugurazione di una mostra d'arte a Palazzo Reale.

«Non vanno per ammirare i quadri... ma per vedere com'è vestita la Candiani, quali spropositi usciranno dalla bocca del Baldassarri, per raccogliere pettegolezzi sull'amante della Innocenti», brontolò, quando Renzo aveva già lasciato la stanza.

Infatti, di lì a poco, Bianca entrò nel salotto con Generoso e tra i due era in corso una polemica sterile sui libri che avevano letto da ragazzi. Bianca sosteneva che *Cuore* era un libro diseducativo perché grondava spirito di sacrificio e bontà assolutamente impraticabili, mentre *Pinocchio*, l'eterna favola del burattino che diventa bambino, era un inno all'amore.

«È l'amore che trasforma il burattino di legno in un bambino in carne e ossa», stava dicendo Bianca. «Non è così, Amilcare?» gli domandò la moglie, mentre si sbarazzava del soprabito in raso di seta blu, consegnandolo al cameriere.

«Tu hai sempre ragione, cara. Però non so di che cosa stiate discutendo», rispose il marito.

«Dei libri della nostra infanzia. È meglio *Cuore* o *Pinocchio*?» domandò Generoso.

«Appunto. Tra i due quale preferivi?» lo sollecitò la moglie.

«Preferivo *Giamburrasca*, perché era una bella denuncia dell'ipocrisia degli adulti, e anche perché gli altri due non li ho mai letti», rispose Amilcare, che quella sera non aveva voglia di fare conversazione con Bianca e Generoso. E proseguì, alzandosi: «Voi continuate pure le vostre dotte disquisizioni. Io sono stanco e vado a dormire».

In realtà era preoccupato per il figlio che gli stava nascondendo qualcosa.

Salì al primo piano e, passando davanti alla camera di Renzo, lo sentì parlare a voce alta. Si fermò ad ascoltare ma afferrava una parola su cinque e così aspettò che tornasse il silenzio e poi bussò discretamente alla sua porta.

Renzo gli aprì subito, il volto sorridente.

«Papà, non farti venire un colpo, per favore. Ho deciso di sposare Celina», gli annunciò.

«Celina... chi?» domandò Amilcare, sforzandosi di mantenere la calma.

«Olgiati Tremonti», rispose Renzo.

Vide il telefono posato sul cuscino del letto e ne dedusse che poco prima Renzo stava parlando con la ragazza.

«Ma le è appena morto il fidanzato!»

«Le sue carte sono già pronte. Le mie le preparo in velocità. Ci sposiamo subito e spero tanto che non ti dispiaccia, perché non ritorno sulla mia decisione.»

5

Amilcare e Bianca avevano camere da letto separate da un salotto in cui si rifugiavano quando il sonno tardava a venire.

Quella sera, dopo aver salutato Generoso Castelli, Bianca varcò la soglia del salotto. Indossava un pigiama da educanda in flanella leggera a fiorellini rosa e verdi. Sembrò stupita di vedere suo marito, ancora in giacca e cravatta, che sfogliava distrattamente una rivista tecnica.

«Perché non sei a letto?» gli domandò, rincantucciandosi sul divano, accanto a lui.

«Renzo si sposa», disse Amilcare, semplicemente.

Ci fu qualche istante di silenzio e poi lei domandò: «Contro chi?»

«Smettila con il tuo sarcasmo sterile.»

«È più forte di me. Lei... la conosciamo?»

«Sì, è la figlia del conte.»

«Ullallà! Avremo una nobildonna in famiglia.»

Altri lunghi istanti di silenzio, poi Bianca disse: «Credevo che fosse in lutto per la morte del fidanzato».

«Lo credevo anch'io.»

«Come te lo spieghi?»

«Non me lo spiego.»

«Siamo sicuri che gli Olgiati accettino questa parentela così... proletaria?»

«La domanda è un'altra. Celina doveva sposare un banchiere tra una manciata di giorni. Questo muore e, subito dopo il funerale, si fidanza con nostro figlio. Che cosa c'è sotto?»

«Un colpo di fulmine?» domandò Bianca, con voce esitante.

«Salta un matrimonio, salta la prospettiva di un futuro sicuro, si presuppone il dolore per un amore infranto e Celina si fidanza di corsa. Che sia matta?»

«Se lo fosse, un matto in più o in meno nella nostra famiglia che cosa cambia?»

«Non scherzare, per favore.»

«Perché non parli con Renzo?» suggerì Bianca.

«È più abbottonato di un cappotto in pieno inverno.»

«E se la smettessimo di ficcare il naso nei suoi affari e ci occupassimo un po' dei nostri?» gli domandò la moglie, allentandogli il nodo della cravatta e slacciandogli il primo bottone della camicia, mentre gli sorrideva teneramente.

Amilcare conosceva quello sguardo che aveva la facoltà di sciogliere le sue tensioni. Abbracciò la moglie e la strinse a sé con dolcezza.

«Ragazzo, spogliati», disse ancora Bianca, con voce flautata. «Nel tuo letto o nel mio?» domandò.

«Dove vuoi tu», rispose lui, mentre seminava gli indumenti sul pavimento del salotto.

Erano sposati da più di trent'anni, tra loro c'erano stati lunghi e faticosi periodi di separazione, ma quando Bianca lo tentava con dolcezza, Amilcare ritrovava la donna sensuale e tenera che lo aveva conquistato.

Renzo, dopo aver sbrigativamente liquidato suo padre, non riusciva a prendere sonno. Si rigirava nel letto, dicendosi come non capiti tutti i giorni che una ragazza che hai a lungo ammirato senza osare avvicinarla, dicesse: sposami. Ma era successo proprio questo. Quand'era salito nella sua camera, il cameriere gli aveva passato una telefonata di Celina.

«Ho riflettuto e ho una sola via d'uscita che mi consente di salvare l'onore della famiglia e mio figlio: il matrimonio. Vuoi sposarmi?»

Renzo aveva risposto sì, senza esitazione. Non gli importava che aspettasse il figlio di un altro. Avrebbero avuto altri figli. Gli premeva che Celina fosse sua per tutta la vita. Gli sembrò che gli fosse piovuta addosso una fortuna inaspettata e immeritata, perché lei era da sempre nei suoi sogni. L'amava perché era bella, perché lo aveva stregato con i suoi modi quieti e sereni, con il suo atteggiamento riservato. Il fatto di essersi data all'uomo che stava per sposare non faceva di lei una donna immorale. Celina era una brava ragazza e sarebbe stata una buona moglie. Lui sarebbe stato un buon marito e un buon padre per il bambino. Sentiva che il loro sarebbe stato un matrimonio equilibrato e sereno, l'esatto contrario del matrimonio dei suoi genitori.

Ricordava con dolore le folli scenate di sua madre, gli improvvisi abbandoni quando veniva ricoverata nelle cliniche psichiatriche e la sofferenza del padre a causa di quei distacchi. Con Celina, tutto sarebbe stato fantastico perché lui l'amava, lei gli aveva raccontato della sua passione infantile per lui e gli aveva confessato che le nozze con Filippo erano state programmate dalle rispettive famiglie. Pensò tutto questo in un istante, mentre lei gli domandava: «Vuoi sposarmi?»

Celina aveva precisato, subito dopo: «Tu sei l'unico uomo che desidero sposare».

Ora Renzo sentiva la necessità di confrontarsi con suo padre, che prima aveva liquidato con poche parole, perché aveva bisogno di riflettere.

Sul punto di bussare alla sua porta, gli giunsero distintamente dei sospiri che lo fecero ritornare in camera sua. Ebbe una smorfia di disappunto. Che cosa aveva di così catturante quella madre problematica da legare indissolubilmente a sé un uomo pacato e solido come suo padre? Quante volte, da ragazzo, aveva sperato che si liberasse da quella furia scatenata che era sua moglie?

Più di una volta lui e Gioacchino si erano domandati l'un l'altro: «Perché non chiede l'annullamento del matrimonio?»

Il fratello, meno viscerale di lui, aveva detto: «È innamorato della mamma. A lui piace così com'è. Non l'ha sposata perché era ricca, ma perché l'ama e sono certo che anche lei lo ama. Ti risulta che papà, nei lunghi anni di distacco, abbia avuto altre donne?» Se era accaduto, lui e Gioacchino non ne avevano avuto sentore. Invece entrambi avevano chiaramente ascoltato un'ammissione del padre nel parlare con un amico milanese: «Senza mia moglie, io sono un uomo perso».

La passione tra quei due non si era spenta nemmeno ora che non erano più giovani.

Renzo tornò nella sua camera, ricordando tutte le volte che il padre, dopo una telefonata della moglie, lasciava precipitosamente il lavoro in azienda per correre da lei, appena rientrata da un viaggio.

Poi Amilcare tornava in ufficio, felice come un bambino che ha vuotato il barattolo della marmellata.

Quell'unione folle era assolutamente perfetta. E la sua con Celina come sarebbe stata?

Era così agitato che dormì poco e male. Al mattino, come sempre, fece colazione con il padre nella veranda con le grandi finestre spalancate sul parco.

Amilcare, che era già seduto a tavola, salutò il figlio e vide che aveva il viso disfatto.

«Dormito male?» gli chiese.

«Abbastanza, grazie. Tu, invece, hai dormito benissimo e si vede», lo punzecchiò.

L'uomo non si scompose.

«Non mi lamento», rispose semplicemente. Poi domandò: «Vuoi dirmi qualcosa a proposito di Celina Olgiati?»

«Stamattina non vengo in ufficio. Vado a parlare con suo padre.»

«Ma è successo tutto così... all'improvviso?» domandò Amilcare.

Renzo fu sul punto di raccontargli la verità, ma non volle venire meno alla promessa che aveva fatto a Celina di non rivelare il suo segreto.

«Non così all'improvviso come credi. Comunque so che Celina non ti dispiace. Spero soltanto che il conte non frapponga ostacoli.»

«Se così fosse, tu andresti comunque dritto per la tua strada. Auguri, figliolo», tagliò corto Amilcare che, forse, aveva intuito qualcosa, ma preferiva non sapere.

6

Guido si tappò le orecchie, spaventato. Le voci concitate, provenienti dalla camera da letto dei suoi genitori, lo avevano svegliato.

Era un pomeriggio di luglio, il sole filtrava attraverso le persiane accostate e si sentiva il rumore monotono delle onde che si frangevano contro lo sperone roccioso del promontorio su cui sorgeva la villa dei Cantoni, in prossimità di Santa Margherita.

Guido aveva quattro anni. Come ogni estate, trascorreva lunghi periodi al mare con la mamma. Nei fine settimana li raggiungeva il papà con il nonno Amilcare e, solo raramente, anche con la nonna Bianca. Una volta era venuto anche lo zio Jacopo, il fratello di Celina, con due bambini color caffelatte: erano i figli che aveva avuto dalla donna africana con la quale viveva in una casa coloniale in un luogo imprecisato del Kenya. I due cuginetti si chiamavano Désirée e Joseph, parlavano in francese, però conoscevano anche un po' l'italiano, erano fantastici tuffatori e gli avevano insegnato a buttarsi in piscina dal trampolino.

Guido era letteralmente rapito dai due cuginetti dalla pelle ambrata. Da loro aveva appreso alcune parole francesi che andava ripetendo anche dopo che i due erano partiti per tornare in Africa. Era entusiasta anche dello zio Jacopo, che raccontava storie avventurose di elefanti, leoni, gazzelle e serpenti, di grandi uccelli che mangiano le carcasse degli animali morti, degli ippopotami che, malgrado l'aspetto pacifico, sono ferocissimi, di un vecchio capotribù che viveva in una grande casa di legno nel cuore della giungla.

Guido sarebbe stato un bambino felice se ci fosse stata armonia e serenità tra i suoi genitori che, invece, litigavano spesso. Ora tenne le mani premute sulle orecchie per non sentire quelle urla.

A un certo punto la lite cessò, lui sentì uno sbatter d'usci e i passi del padre che si allontanavano. Allora sgusciò fuori dal suo lettino, si accostò alla porta che metteva in comunicazione la sua camera con quella dei genitori e stette lì qualche istante in ascolto. Silenzio. Abbassò la maniglia levandosi sulla punta dei piedi, aprì il battente e rimase abbagliato dalla luce piena del pomeriggio che invadeva la camera, dove la portafinestra era spalancata.

Vide la mamma seduta sulla poltrona. Aveva gli occhi chiusi, le ginocchia alzate fino al mento, le braccia intorno alle gambe e i lunghi capelli biondi sciolti sulle spalle. Celina sussultò quando lui le sfiorò un braccio con la mano. Sorrise al suo bambino con gli occhi gonfi di pianto e gli accarezzò la zazzera bruna.

«Perché il papà grida tanto?» domandò Guido.

Celina sollevò il figlio, lo prese in grembo e, abbracciandolo con dolcezza, gli disse: «Non è successo niente di grave, piccolino. Guarda, non piango più».

«Perché il papà urlava?» insistette Guido.

«Cercherò di spiegartelo. Ti piacerebbe avere un fratellino o una sorellina?»

«Non lo so.»

«Il papà vorrebbe darti un fratellino, ma il fratellino non arriva.»

«Perché?»

«Non lo so, ma il papà vorrebbe tanti bimbi belli e bravi come te.»

«Se lui grida e tu piangi, dopo vengono?»

«Forse... chissà!» sorrise Celina.

«Io vorrei Désirée e Joseph. Potrebbero far finta di essere i miei fratellini. Gli altri non li conosco e non so se li voglio», decise il bambino.

In quel momento, Renzo entrò nella stanza e strinse in un solo abbraccio lui e la mamma dicendo: «Sono un idiota. Vi voglio tanto bene e vi faccio soffrire. Su, preparatevi, scendiamo in piscina e giochiamo tutti e tre nell'acqua».

Il motivo di tanti litigi era sempre lo stesso: l'incapacità di Celina di dare al marito un figlio.

Quando Renzo aveva incominciato a preoccuparsi perché sua moglie non restava incinta, Celina si era sottoposta a una serie di indagini cliniche e il risultato era stato che lei era una donna sana, fertile, in grado di partorire un reggimento di figli.

«È altamente probabile che sia suo marito ad avere un problema», aveva concluso il ginecologo, e aveva aggiunto: «Dovrebbe farsi visitare da uno specialista».

Qualche tempo dopo, parlando con Bianca che, con lei, era particolarmente affettuosa, Celina le aveva confidato il suggerimento del medico, seguito da una frase che non avrebbe mai dovuto pronunciare: «Con quale coraggio dico a Renzo che se non riusciamo ad avere figli la colpa è sua?» E subito si era zittita, terrorizzata. Il piccolo Guido era nato sette mesi dopo le nozze, ma poiché il suo peso non raggiungeva i tre chili, tutti avevano creduto che fosse un settimino.

«Chi è il padre del bambino?» chiese Bianca, rompendo il silenzio. E aggiunse: «Renzo sa che Guido non è suo figlio?»

Celina avvampò e rispose: «Ha deciso di sposarmi dopo che gli ho confidato di aspettare un figlio da Filippo Aldovrandi. È l'unica persona a cui l'ho detto».

«Ora tutto si spiega... il matrimonio improvviso celebrato in fretta... Il padre di Guido è il fidanzato prematuramente e inopportunamente defunto», mormorò Bianca. Poi si era avvicinata a Celina e le aveva sfiorato la fronte con un bacio.

«A volte la natura è generosa. La mia malattia ha risparmiato i miei figli ma potrebbe ripresentarsi nei miei nipoti. Gioacchino si è votato alla castità del sacerdozio, ed è un bene che Renzo sia sterile, credimi. Lui ama teneramente Guido, accontentatevi di un unico figlio, sano di mente e di corpo. Parlane con tuo marito e ritroverete la serenità. Voi due vi amate e risolverete il vostro problema.»

Celina, commossa, l'aveva abbracciata.

«Stai tranquilla, ho già dimenticato il vostro segreto», le aveva sussurrato Bianca, stringendola fra le braccia.

Varenna

1

Léonie arrivò a Varenna sotto un cielo di nuvole basse e minacciose. Era partita presto per stare con Roger, se lo avesse incontrato, il più a lungo possibile. Guido era in Sicilia a seguire le riprese di un film e le aveva fatto sapere che sarebbe rientrato a casa soltanto la sera dell'antivigilia di Natale.

Quando la proprietaria dell'*Hotel du Lac* la vide entrare nella hall, la riconobbe subito e le disse che il dottor Bastiani era arrivato il giorno prima. «Probabilmente sta ancora dormendo, perché non ha chiamato per avere la prima colazione», spiegò a Léonie.

«Vorrei salire da lui», rispose lei.

«Le consegno una seconda chiave, così non dovrà svegliarlo», propose la donna. E aggiunse: «L'appartamento è al primo piano...»

«Grazie, me lo ricordo per esserci già stata», la interruppe Léonie mentre si impossessava della chiave.

Fece le scale con il cuore in gola, si fermò esitante davanti alla porta della suite e poi, con un gesto risoluto, l'aprì. Appena mise piede nel salotto, sentì lo scroscio della doccia nella stanza da bagno e avvertì nell'aria il profumo di Roger. A quel punto si bloccò, perché si rese conto che stava invadendo l'intimità di uno sconosciuto.

Ma che cosa sto facendo? si disse e, con la mente in subbuglio, stava per andarsene quando Roger, avvolto in un accappatoio di spugna, entrò nella stanza. Le sorrise felice, e la raggiunse per abbracciarla.

«Anche quest'anno sei venuta da me», le sussurrò.

Léonie si sciolse dalle sue braccia e disse, imbarazzata: «Non avrei dovuto salire senza farmi annunciare. Non so che cosa mi abbia preso. Sono stata di un'invadenza vergognosa. Scusami, scendo e ti aspetto giù».

Roger non rispose e fece scorrere la lampo del piumino di Léonie: «Levati questo coso o scoppierai dal caldo».

L'aiutò a liberarsi del giaccone sotto cui lei indossava una giacca di velluto blu, una camicetta di raso lucido verde salvia e una gonna della stessa tinta. Quei colori esaltavano la carnagione ambrata del suo viso.

«*Mon petit amour*», sussurrò lui, stringendola a sé. Poi chinò il viso su quello di Léonie e le loro labbra si sfiorarono con dolcezza.

«Per un istante, appena ti ho vista, ho creduto che fossi una proiezione della mia fantasia, perché sono giorni che ti penso sperando di rivederti», le confessò.

«Anch'io», disse lei.

Bussarono alla porta.

«Apro io», disse Roger, «ho appena ordinato la colazione.»

Léonie lo sentì confabulare con la cameriera e poi tornò nel salotto reggendo un vassoio da cui proveniva il profumo del caffè e delle brioche calde. Lo posò sul tavolino, fece accomodare Léonie su una poltroncina e si sedette di fronte a lei. Aveva l'aria di un bambino felice.

«Che cosa vi siete detti tu e la cameriera?» domandò Léonie, incuriosita.

«L'ho ringraziata perché, sapendo che eri arrivata, mi ha informato che hanno preparato la colazione per due persone, invece che per me solo. Sono molto perspicaci in questo albergo», scherzò lui.

«Davvero!» rispose Léonie, sorridendogli. Guardava il volto bello e sereno di Roger e notò che sulle tempie c'era qualche capello bianco che l'anno precedente non aveva visto. Le due brevi rughe verticali tra le sopracciglia erano diventate un po' più profonde.

Consumarono la colazione parlando senza sosta, raccontando ciò che era accaduto nelle loro vite nei dodici mesi passati. Poi, Roger afferrò dolcemente la mano di Léonie.

«Non muoverei un dito per indurti a fare l'amore con me, ma sarei un bugiardo se non ti dicessi che sono innamorato di te e che ti desidero con tutto me stesso», dichiarò, guardandola negli occhi.

«Tu sai che tra poche ore dovremo salutarci...» esitò Léonie, turbata.

«Ma ci porteremmo nel cuore una grande gioia», continuò lui stringendole più forte la mano.

Più tardi, distesi nel grande letto matrimoniale, stretta fra le sue braccia, lei disse: «Vorrei che la nostra storia non turbasse l'equilibrio delle nostre esistenze».

«È quello che voglio anch'io», la rassicurò Roger e aggiunse: «Siamo un uomo e una donna che si sono trovati e hanno inventato un mondo fantastico nel quale vivere un solo giorno ogni anno. Ci concediamo poche ore di felicità e poi ritorniamo nel mondo reale, sapendo che la nostra favola ci aspetta di nuovo, dopo dodici mesi».

2

Nevicava quando uscirono dall'albergo per andare a pranzo. Sull'acciottolato dei vicoli si andava formando uno strato sottile di neve che rendeva scivoloso il cammino. Roger teneva stretto il braccio di Léonie mentre la guidava verso il ristorante.

«Non sarebbe fantastico se potessimo incontrarci una volta...» incominciò lui.

«In piena estate?» finì di dire lei.

Si guardarono negli occhi e, insieme, scossero il capo.

«La nostra storia è questa, e non dobbiamo chiedere niente altro», affermò Léonie.

«Sono d'accordo con te», convenne lui.

«Per quanto... un ritocchino...» sussurrò Léonie, sorridendo.

«Lo vorresti davvero?» domandò Roger.

Lei sembrò riflettere per qualche istante, poi tornò a scuotere il capo.

«No, è tutto perfetto così com'è», decretò.

I rari passanti si giravano a osservare quella bella coppia di turisti eleganti che camminavano sotto la neve.

Al ristorante, mentre spilluzzicavano un antipasto in attesa di un passato di verdure, Roger disse: «Ho rischiato di non poter venire perché mia moglie ha avuto un incidente d'auto pauroso e *s'en est tirée de justesse*. Dieci ore di sala operatoria per ricucirla. Ho temuto il peggio e, mentre ero preoccupato per lei, non smettevo di chiedermi se sarei riuscito a venire da te. Per fortuna, tre giorni fa ha lasciato il reparto di rianimazione e sono potuto partire, felice che lei fosse fuori pericolo e felice perché speravo di ritrovarti».

«Mi dispiace tanto per tua moglie», disse Léonie.

«Forse dovremmo scambiarci i numeri di telefono nel caso ci succedesse qualcosa di grave», suggerì lui.

«Se avessi il tuo numero non so come potrei resistere alla tentazione di cercarti», confessò lei.

«Sarebbe lo stesso anche per me», convenne lui.

«Finiremmo per rovinare tutto e questa nostra storia così singolare, così unica, potrebbe naufragare», affermò Léonie.

«Hai ragione, sarebbe un errore», concordò lui e portò alle labbra, con delicatezza, una mano di lei sussurrando: «Tu mi rendi felice, piccola Léonie».

Quando lasciarono il ristorante aveva smesso di nevicare ma il freddo si era fatto ancora più pungente.

«Devi andare a Morbegno?» domandò Roger.

«Dovrei, ma è tardi e preferisco ritornare subito a Villanova. Tra un paio d'ore a casa nostra confluiranno mamme e bambini per la festicciola natalizia di mio figlio.» Si rifugiarono nel bar dell'albergo a bere un caffè, seduti davanti alle finestre che si affacciavano sul lago.

«Ti faccio vedere le ultime foto del mio piccolino», disse orgogliosa Léonie, pescando dalla borsetta alcune istantanee a colori.

«Non trovi che mi assomigli?» domandò, mostrandogliele.

«Forse, ma alla sua età i lineamenti non sono ancora ben definiti. Mi sembra invece che sia un giovanotto in buona salute e con due occhietti molto vivaci», commentò Roger.

«È scatenato, corre e salta come un cavallino, parla a raffica e pretende che tutti capiscano le sue parole arruffate. Sai, io gli parlo in francese, tutti gli altri in italiano e lui sta facendo un po' di confusione», spiegò con entusiasmo. Poi guardò l'ora all'orologio da polso e annunciò: «Devo tornare a casa».

«Ho una piccola cosa per te», la colse di sorpresa lui, estraendo dalla tasca dei pantaloni un minuscolo pacchetto.

«È un dono di Natale?» domandò lei.

«L'ho visto in una vetrina di *Tiffany* la scorsa primavera, quando ero a New York, e ho pensato a te che porti sempre un bracciale con i *charms*.»

Era un ciondolo a forma di mela in oro giallo, tempestato di minuscoli rubini con due piccole foglie di smeraldo.

Lei si commosse: «È bellissimo grazie», disse, mentre

lo agganciava al suo bracciale. «Perché proprio una mela?» chiese Léonie.

«È il frutto proibito, quello che noi due stiamo addentando», scherzò Roger.

«Ed è dolce e appetitoso», aggiunse lei.

Sul piazzale, Roger l'abbracciò un'ultima volta, prima che lei salisse sulla sua auto.

«Ti auguro un anno meraviglioso», le sussurrò.

«*Au revoir*, Roger, abbi cura di te», replicò lei.

Quando rincasò, si sentiva male. Scese dall'auto battendo i denti per il freddo. Vide alcune mamme con i loro piccoli che stavano entrando nella villa.

Inaspettatamente, Guido era nell'ingresso a ricevere gli ospiti.

«Dove sei stata?» esordì, poi la guardò con apprensione: «Ma tu stai male!»

«Vado a letto di corsa», balbettò lei e si avviò verso l'ascensore.

Si spogliò velocemente e si infilò nel letto. Aveva la febbre alta e, prima di piombare in un sonno agitato, pensò che quel malanno, qualunque fosse, l'aveva esonerata dal raccontare una bugia a suo marito.

Il medico, convocato da Guido, dopo averla visitata fece qualche domanda e poi sentenziò: «Varicella. Evidentemente non l'ha presa da piccola e suo figlio, che l'ha appena avuta, l'ha contagiata».

3

LÉONIE trascorse il Natale e i giorni seguenti a letto, ma via via che la febbre diminuiva, aumentava il fastidio delle pustolette pruriginose che le coprivano il corpo e il viso. Guido prese l'abitudine di trascorrere qualche ora al suo capezzale, leggendole a voce alta gli articoli più interessanti dei quotidiani. Spesso lei scivolava piano piano nel sonno, cullata dalla sua voce e dal ricordo della giornata con Roger.

Capitava che Giuseppe, la sera, si addormentasse nel letto matrimoniale fra lei e Guido. Erano momenti di grande tenerezza in cui Léonie si sentiva una moglie appagata. Ma ogni sera, prima di addormentarsi, l'ultimo pensiero era per Roger.

Gennaio volgeva alla fine, i giorni si andavano allungando, Léonie e Guido erano nel salotto adiacente la camera da letto. Lei gli stava parlando dei suoi progetti di lavoro, tentando di capire, senza averne l'aria, le ragioni del distacco del marito dall'azienda di famiglia. Il fatto che avesse scelto di scrivere, seguendo un'inclinazione naturale, non giustificava la sua avversione per le Rubinetterie.

«Ogni volta che ti manifesto il mio entusiasmo per il lavoro, ho l'impressione che quasi ti dispiaccia», si decise a dirgli.

«Non è così. È bello che tu stia imparando a conoscere gli ingranaggi dell'azienda, ma non puoi pretendere che io provi lo stesso entusiasmo per un'attività che non mi è congeniale», replicò lui, con dolcezza.

Lei gli accarezzò il viso e domandò: «A volte mi sembra che tu sia triste».

Lui le sorrise: «Ti sbagli di nuovo. Ho tutto quello che desidero per essere felice. Tranquillizzati, Léonie. Va tutto bene».

Lo guardò dubbiosa, domandandosi se Guido stesse dicendo la verità o se piuttosto stesse mentendo a lei e a se stesso. La differenza tra suo marito, al quale voleva molto bene, e Roger stava tutta qui: Roger era trasparente, Guido era impenetrabile. Il suo sguardo azzurro aveva soltanto l'apparenza della limpidezza e lei non sapeva mai che cosa pensasse davvero. Si chiedeva se Guido sapesse di non essere figlio di Renzo Cantoni e se questo fosse motivo di infelicità per lui. I Cantoni coprivano i loro segreti con una coltre pesante e, se qualcuno tentava di sollevarla, spuntavano aculei pronti a ferire la mano indiscreta.

Guido ignorò lo sguardo perplesso di sua moglie e, invece, le tese un astuccio di velluto dicendo, con tono scherzoso: «È per te, per festeggiare la guarigione, quindi non puoi rifiutarlo».

Léonie aprì la preziosa scatolina che conteneva un ciondolo, una mela di rubini assolutamente identica a quella che le aveva regalato Roger, soltanto più grande.

«Ho visto sul tavolino da notte il tuo bracciale con i *charms* e mi ha colpito quella minuscola mela di Tiffany. È bellissima. Così ho pensato di regalartene una identica, ma più grande, da portare al collo», spiegò. Il ciondolo era infilato in una catenella d'oro giallo, intervallata da palline di smeraldi e rubini.

«Grazie, caro. È un regalo importante e mi piace molto», disse Léonie, mentre il marito gliela metteva al collo.

A quel punto si aspettò che Guido le chiedesse chi le aveva regalato quella appesa al bracciale. Lui non lo fece per discrezione o perché non gli interessava saperlo? Le stava inviando un messaggio silenzioso o la scelta di quell'oggetto era soltanto dettata dal desiderio di farle piacere? Questi interrogativi passarono in un lampo nella mente di Léonie che, per qualche istante, aspettò una domanda che non venne. Ringraziò in cuor suo lo stile del silenzio tipico della famiglia Cantoni che ora non la costringeva a mentire. Sfiorò con un bacio le labbra di Guido sussurrando: «La tua tenerezza mi commuove».

Allora Guido l'afferrò per la vita e disse: «Ti faccio notare che a causa della varicella è troppo tempo che non facciamo l'amore».

«Devo pensare che il tuo regalo fosse interessato?» lo stuzzicò lei.

«Pensa quello che vuoi, ma vieni con me», replicò,

prendendola per mano e dirigendosi con lei verso la loro camera da letto.

In febbraio Léonie riprese il suo posto in azienda. Aveva cominciato a radunare, ripulire e catalogare i rubinetti antichi trovati nello scantinato e a fare il giro dei rigattieri, che abbondavano nei paesi dei dintorni, per cercarne altri. Intanto si era sparsa la voce e i rottamatori, quando si imbattevano in vecchie valvole per l'acqua, la informavano subito, sapendo che Léonie le pagava bene. L'idea del museo del rubinetto andava lentamente delineandosi. Suo suocero aveva afferrato al volo, quasi meglio di lei, l'intuizione geniale di sua nuora e a Natale le aveva offerto in dono alcuni preziosi volumi di idraulica stampati nel sedicesimo e diciassettesimo secolo, corredati da disegni di valvole e rubinetti.

In estate era di nuovo incinta. Il secondo figlio, concepito in maggio, sarebbe nato alla fine del prossimo gennaio. All'ottavo mese, il ventidue dicembre, partì per Varenna.

Guidava piano, con prudenza, e intanto cercava di immaginare la reazione di Roger nel vederla con quel pancione. Sempre che fosse a Varenna ad aspettarla. Si rese conto in quel momento che l'incertezza dei loro appuntamenti era molto stimolante, faceva parte del gioco e contribuiva a tenere vivo il loro rapporto.

Quando la padrona la vide entrare nella hall dell'albergo, guardò strabiliata il ventre enorme di Léonie e, con l'abituale cortesia e professionalità, chiese: «Se posso... a quando il lieto evento?»

«Tra un mese, anche se vorrei che fosse subito, perché questo bambino è diventato un po' pesante», rispose Léonie, con un sorriso.

«Congratulazioni, signora. Ecco la chiave. Il dottore ha detto di farvi avere in camera la colazione non appena lei fosse arrivata.»

Léonie salì le scale e quando aprì la porta del piccolo appartamento, vide Roger, seduto in poltrona, che sfogliava un quotidiano.

Alzò lo sguardo su di lei, il viso gli si illuminò e sbottò in una risata fragorosa.

«Oh, *mon Dieu*! Non vorrai partorire qui, spero», esclamò, andandole incontro per abbracciarla.

4

«Maschio o femmina?» le chiese Roger.

«Lo sanno mio marito e il resto della famiglia, ma io preferisco avere la sorpresa quando nascerà. Comunque, io e lui, o lei, stiamo benissimo. Non immagini quanto mi senta bene quando porto nel grembo un figlio», rispose, sedendosi sulla poltrona davanti al tavolino su cui era appoggiato il vassoio della prima colazione.

«La tua bellezza mi toglie il respiro», sussurrò lui, ammirato, prendendo posto di fronte a lei. Gli occhi gli brillavano.

«Poiché me lo dici, ti credo. Però mi sento una balena e, come un cetaceo, sto bene soltanto nell'acqua.»

«È un'ottima ginnastica per le donne gravide. Riesci a nuotare tutti i giorni?»

«Abbiamo una piscina nel seminterrato. Lì sguazza anche il mio Giuseppe, lo vedessi, ha imparato prima a nuotare che a camminare.»

Finirono la colazione e Roger disse: «Stenditi sul

letto. Voglio visitarti per controllare che tutto sia a posto».

Era una bella giornata e il sole, attraverso le tende della portafinestra, rischiarava la camera da letto.

Léonie si spogliò e si infilò sotto le lenzuola coprendosi fino al mento. Roger si levò la giacca e sedette accanto a lei, sul bordo del letto.

«Voglio capire se stai davvero bene come dici», le disse, accarezzandole i capelli e poi le sue mani scesero sul viso per controllare l'interno delle palpebre, le mandibole, il collo. Scostò il lenzuolo per palpare delicatamente il seno, le ascelle e il ventre.

La parte inferiore del ventre prese a sollevarsi ritmicamente.

«Stai facendo il solletico al mio bambino che scalcia come un matto», disse Léonie, ridendo.

Roger le sorrideva, ma era silenzioso e concentrato. Chinò la testa e appoggiò l'orecchio alla sua pancia dicendo: «Non ho lo stetoscopio, ma se stai zitta riesco a sentire il battito cardiaco di tuo figlio».

Era piacevole e rassicurante sentire sulla pelle tesa del ventre il viso caldo di Roger.

«Questo cuoricino galoppa con un ritmo da campione», osservò il medico.

Poi tolse il lenzuolo e fece scendere le mani lungo le cosce e i polpacci di Léonie, come se le desse una lunga carezza, e si fermò alle caviglie che premette con i polpastrelli.

«Bevi abbastanza?» le domandò ricoprendola con il lenzuolo.

«Il necessario», rispose lei.

«Digerisci bene?»

«Be', lui o lei mi preme sullo stomaco e faccio un po' fatica. È stato così anche con il primo figlio. Stai cercando di spaventarmi?»

«Stai benissimo, anzi state benissimo. Quand'è previsto il termine?»

«Tra un mese e pochi giorni, ma vorrei che fosse ora, perché queste ultime settimane sono davvero faticose.»

Roger si alzò in piedi e le domandò: «Posso starti vicino?»

«E me lo domandi?»

Pochi minuti dopo era disteso accanto a lei e la teneva fra le braccia.

Iniziarono a raccontarsi i fatti accaduti nel corso dell'anno. Roger le disse che sua moglie non si era ancora completamente ristabilita dopo l'incidente e quindi i due figli erano stati affidati alle cure dei nonni materni, ma sperava di riaverli a casa prima dell'estate, perché la loro mamma in febbraio doveva affrontare un ultimo intervento ortopedico per rimettere in asse una caviglia. Le disse anche di avere vinto la cattedra di ginecologia e concluse: «Si è verificato anche un fatto singolare: pare che mi sia addolcito. Lo sostengono i miei colleghi, gli amici e anche la mia famiglia. Qualche giorno fa, mio padre mi ha domandato: 'Lei chi è?' Stavo bevendo il caffè e mi è andato di traverso. E lui, senza darmi tregua, ha proseguito: 'Sei cambiato, Roger. In meglio, naturalmente'. Non potevo mentirgli, non l'ho mai fatto. Così ho risposto: 'Ho un pensiero che mi dà gioia', e sai lui come ha replicato? 'Allora tienilo stretto, perché ti sta facendo molto bene'».

Léonie si strinse a lui e sussurrò: «Mi fai sentire importante».

«Non posso nasconderti che sono geloso di tuo marito», confessò Roger.

«Anch'io lo sono di tua moglie. Ma è una gelosia buona, senza le ombre di brutti pensieri.»

«Tra poco dovremo salutarci. Propongo di escludere dal nostro mondo fantastico i rispettivi coniugi», disse lui, ridendo, e strinse più forte Léonie fra le braccia. Rimasero abbracciati, coccolandosi, fino a quando dovettero alzarsi. Si salutarono sul solito piazzale e poi ognuno salì sulla propria auto e si allontanò.

5

Gioacchino nacque verso la fine di gennaio. Léonie era stata in ufficio con il suocero per tutta la mattina. Durante il pranzo aveva avvertito una lieve fitta al ventre che era subito passata, tanto che, quando Guido telefonò da Roma per sentire se c'erano novità, lei lo aveva rassicurato: «Manca ancora una settimana, lo sai. Lavora tranquillamente».

Da mesi suo marito era impegnato in un progetto che gli stava molto a cuore: una storia ambientata nell'Ottocento che si svolgeva tra Milano e il lago di Como.

Le trattative con i quadri della Rai andavano a rilento perché, ancora una volta, erano cambiati i dirigenti e bisognava ripartire da capo. Guido conosceva tutti ma era davvero difficile concludere un accordo in quel mondo fortemente influenzato dai partiti politici.

Quando tornava a Villanova se ne lamentava e una sera, a cena, dopo aver raccontato l'ennesimo tentativo fallito di stipulare un contratto, aveva concluso: «Non è solo faticoso, è anche umiliante e mi viene voglia di mandare tutto e tutti al diavolo».

«Ecco, bravo, rientra nei ranghi», aveva commentato suo padre, sperando che Guido tornasse a lavorare in azienda.

Sapeva che era fiato sprecato, perché il figlio non sarebbe mai più tornato alle Rubinetterie Cantoni, dopo quella brutta storia di cui tutti, ormai, si erano dimenticati.

Ora stava parlando al telefono con Léonie e disse: «Sei sicura che se arrivo giovedì sarò in tempo per veder nascere il bambino?»

«Sicurissima.»

A metà pomeriggio era andata a trovare il nonno Amilcare che, da alcune settimane, non usciva più dalle sue stanze perché non aveva la forza di affrontare il percorso dalla camera da letto al salotto. Lo trovò in poltrona. Stava sonnecchiando mentre una cameriera, seduta di fronte a lui, lavorava a maglia e seguiva, al televisore, un gioco a premi condotto da Mike Bongiorno.

«Vado a preparare la tisana», disse la donna, appena vide entrare Léonie.

Léonie spense il televisore, si sedette su una poltroncina accanto al vecchio, gli accarezzò una mano e gli sussurrò: «Sono venuta a farle compagnia».

Il vecchio aprì gli occhi, la guardò, le sorrise e disse: «Sei una cara ragazza. Che ore sono?»

Chiedeva l'ora a tutti, da qualche tempo, come se avesse un appuntamento e temesse di arrivare in ritardo.

«Sono le cinque.»

«Stavo sognando», disse il vecchio.

«Un sogno bello?»

«Ero giovane e gagliardo. Ero seduto sull'erba, in giardino, e giocavo a dadi con Bianca. C'era anche Generoso Castelli, quell'insopportabile cicisbeo», e aggiunse: «Alla mia età posso finalmente permettermi di dire la verità: mi è sempre stato antipatico, anche se gli volevo bene perché era un uomo sincero e infelice».

«Ma adesso è morto», osservò Léonie.

«Pace all'anima sua. Non è bello dividere l'amore per una donna con un altro, anche quando sai che quella donna vuole bene solo a te.»

Léonie avvertì un'altra fitta lieve al ventre, pensò al bambino che stava per nascere, a suo marito e a Roger. A differenza di Bianca, che riservava al legittimo consorte tutta la sua carica erotica ed era legata a Generoso solo da un sentimento di amicizia, lei nutriva per Guido un affetto autentico e profondo che conviveva in lei con l'attrazione per Roger a cui, tuttavia, riservava solo un piccolissimo spazio nella sua vita.

Emerse dai suoi pensieri e sorrise ad Amilcare Cantoni.

«È acqua passata, nonno», gli disse.

«È vero. Inoltre ho avuto una vita bellissima. I miei figli hanno seguito le loro inclinazioni con risultati eccellenti. Mio nipote ha sposato te che sembri nata per fare figli e per dirigere l'azienda di famiglia. Tutti ci portiamo dentro i nostri crucci, anche perché ci piace mostrare un'apparenza perfetta. Quando invecchi, però, devi fare i conti con quello che c'è sotto la crosta. Spero che i miei pronipoti, cioè i tuoi figli, possano infischiarsene dell'apparenza e badino di più alla sostanza.»

Entrò la cameriera portando due tisane.

«Ne ho preparata una anche per lei, signora», disse, offrendole una tazza.

«La posi sul tavolo, per favore», la pregò Léonie che cominciava ad avvertire una leggera nausea, mentre una fitta più acuta le trafiggeva le reni.

Si alzò a fatica dalla poltrona e sussurrò: «Credo di dover andare subito a letto».

Quando fu in piedi, sentì scorrere lungo le cosce un liquido caldo.

«Mi si sono rotte le acque», esclamò, preoccupata.

«Oddio, signora! L'accompagno subito a letto», si allarmò la cameriera.

«Quale letto, chiama un'ambulanza, deve andare subito in clinica», intervenne il vecchio Amilcare che era scattato in piedi, con un'agilità insospettata.

Poi gli eventi precipitarono. Léonie aveva ormai contrazioni dolorose, ravvicinate, il ginecologo non si trovava, chiamarono inutilmente un'ambulanza. Il medico del paese arrivò in tempo per far nascere il secondo figlio maschio di casa Cantoni. Guido rimase incollato al telefono a parlare con il padre che era fuori dalla camera di Léonie con Celina e il nonno. Seguì le fasi del brevissimo travaglio e quando poté averla in linea disse: «Grazie, tesoro, sei fantastica! Parto immediatamente e arriverò in nottata». Poi aggiunse: «Che cosa ne pensi se lo chiamiamo Gioacchino?»

«Come lo zio?» domandò lei.

«Per continuare con la lettera G di Giuseppe.»

«Ça va», concluse lei.

Più tardi, il nonno Amilcare ritornò da lei per controllare che stesse bene.

«Papà, Léonie ha bisogno di riposare, adesso», gli disse Renzo Cantoni che era accanto al letto della nuora.

«Questa figliola ha bisogno di me», decise il patriarca, allontanandolo con un gesto imperioso.

Il neonato era stato preso in carico da due domestiche e collocato nella stanza accanto. Giuseppe dormiva sonni beati nella sua camera e ancora non sapeva di avere assunto il ruolo di fratello maggiore. Léonie, abbandonata sui cuscini, pensava a suo marito che era in autostrada per correre da lei e a Roger, al quale avrebbe voluto mostrare il suo bel bambino. Il vecchio sedeva su una sedia ai piedi del letto e la scrutava.

Allora lei sussurrò: «Nonno, posso farle una domanda?»

«Certamente», rispose Amilcare.

«Guido ha avuto un figlio da un'altra donna, prima di sposare me?»

Se lo chiedeva da quando, facendo ordine nei cassetti dello studio di suo marito, si era ritrovata tra le mani una specie di lettera, arrotolata e trattenuta da un minuscolo braccialetto di palline di vetro colorate. Sul foglio un po' ingiallito, era scritto: COSE DA FARE PRIMA CHE NASCA IL BAMBINO, elencate di seguito, l'una dopo l'altra, contrassegnate da un numero progressivo.

Aveva letto la lista fino in fondo, poi aveva ripiegato

il foglio e lo aveva riposto nel cassetto con il braccialetto.

«No», rispose il vecchio Amilcare. E soggiunse: «Se lo avesse avuto, tu non saresti sua moglie».

«Non so niente del passato di Guido», sussurrò lei.

«È un vizio di famiglia custodire i propri dolori.»

«Ha sofferto molto?» domandò lei al nonno.

«Abbiamo sofferto tutti. Però penso che a questo punto tu debba sapere, e poiché mio nipote non parlerà mai, lo farò io.»

Amaranta

1

Guido assomigliava molto a sua madre, ma c'era sempre qualcuno che ravvisava, in talune sue espressioni, anche una somiglianza con il padre. Nessuno avrebbe mai messo in dubbio che Renzo fosse suo padre. Quando, crescendo, assumeva espressioni o atteggiamenti tipici dei Cantoni, si diceva: «Eccolo lì, tale e quale al padre». E Renzo ne era fiero, perché lo aveva sempre considerato e amato come se fosse veramente suo figlio.

Dal canto suo, Guido nutriva per lui un rispetto reverenziale e, quand'era bambino, gli scriveva letterine affettuose. Alla madre, che lo coccolava in mille modi, riservava tutte le sue tenerezze.

Con nonna Bianca aveva rapporti conflittuali, perché lei, a volte, si metteva sul suo stesso piano e gli faceva piccoli dispetti che lui ricambiava. Finivano per fare baruffa e lei gli metteva il broncio. Allora Guido si rifugiava dal nonno che se lo teneva vicino e gli insegnava a curare le piante del giardino, a pescare nel fiume, a costruire carrettini con le assicelle di legno e gli raccontava vecchie storie di paese. Il nonno conosceva tutte le famiglie del luogo e i fatti di tutti, e li raccontava a Guido arricchendoli di aneddoti. Lui lo ascoltava senza mai stancarsi. In villa veniva di tanto in tanto lo zio Gioacchino che gli regalava le immaginette dei santi. Più spesso arrivava Generoso Castelli, che Guido chiamava zio, e gli portava regali importanti: una bicicletta, un'enciclopedia per ragazzi, un telescopio per guardare le stelle. Poi si isolava in salotto con la nonna e Guido li sorprendeva in discussioni accese su argomenti incomprensibili per lui.

A volte il nonno lo conduceva in paese, a Villa Olgiati, a chiacchierare con gli anziani che vi soggiornavano.

La casa di riposo era, dopo l'azienda di famiglia, il passatempo di Amilcare. Se ne occupava attivamente e, quando era il caso, interveniva con tutto il peso della sua autorità per proporre l'assunzione di un medico, piuttosto che di un altro, ascoltava il personale e i degenti, discuteva con le cuoche che preparavano i pasti, pretendeva di assaggiare i cibi e li faceva assaggiare anche a Guido.

«Senti questa scaloppina e dimmi se ti piace», lo spronava. Oppure: «Assaggia questo dolce e anche quest'altro e dimmi quale ti piace di più».

Guido si sentiva importante quando veniva messo di fronte a una scelta, anche se sapeva che, comunque, il nonno avrebbe fatto di testa sua, pur tenendo conto dei gusti del nipotino. Poi Amilcare convocava in ufficio l'economo e discuteva a lungo con lui sui costi, sulle manchevolezze di certe prestazioni, sui vantaggi di un metodo terapeutico rispetto a un altro.

Una volta il nonno portò Guido a Roma con sé. Amilcare aveva chiesto un incontro con qualcuno al ministero della Sanità e se lo tenne vicino mentre esponeva le sue richieste a un segretario del ministro che lo ascoltava con attenzione.

Quando se ne andarono, il nonno gli disse: «Quello lì è un cretino. Non capisce niente. Devo parlare direttamente con il ministro se voglio ottenere qualcosa. Perché vedi, Guido, Villa Olgiati deve autofinanziarsi, soltanto così i nostri vecchi saranno al sicuro e nessuno potrà mandarli via».

Guido non capiva bene questi ragionamenti, ma erano comunque stimolanti.

Il rapporto con gli altri nonni, i conti Olgiati Tremonti, era molto meno coinvolgente. Il nonno conte era un gaudente che considerava il denaro come un male necessario. Renzo diceva: «Tra mio suocero e i soldi non c'è mai stata sintonia». La nonna principessa, invece, sembrava infischiarsene di tutto e di tutti e guardava ai fatti del mondo con distacco. Qualche volta affermava di voler lasciare Milano per trasferirsi a vivere con il figlio in Africa. «Se non fosse che laggiù sono tutti così neri, compresa mia nuora, ci sarei già andata da un pezzo. Santo cielo, anche la servitù, con quelle mani nere nere... che cucina il cibo, rifà i letti... mah! Ci sarà da fidarsi?» E con questi interrogativi, non si decideva mai a partire.

Guido era il solo bambino in un mondo di adulti.

Celina non aveva voluto saperne di mandarlo all'asilo, ma Renzo aveva preteso che il piccolo frequentasse le scuole elementari comunali e a quel punto la villa si era riempita di bambini, perché Celina non tralasciava occasione per offrire merende a tutti e li trattava come se fossero figli suoi. A tanti di loro aveva insegnato a nuotare nella piscina della villa e li guardava con tenerezza, sospirando: «Come vorrei aver potuto dare a mio figlio uno stuolo di fratellini e sorelline». E a Guido diceva: «Un giorno, quando sarai grande e ti sposerai, dovrai avere tanti figli, perché i bambini sono una benedizione».

Tra i compagni della scuola elementare, Guido prediligeva Amaranta Casile, figlia di immigrati calabresi venuti al Nord spinti dalla fame. La chiamavano tutti Mara, ma lui amava quel nome dolce e aspro che le si adattava, perché Amaranta aveva un incarnato bruno, i capelli del colore del grano maturo e gli occhi verdi come quelli dei gatti. Era magra come un chiodo e vestiva abitucci consunti, ma era forte come i maschi con i quali faceva spesso baruffa per un niente. E non piangeva mai, neppure quando usciva dalle zuffe piena di lividi, neppure quando la maestra la rimproverava per qualche errore. Parlava poco, ma i suoi occhi vivaci esprimevano tutta la sua fierezza che affascinava Guido, come la sua voce roca.

Una volta lui le aveva messo nella cartella un bigliettino con scritto: «Amaranta, tu mi ricordi il sole. L'altro giorno ti ho sfiorato una mano e mi sono quasi bruciato tanto era calda. A volte non riesco nemmeno a guardarti perché la tua luce mi abbaglia. Io ti amo».

Il giorno dopo, lei gli aveva sussurrato: «Sei scemo», e lui si era vergognato di quelle parole stupide, scritte di slancio. Poi, Amaranta gli aveva spiegato: «Ho sempre la febbre, ecco perché la mia pelle è calda. Ma siamo poveri, non abbiamo i soldi per consultare uno specialista e il medico della mutua non sa che cosa fare per farmi guarire. Comunque, sto bene così. Soltanto, lascia perdere la luce abbagliante e il sole. Per carità! Che cosa ne sai tu che sei un signorino di come vanno le cose per noi poveretti? Mia madre ha altri cinque figli cui badare e lavora nei campi, mio padre fa il muratore e guadagna poche lire».

Guido aveva finito per confessare questa storia al nonno, dicendogli: «Non possiamo aiutarli?»

«Essere ricchi non significa essere onnipotenti. Se aiutassimo tutti, alla fine non potremmo aiutare più nessuno. E poi, anche i poveri hanno la loro dignità. Vorresti regalare ai Casile dei soldi, e poi? Finiti i soldi sarebbero da capo.»

«Allora non c'è nessuna speranza per loro?»

«Speranza in che cosa? Nella giustizia sociale? Lasciamola ai politici che la usano come slogan quando ci sono le elezioni. Non c'è mai stata e non ci sarà mai giustizia sociale.»

Dopo le scuole elementari, Guido venne mandato in collegio, secondo la tradizione di famiglia, e dimenticò Amaranta fino al giorno in cui, dopo la laurea, entrò in azienda per affiancare suo padre.

2

In quegli anni l'azienda di famiglia prosperava. I Cantoni avevano ristrutturato e destinato interamente a uffici il vecchio edificio, sede storica delle Rubinetterie; accanto, avevano fatto costruire uno stabilimento moderno che disponeva di una sala per la mensa degli operai e di un ambulatorio in cui erano costantemente presenti un'infermiera e un medico. Il numero dei dipendenti era molto aumentato, tanto che la quasi totalità della forza lavoro di Villanova era alle dipendenze dei Cantoni.

L'agricoltura, che per secoli era stata l'unica risorsa del luogo, aveva ceduto il passo all'industria e le aree coltivabili erano state destinate all'edilizia. La fascia periferica dell'antico borgo era una specie di cantiere in cui si innalzavano condomini per ospitare le famiglie dei lavoratori che venivano in gran parte dal Sud dell'Italia. Gli stessi Cantoni erano proprietari di una decina di palazzine i cui appartamenti venivano affittati, a prezzi di favore, agli operai della fabbrica. Erano gli anni della contestazione giovanile, dei cortei, degli scioperi a oltranza. Tutti gli operai erano sindacalizzati, tranne quelli delle Rubinetterie Cantoni. Quando i rappresentanti dei sindacati andavano in fabbrica per arringare il personale, si sentivano rispondere: «Veramente noi percepiamo il giusto e le contrattazioni le facciamo direttamente con i padroni».

Erano consapevoli del fatto che, così facendo, non aiutavano i compagni meno fortunati, ma sapevano anche che tutti i privilegi di cui godevano derivavano dal confronto quotidiano con Amilcare, il padrone che era stato prima contadino e poi operaio come loro e parlava la loro stessa lingua. I lavoratori lo facevano partecipe delle loro necessità e Amilcare li coinvolgeva nella vita e nei problemi dell'azienda. Se si verificavano dei dissidi, insieme riuscivano a trovare una soluzione soddisfacente per tutti.

Amilcare aveva spiegato a Guido, fin da quando era ragazzino: «La fabbrica è la nostra famiglia. Se ai domestici diamo buoni letti e buon cibo, stanno in buona salute e lavorano bene. Allo stesso modo, se i nostri operai vengono retribuiti adeguatamente, se vengono rispettati e se si sentono parte di un'azienda, lavorano meglio. Ricordalo, perché un giorno le Rubinetterie Cantoni saranno tue».

Guido aveva il futuro già tracciato. Ma ai rubinetti preferiva la letteratura, oppure la ricerca nell'ambito universitario, ma non osava confidare questa inclinazione a nessuno. Peraltro, conosceva bene la fabbrica in tutta la sua complessità, avendo fin da bambino assistito alle discussioni e alle riflessioni tra il padre e il nonno.

Dopo la laurea si era iscritto a un corso di specializzazione in un'università americana e aveva trascorso un anno negli Stati Uniti. In quel periodo aveva intrecciato qualche avventura sentimentale, si era innamorato di una cronista della NBC ed era andato a vivere in casa sua a New York. Peccato che, dopo una breve trasferta a Boston, tornando da lei, l'aveva trovata a letto con un altro. Si era più infastidito per il fatto di doversi cercare su due piedi un nuovo alloggio che per il tradimento della ragazza. Al suo ritorno aveva cominciato a lavorare in azienda.

Il medico di fabbrica gli segnalò che diverse operaie soffrivano di disturbi nervosi, di ansie, di malesseri psicologici dovuti all'assommarsi del lavoro con le responsabilità e le incombenze famigliari. Guido ne parlò con suo padre e gli propose di assumere un'assistente sociale. Il progetto fu subito approvato e realizzato. Guido ebbe anche l'idea di pubblicare un giornale sul quale potessero scrivere i dipendenti della Cantoni per esprimere pareri sul lavoro, l'azienda, la concorrenza. Il periodico doveva uscire in occasione del centenario della fabbrica e, senza troppa fantasia, Guido lo aveva battezzato *Il Notiziario*. Aveva chiamato a dirigerlo un amico che era cronista di un quotidiano milanese. L'iniziativa era stata accolta con entusiasmo dai dipendenti e sulla sua scrivania erano piovute pagine e pagine, quasi tutte manoscritte, spesso con grafie e grammatica zoppicanti, molto interessanti. Guido si era così appassionato a *Il Notiziario* che il cavalier Cantoni una sera aveva detto a sua moglie: «Guido sta portando una ventata di novità per svecchiare la fabbrica. Ma un giorno dovrà governarla, spero almeno con lo stesso impegno con cui si occupa del giornale».

Era il mese di luglio, e Guido aveva lavorato per diverse settimane alla realizzazione del numero zero. Prima di mandarlo in stampa, aveva trascorso la giornata a rivederlo con cura, affiancato dal direttore che lo aveva raggiunto in fabbrica nel pomeriggio. A sera inoltrata, quando operai e impiegati erano già andati via ed erano entrate in servizio le due guardie notturne, Guido e il giornalista si salutarono e ognuno salì sulla propria auto parcheggiata nel piazzale. Guido accese il motore, inserì la retromarcia e urtò contro qualcosa che emise uno strillo acuto. Si fermò immediatamente, scese e trovò una donna a terra con la bicicletta capovolta. Venne loro incontro una guardia correndo e sbraitando: «Questa pedalava come una matta e lei non poteva vederla arrivare, dottore», precisò, non soltanto per chiarire la dinamica dell'incidente, ma anche per schierarsi immediatamente dalla parte del padrone.

Guido non lo sentì neppure mentre si chinava costernato sulla poverina.

La riconobbe subito: era Amaranta Casile.

«Dove hai male?» le domandò, preoccupato, mentre le tendeva la mano per aiutarla a rialzarsi.

«Al fianco», rispose, quand'era ormai in piedi, sorretta da lui. I capelli le scendevano sulle spalle esili.

«Sei tutta intera?» domandò la guardia, accostandosi a loro.

«Io sì, ma la mia bicicletta...» protestò lei.

La guardia sollevò la bicicletta e, mentre raddrizzava il manubrio che si era stortato, continuò a brontolare: «Questa ragazza esce sempre tardi e schizza via come un razzo senza guardare dove va».

«Scusami, Amaranta», sussurrò Guido.

«E di che cosa, dottore? La colpa è solo mia», replicò lei fulminandolo con un'occhiataccia, mentre si impadroniva della bicicletta.

«Mi dai del lei?»

«Non mi piace dare confidenza ai padroni», rispose con aria di sfida.

«Ma ci conosciamo da bambini...» disse lui, imbarazzato.

La ragazza non rispose, sedette sul sellino, mosse due pedalate incerte e poi prese il volo.

«Tutto a posto, dottore», lo rassicurò la guardia

«Dove lavora quella ragazza?» domandò Guido

«Al magazzino», rispose la guardia.

Guido salì in macchina e si accorse che gli tremavano le mani.

3

Il mattino dopo Guido andò in ufficio e chiese di consultare l'organico. Tra i nomi dei dipendenti addetti al magazzino c'era quello di Amaranta Casile, di anni ventiquattro. Titolo di studio: scuola media inferiore; esperienze lavorative pregresse: barista; note personali redatte dal medico di fabbrica: febbri persistenti di probabile origine nervosa, carattere spigoloso, lavoratrice puntigliosa.

Poche parole per descrivere una persona che svolgeva coscienziosamente il proprio lavoro. La sera prima, quando aveva soccorso Amaranta, erano affiorate in lui tutte le emozioni che aveva provato quando erano compagni di scuola. Ricordò il suo infantile innamoramento e si rese conto che quella ragazza continuava ad attrarlo come una calamita.

L'incarnato bruno, i capelli color del grano, i grandi occhi verdi, vivacissimi e pungenti, la rendevano irresistibile. E la sua voce roca aveva qualcosa di catturante. Le ragazze che Guido frequentava appartenevano a un mondo molto diverso da quello di Amaranta e nessuna di loro aveva mai suscitato in lui un interesse neppure lontanamente paragonabile a quello che provava per lei.

Riportò lui stesso la documentazione all'ufficio del personale e domandò a un'impiegata se la Casile si era presentata al lavoro.

La donna scorse velocemente i cartellini delle presenze e disse: «Ha timbrato, come ogni giorno, con dieci minuti di anticipo. Arriva sempre presto e se ne va dopo l'orario di chiusura».

«Grazie», rispose Guido e uscì dall'ufficio

Quella mattina non riuscì a concentrarsi sul lavoro. Era irritato con se stesso, perché l'incontro con Amaranta lo aveva molto turbato e tutto questo gli sembrava ridicolo e irragionevole. Allora cercò al telefono un amico di Villanova che, come Amaranta, era stato suo compagno di classe alle elementari e, in seguito, aveva frequentato l'Isef. Ora era maestro di tennis e di tanto in tanto giocava con lui al Tennis Club locale.

«Hai un'ora per me?» gli domandò.

Lasciò l'ufficio e andò a giocare. Poi pranzò con lui al ristorante del club.

Mentre mangiavano un'insalata, Guido gli domandò: «Sei ancora in contatto con qualcuno dei nostri compagni delle elementari?»

«Vedo Giovanna Zappa che lavora alla Rinascente e Fausto Baroni. Te lo ricordi? Sembrava il deficiente della classe. Be', è diventato professore di musica ed è secondo violino nell'orchestra della Scala. Adesso è in tournée in Sudamerica. Mi dà sempre i biglietti per i concerti. Se vuoi, li chiedo anche per te. Poi vedo Francesca, la figlia dei Ratti...»

«Quella la incontro anch'io, di tanto in tanto, a qualche festa.»

«Si è laureata in chimica e fa ricerca in università. È una bellissima ragazza! È fidanzata con un avvocato milanese. E poi...»

«Ti ricordi la Casile?» buttò lì Guido, quasi per caso.

«Mara? Sì, me la ricordo, la chiamavamo la lucertola perché aveva uno strano colore della pelle, un corpicino secco secco e scappava via appena qualcuno le si avvicinava. No, non l'ho più vista. Abitava in una cascina dimessa con un nugolo di fratelli. Gente poverissima...»

Guido tornò in ufficio e decise che quella sera, dopo cena, avrebbe chiesto notizie di Amaranta a suo padre che conosceva tutti i dipendenti e, di sicuro, sapeva qualcosa anche della Casile. Invece, si vergognò di quell'eccessivo interesse per la ragazza, non parlò con suo padre e telefonò a Bona Visconti per invitarla al cinema a Milano.

Tra i coetanei milanesi che Guido frequentava c'era Bona, appunto, una ragazza che non gli era indifferente. Lavorava in uno studio di architetti come arredatrice di interni e anche lei, in più di una occasione, gli aveva fatto capire di apprezzare la sua compagnia. Quella sera, dopo il cinema, si ritrovarono in corso Vittorio Emanuele.

«Che cosa facciamo?» chiese Guido.

«Domattina ho un sopralluogo in un palazzo di corso Magenta. Io torno a casa», rispose Bona.

«Ti accompagno», le propose Guido.

Bona era spigliata e spiritosa. Insieme risero di alcune sciocchezze e quando furono sul portone di casa si scambiarono notizie sulle vacanze ormai prossime.

«Ho un amico americano che verrà ospite da noi tra qualche giorno. Abbiamo programmato un viaggio in Irlanda e poi vorremmo trasferirci per qualche giorno sulle isole Aran. Noleggeremo una barca e andremo a pesca di aragoste», raccontò Guido.

«Io sarò a Cap Ferrat con i miei. Perché non vieni a trovarci? La villa è grande e possiamo ospitare anche il tuo amico.»

«Grazie. Te lo farò sapere», rispose lui, aspettando che Bona aprisse il portone.

«Buonanotte», sussurrò lei, alzando il viso per essere baciata.

E Guido la baciò. Su una guancia.

Tornò a Villanova di pessimo umore.

Era mezzanotte e suo padre e sua madre erano in giardino con i nonni e Generoso Castelli.

«Avete deciso di offrirvi in pasto alle zanzare?» domandò Guido.

«C'è dell'orzata fresca», disse Celina al figlio, indicandogli il carrello portavivande dove il ghiaccio si stava sciogliendo nel cestello d'argento.

Guido sedette con loro e chiese: «È successo qualcosa, che siete ancora svegli a quest'ora?»

«Generoso si è presentato questa sera alle dieci per raccontarci che ha comprato una barca da un birraio tedesco. Dice che ha fatto un affare, perché è dotata di un comandante, tre marinai e due domestici. Tutti crucchi. Te l'immagini una barca pilotata da uno di Monaco di Baviera? Insiste che dobbiamo andare tutti quanti in crociera nelle isole greche», spiegò Renzo al figlio.

«Proprio così», si intromise Generoso, «può essere molto divertente, non credi?»

Guido guardò alla luce tremolante delle candele antizanzare il nonno, lievemente stizzito per quel programma che non lo entusiasmava, la nonna già in fibrillazione per il nuovo progetto, il padre sicuramente già preoccupato di lasciare l'azienda in altre mani durante la sua assenza, la madre conciliante e disponibile come sempre e l'amico di famiglia costantemente desideroso di sentirsi accettato. Quel placido quadretto notturno era come l'acqua opaca di uno stagno che nasconde nel fondo un pullulare di vita inquieta.

«Mi sembra un'idea fantastica la crociera in Grecia», osservò Guido.

«Lo sarebbe se ci fosse con noi un po' di gioventù», disse Celina.

Era evidente il loro desiderio di coinvolgerlo, visto che nessuno osava rifiutare l'invito di Generoso.

«Ma i giovani non starebbero volentieri con questo gerontocomio», tagliò corto il nonno.

Guido pensò ad Amaranta e la immaginò sdraiata al sole, sul ponte dello yacht, e vide se stesso chino su di lei a specchiarsi nei suoi occhi da gatta.

4

Guido, che non voleva mai scontentare suo padre, finì per immolarsi accettando quella vacanza con la famiglia e coinvolse anche il suo ospite americano, un paio di amici milanesi che erano stati abbandonati dalle loro fidanzate e Bona Visconti. Quest'ultima aveva accettato l'invito perché sperava che Guido volesse introdurla in famiglia.

Probabilmente non sbagliava del tutto, perché Bona gli piaceva. La sua bellezza discreta, l'eleganza dei modi, la pacatezza del carattere gli ricordavano sua madre, ma, a differenza di Celina, Bona era combattiva. Dopo la laurea in architettura, si era messa a lavorare per aiutare la sua famiglia di nullafacenti cresciuti nella bambagia.

Guido, però, non aveva nessuna intenzione di sposarsi. A Celina che gli diceva: «Sposati e dammi tanti nipotini», lui rispondeva: «Lo farò, il più tardi possibile».

Anche se la convivenza su una barca non è sempre

facile, la vacanza andò bene per tutti. Il clan degli anziani non era invadente. La sera, i giovani scendevano a terra e andavano a divertirsi nei locali mentre i Cantoni cenavano a bordo e si coricavano presto.

Quando la barca attraccò al largo dell'isola di Itaca, dove la nonna Bianca era già stata anni prima, scesero tutti insieme a terra. Bianca voleva mostrare ai ragazzi i luoghi in cui sorgeva, secondo la leggenda, la reggia di Ulisse. Poi, terrorizzata da un serpentello sbucato tra i sassi lungo il sentiero, era subito tornata a bordo.

Dopo una settimana, i giovani ripartirono alla spicciolata. Guido e Bona continuarono la crociera e raggiunsero le Sporadi. Fecero un ultimo bagno al largo della spiaggetta di Mandraki a Skiathos. La sera imbarcarono un'orchestrina locale e ballarono il sirtaki sul ponte dello yacht. Inaspettatamente, nonna Bianca volle ballare anche lei e cercò di coinvolgere Amilcare, che non ne voleva sapere. Finirono per litigare di fronte ai musicanti che se la ridevano e sottolineavano il loro battibecco con appropriati accordi di violino. All'improvviso la nonna afferrò un posacenere di cristallo pesante per colpire Amilcare e lui, con l'agilità di un atleta, con una mano le bloccò il polso esile e con l'altra la afferrò per la vita e la trascinò sottocoperta.

Il tutto era durato pochi istanti. I musicanti non smisero di suonare, Renzo, Celina e Generoso continuarono a chiacchierare, e il cameriere servì agli ospiti champagne ghiacciato.

Bona sussurrò all'orecchio di Guido: «Mi spieghi che cosa è successo?»

«Niente. Assolutamente niente», rispose lui, tranquillo.

«Come sarebbe? Lei stava per colpire tuo nonno. Ti pare niente?» insistette Bona.

«La nonna è matta, lo è sempre stata. È possibile che, in questi giorni, abbia dimenticato di prendere le pillole che la mantengono calma», le spiegò.

«Ma è terribile», mormorò la ragazza.

«No, per noi è del tutto normale», replicò Guido.

Il mattino dopo, a colazione, la nonna, avvolta in una veste di voile di seta blu e in una nuvola di profumo Givenchy, cinguettava come un passero, mentre Amilcare e Generoso se la ridevano per qualcosa che lei aveva appena raccontato. Bona sedette al tavolo con loro e, mentre Guido trangugiava caffè e crostata di albicocche, lei osservava perplessa il volto raggiante di Bianca. La barca stava veleggiando verso Atene dove i due giovani sarebbero sbarcati per tornare in Italia.

Guido, notando il suo silenzio, chiese a Bona: «Ti senti bene?»

«Ho dormito malissimo e sono stanca», rispose la ragazza.

Aveva trascorso la notte a tentare di convincersi che la pazzia della nonna non riguardava il ragazzo dei suoi sogni. Ma non ci era riuscita. Sapeva che la follia è un male ereditario, quindi forse erano matti anche il cavalier Cantoni e suo figlio Guido. Era il caso di legarsi a lui?

Quando ritornarono a Milano non ripeté l'invito a

Cap Ferrat e Guido, che aveva intuito la motivazione, non glielo ricordò.

La vacanza in Grecia era stata una specie di prova del nove. Guido era stato bene con Bona, ma non aveva smesso, neppure per un giorno, di pensare ad Amaranta, sebbene fosse consapevole che anche questo pensiero fisso era una forma di follia.

Tornò alla villa, dove c'era soltanto una coppia di domestici anziani con un loro nipotino di pochi anni. Il piccolo guardava con curiosità «il dottore» e lo seguiva ovunque, quasi di soppiatto, come se Guido fosse un extraterrestre. A lui piaceva vederselo intorno e, quando decise di andare in fabbrica, lo fece salire in macchina e lo portò con sé. L'azienda era chiusa per ferie, ma c'era il guardiano con il quale Guido parlottò tenendo per mano il piccolo.

Lo portò nel suo ufficio dove lesse i telex che erano arrivati in sua assenza e aprì la corrispondenza lasciando che il bimbo giocasse con le graffette e i timbri. Prese un paio di appunti per parlare con suo padre, quando avesse telefonato dalla Grecia, per alcuni ordini che non erano stati evasi. Poi uscì con il bambino dalla palazzina degli uffici e chiamò il guardiano perché gli aprisse il magazzino.

Voleva vedere il luogo in cui lavorava Amaranta. Il piccolo teneva stretta la sua mano con la stessa fiducia con cui un naufrago si aggrapperebbe a un salvagente.

All'ingresso del magazzino, che era un enorme labirinto di scaffalature altissime stipate di merci, si apriva sulla sinistra una vetrata che lo separava dagli uffici.

Il guardiano gli aprì la porta e si trovarono in una grande stanza con cinque scrivanie. Guido individuò subito quella di Amaranta su cui erano appoggiati alcuni animaletti di ceramica e qualche minuscolo vaso con fiori finti.

Si avvicinò alla scrivania e fece sedere il bambino sulla sedia.

«Dimmi tutto quello che vedi», gli disse Guido.

«Due paperette, un pinguino, un bicchiere con le penne e le matite, la Madonna che ha una collana colorata...» Guido lo interruppe e gli chiese: «Secondo te, chi occupa questa scrivania?»

«Io», rispose con prontezza.

Guido rise divertito. La «collana» che ornava la statuina della Madonna era il braccialetto di palline di vetro che Guido aveva regalato ad Amaranta quando erano compagni di scuola. L'aveva subito riconosciuto.

Fece scendere il bambino dalla sedia. Con un gesto impercettibile, sfilò il braccialetto e se lo mise in tasca.

Il mattino seguente partì per l'Irlanda con l'amico americano.

5

Alla fine delle vacanze Guido ritornò a lavorare in fabbrica e ogni giorno sperava di incontrare Amaranta.

Una sera, dalla finestra del suo ufficio, l'aveva vista mentre si allontanava in bicicletta. Allora, prima che il guardiano chiudesse, era entrato nel magazzino e aveva infilato al collo della statuina della Madonna un braccialetto in oro giallo fatto di tanti cuoricini legati tra loro a formare una catenella. Lo aveva acquistato a Dublino, sulla via del ritorno dalle vacanze.

Aveva la piena consapevolezza di comportarsi come un idiota, ma non riusciva a togliersi Amaranta dalla mente.

Quella ragazza scostante, in un certo modo, gli ricordava la nonna Bianca. Lui, che aveva ereditato da sua madre un carattere equilibrato e un atteggiamento composto, era affascinato da quella nonna imprevedibile che sembrava infischiarsene delle convenienze, ascoltava soltanto le sue pulsioni e non faceva niente per essere benvoluta.

Pensò che forse nonno Amilcare era stato attratto da Bianca Crippa, come lui ora lo era dalla scorbutica Amaranta Casile, per la loro diversità.

Dopo averle lasciato il braccialetto d'oro, fece passare qualche giorno e poi decise di affrontarla. Una sera uscì dall'ufficio, salì in macchina e invece di dirigersi verso la villa, imboccò la strada che portava in paese.

Parcheggiò l'auto sul ciglio erboso fiancheggiato da un fossatello d'acqua gorgogliante, e aspettò. Quando vide arrivare Amaranta sulla sua bicicletta si mise al centro della strada e la ragazza si fermò. Mise un piede sull'asfalto e lo guardò senza dire una parola.

Nemmeno Guido riuscì a parlare. Aveva la gola secca e intanto si domandava che cosa ci facesse lì, in quella situazione umiliante. Scosse il capo, compatendosi, si voltò e andò verso la sua auto. Impugnò la maniglia della portiera e allora lei gli domandò: «Perché mi hai rubato il braccialetto?»

«L'ho sostituito con uno più degno», rispose, girandosi.

«Più degno di chi? Di che cosa? Magari a me l'altro piaceva di più.»

«Quando te l'ho regalato, non sembrava che lo avessi gradito. Poi però l'ho ritrovato sulla tua scrivania e, adesso, vedo che il braccialetto nuovo lo hai infilato al polso.»

«È d'oro. Magari qualcuno se lo prende.»

«Non ce la fai a dire che ti piace?»

«No», rispose. E soggiunse: «Comunque, grazie. Anche se non so perché me lo hai regalato».

«Invece lo sai benissimo. Tant'è che hai ripreso a darmi del tu, non mi hai investito con la bicicletta, come ho temuto per un istante, e mi hai fermato quando stavo per andarmene perché non sapevo che cosa dirti.» Guido mise una mano nella tasca dei pantaloni, estrasse il braccialettino di perline colorate e proseguì: «Sono passati quattordici anni da quando eravamo in quinta elementare. Tu lo hai conservato per tutto questo tempo».

«Sei stato il primo bambino che mi ha fatto un regalo. Non ero abituata a queste cose. Adesso finiamola qui», concluse lei e se ne andò, pedalando con energia.

Indossava un abito modesto di cotonina e, ai piedi, portava scarpe di corda e stoffa nera.

Guido salì sull'auto e tornò a casa.

Sul piazzale, davanti alla villa, erano parcheggiate alcune macchine blu e gli autisti seguivano una domestica che li stava conducendo verso la sala da pranzo della servitù.

«Me n'ero dimenticato!» sussurrò Guido e si infilò, attraverso la veranda, in un passaggio di disimpegno per salire nella sua stanza e cambiarsi d'abito.

Quella sera suo padre aveva invitato a cena «i macellai». Chiamava così la famiglia Panigada, proprietaria della più grande catena di distribuzione alimentare recentemente quotata in Borsa, che da poco aveva acquistato la quota di maggioranza di un'importante catena alberghiera. I lavori di rinnovamento degli alberghi erano stati assegnati all'impresa di Generoso

Castelli e per la parte idraulica era stato firmato un contratto con i Cantoni.

Guido era stato chiamato a partecipare alle trattative che si erano concluse felicemente alcuni giorni prima e l'invito in villa rappresentava il coronamento di quell'affare notevole. Il cuoco e il pasticciere lavoravano in cucina da un paio di giorni ed era stata coinvolta anche nonna Bianca che era insuperabile nella scelta del menu.

I Panigada avevano due figlie gemelle, ventiduenni, molto carine. Una era campionessa di off-shore, l'altra era reduce da un master in gestione aziendale. La sportiva era fidanzata con un manager emergente della televisione, l'altra era legata soltanto al suo lavoro.

Renzo Cantoni e sua moglie Celina avevano invitato anche le ragazze e avevano pregato Guido di partecipare alla cena. Ma lui aveva altro per la testa e si era quasi dimenticato dell'impegno fissato da tempo.

Tuttavia, durante la cena, fu amabile con gli ospiti e in particolare con la signora Panigada che lodava, a ogni portata, i piatti «del chef» di casa Cantoni e disquisiva con disinvoltura sui tagli delle carni, abbandonandosi a minuziose descrizioni sulla disossatura dei vari pezzi degli animali e creando un certo imbarazzo alle figlie e agli altri commensali.

La campionessa di off-shore, a un certo punto, aveva reagito: «Mamma, smettila. I tuoi discorsi orripilanti danno fastidio a tutti».

La madre si era arrabbiata: «Smettila tu. Io non mi vergogno di dire che i gioielli che indosso sono stati comprati con i soldi guadagnati vendendo i quarti di bue, mentre tu hai perfino il coraggio di dichiararti vegetariana. Se tutti diventassero vegetariani, te li scorderesti i tuoi motoscafi».

Nonna Bianca se la rideva nascondendo le labbra dietro il tovagliolo e sussurrò all'orecchio del nipote: «Meglio la macellaia che la figlia. Non credi?»

Guido le sorrise con aria complice. Scrutava le due gemelle miliardarie e pensava ad Amaranta, alle sue scarpe di stoffa, alla sua vita difficile di ragazza povera.

Quando la nonna annunciò che voleva ritirarsi perché era stanca, lui l'accompagnò per sottrarsi alla conversazione con la famiglia Panigada. Appena varcata la soglia del salotto del suo appartamento, Bianca incominciò a lamentarsi di Renzo e Celina, dicendo a Guido che avevano la stupida mania di volersi imparentare con una famiglia ricca.

«Non me ne importa niente, nonna. Non arrabbiarti per questo», la rassicurò il nipote.

«Lo vedi che cosa è diventata quella povera macellaia? Un gioppino di cui le figlie si vergognano. E la contessa, tua madre, che pure ha avuto un'educazione perfetta, si porta ancora addosso la paura della miseria e chiuderebbe un occhio, forse tutti e due, se tu sposassi una delle due gemelle miliardarie.»

«Però la mamma era innamorata di papà», sottolineò il nipote.

«Non lo so... forse... però non sono sicura che sia stata una donna felice. Io lo sono stata con tuo nonno che non aveva niente. I soldi sono la farina del diavolo», sentenziò.

«Sono d'accordo con te. Infatti mi piace una ragazza che non possiede niente, e non è nemmeno molto bella», si lasciò sfuggire.

«Senti, senti! E chi sarebbe? Raccontami tutto. Lo sai che mi piacciono le storie d'amore.»

Guido le raccontò quel poco che aveva da dire a proposito di Amaranta.

«Attento a non rovinarle la vita perché, da come ne parli, la tua è soltanto una passione irragionevole che, come è venuta, così se ne andrà. Quella poverina che tiene i registri dello scarico delle merci... sai, la passione tra due giovani, quando è limitata all'epidermide, si esaurisce.»

«Perché corri tanto? Non so nemmeno se un giorno riuscirò a invitarla a pranzo», disse Guido.

«Meglio così. Non invitarla mai. Ma è inutile che ti dia dei consigli, tanto non li ascolterai.»

6

INFATTI Guido non li ascoltò. Di giorno lavorava e la sera, quando i dipendenti uscivano per andare a casa, stava alla finestra del suo ufficio per vedere Amaranta che si allontanava sulla bicicletta.

A trattenerlo dal cercarla era il timore dei pettegolezzi. Non voleva che Amaranta finisse sulla bocca di tutti, né voleva finirci lui. Sperava, senza troppa convinzione, che la passione per lei si affievolisse. E intanto usciva spesso con gli amici milanesi e cercava distrazioni nella compagnia di altre ragazze.

Di tanto in tanto partiva per lavoro e, quando tornava, la sera non riusciva a evitare di spiare Amaranta dalla finestra del suo ufficio. Era autunno, ormai, e lei era infagottata con una giacca di lana e i capelli biondi erano nascosti sotto una cuffia nera. Quando pioveva, la vedeva sfrecciare sulla bicicletta con addosso una mantella di plastica gialla. Quanta tenerezza gli faceva quella ragazza sola, di cui non sapeva niente e di cui nessuno parlava perché pochi la conoscevano e, comunque, non c'era nulla da dire su di lei.

Arrivò l'inverno e Guido aveva in programma un fine settimana a Sestriere. La mattina della partenza entrò nella veranda per fare colazione. Suo padre era già a tavola e stava mangiando la pastiera napoletana che un cliente di Salerno gli spediva ogni anno per Natale.

«Che ci fai già alzato a quest'ora?» gli domandò Guido, sedendosi di fronte a lui.

Erano appena le sette e Guido voleva fare un salto in ufficio per vedere la posta, prima di partire.

«Mi ha svegliato don Tranquillo. Guido, fammi un favore, è un mese che mi dà il tormento e io mi dimentico sistematicamente di passare da lui. Vuole cambiare i rubinetti dei bagni dell'oratorio», spiegò.

«E allora? Qual è il problema? Lo sai che ci facciamo carico noi delle spese della parrocchia.»

«Ma ci tiene che io verifichi lo stato di degrado dei rubinetti per non avere l'aria di volersene approfittare. Vacci tu, per favore.»

«Quando?»

«Adesso. Via il dente, via il dolore. Guardi che cosa c'è da fare e lunedì gli mandi un idraulico.»

Guido non osava mai negare un favore a suo padre e promise di andare da don Tranquillo, sebbene la visita in parrocchia ritardasse la sua partenza per la montagna.

Entrò nella canonica. Ernestina, la vecchia perpetua, stava affettando il pane sul tagliere, in cucina.

«Don Tranquillo sta dicendo messa», spiegò al giovane Cantoni.

Guido aveva fretta.

«Dovrei vedere i bagni dell'oratorio. Posso fare da solo», ribatté.

Conosceva bene il posto, che aveva frequentato quando era bambino.

«No, lui vuole parlarle», tagliò corto la donna.

Guido andò in chiesa e si avvicinò all'altare. Don Tranquillo leggeva il Vangelo del giorno per un'unica parrocchiana che stava seduta sulla panca di prima fila, quella della famiglia Cantoni, il capo chino, le mani giunte. Era Amaranta. Guido si bloccò, il cuore in tumulto. Poi in punta di piedi andò a sedersi accanto a lei.

«Ciao», sussurrò.

Il prete stava finendo la lettura e, avendolo visto, gli fece un cenno di saluto.

«Ciao», disse lei, guardandolo di sottecchi.

Era infagottata in una giacca di montone e calzava stivali di gomma per affrontare la neve che copriva le strade.

«Che cosa ci fai in chiesa, a quest'ora?» domandò Guido.

«Prego», rispose.

Si alzò per ricevere la comunione, poi tornò al suo posto e si isolò nella preghiera. Don Tranquillo finì di celebrare messa e benedì i due giovani.

Poi scese dall'altare, si avvicinò a Guido e gli disse: «Raggiungimi in oratorio».

Guido rispose con un cenno di assenso e seguì Amaranta verso l'uscita e fuori dalla chiesa.

«Il sabato, quando potresti dormire, ti svegli all'alba per venire a messa?» le domandò.

Lei si calò bene sul capo il berretto di lana e rispose: «Ci vengo tutte le mattine, anche quando, come oggi, don Tranquillo celebra soltanto per me».

«Perché?» insistette lui.

«Pregare mi fa stare bene», rispose e si infilò i guanti di lana, attraversando di buon passo il sagrato.

I loro fiati diventavano nuvolette di vapore nell'aria ghiacciata del primo mattino.

«Hai così tanti peccati da farti perdonare?» scherzò Guido.

«Come tutti, penso. Comunque prego perché il Signore mi indichi la via da seguire.»

«Non ti capisco.»

«Mi capisco io e tanto basta.»

«Vuoi fermarti un secondo? Ti sto parlando!»

Allora lei si bloccò e, guardandolo dritto negli occhi, con quei suoi occhi da gatta, replicò: «Ti ascolto».

In quel momento Guido ignorò la partenza per la montagna dove si sarebbe divertito con gli amici e domandò: «Vuoi venire a pranzo con me, oggi a mezzogiorno?»

«Va bene», rispose lei, lasciandolo impietrito, perché non si aspettava che accettasse.

«Passo a prenderti all'una? Ti porto a Milano, in un ristorantino grazioso...»

«No. Conosci la pizzeria di Rita? È quella in fondo alla piazza. Ti aspetto lì per l'una. E adesso vai dal parroco che ti aspetta.»

A Guido non sembrava il caso di far nascere chiacchiere nel paese facendosi vedere con lei. Stava per muovere un'obiezione, ma lei aveva già inforcato la bicicletta e si era allontanata.

Don Tranquillo lo aspettava nell'oratorio.

«Perché hai seguito Mara?» domandò subito, con tono severo.

«Perché mi piace», si sorprese a rispondere Guido.

«È una brava ragazza, ma non fa per te. Lasciala in pace.»

«Eravamo compagni di scuola alle elementari e lei veniva a casa nostra quando mia madre offriva la merenda ai bambini del paese.»

«Adesso non siete più compagni di scuola e lei è una tua operaia. Rispettala», affermò don Tranquillo, guardandolo con aria minacciosa.

«Le sembro il tipo che importuna le operaie?» domandò Guido. E proseguì: «Il fatto è che lei mi evita come se fossi contagioso».

«Non voglio sapere niente, ti dico solo di starle alla larga. E adesso andiamo a vedere i rubinetti», tagliò corto il prete.

«Mi dica qualcosa di Mara», insistette Guido.

«Non farmi perdere tempo perché devo andare a trovare i malati e più tardi avrò da questionare con lo sciostraio che mi procura il carbone», brontolò.

Guido constatò il cattivo stato dei rubinetti, prese nota dei lavori da eseguire e stava per congedarsi da don Tranquillo quando il prete gli disse con tono perentorio: «Dedicati alle signorine del tuo rango e lascia in pace Mara che ha già i suoi problemi».

7

La pizzeria di Rita era un bugigattolo con quattro tavoli, il forno a legna che mandava un gran calore e il bancone dove veniva venduta la pizza da asporto. Nel locale ristagnava l'odore denso dell'olio bruciato e della mozzarella liquefatta. Dietro il bancone, una donna ancora giovane con una cuffietta bianca piegava dei fogli di cartone per formare delle scatole piatte in cui mettere le pizze, mentre un ragazzo minuto allineava palle di pasta già lievitata. Il forno a vista, oltre a riscaldare il locale, lo illuminava.

Amaranta era seduta a un tavolo e sorrise a Guido appena lo vide entrare.

«Ho già ordinato due Margherite. Sul bancone ci sono due Coche per noi. Puoi andare a prenderle?»

Lui ubbidì. Poi, si tolse il cappotto e lo appese a una rastrelliera, accanto al giaccone di Amaranta. Infine sedette di fronte a lei. Stette lì a guardarla per alcuni lunghissimi secondi e di nuovo non gli vennero le parole.

«Allora?» lo spronò Amaranta, con voce pacata.

«Don Tranquillo, stamattina, mi ha detto, anzi mi ha ordinato, di lasciarti in pace.»

«Mi ha vista crescere ed è molto protettivo. Che cosa vuoi da me?» domandò. Posò i gomiti sul tavolo e intrecciò le mani. Dalla manica slabbrata del maglione si vedeva il minuscolo bracciale d'oro con i cuoricini che aveva al polso.

«Ti ho detto che sei diventata una specie di ossessione? Non riesco a smettere di pensare a te. Passiamo le giornate nello stesso posto e devo impedirmi di venirti a cercare.»

«Non siamo nello stesso posto: tu stai nella palazzina degli uffici, io nel magazzino. La distanza è minima, ma ci separa un universo. Ho capito che vorresti metterti con me, ma non si può fare... non ancora», disse lei, esitante.

«Perché?» chiese Guido.

«Non so se, nel disegno che Dio ha in mente per me, ci sei anche tu», rispose, lasciando Guido allibito. E proseguì: «Da tempo lo prego di indicarmi la via, ma Lui tace. Però non sa con chi ha a che fare: sono una calabrese testarda e, alla fine, saprò qual è la mia strada. Chiedo a Dio di indicarmi il cammino e io lo seguirò fiduciosa. Sono stata chiara?»

«Se fossi in te, lascerei stare Dio, che ha altro da fare. E comunque, se mi dici che non provi niente per me, io me ne andrò e non ti cercherò più», si spazientì lui.

Entrarono nella pizzeria due clienti che si sedettero a un tavolo accanto al loro, facendo un cenno di saluto ad Amaranta. Lei gli sorrise e poi sussurrò a Guido: «Tu sei la mia idea fissa da sempre».

«Ecco le vostre pizze», annunciò la padrona da dietro il bancone. Si alzarono insieme per andare a prendere i piatti.

Le pizze, alte e croccanti, erano squisite.

Le divorarono in silenzio, mentre Guido ripensava felice alle parole della ragazza.

«Sono a piedi. Perciò, se vuoi, puoi accompagnarmi a casa», propose lei.

«Sei sicura?» domandò lui, sapendo che il paese li avrebbe visti insieme e sarebbero nati pettegolezzi.

«Non ho niente da nascondere.»

Guido si avvicinò al banco per pagare il conto.

«Già fatto», disse Rita. E soggiunse: «Con Mara non ci sono conti da pagare, ma se la pizza le è piaciuta, mi faccia pubblicità, dottor Cantoni».

Amaranta sorrise e spiegò: «Quando ho tempo, la sera, vengo qui ad aiutare Rita. Così, come si dice, una mano lava l'altra».

Attraversarono il paese e Guido fermò l'auto davanti alla cascina Pompea, un complesso agricolo dimesso e trasformato in minuscoli appartamenti per le famiglie operaie. Amaranta raccontò a Guido che viveva lì con una donna anziana che chiamava zia, ma era soltanto una cugina di sua madre. Era stata lei a far venire i suoi genitori a Villanova dalla Calabria.

«Quando tu eri già in collegio, io frequentavo le medie qui. Aspettavo che venisse l'estate per rivederti, chiedendomi se saresti venuto ancora a cercarmi. Invece, tu mi avevi dimenticata, mentre io arrivavo fino al limite del parco, con la bicicletta, e ti spiavo da lontano quando eri in giardino con i tuoi amici. Eravate così belli, eleganti, disinvolti. Sentivo le vostre voci limpide. Vi guardavo e mi scioglievo per te. Poi è morto il mio nonno paterno e sono ritornata in Calabria con la famiglia», raccontò lei.

«Quanto tempo sei rimasta giù?» domandò Guido.

«Un paio d'anni. Quando sono ritornata a Villanova sono andata a lavorare in quella grande pizzeria che c'è sulla provinciale. Facevo dei turni massacranti e dovevo anche difendermi dai clienti ubriachi. Poi, ho saputo che c'era un posto libero alle Rubinetterie, mi sono presentata e mi hanno assunta. Tu eri all'università e io ero felice di lavorare nella tua azienda, era un modo per starti vicina. Non immagini le mie fantasie di ragazzina. Tu eri un principe azzurro che si inginocchiava ai miei piedi e mi diceva: 'Vuoi sposarmi e diventare la mia principessa?' Poi le fantasie sono finite eppure ho continuato a pensare a te. Qualche ragazzo mi ha corteggiato, ma per me c'eri solo tu. Allora ho incominciato a interrogarmi sull'assurdità di questo sentimento che è come una fissazione. La preghiera mi ha sempre aiutato e ho deciso di pregare con più intensità e di chiedere a Dio di guidare il mio cammino. Aspetto la sua risposta», concluse Amaranta.

«Io sono qui, con te. Non è questa la risposta che cercavi?» sussurrò lui, commosso da quella lunga confessione.

«Non lo so. Il Signore non mi ha ancora parlato»,

rispose. E soggiunse: «O forse sì, forse mi sta dicendo che se stessimo insieme tu ti stancheresti presto di una come me, perché sono rozza e ignorante e io non voglio essere il capriccio di nessuno, nemmeno il tuo».

Guido le accarezzò il viso con delicatezza e guardò i bellissimi occhi verdi di Amaranta che lo fissavano con una tale intensità da turbarlo.

«Vorrei tanto baciarti», sussurrò lui.

«Lo vorrei anch'io, ma non farlo, ti prego. Ti ho parlato con sincerità, sai come la penso e, dunque, non rendermi tutto più difficile. Non voglio diventare la tua amante e non posso essere una moglie per te.»

«Potresti esserlo, invece.»

«Non dire sciocchezze dottor Cantoni», rispose lei, con amarezza.

Aprì la portiera per scendere, ma lui la trattenne afferrandole un braccio e cercò di baciarla.

Amaranta puntò le mani contro il suo petto e, con forza, lo allontanò da sé.

«Non farlo mai più!» disse, furibonda.

«Non parli sul serio», balbettò Guido, incredulo.

Amaranta scese dall'auto, sbatté la portiera e si avviò con passo deciso verso la cascina.

8

ANCHE se la sorte aveva fatto di lui il capostipite di una nuova dinastia di industriali, Amilcare Cantoni era sempre rimasto legato alla terra. Figlio di contadini, la prima cosa che aveva imparato a fare nell'infanzia era rompere le zolle.

Ora che aveva smesso di lavorare nell'azienda, limitandosi, quando veniva interpellato, a offrire qualche suggerimento, si occupava del giardino e del parco della villa.

Già a febbraio, con il primo sole, quando la terra cominciava a svegliarsi dal lungo sonno invernale, assisteva i giardinieri che potavano alberi, spostavano cespugli, piantavano talee, dissodavano il terreno coltivato a ortaggi.

Quando la famiglia si riuniva per il pranzo di mezzogiorno, si lamentava: «Non sono più un uomo. Bastano due ore di lavoro in giardino per tagliarmi le gambe».

Però, quando gli altri erano ancora a tavola, lui schizzava di nuovo nel parco, dicendo: «Finché c'è ancora sole, aiuto gli uomini perché vogliamo spostare le camelie», oppure: «Voglio seminare le zucche rampicanti e gli uomini devono montare un pergolato a cui fissarle per farle crescere belle dritte».

In un pomeriggio di febbraio, mentre aiutava un giardiniere a sradicare una pianta di kiwi, Guido lo raggiunse nel frutteto.

«C'è qualche problema?» gli chiese il nonno che, da alcune settimane, si era accorto che l'amatissimo nipote non era del suo solito umore.

«Perché vuoi levare il kiwi?» domandò Guido, senza rispondergli.

«È una pianta stupida e puzza. Tua nonna ha tanto insistito per averla e, come sempre, l'ho assecondata. Però, l'autunno passato, si è accorta anche lei del cattivo odore di queste piante che, ai miei tempi, non sapevamo nemmeno che esistessero...» aveva spiegato. Poi, salutò il giardiniere, si allontanò con il nipote e andò a sedersi sul muretto di pietra che circondava un vecchio gelso.

«Tu non contraddici mai la nonna?» chiese Guido.

«Mai! La conosci. Quando le vengono i cinque minuti ti si rivolta contro come una vipera.»

Guido si era seduto accanto a lui.

«Perché non confessi che le sue bizze ti piacciono e ti piace tenerle testa?» disse.

«Non sempre.»

«Quando esagera, la metti in riga.»

«Per il suo bene.»

«Non è faticoso vivere con una donna così? Non

avresti preferito una moglie più mite, una come mia madre, per esempio?»

«Stai scherzando? Mi sarei annoiato a morte. Tua madre è una santa donna, per carità... grande signora, grande classe, mai una parola o un gesto fuori posto... ma lo vedi come si è ridotta? Mangia e mangia... per soffocare chissà che cosa... e tuo padre fa come lei. Si ingozzano di cibo per tacitare i mostri dell'inconscio.»

Amilcare parlava guardando il nipote negli occhi e tentando di capire che cosa si nascondesse dietro le sue domande.

«Per la verità, nella nostra famiglia tacciono tutti, perfino i domestici, e anche tu. Tu parli solo con la nonna.»

«È vero fino a un certo punto. Ci sono cose taciute anche tra lei e me. Ma tu, hai qualcosa da dirmi?» tagliò corto alzandosi in piedi.

Capiva che suo nipote era sul punto di chiedergli qualcosa, ma non si decideva a farlo.

Quando Guido era piccolo e non sapeva ancora né leggere né scrivere, Amilcare gli aveva insegnato ad andare in bicicletta e poi lo portava con sé a passeggiare in campagna. Gli mostrava i girini nei fossi d'acqua chiara, gli indicava le erbe che crescevano sugli argini e gli spiegava a che cosa servivano: il crescione per condire le patate, i fiori del finocchio per le insalate, le foglie della malva per farne decotti rinfrescanti. Levava lo sguardo al cielo e, da un piccolo indizio, una nuvoletta o un volo di rondini, gli diceva come sarebbe stato il tempo l'indomani. Gli raccontava il mondo meraviglioso delle formiche, l'intelligenza dei topi di campagna e gli diceva: «Guarda com'è rigogliosa questa pianta e quanti boccioli ha buttato. I più robusti sono quelli che crescono vicino alla madre. Lo stesso è per i bambini: i più sani sono quelli che stanno vicino alla loro mamma».

E Guido diceva: «La mia mamma non mi lascia mai. Allora crescerò sano e robusto».

Ora si decise a dire: «La nonna Bianca mi ha sempre affascinato, anche se un po' la temevo. E io mi sento attratto da una ragazza che le assomiglia: bizzarra e imprevedibile come un puledro selvatico».

Amilcare tornò a sedersi sul muretto.

«Era tempo! Temevo che volessi fare lo scapolo a vita», esclamò, soddisfatto.

«Ma come muovo un passo con lei, commetto un errore.»

«La cosa non mi giunge nuova», sorrise Amilcare. E soggiunse: «Dove l'hai conosciuta?»

«A scuola. Abbiamo fatto insieme la quarta e la quinta elementare. È innamorata di me. Me l'ha detto. Però sguscia via come un'anguilla. Ho cercato di baciarla e mi ha respinto.»

«Chi è?» chiese il nonno.

«Lavora da noi, nel magazzino.»

Amilcare non fece commenti.

«Ti dispiace che non sia una del nostro ambiente?» aggiunse Guido.

«Tu che cosa pensi?» chiese il nonno.

«Nemmeno tu appartenevi all'ambiente della nonna.»

Amilcare tacque.

«Allora? Non commenti?» lo sollecitò Guido.

«Hai già detto tutto tu, il mio parere non ti serve.»

«E invece sì. Non penserai che voglia parlarne con tuo figlio. Lui non conosce le sfumature. Una cosa, per lui, o è bianca o è nera. E in ogni caso non so ancora come evolverà questa storia, anche perché lei va a messa tutte le mattine, come le pie donne del paese, e sostiene di aspettare una risposta da Dio. È matta, te l'ho detto. Speravo che tu mi aiutassi a capirla», si accalorò. E soggiunse: «Evidentemente mi sono sbagliato».

Il nonno guardò Guido negli occhi ed esclamò: «Il matrimonio con tua nonna è stato una felice transazione d'affari. Ma io ero profondamente innamorato di lei e amavo il mio lavoro nell'azienda Crippa: ero pronto a fare qualunque sacrificio pur di occuparmi al meglio delle Rubinetterie e di mia moglie. Tu stai in azienda per compiacere più tuo padre che te stesso. Un giorno, l'azienda sarà tua e ti serve una donna solida che ti stia accanto e, magari, che lavori con te. La magazziniera matta che aspetta un segno dal Padre Eterno non funziona e non funzionerebbe nemmeno come madre, se aveste dei figli. Non ne faccio una questione di censo, ma di cultura e di solidità di carattere. Quindi, ringrazia il cielo se quella ti tratta a pesci in faccia mentre aspetta una risposta da Dio. Anzi, prega anche tu affinché il Signore le indichi una strada molto lontana dalla tua».

«Grazie tante. Mi sei stato di grande aiuto!» lo sferzò Guido, deluso.

«Prego e, come si dice nelle lettere commerciali, tanto ti dovevo per tua opportuna conoscenza», rispose il nonno, senza scomporsi.

9

Pochi giorni dopo il deludente colloquio con Amilcare, mentre era all'ippodromo di San Siro con lo zio Generoso, Guido accennò al suo problema con Amaranta.

L'anziano amico di famiglia lo ascoltò distrattamente, perché era impegnato a fare il tifo per un purosangue sul quale aveva puntato una grossa somma. E poiché Guido reclamava un parere, rispose: «Scusami, ne parliamo dopo perché adesso devo seguire la gara».

Il giovane si rassegnò ad aspettare la fine della corsa in cui lui stesso aveva fatto una puntata su un cavallo esordiente dato cinque a uno e rimase più sorpreso che compiaciuto dalla vittoria del suo cavallo.

«È la solita fortuna degli incompetenti», si stizzì Generoso. E proseguì: «Adesso vattene perché mi porti sfortuna...»

«Incasso la vincita e torno a casa», disse Guido.

A quel punto, Generoso si intenerì.

«Al diavolo le corse. Vengo con te a Villanova», decise

Salì in auto con lui e, mentre lasciavano la città, ripescò le confidenze del giovane.

«Te la sei portata a letto?» esordì, evitando inutili giri di parole.

«Stai scherzando! Non l'ho nemmeno sfiorata.»

«Allora sei destinato a fare la mia stessa fine. Mi riferisco a tua nonna, naturalmente. Da giovani, quando eravamo fuggiti insieme e io ero determinato a cogliere il fiore della sua purezza, avevo cercato di baciarla. Per poco non mi ha staccato una mano con un morso. Ma quelli erano altri tempi e un gentiluomo non avrebbe mai forzato la situazione con una ragazza. Invece, se avessi insistito, chissà...»

«Tu dici che?...» domandò Guido.

«Io non dico niente. Ti racconto soltanto com'è andata la mia storia con lei, che mi tiene al guinzaglio ancora adesso.»

«Questo significa che io dovrei...» ripeté Guido. Si stava aggrappando alle parole di Generoso.

«Con le cavalle selvatiche, servono il bastone e la carota. Per quanto, nel tuo caso, penso che non dovresti sottovalutare le parole di tuo nonno: la differenza di educazione e di cultura. Senza contare che questo suo misticismo maniacale non mi piace neanche un po'», osservò il vecchio.

«È colpa mia. Non sono riuscito a trasmetterti la complessità di questa ragazza», tentò di difenderla.

«Ma io ho capito benissimo tutto quello che mi hai raccontato di lei e anche quello che hai taciuto di te: cerchi un consenso che non ti è venuto da Amilcare e che non ti verrà nemmeno da me. Questo ti fornirà un pretesto in più per rinsaldare una passione incompresa e andrai a sbattere il muso contro un muro. Ti farai male, molto male e quando avrai un'altra storia, con un'altra donna, non sarai mai più felice», concluse Generoso Castelli.

«Non ti sembra di essere troppo catastrofico?» cercò di scherzare Guido.

«Alla mia età posso permettermi di dire la verità. E stai attento a come guidi, perché hai fatto un sorpasso da infarto.»

Varcarono il cancello del parco e, alle loro spalle, sentirono il clacson di un'auto che li seguiva. Era Celina che veniva dal paese a bordo della sua utilitaria. Si fermarono davanti alla villa e Guido la aiutò a scendere dalla macchina.

Come ogni domenica pomeriggio, la mamma aveva fatto il giro degli anziani, quelli ospiti di Palazzo Olgiati e quelli segnalati da don Tranquillo, che vivevano nelle loro case, per ascoltare le loro necessità e intervenire dove era possibile.

«Vado a salutare i nonni», annunciò Generoso quando entrarono in casa. E lasciò madre e figlio, avviandosi verso l'appartamento di Amilcare e della moglie.

«Lo zio si ferma a cena», aggiunse Guido a Nesto che li aveva accolti.

«Ti aspettavamo a pranzo e non ti sei fatto vedere», disse Renzo al figlio, quando lo raggiunse nel salotto rosso.

Ufficialmente, Guido viveva a Milano in un appartamento all'ultimo piano di un palazzo in via Mozart. Glielo aveva regalato suo padre ai tempi dell'università. Ora lo usava soltanto quando andava in città e faceva tardi la notte.

«Scusami, ho dimenticato di avvertire che avrei pranzato dai nonni Olgiati», disse.

«Come stanno?» domandò Celina, sistemandosi in poltrona.

«Continuano a vivere allegramente, incuranti delle finanze ormai esangui», raccontò Guido.

Il nonno materno aveva messo in vendita anche il palazzo di corso Venezia, deciso a trasferirsi a Mombasa, in Kenya, con la moglie. Aveva proposto l'acquisto anche ai Cantoni, che avevano rifiutato, ma Guido gli aveva presentato un industriale del settore alimentare apparentemente molto interessato a insediarvisi con la famiglia. Le trattative si protraevano da mesi e, nel frattempo, ogni volta che Guido andava a trovarli, gli regalavano una tela o un mobile che concorrevano ad arricchire il suo appartamento da scapolo.

«Hai mangiato bene?» domandò Celina.

«E me lo chiedi?»

«Che cosa hai mangiato?» s'incuriosì il padre.

Guido non se lo ricordava. Mentre pranzava aveva in mente soltanto Amaranta. Si inventò un menu che stuzzicò l'appetito dei genitori.

«E tu hai trovato in paese qualche altro caso pietoso di cui farti carico?» chiese a Celina.

«Puoi ben dirlo. Don Tranquillo mi aveva segnalato un'anziana che vive con una nipote alla cascina Pompea.

La poveretta ha avuto una serie di ictus e adesso vive su una sedia a rotelle. Il dottor Beretta ha sollecitato più volte la nipote a fare richiesta per un ricovero nella nostra casa di riposo, ma la ragazza non ne vuole sapere. Sostiene che la zia sta bene così, curata da lei e dalle vicine, quando lei è in fabbrica. A proposito, la ragazza è una nostra dipendente», spiegò Celina.

«La conosco», disse Guido, in un sussurro.

«Chi è?» domandò Renzo.

«Amaranta Casile.»

«Quella che lavora al magazzino?»

«Lei. Eravamo compagni di scuola in quarta e quinta elementare. È venuta in villa tante volte, quando la mamma offriva merende per tutti. Non te lo ha detto?» domandò alla madre.

«È una che parla poco e mi ha accolta come se fossi una ficcanaso. Sembrava quasi che fossi lì per farle dispetto. Devo ammettere che la zia è curata molto bene, la nipote la lava, la veste, la profuma, le fa le iniezioni… ma che caratteraccio!»

«È una calabrese orgogliosa», affermò Guido, quasi con fierezza.

«Ma io dico: una ragazza così giovane non può rinunciare a vivere per seguire un'anziana, per quanto bene le voglia», osservò Celina.

«Ne parlo io con il dottor Beretta che certamente la conosce e saprà prenderla per il verso giusto», si entusiasmò Guido, perché in quella soluzione aveva intravisto un modo per riavvicinare Amaranta.

Dopo un paio di settimane, la zia di Amaranta Casile

venne accolta nella casa di riposo dei Cantoni e Guido, che non aveva più rivisto la ragazza dal giorno dell'invito in pizzeria, una sera l'aspettò al varco, mentre lei lasciava la fabbrica in bicicletta.

Era pienamente consapevole che stava andando a impelagarsi in una storia difficile ma, contrariamente a quanto sostenevano il nonno e lo zio Generoso, era convinto che Amaranta fosse la donna della sua vita, che l'avrebbe plasmata facendo di lei una creatura eccezionale e che, alla fine, i fatti gli avrebbero dato ragione.

10

«Ti devo parlare», le disse Guido, parandosi di fronte ad Amaranta.

«Non ho tempo. Devo andare a trovare mia zia, prima che chiuda l'ospizio», ribatté lei.

«L'ospizio, come lo chiami tu, è quasi un albergo di lusso e tua zia è curata meglio lì che a casa. Scendi dalla bicicletta», le ingiunse con voce ferma.

«Fuori dalla fabbrica non accetto ordini dai padroni», reagì lei.

«Sei ancora nella mia proprietà», affermò lui e afferrò il manubrio con entrambe le mani, facendo inclinare la bicicletta da un lato.

Amaranta fu costretta a scendere. Lui appoggiò la bicicletta a terra e, trascinando la ragazza per un braccio, la fece salire sulla sua auto, mentre lei lo minacciava: «Potrei denunciarti per sequestro di persona».

«Lo farai dopo. Adesso vieni con me e non fiatare. Non voglio sentirti dire nemmeno una parola.»

Uscirono dallo spiazzo della fabbrica e partirono sgommando in direzione di Milano.

Un paio di volte Amaranta tentò di parlare e lui la zittì con un perentorio: «Taci!»

Incredibilmente, lei tacque.

Era ormai buio quando Guido parcheggiò l'auto in via Mozart ed entrò con Amaranta nell'atrio del palazzo dove abitava.

Il portiere lo vide, lo salutò e disse: «Mia moglie è su da lei, dottore».

«Grazie», rispose Guido, sospingendo la ragazza all'interno dell'ascensore che si fermò al quinto piano.

La porta del suo appartamento era aperta e Gina, la moglie del custode, era sulla soglia a riceverlo.

Notò Amaranta e non riuscì a nascondere un moto di sorpresa.

Quando il dottor Cantoni le aveva chiesto di preparare una cena per due, aveva dedotto che l'ospite sarebbe stata una donna bella e sofisticata, invece c'era quella strana creatura con un abito modesto, il bel viso imbronciato, gli occhi verdi da felino, i capelli in disordine trattenuti da una molletta di plastica. Sorrise ai due giovani e li lasciò soli, mentre Guido faceva entrare Amaranta nell'appartamento e la accompagnava nel grande soggiorno con le portefinestre che si aprivano sui tetti della città. C'erano pochi mobili antichi, molto belli, che provenivano da Palazzo Olgiati, come le tele di pittori dell'Ottocento, ispirate agli scorci più suggestivi di Milano, librerie in legno che arrivavano al soffitto, divani candidi, tappeti moderni e un caminetto acceso che sottolineava l'atmosfera accogliente della stanza.

Amaranta si guardò intorno e Guido lesse lo stupore nel suo sguardo.

«Questa è casa mia», le disse. E soggiunse: «Da quando ho cominciato a lavorare in azienda la abito raramente, perché sono più comodo a Villanova».

Si accostò a un mobile-bar e versò in un bicchiere un dito di whisky. A lei, che si era avvicinata a una portafinestra e osservava i tetti e il giardino sottostante, non offrì niente.

Gina comparve sulla soglia e annunciò: «In cucina è tutto pronto. Metto in tavola?»

«Grazie. Facciamo noi», replicò Guido.

«Allora io torno giù. Riordinerò la tavola domattina», disse la donna e se ne andò.

Erano soli. Lui sedette su un divano, accavallò le gambe e iniziò a sorseggiare il whisky. Poi disse ad Amaranta: «Adesso puoi parlare».

Lei si girò verso di lui, andò ad accovacciarsi sul tappeto davanti al camino e sussurrò: «Oh, grazie tante».

Afferrò un tagliacarte d'argento, posato su un tavolino basso, e cominciò a picchiettarlo sulla superficie lanosa del tappeto che riproduceva un dipinto di Miró. Guido, con un gesto fulmineo, si protese verso di lei e glielo tolse dalla mano.

«Casomai non lo sapessi, il tappeto è un'opera d'arte e potresti danneggiarlo con la punta del tagliacarte», spiegò.

«Che cosa vuoi da me? Voglio sapere il motivo per

cui sono stata rapita, perché si tratta di rapimento. Sappi che se hai intenzione di usarmi violenza, io prima ti ammazzo e poi ti denuncio», lo aggredì lei.

«Non ti salterò addosso, e tu lo sai, e smettila di fare la superdonna, perché non lo sei», replicò irritato.

Lei abbassò gli occhi e disse: «Ho un bisogno disperato di serenità e riesco a trovarla, anche se fugacemente, soltanto quando vado in chiesa a pregare. Solo Dio sa perché mi porto dentro una rabbia che mi divora. Mi piacerebbe essere un torrente d'allegria, di gioia di vivere, come tante ragazze che conosco. Loro non si fanno domande, lavorano quand'è il momento di lavorare e si divertono quand'è il momento di divertirsi e sono felici. Hanno il fidanzato, progettano un futuro, vanno a ballare, stanno insieme a ridere e a chiacchierare senza sosta. Che cosa avranno mai da raccontarsi? Io, invece, preferisco tacere e riflettere. I pensieri mi si affastellano nella mente e mi tormentano. Allora mi metto a pregare e ritrovo la pace e la serenità. Io non ho mai avuto un fidanzato, lo sai? Se un ragazzo mi corteggia, invece di sentirmi lusingata, mi arrabbio perché penso che mi stia prendendo in giro. Allora tiro fuori le unghie e graffio. Quando ero piccola, vedevo mia madre mettere un filo d'olio sulle fette di pane che tagliava per mio padre, per me e per i miei fratelli. Lei raccoglieva le briciole dal tavolo, se le metteva in bocca e diceva: 'Io non ho fame'. Mi si riempivano gli occhi di lacrime e la rabbia mi divorava perché mentiva. Tu non sai quanta miseria c'è nelle campagne calabresi e il cinismo dei caporali che trattano i braccianti come bestie. È stata la fame a spingerci al Nord. E dire che mio nonno, il padre di mio padre, aveva soldi e terra! Ma non per noi, che eravamo stati cacciati. A Villanova, finalmente, non abbiamo più sofferto la fame. Quanto al resto... ci vestiva la parrocchia e la tua famiglia ci offriva la merenda nella vostra villa. E c'eri tu... così perfetto da non sembrare vero. Per ogni cosa, ti rivolgevi a tua madre: 'Mamma, posso?' 'Mamma, permetti?' Ed eri così bello, dolce, elegante... e io ti amavo. Quando mi parlavi, avrei pianto di gioia e per questa mia debolezza ti detestavo. Capisci? Ero confusa e tormentata fino da allora. Mi domando se il senso della mia vita sia tutto in questa gran confusione. Adesso tu mi provochi in mille modi e mi fai stare ancora peggio. Noi due non abbiamo niente in comune».

Rialzò lo sguardo su di lui e sorrise tristemente.

«Per ora divideremo la cena», disse Guido che aveva bevuto le sue parole.

Nel forno, spento da poco, c'erano gnocchetti al gorgonzola e polpettone di vitello con le patate arrosto.

Cenarono al tavolo di marmo della cucina, seduti l'uno di fronte all'altra, scambiandosi poche parole.

Dopo, lei volle sparecchiare.

Guido seguì i suoi gesti rapidi e precisi.

Quando la cucina fu riordinata, Amaranta gli sorrise e disse: «Adesso vorrei tornare a casa».

Guido capì che lei aveva i suoi tempi e lui li avrebbe rispettati. Era innamorato di lei e non la voleva diversa da come era.

«Ti riaccompagno.»

Quando furono davanti alla fabbrica, Guido telefonò alla guardia notturna perché gli aprisse il cancello. Dovevano recuperare la bicicletta di Amaranta nel piazzale.

La infilarono nel bagagliaio e ripartirono verso la cascina Pompea, dove la ragazza viveva ormai da sola.

Guido le riconsegnò la bicicletta e disse: «Grazie per avermi raccontato qualcosa di te».

«Qualche altra cosa l'ho taciuta», precisò lei.

«Per esempio?» domandò Guido, incuriosito.

«Ho avuto un figlio», rivelò, e si allontanò lasciandolo senza fiato.

11

L'EDICOLANTE del paese, che abitava alla cascina Pompea, si era alzato alle quattro del mattino per andare al suo chiosco a ricevere i periodici e i quotidiani. Uscendo dalla corte aveva visto un'auto in sosta davanti al cancello e nell'abitacolo, al posto di guida, c'era la sagoma scura di un uomo con il capo reclinato sul volante.

Sarà vivo o sarà morto, si era chiesto, e aveva bussato al finestrino. L'uomo aveva sollevato la testa e lo aveva guardato con aria smarrita. Il giornalaio lo riconobbe: era il giovane Cantoni.

«Tutto bene, dottore?» domandò.

Guido abbassò il vetro del finestrino e rispose: «Credo di sì», anche se non sembrava capire bene dove si trovasse.

«Le serve aiuto?» insistette l'uomo che lo conosceva fin da quando era ragazzino e comprava da lui giornalini e figurine dei calciatori.

A quel punto Guido ricordò tutto e domandò: «Che ore sono?»

«Le quattro e mezzo.»

«Grazie per avermi svegliato. Credo che mi abbia preso un colpo di sonno», si giustificò.

«Meglio così. Allora io vado», disse il giornalaio e, montato in sella al suo motorino scoppiettante, si avviò verso il centro del paese.

Il lampione stradale illuminava il profilo massiccio della costruzione rurale e il bordo dei campi dall'altro lato della via. Guido contemplò la sagoma svettante di alcune gru che si innalzavano in lontananza dove stavano nascendo nuove abitazioni. Poi risentì la voce roca di Amaranta che diceva: «Ho avuto un figlio».

Dopo che lei si era allontanata, era risalito in macchina ed era rimasto lì, la fronte appoggiata sul volante, a pensare. Sapeva di non avere alcun diritto su di lei, ma non smetteva di domandarsi dove fosse questo figlio e chi fosse il padre.

Inoltre Amaranta gli aveva detto: «Non ho mai avuto un fidanzato». E ancora: «Se un ragazzo mi corteggia, mi arrabbio e tiro fuori le unghie». Allora aveva sussurrato con rabbia: «Perché mi ha mentito? Il misticismo, il bisogno di rivolgersi a Dio perché le indichi la via da seguire sono tutte menzogne. Il nonno e lo zio Generoso hanno ragione, quella è una da lasciar perdere. È una strega», aveva concluso a denti stretti. E subito dopo aveva cominciato a interrogarsi su se stesso, sull'assurdità dei sentimenti che provava per lei, sulla propria incapacità di fare chiarezza dentro di sé, di capire che cosa voleva dalla vita. Infine si era addormentato. Poi avviò la macchina e ripartì.

Invece di andare alla villa tornò in fabbrica.

Il guardiano, che lo aveva visto con Amaranta la sera prima e adesso lo vedeva arrivare da solo alle quattro e mezzo del mattino, trasse conclusioni molto personali che avrebbe comunque tenuto per sé.

«Vado in ufficio», lo informò Guido.

Entrò nell'antica palazzina con il guardiano che gli accendeva le luci.

«Vuole un caffè, dottore?» gli chiese, prima di lasciarlo.

«Non mi serve niente, grazie», tagliò corto Guido.

Tra il suo ufficio e quello di suo padre c'era una stanza con l'armadio della biancheria pulita che conteneva anche un paio di vestiti di ricambio sia per lui sia per il padre, e una piccola cucina. Guido andò in bagno, fece una doccia, si infilò un accappatoio di spugna e si preparò un caffè. Lo bevve d'un fiato, si rivestì, poi tornò nel suo ufficio, sedette alla scrivania e accese la lampada da tavolo. Abbandonò la nuca contro lo schienale della poltrona e chiuse gli occhi sperando di riaddormentarsi.

Gli tornò in mente che, quando era bambino, la domenica mattina, dopo la messa, suo padre lo portava nel suo ufficio, dove aveva un piccolo frigorifero che conteneva cioccolatini, salatini, bibite e spumante. Gli diceva: «Prendi quello che vuoi».

Guido si versava la Coca-Cola nel bicchiere e pescava una manciata di noccioline salate dal contenitore di latta. Suo padre sedeva alla scrivania e si metteva a lavorare. Intanto Guido passava in rassegna una serie infinita di rubinetti allineati su una scaffalatura che copriva per intero una parete Ogni rubinetto aveva una targhetta che indicava il nome e il numero del modello. Nel tempo li aveva imparati tutti a memoria: capovolgeva le piccole targhe e diceva a suo padre: «Ti dico quello che c'è scritto?»

Renzo annuiva, lo ascoltava e sorrideva.

«Tra una quindicina d'anni, questo sarà il tuo regno e allora ti accorgerai che non basta sapere i nomi a memoria, per mandare avanti l'azienda. E poi ogni rubinetto ha la sua storia. Per esempio, questo modello Fenice è stato un buco nell'acqua. Centinaia di ore di lavoro andate in fumo. Non è piaciuto al pubblico, sebbene io e il nonno avessimo puntato molto su questa forma squadrata...» raccontava.

Una volta Guido gli domandò: «Papà, io devo diventare ingegnere come te e il nonno?»

«Tu sceglierai la facoltà che vorrai, ma questo sarà il tuo lavoro», gli aveva risposto Renzo.

Guido aveva avuto qualche istante di paura, come quando giocava agli indiani con i suoi amichetti e veniva legato a un palo per essere arso vivo. Sapeva che era una finzione e non si sarebbe acceso nessun falò, tuttavia in quel momento era terrorizzato. Le parole di suo padre sul futuro che aveva disegnato per lui gli avevano fatto lo stesso effetto. Era stato soltanto un attimo, poi aveva proposto: «Andiamo a casa?»

Ricordò questo episodio, perché mai come in quel momento si sentiva prigioniero di un lavoro che non sentiva suo e di un amore che invece di dargli gioia gli procurava dolore. Sentì uno schiocco nel silenzio. Aprì gli occhi e si guardò intorno. Era solo. Lo schiocco si ripeté contro il vetro della finestra. Si alzò e scostò la tenda. Fuori c'era luce e, sul piazzale, vide Amaranta con in mano dei sassolini che guardava nella sua direzione. C'era il guardiano accanto a lei. Guido aprì la finestra e lei disse: «Vieni giù».

«Sali tu», rispose lui.

Poco dopo Guido sentì i passi di lei che si avvicinavano alla porta del suo ufficio.

12

AMARANTA aveva il viso segnato da una notte insonne. La sua chioma era più arruffata del solito. Doveva essersi vestita in fretta perché aveva indossato lo stesso maglione della sera prima al rovescio. Si sedette di fronte a Guido e, con un filo di voce, disse: «Perché ti sto trattando così?»

Guido, che si era alzato per salutarla, riprese posto alla scrivania e si limitò a guardarla negli occhi, senza replicare.

«Non mi piace confidarmi con nessuno, nemmeno con te. Riesco a dire tutto soltanto al Signore, perché Lui non mi giudica», esordì. Guido tacque, irritato, pensando che Amaranta stesse per raccontargli altre menzogne.

«Ascoltami, perché se non parlo adesso, non parlerò mai più. Non è che io ci tenga a giustificarmi con te, comunque è successo quando siamo tornati al paese, in Calabria, perché il nonno era morto lasciando a mio padre tutto quello che possedeva. Finché era stato in vita si era sempre rifiutato di dividere ciò che aveva con suo figlio perché detestava mia madre e quando mio padre l'aveva sposata, contro il suo volere, l'aveva cacciato di casa e diseredato. Dopo la morte del nonno, dunque, abbiamo ereditato una bellissima masseria, parecchi ettari di uliveti e molto denaro. Allora avevo quindici anni», spiegò Amaranta e raccontò a Guido che, ritornati in Calabria, dovettero subito affrontare le rivendicazioni dei due fratelli di suo padre ai quali era toccata in eredità soltanto la legittima, mentre pensavano di ereditare tutto il patrimonio dal momento che il padre aveva disconosciuto il figlio emigrato al Nord.

«Credi di venire qui a dirci che è tutto tuo, perché così è scritto sulla carta?» avevano urlato i due fratelli, davanti alla famiglia riunita nella grande cucina della masseria.

«Hai perso ogni diritto quando hai sposato quella!» aveva sibilato una cognata, puntando il dito verso la madre di Amaranta.

«Questa è mia moglie e tu la devi rispettare. Chiedile subito scusa», aveva ordinato Antonio Casile, furibondo.

Allora la donna s'era messa di spalle e, spingendo in fuori il fondoschiena, ridendo, aveva dichiarato: «Ti chiedo scusa, cognata mia».

Il piede di Antonio si era mosso fulmineo e l'aveva colpita sul sedere, mandandola a ruzzolare a terra.

Il fratello Raffaele, marito della donna, aveva estratto il coltello a serramanico, subito imitato dal fratello minore, Michele. Antonio, dopo tanti anni vissuti al

Nord, aveva dimenticato l'abitudine di tenersi in tasca il coltello e aveva sollevato uno scranno per difendersi. Le donne che avrebbero dovuto richiamare gli uomini alla ragione, li aizzavano con cattiveria. Erano più feroci di loro. Amaranta, che era nel gruppo dei ragazzi, sapeva che i Casile disprezzavano sua madre perché Antonio l'aveva sposata quando era al sesto mese di gravidanza. Portava lei in grembo. Secondo la famiglia Casile, poiché la donna si era lasciata sedurre da loro figlio, questi avrebbe dovuto abbandonarla, invece di sposarla. Terrorizzata da quello che stava succedendo, la ragazza era corsa fuori e aveva inforcato la bicicletta per andare in paese a chiedere aiuto ai carabinieri. Non c'era stato bisogno di fare tanta strada. Li aveva incrociati a un centinaio di metri da casa.

Raffaele e Michele Casile che avevano ferito Antonio erano stati portati via in manette. Raffaele, passandole accanto, le aveva sorriso e sussurrato: «Hai l'età giusta per ricevere la giusta ricompensa».

Quale fosse il significato di quella frase sibillina Amaranta lo scoprì alcune settimane dopo, quando lo zio lasciò il carcere e tornò in paese.

La violentò una sera d'ottobre, in campagna, durante la raccolta delle olive. E dopo, mentre si sistemava i pantaloni e lei piangeva, le sputò in faccia.

Amaranta rincasò tardi, quella sera, e non disse niente a nessuno. Continuò a tacere anche quando la sua condizione di ragazza incinta fu palese. Se avesse parlato, suo padre avrebbe ammazzato il fratello e sarebbe finito in galera. I suoi genitori la picchiarono e la tormentarono a lungo per farsi dire chi l'aveva sedotta. Poiché Amaranta taceva ostinatamente, la confinarono in un istituto religioso dove il figlio che portava in grembo nacque di appena sei mesi e subito morì.

«Nell'istituto religioso ho scoperto il conforto della preghiera. Se non avessi imparato a dialogare con il Signore, sarei impazzita», disse ora a Guido.

Guido era inorridito al racconto di Amaranta e la guardava con una pena infinita.

«Adesso capisci perché la preghiera è tanto importante per me», aggiunse la ragazza e proseguì: «Ti prego, non fare mai niente per cui io debba soffrire. Se mi vuoi per un capriccio, lasciami perdere, perché tu mi piaci tanto e non ti direi mai di no».

13

«Tutti mi criticano e non so più dove stare», si lamentò Amaranta.

Era con Guido sul terrazzo del suo appartamento milanese a godersi il sole del mezzogiorno, nella quiete domenicale, mentre nell'aria dilagava lo scampanio della chiesa di San Babila.

«In fabbrica non ci posso più andare, perché i miei colleghi mi guardano con riprovazione. La tua famiglia mi vede come il fumo negli occhi. I miei genitori sono morti e da anni non so più niente, né vorrei saperlo, dei miei famigliari che sono in Calabria.»

«Però hai me», la interruppe Guido e proseguì: «Capisco che tu non voglia più stare a Villanova, dove tutti ti scrutano con curiosità, ma qui in città la gente si fa gli affari propri».

«Anche perché mi tieni lontano dai tuoi amici e lo apprezzo molto: io mi troverei malissimo con loro e loro con me. Mi domando invece fino a quando tu sopporterai questo nostro isolamento. Non frequenti più nessuno e non so nemmeno se sia giusto.»

«È soltanto una tappa, la prima, della nostra storia. Non forziamo i tempi e lasciamo che le cose accadano. Ti confesserò che è stato molto piacevole non dover esibire una dialettica effervescente per vivacizzare gli incontri mondani. Mi rilassa sentirti parlare della differenza tra la farina doppio zero e la fecola di patate, del supermercato di porta Venezia che ha i prodotti che non trovi dal *Salumaio* di Montenapoleone, del prete sordo di San Babila che costringe le penitenti a urlare le loro confessioni, del vizietto di Gina che assaggia il cibo mentre cucina e non sciacqua mai il cucchiaio. Tu non sai quanta più vita c'è nelle tue parole rispetto ai discorsi di certa gente che parte disquisendo sulla teoria dei quanti e finisce per parlare dell'ultimo modello della Maserati o dello Jaeger le Coultre con le fasi lunari», disse lui, accarezzandole dolcemente un braccio.

I Cantoni si erano rifiutati, «almeno per il momento», di ricevere Amaranta a casa loro, convinti, in buona fede, che Guido stesse facendo un passo sbagliato e non volevano rendersi complici di un suo errore. Lui non si era arrabbiato per questo e, quando stava con i suoi, evitava accuratamente di parlare di Amaranta, per quanto fosse intimamente persuaso che lei fosse la donna della sua vita.

«È mezzogiorno. Andiamo?» domandò lei.
Guido annuì.
Scesero in strada e salirono in macchina. Erano diretti a Villanova. Lei sarebbe andata a trovare la zia nella

casa di riposo. Avrebbe mangiato con lei e le avrebbe fatto compagnia fino a quando Guido sarebbe passato a prenderla, dopo aver pranzato in famiglia.

Si frequentavano ormai da un mese e non erano ancora andati a letto insieme. Dopo la violenza subita, l'idea di fare l'amore con un uomo, per quanto adorato e desiderato, la terrorizzava ancora. Guido la capiva e aveva deciso di non metterle fretta. Lui per primo voleva che tutto accadesse il più serenamente possibile. Quando passava la notte in via Mozart, dove lei ormai abitava, dormiva sul divano del soggiorno ed era felice così. C'era molta più intimità tra loro di quanta ce ne fosse stata con le donne che aveva conosciuto in senso biblico.

Giorno dopo giorno approfondivano il loro rapporto, che diventava sempre più importante per entrambi.

Per tenerla occupata mentre lui era in ufficio, Guido aveva preso l'abitudine di farle leggere gli articoli che venivano pubblicati sul giornale aziendale. Amaranta aveva il compito di dirgli quali erano i pezzi che le erano piaciuti e quelli che l'avevano annoiata, quali erano gli argomenti che la interessavano e doveva sottolineare tutte le parole o le frasi che non riusciva a capire al volo.

Amaranta era molto intelligente e, seguendo le sue osservazioni, Guido si rendeva conto di quanto fosse utile il confronto con lei al fine di offrire ai suoi dipendenti un giornale che fosse letto volentieri da tutti.

In quel mese era partito con suo padre un paio di volte, lasciandola sola per alcuni giorni, e lei aveva scritto un articolo sui problemi delle operaie in fabbrica che era stato pubblicato, con successo, su *Il Notiziario*.

«La zia ha avuto un altro ictus e adesso non parla più», raccontò a Guido, quando passò a prenderla alla casa di riposo a fine giornata.

«Ma la stanno curando?» si informò lui.

«Le danno farmaci a base di cortisone. Più di questo non possono fare. Ho parlato con il medico e mi ha riferito che ormai ha i giorni contati.»

«E tu vorresti passarli con lei.»

«Sì. È in una stanzetta da sola e c'è una poltrona comoda. Mi hanno detto che posso restare lì. Ti dispiace?»

«Mi dispiace che tua zia stia male», disse lui, accarezzandole la mano.

La donna morì tre giorni dopo.

«Adesso sono completamente sola», constatò lei, dopo il funerale, quando ritornò con Guido nell'appartamento di via Mozart, a Milano.

«Ma hai me», la rassicurò lui.

«Ho bisogno di un appiglio solido al quale aggrapparmi.»

«Grazie tante! E se provassi a sostenerti sulle tue gambe?» si adombrò lui.

«È quello che ho sempre fatto, anche se non smettevo di sentirmi sull'orlo di un precipizio. La zia era un surrogato della mia famiglia, il lavoro in fabbrica mi dava la dignità, la preghiera mi dava forza. Ora la zia non c'è più e io non vado più a lavorare. La fede, da sola, non mi basta. Tu non puoi capire come mi sento, perché hai sempre avuto la protezione della tua famiglia.»

«Tu e io possiamo essere una famiglia. Ti sposo quando vuoi.»

«Per sposarsi non basta essere innamorati, bisogna amarsi totalmente, e io non sono sicura della forza dei miei sentimenti per te. E tu, sei sicuro? E se facessimo l'amore e scoprissimo che c'è solo passione fra noi e non l'amore vero, quello che dura per sempre?»

Guido non riusciva a capire che cosa avesse in mente e la guardava costernato.

L'aveva portata in via Mozart, dopo il funerale, con l'intenzione di coccolarla, consolarla, prospettarle un futuro da vivere insieme e adesso lei gli stava dicendo che, forse, la loro non era una storia d'amore.

«Tu sei matta e vuoi far diventare matto anche me», reagì, seccato.

Lei sgranò su di lui i suoi bellissimi occhi verdi e, trattenendo un singhiozzo, balbettò: «Mi fai paura!»

Era bella, spaventata, fragile, confusa e lui la adorava anche se era stremato dalle sue elucubrazioni, dal bisogno incessante di complicarsi e di complicargli la vita mentre era tutto molto semplice... E finalmente si decise. Le sorrise, la prese in braccio di slancio e si avviò con lei verso la camera da letto sussurrandole: «Ti amo tanto e voglio solo farti felice».

14

NELLA penombra della chiesa, tra l'odore antico dei ceri, quello sacro dell'incenso e quello estenuante dei fiori, Amaranta si stava confessando a don Tranquillo che ascoltava impassibile il suo mormorio denso di interrogativi che rivelavano la sua faticosa ricerca interiore. Quando lei tacque, il sacerdote disse: «Mara, tu non puoi mettere in discussione il pensiero della Chiesa. Tu stai commettendo un peccato».

«Allora mi spieghi perché, nel profondo del mio cuore, io sento che non è così», obiettò lei.

«Tu mi metti in croce da mezz'ora, perché vuoi che ti dica che non stai sbagliando. Ti asseconderei volentieri, se le tue premesse fossero diverse, ma tu per prima dubiti dell'amore per Guido, tu per prima ti domandi se possa essere davvero lui l'uomo della tua vita o se, invece, non esista in questo vasto mondo un uomo più adatto a te. Allora, se tu dubiti, io non posso sostenere che fai bene a darti a lui. Riesci a capire?»

«Io sì. È lei che non capisce me. Io dubito di tutto,

padre. Dubito che domani il sole sorgerà ancora, che i figli siano una benedizione per i genitori, che stasera mangerò il minestrone, che Dio mi veda e mi ascolti, dubito persino che Dio esista, anche se ho tanto bisogno di Lui. Allora perché non dovrei dubitare dell'amore di Guido per me e del mio per lui? Ho detto amore e non so se è la parola giusta. La nostra è una passione che ci lega fin da quando eravamo ragazzini. E mentre facciamo l'amore, io sono felice.»

«Non venire a raccontare queste cose a un vecchio prete!» sbottò don Tranquillo.

«Ecco, vede? Se non a lei, a chi posso parlare della mia angoscia? Perché la Chiesa è così lontana dalla gente, soprattutto da quelli che, come me, cercano delle risposte?»

«Non bestemmiare. La Chiesa sa ciò che è bene e ciò che è male e non spetta a te criticarla. Certo, i tempi della Chiesa non sono i nostri. Una volta era impensabile che penitente e confessore parlassero di sessualità, se non come ammissione di colpa soggetta a feroci penitenze. Oggi non è così, e io posso anche assolverti. Ma poiché sono vecchio e ho tanta esperienza, ti dico che la passione che ti lega al giovane Cantoni è destinata a finire. Se con lui non costruisci nient'altro che dubbi, di che cosa si nutrirà la vostra unione? Pensaci, Mara. Adesso, per penitenza, reciterai tre Pateravegloria e levati di mezzo, perché ho tante altre cose da fare», si affrettò a concludere il sacerdote che era stremato dalla confessione di Amaranta.

Lei stette in chiesa ancora un bel pezzo a pregare e a riflettere.

Più rifletteva e più si sentiva prigioniera di una situazione nella quale non si riconosceva. Quando faceva l'amore con Guido, le sembrava di sfiorare i confini dell'estasi. Quelli erano momenti sublimi in cui smetteva di pensare per diventare una spugna che assorbiva il piacere fino all'ultima goccia. Le ore che trascorreva con lui erano una festa. I suoi occhi, celesti come il mantello della Madonna, le dicevano molto più delle sue parole. Il corpo di lui perfetto, scattante, solido, che si avvitava intorno al suo, esile e scarno, le dava tanta gioia. Ma dopo, lui usciva di casa, andava a lavorare, incontrava gli amici, parlava una lingua che sottolineava la differenza di classe, di educazione, di cultura che c'era fra loro, facendola sentire inutile, sola, smarrita.

Tempo addietro aveva domandato a don Tranquillo: «Dove trovo le risposte alle domande che mi assillano?»

«Nei libri. Leggi le vite dei santi», le aveva risposto e poi le aveva messo in mano alcuni volumetti che raccontavano la vita di santa Rita da Cascia, di santa Caterina da Siena, di santa Teresa d'Avila. Li aveva letti, trovandoli noiosi, mielosi, stupidi.

«Mi sarei divertita di più a leggere la vita delle formiche», gli aveva confessato, restituendoglieli.

«Perché sei ignorante, ma non fartene un cruccio. Continua a pregare e le risposte verranno da sole», le aveva detto.

Lasciò la chiesa e tornò a casa ossessionata dalle parole del confessore: «La passione fra te e Guido è destinata a finire». Lei era ancora nella fase del «ti amerò per sempre». L'amore tra loro era più che mai vivo, alimentato dal desiderio reciproco.

Quando entrò in casa, il telefono stava squillando. Si precipitò a rispondere. Era Guido.

«Questa sera non posso portarti a Milano. Dormo dai miei, perché domattina alle sette prendo un volo per Roma. Mio padre e io dobbiamo incontrare un cliente alle nove. Ce la fai ad aspettarmi fino a domani sera?» le chiese.

«Tranne te, ho tutto quello che mi serve. A domani», rispose lei.

Posò il ricevitore e andò in cucina. Aprì il frigorifero. Trovò nel surgelatore le frittelle con le zucchine che piacevano tanto a Guido e una zuppa di pesce. Le bastava riscaldare nel forno un po' dell'uno e dell'altra e avrebbe cenato in un istante.

Il telefono squillò di nuovo. Era ancora Guido.

«Sei arrabbiata?» le domandò.

«Sono sola», rispose.

«Non puoi esserlo, perché i miei pensieri sono con te e per te.»

«Anche i miei, ma sono comunque sola.»

Si sentiva simile a quelle donne che hanno un amante e sanno che lui passerà la sera, la notte e il giorno seguente con la moglie.

«Vengo a prenderti e ti porto a Roma con me e mio padre.»

«Non ci verrei e tu lo sai. Mi sto comportando da scema... scusami.»

Ci sarebbero stati altri viaggi, altre assenze e lei doveva imparare ad avere una vita autonoma. «Sono ancora in fase di rodaggio. Dammi il tempo di capire come posso impiegare il mio tempo. Ti aspetterò contando i minuti e le ore che ci separano», disse.

Tornò in cucina. Non aveva fame. Stava lì, in piedi, a domandarsi come dare un senso alla sua vita.

«Mi farò uno zabaione», decise, parlando da sola.

Mise sul tavolo due uova, lo zucchero, una bottiglia di Marsala, una ciotola e un frullino, ripensando alla zia che, quando lei era ragazzina, le diceva: «Se sei depressa, fatti uno zabaione. Rimette in sesto anche un morto».

Eliminò le chiare e versò i rossi nella ciotola, vi aggiunse due cucchiai di zucchero e una minuscola presa di sale e frullò il tutto fino a sbiancare la spuma soffice che diluì con un bicchiere di Marsala. Versò il composto in un padellino e lo mise sul fuoco tenendo la fiamma al minimo. Poi mescolò lentamente il liquido che diventava via via più consistente, gonfiandosi. Di tanto in tanto alzava il cucchiaio per verificarne la corposità.

Spense la fiamma, versò lo zabaione in una tazza, aspettò che si intiepidisse, poi andò alla finestra, osservò il cielo di giugno che si andava oscurando, si portò la tazza alle labbra, bevve un sorso di quell'ambrosia e avvertì una sensazione che riconobbe per averla già provata tanti anni prima. Depose la tazza sul tavolo e sussurrò: «Sono incinta».

15

Non parlò della sua gravidanza fino a metà luglio, quando Guido le propose: «Ti porto a Santa Margherita. Là abbiamo una grande casa. Ci saranno i miei nonni e i miei genitori e altri amici molto intimi che conoscerai».

«No», disse lei.

«Perché no, lucertolina mia?» domandò lui, attribuendo il rifiuto alla paura di confrontarsi con una famiglia che l'avrebbe osservata, giudicata, soppesata.

Erano usciti a cena e Guido l'aveva portata in un ristorante alle porte della città noto per le specialità di pesce. C'erano pochi tavoli, una clientela selezionata e prezzi da capogiro.

Amaranta stava per rispondere, quando una voce femminile, alle sue spalle, trillò: «Guido! Finalmente ti si rivede».

Amaranta si voltò e vide una ragazza bionda, abbronzata, senza trucco, elegante anche se indossava un abito semplice.

Pensò subito che c'erano volute molte generazioni di signore colte e raffinate per produrre quel tipo di donna. Lei non sarebbe mai stata così e, francamente, non gliene importava niente. Ma, messa a confronto con lei, si sentiva una nullità.

Si domandò perché mai Guido, che apparteneva allo stesso mondo di quella bella ragazza, avesse invece scelto lei.

Lui si alzò, strinse la mano che la donna gli tendeva e chinò il capo per baciarla sulla guancia, mentre diceva: «Ciao, Bona. Come stai?»

«Lo vedi. Vorrei essere in vacanza e invece, come te del resto, sto ancora lavorando.»

«Tu conosci Amaranta?» chiese lui, indicando la sua compagna che guardava l'uno e l'altra con aria sospettosa.

«No, e tuttavia si parla molto di lei», rivelò sorridendole e aggiunse: «Come stai?»

«Bene, grazie», rispose lei a fior di labbra.

«Vuoi sederti con noi?» disse ancora Guido.

«Non immagini quanto lo desidererei, ma sono con i Carminati, hai presente?»

«Caldaie, giusto?» domandò Guido, che conosceva di nome quegli industrialotti brianzoli, che avevano fatto tanti soldi nel dopoguerra e fremevano per entrare nel mondo magico dei signori.

«Quelli! Sto arredando la loro casa di Pallanza. Una fatica! Non distinguono una tappezzeria di Fortuny da una di Ideal-casa e stanno sempre a spulciare i conti temendo di essere imbrogliati. Mi stanno osservando dal tavolo laggiù e non voglio che mi piombino addosso con la pretesa di essere presentati. Una di queste sere dobbiamo stare insieme perché ho tanta voglia di due sane chiacchiere.»

Si congedò rivolgendo ad Amaranta un sorriso affettuoso, mentre le sussurrava: «Devi dirmi come sei riuscita a catturare quest'uomo inafferrabile».

«Devo confessarti che è stato lui a catturare me», rispose Amaranta, con aria di complicità.

Bona la guardò per un istante con curiosità. Non sapeva come collocare quella strana creatura e poi le sorrise perché aveva capito: Guido si era scelto una donna assolutamente perfetta per lui. Nei bellissimi occhi verdi di Amaranta aveva colto una vena di bizzarria simile a quella di Bianca Cantoni, che aveva conosciuto durante la crociera in Grecia. In quello stesso istante pensò che si rammaricava di aver rinunciato a lui perché le piaceva tantissimo, ma si era lasciata guidare dal buonsenso.

Baciò Guido su una guancia e raggiunse i suoi ospiti.

«Mi stavi domandando perché non voglio affrontare la tua famiglia. La risposta l'hai avuta adesso vedendomi vicino a Bona. Per quanto i tuoi possano fare buon viso, io sono e sarò sempre diversa. E tu questo lo sai», disse Amaranta a Guido.

«Ma un giorno ci sposeremo», affermò lui.

«È una domanda ufficiale di matrimonio?» chiese, con tono scherzoso.

«Non è la prima volta che ti chiedo di diventare mia moglie. Vorrei una risposta», puntualizzò lui, serio.

Lei pensò al bambino che le cresceva dentro. Com'era diversa questa gravidanza da quella vissuta quand'era poco più che adolescente! Ricordò il dolore, l'umiliazione per la violenza subita e quell'esserino innocente che aveva inutilmente portato in grembo per sei mesi, morto appena venuto al mondo.

Adesso lei era felice di aspettare un figlio da Guido. Gli sorrise e sussurrò: «Facciamo prima nascere il nostro bambino».

16

Amaranta era sdraiata sul ponte della barca e prendeva il sole. Guido, chino su di lei, le accarezzava il grembo. Erano sullo yacht di Generoso e stavano facendo una vacanza nelle isole della Grecia.

«Mi fai il solletico», disse lei, ridendo.

«Tu che cosa c'entri? Io sto accarezzando nostro figlio», replicò Guido.

L'imbarcazione oscillava appena sull'acqua, nella caletta riparata dove si erano fermati per fare il bagno. Amaranta alzò le braccia, le allacciò intorno al collo di Guido e lo attirò a sé.

«Sono troppo pesante per gravare sul nostro bambino», si ritrasse lui.

Lei era al quinto mese di gravidanza e il suo corpo stava assumendo contorni più morbidi.

«Nostro figlio è protetto dentro la sacca amniotica. Smettila di trattarmi come se fossi un oggetto fragile», reagì lei.

«Sei la mia donna e sei molto preziosa», ribatté abbracciandola.

Erano in navigazione da alcuni giorni, da quando Guido aveva capito che la sua compagna aveva bisogno di serenità e di non subire pressioni di alcun genere. A bordo di quella grande barca, che Generoso aveva prestato a Guido, i due giovani erano felici.

«Si dice che dieci giorni sulla stessa barca siano la prova decisiva per una coppia: nove volte su dieci i due finiscono per litigare ferocemente e per lasciarsi», dichiarò Guido.

«Abbiamo già litigato a suo tempo, la mia rabbia si è esaurita e voglio godermi questa vacanza con te. È incredibile la facilità con cui ci si abitua alla vita comoda.»

Da quando era incinta, Amaranta si era molto addolcita e Guido stava scoprendo la sua essenza più intima, che si nutriva di un'innata gentilezza e di una acuta sensibilità.

Quando l'equipaggio tornò a bordo, loro decisero di scendere a terra a visitare Kos. Si addentrarono nei vicoli bianchi del villaggio, incrociarono i vecchi isolani che sorridevano ai due innamorati e li salutavano con un sorriso e un *kalispera*. Sedettero al tavolino di un bar per bere una bibita, poi comprarono bottiglie e vasi di vetro colorato «made in Murano» e monili d'argento «made in India» che venivano spacciati per prodotti locali. Al tramonto cenarono sotto il pergolato di un ristorante, gustando pesce alla griglia e polpette di riso avvolte nelle foglie di vite, progettando una gita sul monte Athos e una in Macedonia per vedere le cicogne che lì nidificavano ancora.

Se mai ce ne fosse stato bisogno, in quel lungo mese di vacanza Guido acquisì la certezza assoluta che Amaranta era la donna della sua vita, la sola persona capace di infondergli sicurezza, la sola con cui guardare al futuro con serenità, perché sapeva ascoltarlo con amore e intelligenza.

«Sono convinta che tu sia sprecato nell'azienda di famiglia. Hai una sensibilità straordinaria che urla per liberarsi dal giogo dei rubinetti. La devozione che nutri per tuo padre e il bisogno di assecondarlo hanno offuscato le tue capacità di decidere liberamente del tuo futuro. Ti osservo quando leggi e chiosi le pagine dei libri, quando prendi freneticamente appunti su una poesia o un racconto, e la conclusione che ne traggo è che tu sei un artista che ha bisogno di esprimersi con le parole», gli disse una notte mentre la barca navigava lungo le coste del Peloponneso e loro erano sul ponte a guardare le stelle.

Guido rifletté a lungo su quelle parole. Più ci pensava e più si convinceva non solo dell'intelligenza di Amaranta, ma anche della profondità del loro rapporto. Non avevano segreti l'uno per l'altra e riuscivano a dirsi anche cose scomode, sapendo che non esistevano barriere invalicabili.

Quando ritornarono a Milano, Guido decise che le avrebbe dato da leggere una serie di racconti scritti negli ultimi due anni e che teneva gelosamente chiusi in un cassetto.

Arrivarono in città con alcuni giorni d'anticipo sul previsto, perché Amaranta aveva una visita di controllo dal ginecologo e Guido non voleva che la rimandasse.

L'accompagnò lui stesso dal medico che era stato un suo compagno di liceo e ora era l'assistente del primario della clinica Mangiagalli.

Lo specialista la sottopose a una visita accurata e concluse che la gravidanza procedeva regolarmente; Amaranta gli disse che da oltre un mese erano sparite le sue febbri misteriose.

«È la potenza della maternità», aveva risposto il medico, dandole appuntamento alla scadenza del settimo mese.

Passarono la serata in casa. Amaranta preparò una cena frugale.

Quando sedettero al tavolo della cucina davanti a un piatto di zuppa di farro, lei gli tese un foglio di carta compilato con la sua grafia puntigliosa. Guido lesse: «Cose da fare prima che nasca il bambino». Alzò lo sguardo dal foglio.

«Devo leggere subito?» domandò.

«Sì, per favore. Così ne discutiamo mangiando», rispose lei.

Lui cominciò a leggere a voce alta: «Primo: Nostro figlio avrà una cameretta solo quando inizierà ad andare a scuola. Fino ad allora dormirà accanto alla mamma, senza la presenza di una tata».

«Non voglio che il bambino cresca pensando di appartenere a una classe privilegiata», spiegò Amaranta.

«Questa è pura ipocrisia, perché lui appartiene già

al mondo dei privilegi. Ha una mamma reduce da un mese di vacanza su una barca bellissima. Le mamme proletarie queste cose le vivono soltanto nei sogni.»

«Oppure quando incontrano un uomo come te. Ma tu domani potresti non esserci più. Il punto fermo di nostro figlio sono io e io sono una donna del popolo.»

«Stai pensando che potresti... morire?» chiese Guido, preoccupato.

«Questo mai, amore mio. Penso piuttosto che potresti stancarti di me.»

«Sono autorizzato a pensare la stessa cosa di te.»

«Solo che io sono la sua mamma e non lo lascerei mai.»

«Quindi mi stai dicendo che potresti essere tu a stancarti di me?» domandò lui, irritato.

«Stai mettendo in agitazione mio figlio», replicò lei appoggiando le mani sul grembo.

«Se le altre cose che vuoi fare sono dello stesso tipo, non leggerò più niente, e non tentare di ricattarmi dicendo che metto in agitazione te e il nostro bambino», protestò lui.

«Cercavo una discussione ragionevole, ma vedo che con te è impossibile affrontare un discorso serio!» si infervorò Amaranta, strappandogli il foglio dalle mani.

Lui la guardò, desolato.

«Amaranta, stiamo litigando?» sussurrò.

«Pare di sì», rispose e subito si portò una mano alle reni, trattenendo un grido: «Ho avuto una contrazione... mi sento malissimo. Chiama il medico, per favore».

17

Albeggiava quando tutto finì. Amaranta giaceva intontita dall'effetto dei sedativi, nel letto della clinica dove era stata ricoverata d'urgenza. Guido sedeva accanto a lei e le accarezzava una mano. Era frastornato e triste, perché il loro bambino non c'era più.

Erano le sei del mattino e si sentivano i rintocchi delle campane di una chiesa.

Amaranta emise un lamento fievole. La porta della stanza si aprì ed entrarono un'infermiera e il ginecologo.

L'infermiera si chinò sulla donna per misurarle la pressione, il medico sussurrò a Guido: «Usciamo un momento».

Quando furono nel corridoio, spiegò: «Come ti ho già detto uscendo dalla sala operatoria, ho fatto tutto quello che potevo per la tua compagna e il vostro bambino. Fosse accaduto tra un mese, forse avremmo avuto qualche possibilità di salvarlo, ma così... Mi dispiace, Guido. Quando l'ho visitata ieri pomeriggio non c'erano segnali preoccupanti».

«Che cosa è successo, esattamente?» domandò Guido.

«Non lo so. I risultati degli esami erano perfetti, l'utero era tonico, lei non ha mai avuto perdite ematiche, nulla lasciava presagire questa conclusione drammatica, tranne il fatto che, da ragazza, non era riuscita a portare a termine una prima gravidanza. Ci sono donne soggette ad aborti spontanei, ma questo non significa che non potrete avere degli altri figli. La prossima volta, però, passerà la gravidanza a letto e tutto si concluderà per il meglio», concluse l'amico.

«Mi sento in colpa. Vedi, noi non abbiamo smesso di fare l'amore e forse non dovevamo», balbettò Guido.

«Non è per quello che ha abortito. Credimi sulla parola. Amaranta è una donna forte e avrete tutti i figli che vorrete. Ora lei sarà abbastanza depressa, quindi cancella quella faccia scura e rincuorala», ordinò il dottore.

«Lo faccio subito», disse Guido tornando nella camera, mentre l'infermiera inseriva una fiala di antidolorifico nella soluzione della fleboclisi.

Quando furono soli, si avvicinò ad Amaranta, le passò una mano tra i capelli e le sorrise.

«Come stai?» gli domandò lei con un filo di voce.

«Sono io che chiedo a te come stai», replicò lui, sorridendole.

«Mi sento a pezzi e non riesco a pensare», si lamentò.

«Ti aiuto io a farlo, tesoro», sussurrò lui e proseguì: «Pensa che siamo un uomo e una donna molto fortunati, perché tu hai me e io ho te e ci amiamo tantissimo».

«Fino a ieri sera avevamo anche un bambino», sussurrò lei.

«Il Signore, al quale tu ti rivolgi sempre quasi fosse un parente stretto, ha deciso che quel bambino non dovesse nascere.»

Lei annuì e disse: «Sei stanco. Per favore, vai a casa».

Lui non voleva lasciarla sola e glielo disse.

«Invece ho proprio bisogno di solitudine», insistette lei.

Lui tornò in via Mozart e si abbandonò sul letto senza spogliarsi. Si coprì il volto con il cuscino e singhiozzò a lungo, senza riuscire a fermarsi. Era preda di una malinconia struggente non soltanto per il figlio non nato, ma perché temeva che la straordinaria storia d'amore con Amaranta finisse. Quando le lacrime si esaurirono, scivolò in un sonno profondo, senza sogni.

Lo svegliò la moglie del portiere che era entrata in casa per le pulizie quotidiane.

Allora si alzò e uscì dalla camera.

La donna lo guardò come se fosse un fantasma.

«Dottore! Sta male?»

«Mi faccia un caffè, per favore. Io vado sotto la doccia», disse, senza darle ulteriori spiegazioni e solo quando entrò in cucina, indossando l'accappatoio, sussurrò: «Amaranta sta peggio di me. Questa notte ha perduto il bambino».

La donna gli porse una tazza di caffè già zuccherato e disse: «Mi dispiace tanto. Magari torno dopo a pulire, quando lei sarà uscito». Poi si dileguò.

Lui ritornò in camera e si vestì. Mentre raccoglieva

le sue cose dal portaoggetti sul tavolino, vide il foglio con gli appunti stilati da Amaranta che aveva iniziato a leggere la sera prima. Proseguì la lettura.

«Secondo: Iscrivermi a un corso di lettura e comprensione della Bibbia. Terzo: Portare in tintoria abiti e maglioni nascosti da mesi nello sgabuzzino. Quarto: Tenere un diario della mia vita a due. Quinto: Sostituire la gomma forata della mia bicicletta. Sesto: Confessare a Guido che ho letto di nascosto i suoi racconti e li ho trovati bellissimi. Settimo: Smettere di mentire a Guido sull'uso dell'aglio, che lui detesta e io nego di usare. Ottavo: Non assillare più il Signore con le mie pretese assurde. Nono: Ricordare sempre che cala la sera anche sul giorno più luminoso. Decimo: L'ho dimenticato. Evidentemente non era importante.»

Ripiegò in quattro il foglio e lo infilò nella tasca della giacca.

Poco dopo uscì di casa. Era deciso a fare tutto quanto poteva per non perdere la sua donna. Passò dal fioraio, si fece dare un fascio di rose bianche e tornò da Amaranta.

La trovò seduta sul letto. Stava sorseggiando una tazza di tè e lo accolse con un sorriso. Lui accostò la sedia al letto e le sedette accanto.

«Grazie per queste bellissime rose», disse, mentre le consegnava a un'infermiera che le mise in un vaso.

«Hai ancora male?» domandò Guido.

«Solo un senso di pesantezza al bassoventre. Il medico dice che domani andrà decisamente meglio e tra due giorni potrò lasciare la clinica.»

«Questa notte vorrei dormire qui con te e...» esitò prima di proseguire.

«E?» lo sollecitò Amaranta.

«Credo che dovremmo legalizzare la nostra unione. Siamo fatti l'uno per l'altra, amore mio, e non posso vivere senza te.»

«Devo elaborare il mio lutto», sussurrò lei, dopo un lungo silenzio.

«Questo dolore non è solo tuo, Amaranta», osservò Guido.

Lei annuì e gli diede una carezza sul viso.

«In cielo ci sono amori già scritti che aspettano solo d'essere vissuti. Il nostro è tra questi?» domandò guardandolo negli occhi.

«Hai qualche dubbio?»

«Io ti amo profondamente e ti amerò sempre», mormorò lei e proseguì, tristemente: «Ma non so se la nostra storia è scritta nel cielo perché, se lo fosse, non ci darebbe tanto dolore».

«La sera cala anche sul giorno più luminoso. Questo lo hai scritto tu, dimenticando il seguito: dopo il sole torna a splendere», disse Guido tentando di rasserenarla.

«Hai letto il mio decalogo», si stupì Amaranta e, abbassando gli occhi, sussurrò: «Distruggilo, non serve più».

Nei due giorni che seguirono, Guido si assentò raramente e Amaranta sembrava più serena. Il medico rassicurò entrambi sul fatto che lei avrebbe potuto affrontare felicemente altre gravidanze e, il terzo giorno, Guido scese in amministrazione per saldare il conto della clinica, mentre Amaranta si vestiva per andare a casa con lui. Quando risalì trovò nella camera solo un'infermiera.

«La signora è già andata via. Ha lasciato questo per lei», gli disse la donna, porgendogli un pezzo di carta ripiegato in quattro.

Guido lesse: «Il cielo non vuole che io abbia figli né un compagno. Non posso andare contro la volontà del Signore. So che mi capirai. Ti amo tanto, Guido, ma non posso essere tua moglie».

La scalata di Léonie

1

«Poi, per fortuna, sei arrivata tu e ti abbiamo accolto come un dono del cielo», disse il vecchio Amilcare.

Léonie era stanca e lo era anche il nonno. Tuttavia lei voleva ancora sapere.

«Dov'era andata Amaranta?» domandò.

«Da don Tranquillo. Lui la affidò alle monache benedettine di Lecco che la accolsero come postulante. Adesso è madre badessa in un convento. So da Guido che è una monaca felice», concluse Amilcare.

«Questo significa che è rimasto in contatto con lei?»

Nella stanza accanto il piccolo Gioacchino si mise a strillare. L'anziana domestica che aveva già cresciuto Giuseppe entrò nella camera portando il neonato.

«Ha fame, il mio piccolino», sorrise Léonie, prendendolo tra le braccia.

«Aiutami a tornare nelle mie stanze», disse il vecchio alla cameriera.

Poco dopo arrivò Celina che sedette sulla poltrona

lasciata libera dal suocero e stette lì a guardare la nuora mentre allattava il suo secondo nipote.

Quando il piccolo, ormai sazio, si fu riaddormentato, Léonie disse: «Sono stanca, maman. Guido non tarderà a tornare e io vorrei dormire un po'». Affidò il bimbo alla domestica. Celina le sfiorò la fronte con un bacio e la lasciò sola. Léonie si addormentò e, quando si svegliò alla prima luce di un mattino d'inverno, vide suo marito, in jeans e maglione, che dormiva sdraiato accanto a lei.

E dormiva anche Giuseppe, il primogenito, abbracciato a suo padre.

In quel grande letto, nella quiete ovattata del primo mattino, c'era la sua solida, rassicurante famiglia, così come l'aveva sempre immaginata e desiderata. Poteva considerarsi davvero una donna fortunata.

La porta della camera si aprì e una cameriera fece capolino portando il neonato per la poppata. Léonie avvicinò l'indice alle labbra per raccomandarle il silenzio e scivolò fuori dal letto. Prese il piccolo tra le braccia, uscì dalla stanza con la domestica ed entrò nella camera accanto, che era stata destinata al nuovo nato. Allattò il bimbo e poi lo affidò alla donna.

«C'è qualcuno in cucina?» le chiese.

«Certamente, signora.»

Léonie si infilò nell'ascensore e scese. La cucina era illuminata a giorno. L'accolse un delizioso profumo di caffè. Dal tinello provenivano le voci dei giardinieri, dell'autista, delle domestiche addette alle pulizie che stavano facendo colazione. Su un tavolo erano allineate le torte ancora fragranti di forno, il pane dalla crosta croccante, la frutta tagliata. Una donna stava spremendo le arance.

«Buongiorno, Evelina», disse Léonie raggiungendola.

«Signora!» esclamò la cameriera, pulendosi velocemente le mani in un canovaccio. «Felicitazioni», soggiunse, sorridendole.

«Grazie. Ho fame», annunciò Léonie, accostando uno sgabello al tavolo di marmo.

«Le servo la colazione nella veranda», rispose premurosa Evelina.

«No, voglio tornare a letto. Ma una spremuta, una fetta di crostata e un caffè sarebbero una benedizione», replicò lei.

Evelina si affrettò ad accontentarla e, mentre Léonie beveva il succo d'arancia, fecero il loro ingresso Guido e Giuseppe che la festeggiarono con baci e abbracci.

Lei era felice e soddisfatta di tutto quello che la vita le stava offrendo con tanta generosità.

«A che ora sei tornato?» domandò a Guido.

«Alle tre, ma tu dormivi profondamente. Dovevo essere stanco anch'io, perché dopo aver preso in braccio il piccolo Gioacchino, ho prelevato Giuseppe dalla sua camera e ci siamo addormentati vicino a te. Grazie per il nostro nuovo, bellissimo figlio», le disse commosso, e le posò un bacio sulla guancia.

«Non è vero che è bello. È brutto brutto», lo corresse Giuseppe avvinghiandosi al collo di sua madre.

«Hai proprio ragione», convenne Léonie, con tenerezza. «Gioacchino è tanto bruttino, ma io sono felice, perché ho te che sei bellissimo», aggiunse, per calmare la gelosia del primogenito.

«Però Gioacchino ti vuole bene, perché nascendo ti ha portato un dono», annunciò Guido al figlio.

«Davvero?» domandò il piccolo, incredulo.

Lei guardò il marito che le fece un cenno d'intesa e spiegò al bambino: «Quando tornerai nella tua cameretta vedrai la bella sorpresa che ti ha fatto il tuo fratellino».

«Vado subito», decise Giuseppe, scivolando dalle ginocchia della mamma.

Evelina gli si affiancò per riportarlo al primo piano e Guido rivelò alla moglie: «Prima di partire da Roma gli ho comprato una bicicletta. La desiderava tanto. Gliel'ho lasciata accanto al lettino, ma non l'ha ancora vista».

«Sei stanco?» gli chiese lei.

«Tra noi due, quella che ha fatto una gran fatica sei tu», replicò il marito. Prese tra le sue una mano della moglie, se la portò alle labbra e ripeté: «Grazie».

Léonie osservò Guido con tenerezza, come se lo vedesse per la prima volta ed era effettivamente così, perché il racconto di nonno Amilcare sulla passione di Guido per Amaranta proiettava una luce nuova sulla sua personalità complessa e, ora, meno misteriosa. Fu sul punto di domandargli: «La vedi ancora?» perché un grande amore come quello non poteva essersi esaurito con la fuga di lei in convento. E se lui avesse risposto: «Sì, l'amo ancora», lei come avrebbe reagito?

Si chiese se lei fosse solo una moglie di ripiego,

una figura secondaria rispetto ad Amaranta. Tuttavia non aveva nulla da rimproverare a Guido, che era un marito perfetto. Tenne per sé la sua curiosità e non gli chiese niente.

Non voleva sapere se coltivava ancora in segreto la passione per la monaca, perché anche lei aveva nel cuore un altro uomo. Pensò che, forse, i Cantoni erano una famiglia di persone sagge, custodivano i segreti e non permettevano che rovinassero loro la vita. Pensò che lei era una donna serena e incredibilmente felice, aveva messo al mondo un altro figlio che contribuiva a rinsaldare l'affetto che quella famiglia generosa aveva per lei.

Sulla mano che Guido aveva baciato, ora splendeva un anello con un diamante azzurro.

«Tu sei matto da legare», esclamò, ammirando la magnifica pietra di grande valore.

«Aspetta di vedere che cosa ti offrirò per il terzo figlio», rise Guido.

«Pensavo che due potessero bastare», protestò lei, senza troppa convinzione.

«Non vorresti una bambina, bella e determinata come te?»

«Ci devo pensare», rispose. Ma già sapeva che i mesi fantastici della gravidanza e poi il piacere di allattare un altro figlio erano una gioia che avrebbe voluto rinnovare all'infinito.

2

Nell'ampio corridoio al primo piano della villa, inondato di luce dai finestroni che davano sul parco, Léonie sedeva su un divanetto e allattava Gioacchino, mentre Giuseppe percorreva in lungo e in largo il grande spazio sulla bicicletta munita di rotelline per tenerlo in equilibrio.

«Guarda, mamma, come vado veloce», trillò il suo primogenito che non perdeva occasione per concentrare su di sé le attenzioni della mamma a scapito del fratellino.

«Diventerai un vero campione», asserì lei.

«Invece il mio fratellino no. Vero, mamma?»

«Lui no, non è un campione come te, ma tu sarai generoso e gli insegnerai ad andare in bicicletta quando sarà grande come te.»

Il bimbo scese dal sellino, abbandonò la bicicletta e trotterellò verso Léonie. Posò i gomiti su una coscia della mamma, si portò le mani al viso e stette lì un po' a guardare il neonato che succhiava. Poi disse: «Perché dai il latte soltanto a lui?»

«Quand'eri piccolo come Gioacchino, l'ho dato anche a te.»

«Io non mi ricordo.»

«Anche lui, quando sarà grande come te, non se ne ricorderà.»

«Perché adesso non me lo dai più?»

«Perché tu, ormai, mangi a tavola con noi.»

«Voglio succhiare anch'io», affermò.

«Fallo», rispose Léonie, sorridendo.

Giuseppe scoprì l'altro seno della mamma, e succhiò. Subito si ritrasse disgustato.

«Che schifo!» esclamò.

«Ora capisci perché non ti do più il mio latte», gli disse Léonie, ridendo.

Giuseppe si strofinava le labbra con il dorso della mano e ripeteva: «Schifo, schifo!»

Dall'ascensore sbucò Celina che li raggiunse con il suo passo incerto.

Accostò il viso all'orecchio della nuora e le sussurrò qualcosa.

«Voglio una caramella», reclamò Giuseppe.

Lei lo prese per mano e lo portò con sé, dicendogli: «Vieni, te ne faccio scegliere una del colore che ti piace».

«Quella rossa!» urlò il bambino, mentre Léonie si affrettava a consegnare il piccolo a una cameriera. Poi si avviò verso l'ala est della villa, dov'era l'appartamento di Amilcare Cantoni che non vedeva da alcuni giorni, dalla sera in cui aveva partorito e lui le aveva raccontato la storia di Guido e Amaranta.

La porta della camera del patriarca era socchiusa.

Lei entrò aspettandosi di trovarlo a letto. Invece sedeva con suo marito, suo suocero e il dottore al tavolo ovale ai piedi del letto. I quattro uomini tenevano tra le mani le carte da gioco ed erano immersi in un silenzio assorto, immobili.

Léonie sapeva che Amilcare era uno straordinario giocatore di scopone scientifico e per tutta la vita aveva frequentato l'osteria del paese, la più antica, quella sulla piazza della chiesa, dove era molto richiesto come compagno di gioco. Aveva trasmesso a sua moglie, al figlio Renzo, al nipote Guido e più recentemente anche a lei la passione per lo scopone.

Ora, raggiunse i quattro uomini e si chinò sul marito per chiedergli sottovoce: «Come va?»

«Il nonno ti aspettava», rispose Guido e aggiunse: «Ha chiesto alla mamma di portarti qui».

Amilcare, affondato nella poltrona, sostenuto da alcuni cuscini, le sorrise e disse con un filo di voce: «Ora che Léonie è qui, voglio che prenda il mio posto».

Allora Léonie accostò uno sgabello alla poltrona del nonno, si sedette e prese le carte che Amilcare le porgeva dicendole. «Siamo all'ultimo giro».

Poi le sussurrò all'orecchio: «Quell'incapace del dottore ha in mano il settebello, tuo marito ha il re di denari, tu prenderai il sette con il tuo di fiori e mio figlio si farà dare il re con...» Tacque e reclinò la testa

Si alzarono in piedi mentre il medico prendeva lo stetoscopio. Lo appoggiò sul petto di Amilcare e scosse il capo.

«È finita», sussurrò, commosso.

3

AMILCARE sentiva ormai da tempo che la fine della sua esistenza si stava avvicinando. A tratti ne aveva orrore, più spesso la desiderava. La vecchiaia, con tutto quello che comportava, disturbava il suo senso estetico. Ricordava sua madre, contadina rozza ma intelligente, che in punto di morte aveva sussurrato: «Più che vecchi, non si può diventare». Aveva espresso l'inevitabilità di un evento a cui nessuno può sottrarsi. E tuttavia, Amilcare non riusciva ad accettare la morte che segnava il disfacimento di una persona palpitante di forza, di bellezza, di intelligenza.

Il patriarca ripensava spesso alle persone che erano state compagne del suo cammino e non c'erano più. Non credeva nell'aldilà ed era convinto che l'inferno e il paradiso fossero strettamente legati alla vita terrena. Lui era stato fortunato perché aveva attraversato molti inferni di sofferenza, ma anche molti paradisi di gioia.

E tuttavia gli sfuggiva il significato ultimo della morte, l'esatto opposto della vita che lui aveva sempre amato, sia nei momenti più esaltanti sia in quelli più dolorosi.

Da tempo cercava una spiegazione nelle parole di tanti filosofi e scrittori che aveva letto e amato. «Ricordati che devi morire», dicevano i frati trappisti e lui li immaginava mentre ripetevano, soddisfatti, quasi con piacere, quella minaccia che non spiegava nulla e che colpiva l'umile e il potente, il buono e il cattivo. Come sosteneva un drammaturgo francese: «La morte è un mistero inesplicabile». Il Petrarca aveva scritto: «Morte bella parea nel suo bel viso». E Svevo definiva la morte «il grande misfatto». Compiuto da chi? si domandava Amilcare. Da Dio? No, Dio non esiste. Dalla vita? Forse. La vita è come una bella donna all'apparenza generosa e, nella sostanza, sadica. Prima ti dà tutto e poi si diverte a toglierselo.

Lui si avvicinava alla sua fine e con lui sarebbe morto il bambino tenace e ricco di sogni che era stato, il ragazzo che aveva preso di petto la vita, il giovane innamorato di una ragazza ricca e inquieta, l'uomo che aveva sopportato l'insopportabile da una moglie difficile, il padre terrorizzato dal pensiero che la follia di Bianca potesse contagiare i figli, il patriarca che la sorte aveva favorito consentendogli di perpetuare il nome dei Cantoni attraverso il nipote che non aveva una sola goccia del sangue impazzito di Bianca Crippa.

Aveva sofferto nel vedere Guido ammalato d'amore per Amaranta, ma adesso era certo che la moglie, quella piccola francese di provincia, lo avrebbe guarito. Ora c'erano due pronipoti, altri ne sarebbero venuti e la stirpe dei Cantoni sarebbe continuata, anche senza una sola goccia del suo sangue. Ma non è il sangue che conta, pensava, è la famiglia, e quella era la sua famiglia.

Sentiva di aver fatto un buon lavoro nella sua vita. Aveva tanti rimorsi, ma nessun rimpianto.

La morte, «il grande misfatto», incombeva su di lui. Per questo aveva sentito il bisogno di raccontare a Léonie la storia di Guido, perché sapeva che lui avrebbe taciuto ed era convinto che i segreti non facevano bene all'equilibrio di una coppia.

Il giorno della sua morte, Amilcare si era sentito male. Il medico di famiglia, subito convocato, lo aveva visitato scrupolosamente e aveva sentenziato: «Amico mio, tu sei più sano di me, ma sei vecchio».

«Senti da che pulpito...» aveva scherzato Amilcare.

«Ho vent'anni meno di te, sono ancora un ragazzo.»

«Allora, portami rispetto.»

«È quello che sto facendo, amico mio. Così non ti obbligo a mangiare, se non ne hai voglia, ma ti costringo a bere.»

Amilcare aveva ubbidito e quando il medico era tornato, nel pomeriggio, aveva detto: «Non voglio che la morte mi colga a letto. Aiutami a sedere in poltrona».

L'amico lo aveva assecondato, dopo aveva preso dalla sua borsa lo stetoscopio per auscultare il battito cardiaco.

«Lascia perdere queste cavolate», aveva protestato Amilcare e aveva soggiunto: «Voglio fare un'ultima partita a scopone. Chiama il mio Renzo, suo figlio, e unisciti a noi. Non te lo chiederei se l'altro mio figlio fosse qui. Ma non tarderà a venire perché lo avranno già avvertito. Monsignor Cantoni ha presenziato ai battesimi, ai matrimoni e ai funerali di questa famiglia. Lui arriva sempre nei momenti solenni».

«Amilcare, io non credo...» tentò di protestare il medico.

«Tu non devi credere, ma ubbidire.»

Poco dopo, i quattro uomini sedevano al tavolo da gioco.

Il patriarca teneva saldamente in mano le carte e calava quelle che servivano al suo socio, il figlio, per una presa sicura. Era stato sempre imbattibile in quel gioco e, all'ultimo giro, in base a un calcolo matematico, conosceva i carichi nelle mani degli avversari. Lui e il figlio stavano vincendo, ma lui era stanco e, sebbene avesse sempre dichiarato di non credere in Dio, ora silenziosamente lo pregava di concedergli un passaggio rapido sulla linea del confine.

«Chiamate mia nuora. Sarà lei a prendere il mio posto», disse con un filo di voce.

Quando Léonie gli era stata accanto, per un istante aveva assaporato il profumo della vita e poi il suo cuore si era finalmente messo a riposo.

Monsignor Cantoni era arrivato quando il corpo del padre era già stato composto sul letto. Fu lui, con don Ivano, il nuovo parroco del paese, a officiare la funzione funebre e fu lui, il giorno dopo, a battezzare il nuovo nato di casa Cantoni, il piccolo Gioacchino, al quale venne imposto, come secondo nome, quello di Amilcare. Monsignor Gioacchino si trattenne in famiglia per un paio di settimane durante le quali lui e il fratello si rintanarono spesso nelle stanze dei loro genitori. Guido e Léonie ne dedussero che c'erano questioni ereditarie da chiarire e, invece, scoprirono che avevano trascorso ore a riordinare lettere e fotografie per appagare il bisogno di rivivere gli anni lontani dell'infanzia e di ricordare i genitori.

Quando il sacerdote partì, il cavalier Renzo Cantoni si ricordò di essere il capo della sua azienda e tornò a lavorare.

4

«Abbiamo un problema con la Edilcapitale», esordì il cavalier Cantoni, durante l'ora di cena, di ritorno dall'ufficio.

Era un'impresa edilizia romana di proprietà di un costruttore, Ennio Tommasini, che andava edificando città satelliti nell'hinterland della Capitale e che i suoi detrattori definivano «sporco speculatore».

Ai Cantoni non interessavano i giudizi poco lusinghieri su questo Tommasini, lo consideravano soltanto un cliente come tanti, anzi il migliore, dato il quantitativo di ordini che piovevano in azienda per un fatturato di molti milioni.

Léonie notò lo sguardo preoccupato del suocero, pensò che molto raramente l'uomo esternava a tavola i problemi aziendali e ne dedusse che la situazione doveva essere grave. Posò la forchetta e aspettò il seguito.

«Non vuole fatture e dice che pagherà in contanti su un conto in Lussemburgo», spiegò Renzo.

«Allora è proprio vero quello che si dice di lui negli ambienti romani», interloquì Guido.

«Lo si dice anche in quelli milanesi. Di recente mi hanno raccontato che sta allungando le mani pure sul nostro territorio, tant'è che ha già acquistato una palazzina nobiliare a Porta Vittoria e ci ha installato degli uffici», rivelò Celina che, a Milano, aveva il suo giro di amiche i cui mariti erano ben inseriti nel mondo degli affari.

«Papà, mi aiuti a capire», chiese Léonie.

«Tesoro, svegliati. Si chiama evasione fiscale, è un reato penale», intervenne Guido.

«La nostra azienda ha le sue regole e sono ineludibili, anche quando comportano un aggravio fiscale. Certo, potremmo essere molto più ricchi di quanto siamo se non rispettassimo le regole, ma, se aggirassimo la legge, ci macchieremmo di un reato. Anche se non fossimo scoperti, come finirebbe il nostro Paese se l'evasione diventasse un sistema? Tutti ne saremmo danneggiati. Infine dovrei scendere a patti con la mia coscienza e questo è un esercizio che non so praticare. Quindi, per quanto riguarda la richiesta di Tommasini, abbiamo una sola via da percorrere: rifiutare la sua proposta e, di conseguenza, perdere un grosso cliente. Sono stato chiaro?» spiegò il cavalier Cantoni.

Continuarono la cena in silenzio. Soltanto quando venne servita la macedonia di frutta, Léonie disse: «Papà, vorrei parlare con questo Tommasini, guardandolo negli occhi».

«Come sei ingenua. Non gli parlerai mai. Ha un

esercito di scherani a fargli da paravento e, se mai accettasse di incontrarti, potrebbe risponderti che aveva già preso accordi con papà in questo senso, perché mi dicono che è anche un bugiardo», intervenne Guido.

«Vorrei comunque fare un tentativo, agendo a modo mio», replicò Léonie che andava elaborando il suo piano d'attacco.

«Lascia perdere, stai allattando il tuo piccolino e non hai bisogno di farti carico di questo problema. Ma è inutile che cerchi di convincerti, so già che telefonerai a Tommasini», aveva concluso il suocero con un mezzo sorriso.

Era la fine di febbraio, le nebbie si andavano diradando e la morsa del gelo era meno stretta. Guido cincischiava per casa, senza decidersi a riprendere il lavoro, Celina si rimpinzava di cibo e trascinava la sua mole tra il salotto e le camere dei nipotini.

Léonie si presentò in fabbrica dopo la poppata di metà mattina. Chiese di esaminare i contratti con la Edilcapitale e telefonò agli uffici di Milano chiedendo un appuntamento con il dottor Ennio Tommasini. Dovette aspettare parecchio tempo in linea, ma poi la voce flautata di una segretaria le disse che il dottore l'avrebbe ricevuta alle due di pomeriggio di quello stesso giorno.

«Vado nella tana del lupo», annunciò Léonie entrando nell'ufficio del suocero, e gli raccontò dell'appuntamento.

«Vengo con te», decise Renzo Cantoni.

«La prego, mi lasci fare a modo mio. Porto Gioacchino con me.»

«Stai facendo una pagliacciata! Coinvolgere il piccolino...» sbottò Renzo Cantoni. Ma lei non lo lasciò finire.

«*À la guerre comme à la guerre!* Ho le mie armi e sono decisa a usarle. Se perderò, le chiederò perdono per la mia presunzione», affermò lei e il suocero capì che non sarebbe riuscito a fermarla. Lei tornò in villa e disse a Floriana, la cameriera che accudiva il neonato: «Si va a Milano. Preparati e vesti Gioacchino, perché andiamo tutti insieme».

Gli uffici milanesi del costruttore erano in una palazzina ottocentesca, oltre un'imponente cancellata che si apriva su un piccolo giardino recintato. Sul cancello e sulla porta d'ingresso erano installate le telecamere che segnalarono l'arrivo di Léonie, con in braccio Gioacchino, e della cameriera.

La porta d'ingresso si aprì automaticamente e il singolare terzetto entrò in un vestibolo luminoso, con le pareti color avorio tirate a stucco veneziano. Ad accoglierle c'era una hostess dalle forme esuberanti fasciate in un tailleur color pervinca di due taglie inferiori alla sua.

«Sono Léonie Cantoni e ho un appuntamento con il dottor Tommasini», si presentò Léonie. E poiché la ragazza la stava gratificando di un sorriso esitante che denunciava qualche perplessità, soggiunse: «C'è qualche problema, cara? Non ha mai visto un neonato?»

«Certo, il dottore la sta aspettando, ma non sapevo.. voglio dire, pensavo...» balbettò la ragazza.

«Lei non pensi, cara. Si limiti ad annunciarmi», la interruppe Léonie, con un sorriso dolcissimo.

Si era truccata con cura, aveva indossato un tailleur color fucsia e si era inondata di profumo, decisa ad avere la meglio sul palazzinaro arrogante che imponeva la sua legge, invece di rispettare quella dello Stato.

Fu scortata, con Floriana, verso un ascensore che le inghiottì e in un istante le depositò al primo piano. Lì furono accolte da una specie di ballerina d'avanspettacolo, vestita da segretaria, che sussurrò: «Il dottore la riceve subito. Non so se sia il caso...»

Gioacchino dormiva beato e, consegnandolo delicatamente a Floriana, Léonie disse: «Sì, è il caso di offrire una collocazione confortevole, anche se temporanea, alla nurse e a mio figlio. Sa, lui non ha ancora l'età per presenziare a un incontro di lavoro».

Totalmente frastornata, la segretaria si affrettò a indicare un salottino in cui la donna si rifugiò con il piccolo, mentre Léonie le faceva le ultime raccomandazioni: «Se vedi che incomincia ad agitarsi, mettigli in bocca il succhiotto».

Poi, con fare altero, aspettò che la segretaria le aprisse la porta dell'ufficio di Tommasini, annunciandola.

Léonie si trovò in un ambiente sontuoso, arredato con soffici tappeti, specchi antichi e piante rigogliose, che esaltava, invece di annullare, la pochezza di un cinquantenne calvo e in sovrappeso che sedeva in fondo alla stanza, su una specie di trono, dietro una scrivania traslucida; al suo fianco, ritto sugli attenti, un individuo segaligno dalla chioma fulva, che abbandonò la sua postazione per andarle incontro, mentre il palazzinaro scendeva dal trono per avvicinarsi a lei, offrendole un ampio sorriso. Léonie si guardò bene dal lasciar trapelare qualunque tipo di reazione.

«Signora Tardivaux, lei è più bella di quanto mi hanno raccontato», esordì il dottore, portandosi alle labbra la mano che Léonie gli porgeva. E proseguì: «Io sono il palazzinaro romano che qui al Nord detestano, ma finiranno per apprezzare. Le presento il ragionier Lucetti, quello scriteriato del mio assistente. Collaboratore prezioso, per carità, ma troppo attento a far quadrare i conti. La prego, si accomodi», disse poi, indicandole con un gesto teatrale una poltrona, davanti alla scrivania.

Lei strinse la mano di Lucetti e sedette, mentre Tommasini tornava a installarsi sul trono.

«Il ragionier Lucetti è così zelante che, a volte, esagera. Temo che questa sia una di quelle volte.»

Il ragioniere bistrattato non si scompose e tornò sugli attenti, al fianco del padrone.

«Ho chiesto un incontro, che lei mi ha generosamente concesso, per dimostrarle quanto ci stia a cuore poterla annoverare tra i nostri clienti. In questo caso, temo che la colpa sia tutta nostra. Sono andata a leggermi il contratto di fornitura e ho visto che le modalità di pagamento erano escluse, c'era però una postilla che prevedeva un accordo successivo che non è mai stato formalizzato.»

Mentre lei parlava, il ragionier Lucetti porgeva alcuni fogli al principale che li ignorò con un gesto stizzito.

«Lo so, lo so», rispose invece Tommasini, senza smettere di sorridere. «Lasci che le spieghi. Lei, che ha la fortuna di essere francese, non immagina fino a che punto di cavillosità arrivi la legislazione italiana in questa materia. Non sa fino a che punto di avidità arrivi il nostro fisco. Prende di mira la gente come me, che costruisce città per offrire a tutti un alloggio dignitoso e ci tartassa, ci spreme fino al midollo. I miei collaboratori, per salvare la pelle, qualche volta incorrono in un peccato veniale, come in questo caso.»

«In questo caso, i peccati veniali sarebbero due, il suo e il nostro. Io non so niente di questioni fiscali, ma credo che la somma di due peccati veniali non produca un'assoluzione», replicò prontamente Léonie.

L'uomo rimase un istante in silenzio, poi disse: «Sa che sono tentato di chiederle di lavorare per me? Lei unisce l'intelligenza alla bellezza e allo charme e, mi creda, non sto affatto esagerando».

«La ringrazio per il complimento che considero immeritato e, invece, le chiedo: vuole davvero che anche la mia azienda commetta il peccato? Sa, noi siamo industriali brianzoli un po' sempliciotti, amiamo avere clienti importanti come lei, ma ci piace anche dormire sonni tranquilli. Ora, sapendo che non possiamo accettare pagamenti all'estero, crede di poterci ancora annoverare tra i suoi fornitori?» domandò, con un ampio sorriso.

«Lei mi mette con le spalle al muro, ma lo fa con

una tale grazia che... come dirle di no?» belò l'ometto, allargando le braccia, come se fosse sul punto di farsi crocifiggere.

Léonie si alzò di scatto e gli tese la mano, guardandolo quasi con adorazione, mentre diceva: «Grazie, dottore. Grazie di cuore. Ero sicura che ci saremmo capiti. Pensi che sono voluta venire personalmente, nonostante i miei impegni di mamma, portando con me il mio bambino che ha appena un mese e tra poco reclamerà la sua poppata».

Si mosse con grazia, consapevole del fatto che ogni movimento diffondeva nell'aria onde ammalianti di profumo.

«Capisco la fretta. Mi hanno informato che suo figlio è lì fuori con la nurse. Peccato, però! Sto tornando a Roma con il mio aereo e volevo proporle di accompagnarmi, perché, vede, sono così oberato di impegni, che approfitto di questi spostamenti per parlare con le persone interessanti.»

«Già, peccato!» ammise lei, assumendo un'aria rassegnata che non le apparteneva. E concluse: «Ma ci siamo già detti il necessario».

La scortò verso la porta, seguito dal muto ragioniere, esclamando: «Si sbaglia, signora Tardivaux. Le ho fatto una proposta di lavoro molto seria, sulla quale la invito a riflettere. Pensi a quale grande salto sarebbe passare dall'azienda di suo suocero alla Edilcapitale, dalla piccola impresa di famiglia al grande business. Lei non immagina la grande carriera che potrebbe fare se lavorasse per me. Io amo lavorare con le donne, quando sono intelligenti e, ovviamente, belle come lei».

«Lo farò, dottore», promise lei, riconoscente, e si affrettò ad aggiungere: «Intanto aspetto che le nostre fatture vengano onorate in maniera corretta».

5

GIOACCHINO, tra le braccia di Floriana, cominciava a dare segni di impazienza. Léonie si infilò nell'ascensore con loro e si affrettò a lasciare quella palazzina come se fosse inseguita da una muta di cani.

Si fece dare il bambino e passò alla cameriera le chiavi dell'auto.

«Guida tu. Io mi metto dietro», disse, traendo un lungo respiro liberatorio.

Quando l'auto si mise in moto, Léonie si attaccò il piccolo al seno, mentre sussurrava a Floriana: «È stato un incontro da incubo, ma ho avuto partita vinta».

Il dottor Tommasini le aveva trasmesso onde negative e si domandò se non fosse il caso, una volta saldato il conto, di cancellarlo dalla lista dei clienti.

«Questo mai», sentenziò il suocero, quando lo raggiunse nel suo ufficio. E continuò: «I clienti sono il nostro patrimonio e senza di loro chiuderemmo bottega».

«Sì, ma uno come quello...» protestò lei.

«Dovresti essere contenta per averla spuntata, piccola strega», replicò il cavalier Cantoni.

«Non le ho ancora detto che mi ha offerto di lavorare per lui.»

«Non mi stupisce, considerando il personaggio. Devo spiegarti in base a quali criteri sceglie le donne?»

«Me lo risparmi, perché l'ho capito bene. Per quanto scaltro, *le petit bonhomme* non riesce a camuffare la sua natura.»

«Grazie di tutto, figliola. Adesso vai dai tuoi piccoli e dimentica il lavoro fino all'estate.»

«Lo sa bene, papà, che non sarà così. Oggi, però, sono veramente stanca e credo che passerà un po' di tempo prima che torni in azienda.»

A conclusione di quel pomeriggio spiacevole, Léonie aveva bisogno di stare con i bambini.

Trovò il marito nella camera di Giuseppe che, con il suo aiuto, stava costruendo una casetta con cubi di plastica colorata. Il bambino le corse incontro. Lei lo sollevò da terra e lo prese in braccio, mentre osservava la faccia corrucciata del marito.

«Sono stato buono quando non c'eri. Adesso me la leggi la storia del cuoco del re di Berlino?» le domandò Giuseppe.

«Quello che fa la torta con zucchero e buon semolino?» gli domandò lei.

«E poi l'orso Giovanni se la mangia tutta. Quella, mammina.»

«Prendi il libro e leggiamo insieme», replicò lei, sedendo sul tappeto accanto al marito.

Mentre Giuseppe rovistava nel piccolo scaffale dei suoi libri, Guido sibilò: «Era proprio necessario che andassi a omaggiare il lupo nella sua tana?»

Evidentemente aveva saputo della sua visita al dottor Tommasini.

«Mi è sembrata una buona idea e lo è stata davvero, visto il risultato che ho ottenuto. Mi aspettavo un'accoglienza più affettuosa da te», rispose.

«Se me ne avessi parlato, ti avrei risparmiato il viaggio.»

«E avremmo perso un cliente.»

«Sicuramente, ma potevo misurarmi io con lui.»

Léonie gli rivolse uno sguardo interrogativo.

«Perché credi che me ne stia qui, a Villanova, da più di un mese? Questo industriale rampante, che gode di importanti protezioni politiche, si è messo in testa di produrre film. Non che la cinematografia gli interessi, gli premono invece tutte le donne che le gravitano intorno. È riuscito ad avere sovvenzioni statali e pare che sarà lui a gestire la mia prossima produzione. Sta facendo incetta di registi, soggettisti, sceneggiatori per imporre le interpreti che sono gentili con lui», concluse.

«Sai che novità!» esclamò Léonie.

«Leggi», le ordinò Giuseppe, mettendole in mano il libro.

«Aspetta, mamma e io stiamo parlando», lo ammonì Guido.

«La mamma ha detto che avrebbe letto per me», protestò il piccolo.

«È vero. Mamma e papà discuteranno in un altro

momento», decise Léonie, mentre Guido, irritato, usciva dalla stanza.

Quella sera, mentre Giuseppe dormiva nella sua camera, Léonie era con il marito nel salotto adiacente la loro camera da letto e dava a Gioacchino l'ultima poppata. Una domestica aveva acceso il caminetto. Guido sedeva accanto a lei sul divano, e leggeva un libro sottolineando, com'era sua abitudine, i brani che poi avrebbe riletto per gustarli ancora meglio. Léonie asciugava le gocce di latte che il suo piccolo perdeva dalle labbra. Di tanto in tanto sollevava lo sguardo dal figlio per osservare quell'uomo dal portamento aristocratico, la fronte ampia accarezzata da qualche ricciolo nero, l'espressione assorta e impenetrabile.

«Leggi come se volessi estraniarti da te stesso e dalla vita», osservò.

Lui levò su di lei lo sguardo e le regalò un sorriso affettuoso.

«Non immagini quanta verità ci sia nelle tue parole. A proposito, ti chiedo scusa per la sfuriata di oggi. Era davvero fuori luogo», le disse.

«Ho pensato che fossi geloso.»

«Lo sono, ma non di Tommasini, del tuo lavoro. Forse sono geloso della grazia, dell'intelligenza e del piacere che dedichi al business di famiglia. Ma, a ben guardare, non è neppure gelosia... è sorpresa, piuttosto. Ti sei rivelata una donna diversa da quella che ho sposato. Ti credevo un'anima lineare, tranquilla, appagata dal fatto di esserti fatta una famiglia ed ero sicuro che avresti assorbito le abitudini delle casalinghe agiate che trascorrono il loro tempo dal parrucchiere, a fare shopping, a giocare a bridge, a inserirsi in qualche associazione inventata per utilizzare il loro tempo, a dispensare beneficenza, a programmare le vacanze. Ho preso una cantonata. Non ti sei preoccupata di inserirti nel nostro mondo e, con fare lieve, ti sei impadronita di un lavoro come se fossi nata per fare la manager, invece che la signora della buona borghesia. Sto cercando di dirti, un po' confusamente, ma con sincerità, che ti stimo e ti ammiro.»

«È la prima volta che mi parli di te», constatò Léonie, soddisfatta. E proseguì: «Devo dirti che nelle mie scelte non c'è stata nessuna premeditazione, tutto è successo quasi per caso».

«La cosa sorprendente è che riesci a coniugare perfettamente le gravidanze e il lavoro», affermò Guido, con un sorriso.

«Mi piace fare figli. Non immaginavo neppure questo, ma è così», affermò lei.

«Se sei d'accordo, potremmo farne subito un altro», le sussurrò lui, circondandole le spalle con un braccio.

«Posso finire di allattare nostro figlio?» chiese Léonie, con un sorriso malizioso.

6

Gioia, la terzogenita, nacque alla fine di novembre. Era la prima femmina in una famiglia tutta di maschi e i Cantoni fecero festa grande. Giuseppe, che aveva compiuto quattro anni, si stava abituando al suo ruolo di fratello maggiore e accolse benevolmente la nuova intrusa. Gioacchino era troppo piccolo per elaborare gelosie. Guido regalò a sua moglie una mansarda in un palazzo romano, a Trastevere, dicendole: «Quando avrai voglia di prendere le distanze da questo asilo d'infanzia, potrai raggiungermi a Roma e avremo qualche ora in più per noi due soli».

Aveva scelto Roma, perché lì era la base del suo lavoro e lì viveva cinque giorni su sette ogni settimana.

A quasi un mese dalla nascita di Gioia, il ventidue dicembre, Léonie si mise in macchina da sola per andare a Varenna.

Con il tiralatte, aveva riempito un paio di boccettine sufficienti per un'assenza di alcune ore ed era partita.

Varenna l'accolse in un tripudio di sole. Era ormai

mezzogiorno e, dalla hall dell'albergo, attraverso i vetri della veranda, vide alcuni clienti che prendevano l'aperitivo seduti ai tavolini, sulla terrazza.

«Il dottor Bastiani è lì fuori», le disse la proprietaria indicandole l'uomo di spalle, affacciato al parapetto sul lago.

Roger si girò di scatto sentendo il suono dei passi e, vedendola, il suo viso si illuminò di gioia. Lei gli tese la mano che lui sfiorò con le labbra, sussurrando: «*Te voilà enfin, mon amour*».

«*Bonjour, mon ami*», sorrise lei.

«Come stai?» si chiesero l'un l'altra simultaneamente e poi risero. Allora Roger l'abbracciò di slancio.

«Quest'anno non potrò stare a lungo con te», sussurrò lei.

«Quanto tempo?» chiese lui.

«Un paio d'ore solamente», precisò Léonie, sciogliendosi dalle sue braccia.

Roger annuì, senza indagare.

«Hai fame?» chiese.

I pochi ospiti erano rientrati e si dirigevano verso il bar, liberandosi dei cappotti.

«Soltanto un sandwich», rispose lei, sedendosi con Roger a un tavolino, poi soggiunse: «E una birra chiara che mi aiuta per il latte».

«Per che cosa?» chiese lui incuriosito.

«A metà gennaio è nato Gioacchino e a fine novembre ho partorito Gioia la mia prima figlia femmina», annunciò lei, felice.

Roger esplose in una risata piena.

«Due figli in un solo anno, tu sei formidabile! E hai lasciato la piccolina da sola per venire da me?»

«A casa è presidiata dalle donne che sono ben liete di accudirla e in frigorifero c'è una bella razione del mio latte. Però... sì, l'ho lasciata per venire da te.»

«Potevi chiamare l'albergo e avremmo parlato al telefono», osservò lui.

«Sarebbe stata la stessa cosa?»

«No», confessò lui.

«Ricordi il nostro patto? Qualunque cosa accada, faremo sempre il possibile per incontrarci qui. Io l'ho fatto. E tu?»

Un cameriere li raggiunse sul terrazzo e stese una tovaglietta sul tavolo.

«I signori sono davvero sicuri di voler restare qui fuori?» Loro annuirono e ordinarono i panini e le birre.

«Io sono arrivato questa notte da Venezia. Hanno spostato lì il convegno e ieri pomeriggio ho tenuto la mia relazione, poi mi sono messo in macchina per correre qui», spiegò Roger.

Léonie tese una mano per accarezzargli la guancia, mentre sussurrava: «Sei così bello».

«*Mon amour*, non farmi venire strane idee, perché questa volta non è proprio il caso», protestò lui.

Arrivò il barista che portò le loro ordinazioni.

Un gruppo di anatre comparve dal nulla sul pelo dell'acqua davanti alla terrazza.

«Che cosa hai fatto in questi lunghi dodici mesi?» domandò Léonie.

«Ho preso la scarlattina dai miei due figli ed è stata

un'esperienza molto imbarazzante, oltre che fastidiosa. Sono stato sei mesi negli Stati Uniti, a Cincinnati, per un corso di aggiornamento, ho praticato un cesareo su una dodicenne di colore che aveva concepito un figlio da un compagno di scuola quattordicenne, ho superato un momento di crisi con mia moglie che non accetta i postumi di quell'incidente spaventoso...»

«Quali postumi?»

«Un'impercettibile zoppia. Invece di essere grata alla sorte per essere tornata quasi come prima, ingigantisce quel piccolo handicap ed è piombata nella depressione più cupa. I figli ne soffrono e ne risento anch'io. Quanto al resto, la sera guardo le stelle, le stesse che rischiarano anche le tue notti, e ti penso.»

Léonie bevve un sorso di birra, chiuse gli occhi e si lasciò cullare dal suono delle sue parole.

«Mi considero un uomo molto fortunato per questa nostra storia unica, intensa, meravigliosa... Ti amo tanto, piccola Léonie.»

Un colpo di vento gelido la fece rabbrividire.

«Non devi prendere freddo. Andiamo dentro», decise Roger. Poi guardò l'orologio.

«Penso che dovresti tornare dalla tua Gioia», soggiunse.

«Ma se sono appena arrivata!» protestò lei.

«Appena era due ore fa. Non rendermi tutto più difficile, tesoro.»

La piccola hall era deserta, uscirono sulla via del Prestino e iniziarono a salire lentamente, mano nella mano, gli scalini che portavano al parcheggio.

Léonie salì sulla sua auto e accese il motore. Roger le sedette accanto.

Si abbracciarono e lui le asciugò una lacrima.

«Non è il caso di commuoversi. Manca appena un anno al nostro prossimo appuntamento», tentò di scherzare.

«E se ci vedessimo, che ne so...» sussurrò lei.

«A primavera?» propose lui.

«Verremmo meno al nostro patto», osservò lei, tristemente.

Lui annuì.

«Buon Natale e buon anno, piccola Léonie», sussurrò Roger.

«Ti amo», disse lei.

«Abbi cura di te e dei tuoi cuccioli», le raccomandò lui e, sul punto di scendere dall'auto, le rivolse un sorriso malizioso e soggiunse: «Per favore, non partorire il quarto figlio in prossimità del nostro prossimo incontro».

«Farò del mio meglio, ma sai com'è: i figli arrivano quando vogliono», replicò lei.

7

Sebbene il ventidue dicembre fosse il giorno più breve dell'anno, Léonie rientrò a Villanova quando il sole non era ancora sceso all'orizzonte. L'accolsero le note di un brano natalizio suonato al pianoforte dalla suocera e cantato da Giuseppe, i vagiti di Gioia e i versetti di Gioacchino che voleva imitare il fratello maggiore, ma aveva anche sonno e, di tanto in tanto, si assopiva.

Baciò i due maschietti e prese in braccio la neonata.

«Ha bevuto tutto il latte?» domandò alla domestica che aveva badato a lei.

«Non ne ha lasciato neppure una goccia», rispose la donna che, in famiglia, divertiva tutti per il suo linguaggio strampalato per cui le persiane delle finestre erano le *prussiane* e gli scarponi erano gli *scorpioni*.

Gioia continuava a vagire con molto impegno, Giuseppe aveva finito di cantare e, per indurre la nonna a suonare ancora, si era accostato al pianoforte e martellava i tasti con rabbia.

«Prepari un po' di camomilla. Voglio darne qualche

cucchiaino alla piccola», ordinò Léonie alla cameriera sedendo sul divano dove era stato adagiato Gioacchino che si era addormentato.

Léonie amava stare con i suoi figli e con sua suocera, che invecchiava serenamente tra una sonata di Mozart e una ciambella al burro farcita di frutta candita.

«Giuseppe, smettila di picchiare sui tasti e vieni dalla mamma che ti vuole abbracciare», disse.

«Voglio cantare», ribatté il piccolo.

«Allora siedi qui, vicino a me, così cantiamo insieme», propose Celina, tentando inutilmente di fargli spazio, data la mole, sulla panchetta davanti al pianoforte.

La domestica portò una tazza di camomilla tiepida, addolcita con il miele, e Léonie ne diede qualche cucchiaino a Gioia che la apprezzò e si placò immediatamente.

«Non vedo Guido», disse Léonie.

«È andato in paese con l'elettricista a cercare le lampadine per gli addobbi. Quelle dell'anno scorso si sono fulminate tutte. Deve essere colpa degli acquazzoni della scorsa estate. C'era un'infiltrazione sul tetto del capanno», spiegò la suocera.

Poco dopo arrivò Guido. Il sole era tramontato.

Baciò sua moglie sulla fronte e le chiese: «Dove hai pranzato a mezzogiorno?»

«Con un'amica che non conosci, una compagna del mio corso di yoga», mentì Léonie con una tranquillità sorprendente.

Era stato proprio il marito a convincerla a seguire un corso di ginnastica quand'era all'inizio della terza gravidanza. Lei lo aveva assecondato senza troppa convinzione e dopo alcuni mesi si era resa conto dei benefici ottenuti.

«Ti andrebbe di uscire stasera? Ho scovato un regista in gamba e l'ho invitato con la moglie al *Vecchio Mulino*.»

«Con questo freddo, potevi farli venire da noi», si intromise Celina.

Léonie la spalleggiò.

«Ti prego, invitali qui. Devo allattare la piccola.»

Guido, rassegnato, si allontanò brontolando, mentre Giuseppe, bisognoso di attenzioni, sottrasse spazio a Gioia riuscendo a sedersi in braccio alla mamma, e Gioacchino si svegliò e si mise a piangere. Nuora e suocera si guardarono e Léonie disse, ridendo: «La pace è finita!»

I due romani si presentarono con una bottiglia di champagne e una torta, ignorando che i Cantoni avevano in casa il cuoco e il pasticciere. Come fargliene una colpa? A Roma, Guido non parlava mai di sé, né della sua famiglia, ma ora, quando furono a tavola, iniziò a tessere le lodi di sua moglie, definendola una madre fantastica e una manager ricca di sorprese.

«Certo che voi due state poco insieme», osservò la moglie del regista, una costumista cinematografica. E proseguì: «Non la preoccupano tutte le donne che ruotano intorno al mondo del cinema e blandiscono chiunque per ottenere una parte? Sono disposte a qualsiasi cosa per arrivare al successo. Uno sceneggiatore bello come suo marito fa gola a tante».

Léonie soffocò una rispostaccia, si limitò a sorridere e replicò con dolcezza: «Da dove le viene tutta questa disistima per gli uomini e le donne? Se ha una motivazione concreta, non voglio conoscerla».

La costumista capì di essersi spinta su un terreno pericoloso e tentò di correre ai ripari.

«Naturalmente stavo scherzando», confessò.

«Non perdi mai occasione per fare dello spirito di bassa lega», la rimbrottò il marito regista, imbarazzato.

Léonie ne dedusse che l'uomo, quasi sicuramente, la tradiva.

Guido alleggerì l'atmosfera deviando la conversazione, ma quando i due se ne andarono e si ritrovò solo con la moglie, disse: «Lui è un regista eccellente, ma ha una moglie volgare e cretina che lo domina».

Questo giudizio impietoso corrispondeva esattamente a quello di Léonie e le piacque constatare che lei e Guido la pensavano allo stesso modo.

«Condivido», rispose semplicemente.

«Ho fatto bene a coinvolgerti in questa cena. Se tu non ci fossi stata, non avrei capito che, lavorando con lui, mi sarei dovuto prendere anche sua moglie. Credo che lascerò cadere la proposta. Grazie per essere sempre così preziosa», asserì lui.

A primavera, Léonie, ritrovata la sua forma smagliante, tornò ad affiancare il suocero in azienda a tempo pieno. Guido rinunciò al progetto di creare una casa di produzione propria poiché non avrebbe mai potuto competere con quelle più importanti come la Cineriz, la Titanus, la De Laurentiis. Non gli mancavano i mezzi ma non aveva voglia di dedicarsi alla routine stressante che caratterizza la vita dei produttori. Dopotutto, lui era un ideatore di storie, uno che amava inventare personaggi da portare sullo schermo e si divertiva a immaginare situazioni intriganti e a scrivere dialoghi avvincenti.

A fine anno, il ventidue dicembre, Léonie affidò alle donne di casa i suoi tre figli per andare a Varenna.

Partì a cuor leggero, poiché non doveva improvvisare un pretesto per la sua assenza, dal momento che Guido era partito due giorni prima per una serie di sopralluoghi con un regista e un fotografo di scena.

«Vado a cercare qualche posto suggestivo per ambientare il mio sceneggiato», le aveva detto. E aveva garantito: «Torno per la vigilia».

Lei, a Varenna incontrò Roger. Ogni volta avevano tante cose da raccontarsi confessandosi le reciproche debolezze, le gioie, le paure, le scontentezze e ciò di cui erano fieri. Trascorsero qualche ora insieme amandosi con dolcezza, dimenticando il mondo intorno a loro, ridendo di inezie, commuovendosi per quel sentimento che, a distanza di anni, non si spegneva.

Alla fine del pomeriggio, prima di lasciarsi, fecero una passeggiata nel vecchio borgo.

«Credi che saremo di nuovo qui, il prossimo inverno?» domandò Léonie.

«Perché me lo chiedi?»

«Perché tutte le cose belle finiscono.»

«La nostra, *mon amour*, non è bella, è superlativa, dunque non può finire.»

Si fermarono a guardare le vetrine delle botteghe che vendevano souvenir e addobbi natalizi. E fu lì, dall'interno di uno di questi negozi, che Guido vide sua moglie abbracciata a un uomo bello ed elegante: si guardavano negli occhi e parlavano fra loro ridendo divertiti.

8

Guido era capitato a Varenna per caso, dopo aver deciso, con il regista e un fotografo, di ispezionare il ramo di Lecco in cerca di scorci che conservassero un'impronta antica. Avevano trascorso la mattinata a Bellano, dove avevano pranzato e, nel pomeriggio, si erano trasferiti lì.

Avevano percorso mulattiere tra casine medievali e porticati a strapiombo sul lago, fotografando osterie, bottai, antichi forni e visitando botteghe scavate nella montagna.

A Varenna li aveva attratti il negozietto di souvenir che vendeva riproduzioni in legno della famosa barchetta con cui la Lucia manzoniana aveva lasciato la riva di Pescarenico. Erano entrati e, mentre il fotografo scattava immagini del vecchio soffitto a volta, Guido curiosava tra gli scaffali. Dalla vetrina aveva visto Léonie abbracciata a un uomo. Gli era sembrato che il cuore si fermasse. Si era sentito raggelare. Un istante dopo, i due erano scomparsi. Allora si era affacciato alla porta della bottega e li aveva visti mentre varcavano la soglia di un piccolo ristorante. Li aveva seguiti e, dalle finestre velate da tendine di pizzo bianco, li aveva colti nell'attimo in cui si sedevano a un tavolo accanto a una grande stufa di terracotta.

Si era appoggiato al muro esterno del ristorante per riprendere fiato. Vide il fotografo uscire dal negozio di souvenir e girare lo sguardo a destra e a sinistra per cercarlo. Non lo individuò e, mentre continuava a guardarsi intorno, fu raggiunto dal regista. I due confabularono un istante e imboccarono il vicolo che portava alla piazza della chiesa, verso l'*Hotel Royal*, dove avevano prenotato le camere per trascorrervi la notte.

Guido non se la sentiva di raggiungerli, né voleva restare lì, nel gelo della sera, per il piacere masochistico di seguire sua moglie quando fosse uscita con l'uomo che, evidentemente, era il suo amante. Tuttavia il bisogno di sapere ebbe il sopravvento e si rassegnò ad aspettare che Léonie e il compagno misterioso uscissero dal ristorante. E dopo li pedinò fin quando varcarono la soglia dell'*Hotel du Lac*. Allora riguadagnò la sua auto e prese la via di casa. Più tardi avrebbe chiamato i due colleghi in albergo per informarli che era stanco ed era tornato a Villanova.

Mentre guidava, ricordò che, da alcuni anni, addirittura dal primo Natale del loro matrimonio, Léonie si assentava da casa il ventidue dicembre.

Chi era quell'uomo? Era davvero un amante? Come lo aveva conosciuto? Quando e dove si incontravano? Era possibile che una madre attenta, una lavoratrice instancabile, una moglie accomodante e tenera, potesse avere una doppia vita? Perché non si era mai insospettito? Andando a ritroso negli anni si rese conto di non aver mai prestato una reale attenzione agli spostamenti di sua moglie, nemmeno quando si assentava da casa per una giornata intera o per periodi più lunghi. Del resto, quando era via e lui aveva bisogno di parlarle, sapeva sempre dove trovarla, perché la raggiungeva per telefono in azienda, in palestra, in casa di amici comuni o in albergo quando si spostava per lavoro e, in quei casi, era quasi sempre accompagnata da suo padre.

Tuttavia, facendo scorrere nella mente gli anni del loro matrimonio, ricordò di averla cercata un paio di volte senza trovarla.

Quando arrivò in villa, i figli dormivano e suo padre era già andato a letto. La madre sedeva in salotto, davanti al camino, e addobbava con nastri e bigliettini i doni di Natale, mentre seguiva uno sceneggiato di Guido trasmesso dalla televisione.

«Guido mio, mi sembri infreddolito e stanco», disse Celina.

«Lo sono, ma non tanto da ignorare la tua mossa con i cioccolatini. Li hai nascosti sotto la poltrona e ti ho visto», l'accusò il figlio.

«Abbi pazienza. Alla mia età mi ritrovo a fare le stesse marachelle dei bambini.»

«Queste marachelle, mammina, sono veleno e lo sai.»

«Lasciami godere in santa pace questi pochi vizi che mi confortano», lo pregò la donna.

Guido non replicò e le chiese, invece, notizie di Léonie.

«È partita stamattina e ha detto che sarebbe tornata dopo cena», rispose Celina con tranquillità.

«Sai dove posso raggiungerla?»

Sua madre sembrò riflettere per qualche istante, poi ammise: «Non ne ho idea. Se mi ha detto dove andava, l'ho dimenticato. Avevi bisogno di parlarle?»

«È mia moglie e vorrei soltanto sapere dov'è.»

«Mettiti tranquillo. Tuo padre e io stiamo bene, i bambini stanno benissimo, Léonie sta per tornare. Piuttosto, hai cenato?»

«No, e non ho fame.»

«La fame viene mangiando. Chiama Nesto e fatti preparare qualcosa.»

«Lascia perdere, mamma. Vado a dormire.»

Era smarrito come un bambino. Andò nello studio e si abbandonò su una poltrona. Sua moglie aveva un amante e aveva approfittato della sua assenza per incontrarlo e passare la giornata con lui.

Pensò che, da anni, raccontava vicende di amori e di tradimenti e riusciva spesso a nobilitare questi ultimi individuando nel vissuto dei personaggi una legittima giustificazione. A volte elaborava equivoci per poi scioglierli e far emergere l'innocenza del presunto colpevole. In questi casi si divertiva a mettere in risalto odi, gelosie, spirito di rivalsa, lacrime e perdoni. Per raccontare questi sentimenti forti e laceranti, attingeva anche al ricordo della sua infelice storia d'amore con Amaranta, ancora presente e viva in lui.

Ora si domandò perché fosse capitato proprio a lui di amare due donne che lo avevano tradito. La prima, la sua grande passione, si era rifugiata tra le braccia della Chiesa. La seconda, sua moglie, si abbandonava tra le braccia di un affascinante sconosciuto. Perché? Che cosa c'era in lui che induceva le donne a tradirlo?

Si tormentò a lungo fino a quando, esausto, si addormentò.

Quando si svegliò era quasi mezzogiorno. Dal corridoio davanti al suo studio venivano gli scalpiccii delle domestiche affaccendate nelle pulizie.

Raggiunse la sua camera, si spogliò, andò a fare una doccia e si rivestì. Ritornò in studio e suonò il campanello della cucina; poco dopo comparve Nesto.

«Vorrei un caffè lungo e due biscotti», chiese.

Quando Nesto glielo servì gli consegnò anche la posta della giornata.

«Novità?» domandò Guido.

«Nessuna. La signora è in giardino con i bambini e stanno a guardare gli elettricisti che montano le luci. Il suo signor padre ha avvertito che non tornerà a pranzo, la sua signora madre è con il dottore che le sta misurando la pressione, la Tina è a letto con la febbre. Tonsillite, ha detto il medico. Un giardiniere ha trovato un gatto morto che qualcuno ha buttato dalla strada oltre il nostro muro di cinta. Il cuoco si è infuriato con Clotilde che ha salato troppo il ripieno dei ravioli. Non c'è altro, dottore.»

«Vado fuori anch'io a vedere come procede il lavoro degli elettricisti», annunciò Guido.

Di tutte le informazioni che Nesto gli aveva fornito, la sola che lo interessava riguardava sua moglie.

Léonie aveva in braccio Gioia, teneva per mano Gioacchino e seguiva attentamente Giuseppe che stava aiutando gli operai a reggere una pesante collana di luci. Lo vide e gli andò incontro tendendo il viso per ricevere un bacio sulla guancia.

«Quando sei tornato?» gli domandò.

«Ieri sera, ma ho lavorato fino a tardi e mi sono addormentato nello studio», rispose e aggiunse: «Tu come stai?» trattenendosi dal sottoporla a un interrogatorio serrato.

«Papà, guarda, sto lavorando», trillò Giuseppe.

«Bravissimo», disse Guido, continuando a fissare sua moglie.

«Sto benissimo. Non si vede?» Aveva l'aria felice.

«Dove sei stata ieri?» domandò ancora con apparente disinteresse.

«Mi sono presa una pausa di dodici ore», rispose lei, con tranquillità.

Combattuto tra la voglia di trascinarla in casa e accusarla, e la paura di sentire una risposta sgradevole, scelse una terza via.

9

Guido decise di rivolgersi a un'agenzia di investigazioni private, nota a Milano per due elementi: la serietà professionale e le parcelle stratosferiche. Il titolare era una donna di specchiata correttezza, Antonella Ponzani, che aveva ereditato lo studio investigativo dal padre e aveva esteso la sfera d'azione al campo delle imprese, per accertare le reali potenzialità di un marchio industriale o di un gruppo finanziario, in vista di prestiti bancari, fusioni, transazioni. Le sue indagini patrimoniali erano molto più attendibili di quelle elaborate dal fisco, anche perché i collaboratori dell'agenzia erano ex agenti della Guardia di Finanza.

In forma più discreta, quasi sottaciuta, Antonella Ponzani si occupava anche di problemi famigliari: tradimenti coniugali, adolescenti trasgressivi, dipendenze dal gioco d'azzardo.

Guido Cantoni conosceva, come tutti, l'esistenza di questa agenzia investigativa, ma non avrebbe mai immaginato di doversene servire. Invece lo fece, vergognandosene un po'. Ma il bisogno di sapere era più forte del pudore per i propri sentimenti.

Guido era geloso di sua moglie.

Léonie Tardivaux, la ragazzotta di provincia, graziosa e intelligente, lo aveva salvato dalla disperazione dopo l'abbandono di Amaranta.

Se il dolore per essere stato rifiutato da Amaranta non lo avesse precipitato nel pozzo profondo dell'umiliazione, probabilmente avrebbe rivolto le sue attenzioni a un altro tipo di donna più simile a lui per gusti, cultura ed educazione. Invece, nel pieno di una depressione nata dalla sfiducia in se stesso, aveva individuato in Léonie una persona affidabile, che forse avrebbe potuto riportarlo a galla. E così era stato. Lei non gli creava complicazioni, lo assecondava in tutto e lui aveva ricominciato a vivere. Poi, con il trascorrere del tempo, sua moglie aveva rivelato qualità insospettate, fino a diventare un membro fondamentale della famiglia.

Senza che se ne rendesse conto, giorno dopo giorno, Guido si era innamorato di lei, e il ricordo di Amaranta si era fatto sempre meno bruciante. Andava ancora a trovarla, di tanto in tanto, nel convento, come aveva sempre fatto. Ma da qualche anno la incontrava con serenità e, una volta, era persino riuscito a dirle: «Ci è andata bene a tutti e due. Tu hai abbracciato la tua vocazione e io mi sono reso conto che avevi ragione tu: se ci fossimo sposati, avremmo finito per detestarci, amica mia».

Ora disse ad Antonella Ponzani: «Ho sorpreso mia

moglie a Varenna con un uomo e sono entrati in un piccolo albergo sul lago».

Se la donna avesse replicato con una banale frase consolatoria, Guido l'avrebbe salutata e sarebbe corso via. Perché non era per niente fiero di quello che stava facendo: la figura del poliziotto privato gli piaceva soltanto nei polizieschi di Mickey Spillane o di Raymond Chandler, perché prima di umiliare sua moglie facendola pedinare, umiliava se stesso rivolgendosi a un'agenzia di investigazioni. Invece la donna disse: «Capisco. Ma lei è sicuro di voler sapere se sua moglie la tradisce? Ha provato a parlarle?»

Antonella Ponzani aveva l'aspetto di una signora di classe, era sulla quarantina, i capelli raccolti in una crocchia sulla nuca, un viso pieno, labbra grandi, naso carnoso. Non era bella, ma aveva uno sguardo acuto e dolce e profumava di mughetto. Il suo ufficio era a mezza via tra uno studio professionale e un salotto femminile, con stampe floreali alle pareti, tendine di pizzo alla finestra e divanetti damascati in tinte pastello.

«Francamente no», rispose Guido, titubante. «Il fatto è che, con tre figli da crescere, il lavoro e la vita sociale, non so come possa trovare il tempo per coltivare una relazione. Tra l'altro, Léonie è una madre attenta, una stacanovista e un'eccellente padrona di casa. Devo anche dirle che è una moglie dolcissima, che ama i miei genitori come amava i miei nonni, insomma, direi che è una donna perfetta», concluse.

«Una ragione di più per chiederle di nuovo se è sicuro di voler sapere la verità da noi, che di mestiere guardiamo dal buco della serratura, piuttosto che dalla diretta interessata, che forse avrebbe una spiegazione plausibile», insistette la donna.

«Non riesco a farlo», ammise Guido.

«Capisco anche questo», replicò la signora Ponzani. Poi gli offrì un sorriso di incoraggiamento e proseguì: «I miei uomini seguiranno sua moglie per qualche settimana. Fra un mese le dirò che cosa abbiamo scoperto».

Dopo un mese, la Ponzani convocò Guido nella sua agenzia e gli riferì: «La signora ha effettivamente trascorso in parte la giornata del ventidue dicembre scorso all'*Hotel du Lac* di Varenna con un signore di Marsiglia, quindi con un connazionale... Ma dopo di allora i due non si sono rivisti e nei suoi pochi spostamenti non c'è ombra di tradimento. Arrivo a dubitare che il francese possa essere un amante. Magari è un parente. Vuole che indaghiamo su questo Roger Bastiani?» domandò la titolare dello studio investigativo.

«Voglio che continui a seguire mia moglie.»

«Una donna con una relazione clandestina non si comporta come sua moglie, mi creda. Parlo per esperienza.»

«Non tenti di dissuadermi e vada avanti. Mi contatti soltanto quando avrà scoperto qualcosa», disse Guido. Dopo aver firmato un assegno cospicuo, concluse: «Perché c'è qualcosa da scoprire».

Quel giorno, per la prima volta, litigò con Léonie.

La gelosia aveva scatenato un desiderio incontenibile di possedere sua moglie che, con il trascorrere dei giorni, dava segni di insofferenza.

Una sera, dopo un nuovo assalto, lei gli domandò: «Che cosa stai cercando di dimostrare?»

Guido, colto di sorpresa dalla domanda pronunciata con tono severo, rispose: «Che ti desidero».

«C'è troppa rabbia nel tuo modo di volermi.»

«Non dipenderà forse dal fatto che tu non mi desideri con la stessa intensità?» chiese a sua volta, con aria di sfida.

«Ci puoi scommettere. Se questi assalti devono durare all'infinito, credo che andrò a dormire con i bambini. E poi, il tuo non è desiderio, ma voglia di primato, come se volessi competere con l'universo maschile per dimostrarmi che sei il più virile di tutti. Questo genere di comportamento non mi piace, non piace a nessuna donna», dichiarò con asprezza, abbandonando il letto e rifugiandosi nel salotto attiguo alla loro camera.

Era quasi mezzanotte, lei era stanca, ma il sonno era passato e non aveva voglia di mettersi a guardare la televisione, né di sfogliare una rivista, né di leggere un libro. Pensò di scendere in cucina a farsi una camomilla e, nel momento in cui stava uscendo dal salotto, Guido la raggiunse con l'aria del cane bastonato.

«Perdonami, Léonie», sussurrò.

Mentre pronunciava queste due parole, fu disturbato dalla visione di lei in compagnia dello sconosciuto. «Credo che dovremmo parlare», soggiunse.

10

La seguì in cucina e Léonie mise il bollitore sul fuoco, poi, nella tisaniera di porcellana munita di filtro, versò fiori di camomilla del loro giardino, alcune foglie di citronella, semi di finocchio e due chiodi di garofano. Guido, seduto al tavolo di marmo, la osservava cogliendo la grazia della sua gestualità pacata.

Avrebbe voluto esordire con una domanda: «Chi era l'uomo con cui hai passato la giornata del ventidue dicembre a Varenna?» Non ci riuscì. Léonie era una moglie inappuntabile di cui si era scoperto innamorato e la paura di perderla gli impediva di interrogarla.

Lei mise sul tavolo due tazze fumanti che contenevano la tisana color dell'ambra.

«Vuoi del miele per addolcirla?» gli domandò.

«Sì, per favore», rispose Guido. E soggiunse: «Tu non lo prendi?»

«Fa ingrassare. Tu ti rimpinzi di dolci e hai comunque una linea invidiabile. Io diventerei un barilotto se non stessi costantemente a dieta.»

«A me non dispiacerebbe se tu ingrassassi.»

«Ma dispiacerebbe a me!» esclamò Léonie.

«Il cibo è una forma di compensazione per altre carenze. È evidente che noi Cantoni abbiamo tante scontentezze, soprattutto affettive.»

«Era di questo che volevi parlare?» domandò lei, dopo aver preso un piccolo sorso di tisana.

«Volevo dirti che sono consapevole delle mie frustrazioni e ho stupidamente cercato di rivalermi su di te», rispose. Poi, sottovoce, proseguì: «Mi rendo conto d'essere stato insopportabile. Tu avresti tutte le ragioni se mi denunciassi per abuso sessuale o crudeltà mentale o qualunque altra cosa. Ti chiedo scusa, davvero».

«*Ça suffit, mon pauvre ami*», disse Léonie, accarezzandogli una guancia. «Ti ho già perdonato, anche perché so che non lo farai più. Del resto, non lo avevi mai fatto. È troppo chiederti che cosa c'è che non va?»

«Non lo so», mentì lui. «O forse sì, lo so. Noi uomini siamo meschini, insicuri e spregevoli, a volte. Io mi sento così, in questo momento», confessò Guido.

Léonie guardò quel gran signore che era suo marito, il viso pallido dai lineamenti aristocratici, lo sguardo dolce e dolente, e si convinse che probabilmente era accaduto qualcosa che gli aveva riportato alla memoria l'antica passione per Amaranta e il ricordo del suo finale lacerante. Non sospettò, nemmeno di sfuggita, che Guido potesse aver scoperto la sua storia con Roger.

Tese un braccio di là dal tavolo e accarezzò il viso di suo marito.

«Sai, Guido, io sono grata a te e alla tua famiglia per

l'affetto che avete per me. Quando mi hai conosciuta, ero davvero smarrita e oggi sono una donna serena e felice. Mi dispiace per questo tuo momento di inquietudine, ma sono sicura che lo supererai. Siamo una bella famiglia, non credi?»

Da quando si era sposata e viveva nella grande villa dei Cantoni, talvolta raggiungeva il laghetto in fondo al parco e si fermava a osservare lo specchio quieto dell'acqua. Seduta su una panchina di pietra, si abbandonava totalmente alla pace di quel luogo che rispecchiava la famiglia Cantoni. Era certa che nelle profondità buie del piccolo lago ci fossero sommovimenti e oscuri anfratti inquietanti, ma non si vedevano. Il colpo d'occhio era rassicurante e le bastava.

«Siamo una bella famiglia», convenne lui, sorridendole.

Nel tepore avvolgente della grande cucina Léonie pensò che forse lei e Guido non erano una coppia perfetta ma stavano bene insieme perché li univa l'affetto, l'amore per i figli, la stima reciproca, i progetti per il futuro.

«Andiamo a vedere i bambini?» domandò lei dolcemente.

Si infilarono nell'ascensore, salirono al primo piano e si insinuarono nella camera di Giuseppe, che era il più grande e dormiva da solo.

Una lampada posta a terra, in un angolo della camera, mandava un chiarore appena percettibile.

Si avvicinarono insieme al piccolo che dormiva profondamente abbracciato al suo orsetto di peluche. Aveva una testa di capelli neri e ricci come quelli di suo padre, l'incarnato roseo di tutti i bambini sani e quel delizioso profumo d'infanzia che inteneriva il cuore dei genitori.

Guido posò una mano lieve sul capo del figlio, quasi a benedirlo. Léonie aggiustò il piumino d'oca a tinte vivaci. Uscirono silenziosamente dalla camera, lasciando l'uscio appena socchiuso e, tenendosi per mano, si infilarono nella cameretta in cui Gioacchino e Gioia dormivano insieme, ognuno nel proprio lettino.

Gioacchino si era raggomitolato su se stesso perché, avendo spinto la coperta in fondo al letto, aveva freddo. Si era infilato in bocca un pollice e, di tanto in tanto, lo succhiava. Léonie recuperò la coperta e lo coprì. Gioia, invece, aveva in bocca il succhiotto e gli occhi spalancati su di loro. Sorrise, vedendoli, e il succhiotto scivolò sul cuscino.

Léonie si portò l'indice alle labbra per suggerirle il silenzio, mentre Guido sussurrava: «È notte fonda. Dormi».

Gioia si infilò di nuovo il succhiotto in bocca, tornò a distendersi, chiuse gli occhi e si riaddormentò.

«Come sono belli», disse Guido, mentre con la moglie riguadagnavano la loro camera.

«Sono sereni», constatò lei.

«Pensi che riusciranno a esternare i loro drammi, piccoli o grandi che siano, quando saranno cresciuti?» domandò lui.

«Per la loro serenità, faremo in modo che non respirino troppo a lungo l'aria di casa», replicò lei.

«L'aria di casa è contagiosa. L'hai assorbita anche tu», si lasciò sfuggire Guido.

Léonie non raccolse l'allusione, invece disse: «Vorrei un altro figlio».

«Anch'io», convenne Guido.

«Ma con dolcezza», sottolineò lei.

Quella notte concepirono Giacinta. Guido tenne stretta a sé sua moglie e prima di addormentarsi pensò: domani telefono alla spiona e le dico di chiudere. Non voglio sapere i segreti di Léonie, come lei non sa i miei.

Léonie, invece, rimase quieta accanto a lui, dicendosi che era una donna davvero molto fortunata. Nemmeno per un istante avrebbe voluto tornare indietro nel tempo, alla vita difficile e infelice che aveva vissuto prima di sposare Guido.

Léonie

1

«Léonie, che cosa stai facendo qui, a quest'ora?»

La bambina, che si dondolava sulla panchina lungo il viale di platani, ebbe un sussulto e sgranò gli occhi sulla vecchia Thérèse che era lì, di fronte a lei, con Ninette, l'amica inseparabile.

«Ma dimmi tu se una bimba così piccola deve essere fuori casa a notte fatta», deplorò Ninette.

Le due anziane sedettero accanto a lei come angeli custodi. Léonie le guardò nei loro abiti scuri, i visi lucidi di sudore, perché era luglio e, sebbene fosse notte, l'aria ancora non rinfrescava. Sapeva che le due amiche tornavano dal giro dei locali in centro dove vendevano mazzetti di lavanda fresca e sacchetti di quella essiccata.

«Aspetti la mamma?» domandò Thérèse.

La piccola annuì.

Nadine Tardivaux sarebbe dovuta passare da lì per andare a casa, Léonie l'avrebbe vista, le sarebbe corsa incontro e la sua mamma, forse, l'avrebbe abbracciata.

Thérèse e Ninette sapevano che la bambina aveva

paura di restare sola in casa, la notte, e lo sapeva anche la madre che, ogni sera prima di uscire, la costringeva a bere una tisana di camomilla, sperando che si addormentasse più facilmente. Ma Léonie, come tutti i bambini insicuri, aveva il sonno leggero e bastava un niente perché si svegliasse; allora, non trovando la mamma, in preda alla paura del buio e della solitudine, si vestiva e usciva ad aspettarla.

«Quante volte ti ho detto che non puoi andare in giro di notte? Se ti vede un gendarme ti porta in questura, questo lo sai», la rimproverò Thérèse.

«Comunque, meglio il gendarme di qualche turista malintenzionato», intervenne Ninette.

«Vieni con noi, piccolina. Ora si torna a casa», disse Thérèse.

Léonie non se lo fece ripetere. Le due amiche e le Tardivaux abitavano nella stessa casa ai piedi dello Château de l'Empéri, che un tempo era stata la dimora dei vescovi di Arles e in seguito aveva ospitato molti re di Francia.

La bambina sapeva che Thérèse l'avrebbe fatta dormire nel suo letto, un catafalco monumentale su cui lei si arrampicava con una sedia. Una volta distesa, pervasa dal profumo dei fiori di lavanda, chiusi nei sacchetti di garza che ornavano la testiera, e ascoltando il *ronron* del gatto che s'appallottolava in fondo al letto, sarebbe piombata in un sonno beato. Sapeva anche che Nadine, rincasando, non si sarebbe preoccupata di non trovarla, perché capitava spesso che la figlia dormisse dalla sua vicina che l'aveva vista nascere e l'accudiva come una nonna soccorrevole ogni volta che quella scapestrata della mamma la lasciava sola.

Ora Thérèse spalancò la finestra della camera, rimasta chiusa per tutto il giorno, per lasciar entrare l'aria della notte che, finalmente, incominciava a rinfrescarsi. Da lontano arrivarono le voci dei turisti in vacanza, il suono dell'orchestrina del *Café de l'Empéri*, lo scalpiccio dei passanti, il miagolio di qualche gatto in amore, le risate dei giovani. La pendola della cucina batté la mezzanotte. Léonie chiuse gli occhi e sentì il fruscio degli abiti che Thérèse si sfilava per indossare la camicia da notte.

Poi Thérèse si stese accanto a lei e Léonie si addormentò.

Fu il profumo penetrante del *café au lait* a svegliarla. Le imposte della finestra erano state accostate per schermare il chiarore del primo sole. Léonie scivolò giù dal letto, indossava le mutandine e una canottiera azzurra un po' consunta. Saltellando a piedi nudi sul pavimento andò in cucina.

Sedette davanti alla tavola rustica, coperta da una tovaglia cerata bianca e rossa.

«*Bonjour, ma petite*», disse Thérèse.

«*'jour*», rispose Léonie, gli occhi ancora gonfi di sonno, e sorrise nel vedere la scodella da cui il caffelatte spandeva il suo aroma insieme con la baguette ancora tiepida.

Mentre sminuzzava il pane nel liquido fumante, la donna disse: «La tua mamma è già andata al lavoro. Ti ha lasciato in casa i soldi per il pranzo e ha detto che stasera, rincasando, vuole trovare la cucina rigovernata».

«Tocca sempre a me lavare anche i suoi piatti», si lamentò la bambina, mentre divorava la colazione.

«Più tardi ti aiuto io. Ora lavati, vestiti e aiutami a fare i mazzetti di lavanda per questa sera», la sollecitò la donna che aveva già pronti sul terrazzino due cesti colmi di fiori.

Dalla via giunse la voce di Ninette che chiamava l'amica. «Questa sera non faccio il giro con te», disse, con un sorriso che le andava da un orecchio all'altro. E spiegò: «Il piccolo Pierrot viene a prendermi e mi porta a Aix. Starò con la famiglia per tutta la settimana».

Léonie, che si era affacciata al balcone, domandò: «Posso venire con te, Ninette?»

Per la bambina ogni occasione era buona pur di non dover dormire da sola. Viveva nel terrore della solitudine, la notte, fin da quando era piccolissima.

«*Mon petit lapin*, ti ho raccontato di mia nuora. È già tanto che abbia invitato me. E, per dirla tutta, io stessa non sono sicura di resistere una settimana con *madame la baronne*», si rammaricò la donna.

«Allora, buon divertimento», augurò Thérèse.

«Lo vedi, tutti vanno in vacanza, tranne me», disse Léonie mentre sparecchiava la tavola e lavava la sua scodella.

«Non lamentarti, *ma petite*. Il buon Dio vede e provvede. Intanto ti ha fatto nascere sana e intelligente, e non è cosa da poco. Se un giorno meriterai di essere premiata, lo sarai», la rincuorò la vecchia amica

«Sì, aspetta e spera», replicò la piccola che aveva appena otto anni ma si esprimeva come un'adulta.

La via cominciava ad animarsi, le piccole *boutiques* aprivano i battenti, i turisti mattinieri ciondolavano per la strada armati di macchine fotografiche.

Nel pomeriggio, quando Salon diventava silenziosa, le strade si spopolavano, le botteghe chiudevano i battenti e tacevano perfino le campane delle chiese, la vecchia Thérèse si rifugiò nel buio della sua camera da letto. Allora Léonie andò a sedersi ai piedi della Fontana di muschio, un enorme fungo verdeggiante, e si mise a leggere *Les histoires du petit Nicolas*, un librone preso in prestito dalla biblioteca scolastica e in cui si riconosceva perché ritrovava le incongruenze del mondo degli adulti quando si rapportano con i bambini.

Le venne sete e si concesse una Coca-Cola al banco del *Café du Midi*. Poi decise di andare a trovare sua madre nel negozio di parrucchiere dove lavorava come estetista.

Il negozio si chiamava *Chez Jules et Lorette*. Era sulla piazza centrale e aveva due ingressi, quello per gli uomini e quello per le signore. Il negozio, a quell'ora, era chiuso, ma Léonie sapeva che avrebbe trovato sua madre, con altre lavoranti, nel cortiletto interno dove si riposavano prima della riapertura pomeridiana.

Monsieur Jules e madame Lorette giocavano a carte con Stanis e Linda. Di Nadine neanche l'ombra.

«Tua madre è tornata a casa. Era stanca e voleva farsi un sonnellino», le disse madame Lorette.

Léonie volò verso casa, perché aveva bisogno di vedere la sua mamma.

La porta era chiusa a chiave dall'interno, allora lei bussò. Poiché nessuno rispondeva, iniziò a martellare l'uscio con i pugni, chiamando Nadine a gran voce.

La vecchia Thérèse aprì l'uscio di casa sua, dalla parte opposta del ballatoio e disse: «C'è bisogno di fare tutto questo chiasso? Stavo dormendo e mi hai svegliata».

«Ma non ho svegliato la mamma», replicò la bambina, continuando a bussare.

«Forza, *ma petite*, non fare storie e vieni da me», le ingiunse Thérèse.

«No, da te non ci vengo. Voglio la mamma», strillò Léonie, sul punto di piangere.

In quel momento la porta di casa si dischiuse, dallo spiraglio si profilò una donna giovane, sudata e scarmigliata, molto bella e molto arrabbiata. Era in sottoveste.

«Hai fatto un chiasso inammissibile. Vai subito da Thérèse. Dopo vengo io a chiamarti.»

Le chiuse l'uscio in faccia, ma Léonie fece in tempo a vedere l'uomo quasi nudo alle spalle della mamma.

2

La bambina, addolorata, diede un calcio alla porta e urlò: «Sei cattiva!»

Thérèse la chiamò, ma Léonie strillò: «Sei cattiva anche tu».

Uscì sulla via e non smise di correre fino a quando raggiunse la bottega dell'*épicier* che stava riaprendo.

Si rivolse all'uomo che la serviva abitualmente e le faceva credito, quando non aveva i soldi, perché sapeva che la mamma avrebbe provveduto a saldare il debito.

«Voglio un *pain d'épices*, una stecca di cioccolato dolce e un sacchetto di *bonbons* al miele. Paga la mamma.»

Il droghiere, che la conosceva da sempre, domandò: «Sei sicura che la mamma ti conceda tutto questo?»

«Sono sicura», rispose prontamente la bambina.

Con quel carico di delizie arrivò sulla piazza, sedette su una panchina all'ombra di un platano davanti alla bottega di Jules e Lorette e incominciò a mangiare i dolci, il cuore trafitto dalla solitudine e la mente vuota.

Di lì a poco vide la mamma che camminava di buon

passo per tornare al salone. Osservò la sua andatura fiera, il passo ancheggiante che faceva fluttuare la gonna costellata da grandi papaveri rossi sul fondo bianco e il seno rigoglioso che prorompeva dalla camicetta aderente, con le maniche a palloncino. I capelli scuri e ondulati le scendevano sulle spalle come una massa di irrequieti serpentelli e le labbra scarlatte erano schiuse sul candore abbagliante di una dentatura perfetta. Nadine era bellissima. Non per niente, a diciott'anni, era stata eletta Miss Provence e sarebbe diventata Miss France, se poi non fosse rimasta incinta.

Una volta le aveva detto: «Sai, esiste sempre un modo per sbarazzarsi di un figlio scomodo. Io non l'ho fatto. Ho deciso che ti volevo e ti ho tenuta. Che altro vuoi da me?»

A Léonie sembrava di avere una madre in prestito e voleva una famiglia. Sfogava la sua frustrazione e il suo bisogno di affetto mentendo con chiunque e facendo dispetti soprattutto alla mamma.

Sua madre la vide e, invece di proseguire verso la bottega dove lavorava, si fermò davanti a lei e la guardò con severità.

Le ripeté la solita domanda: «Che cosa vuoi da me?»

Ora, per la prima volta, Léonie disse: «Tu prendi nel tuo letto degli estranei. Mai una volta che tu ci prenda me».

Nadine aveva ventisei anni, era terrorizzata dall'incalzare del tempo e voleva trovare un marito, possibilmente ricco, che le garantisse sicurezza economica e posizione sociale. Ma dei tanti uomini con cui si intratteneva, non ce n'era uno che avesse intenzione di sposarla.

La donna lanciò un'occhiata alla bottega deserta: per il momento non c'erano clienti. Allora sedette sulla panchina, aprì la borsetta di rafia rossa, estrasse un fazzoletto di carta e pulì il viso di Léonie impiastricciato di cioccolato. Appallottolò il fazzoletto e lo scagliò nel cestino dei rifiuti. Tornò a infilare una mano nella borsetta e ne tolse una manciata di denaro che mostrò alla figlia.

«Forse non riuscirò mai a darti un padre, ma il denaro per mantenerti è garantito», disse. E proseguì: «Credi davvero che quello che guadagno con il mio lavoro possa bastare per pagare l'affitto, le bollette, il mangiare, i vestiti per te e per me, l'ospedale di tua nonna?»

Léonie non rispose. Guardò il gioco di luci e ombre che i rami del platano creavano sul volto di sua madre.

«Sei abbastanza grande ormai per sapere come stanno le cose. Tua nonna è cresciuta in un orfanotrofio, a Lione, e a diciotto anni è andata a fare la cameriera nella casa di una famiglia benestante. Ma il padrone prima l'ha messa incinta e poi alla porta. Per la vergogna, ha lasciato Lione e si è trasferita ad Arles. Ha fatto la contadina, raccogliendo viole, lavanda e olive, fino a quando sono nata io. Aveva tanto sofferto per non avere mai conosciuto i suoi genitori e decise che io avrei avuto almeno una madre. Mi ha tenuta con sé, sfiancandosi di fatica. Poi ha incominciato a bere. Ma intanto io ero cresciuta e potevo badare a me stessa.

Ho capito presto che la bellezza è una merce che paga, e io ero bella. Quando mi hanno fatto Miss Provence, mi sono detta: il mondo è mio. Avevo soldi, vestiti, gioielli. Gli uomini mi corteggiavano e mi riempivano di regali per portarmi a letto. Io mi vedevo già sfilare sulle passerelle di Dior o di Chanel o recitare nei film come la Bardot o la Deneuve. Invece tutti i sogni sono svaniti quando sono rimasta incinta. Il resto lo sai. Ti voglio bene nel solo modo che so: quello di darti una casa e del cibo. Non riesco a essere diversa da come sono. Vuoi odiarmi per questo? Io ho una voglia disperata di vivere, sto ancora aspettando il grande amore e ci sei tu che mi guardi con occhi di ghiaccio e mi giudichi. Le tue compagne di scuola adesso sono al mare e tu no. Loro hanno anche un padre, probabilmente una casa di vacanza, sicuramente i soldi per pagarsi l'albergo. Tu devi accontentarti di me, che vorrei essere al mare con un marito giovane, ricco e bello e invece sto qui a lavorare. Posso cambiare tutto questo? Per ora posso soltanto consentirti di mangiare queste schifezze che hai preso a credito, e questo è quanto. La domenica devo andare ad Arles da mia madre, con la quale non riesco neanche a parlare e devo pagare l'ospedale. Per arrivare alla fine del mese devo trovare qualche corteggiatore generoso che mi dia dei soldi. Quindi smettila di giudicarmi, prendi quello che posso darti e non pretendere altro. Sono stata chiara?»

Léonie non aveva capito fino in fondo le parole di Nadine, ma una cosa era evidente: sua madre cercava di vivere la sua vita, sognando un futuro splendente, e lei era soltanto un intralcio alla realizzazione dei suoi sogni.

«Chi è mio padre?» domandò. Era la prima volta che poneva alla mamma questo interrogativo.

«Chi lo sa?»

«Non lo sai davvero o non vuoi dirmelo?»

Nadine ricordò quando era una diciassettenne che, per partecipare al concorso di bellezza, aveva falsificato i documenti, dichiarandosi diciottenne. All'epoca lavorava in un'azienda che esportava fiori ed era stanca di rincasare trovando una madre alcolizzata che affogava nel suo vomito. Nei rari momenti di lucidità, la donna le diceva: «Tu devi avere una vita migliore della mia. Portami in ospedale e liberati di me. Per il bene che mi vuoi, ti supplico di ascoltarmi». Ma erano lampi nel buio di una mente ormai incapace di ragionare. Una sera, tornando dal lavoro, Nadine l'aveva creduta morta, invece era in coma. All'ospedale le avevano diagnosticato l'Alzheimer. L'alcol non c'entrava niente. Nadine doveva scegliere tra il riportarla a casa e starle accanto giorno e notte, o farla ricoverare in una clinica psichiatrica, sobbarcandosi i costi che non erano coperti dalla Sanità pubblica. La seconda soluzione era la sola praticabile e buona parte del suo salario finiva nella retta della clinica. Aveva bisogno di soldi e il concorso di bellezza, se lo avesse vinto, le avrebbe fruttato una bella somma. L'aveva vinto e aveva anticipato alla clinica le rette di un intero anno. Riceveva inviti a cene, pranzi, feste importanti in ville sulla costa e nei castelli di campagna. Sembrava che la ricchezza fosse lì, a portata di mano. Tutto quello che le veniva chiesto era di essere compiacente con i padroni di casa. Quando si era accorta di aspettare un figlio, gli uomini con cui si accompagnava erano svaniti nel nulla. E lei non aveva idea di chi potesse essere il padre. Dopo un anno dalla vittoria del titolo di Miss Provence aveva partorito Léonie. Aveva abbandonato Arles e si era stabilita a Salon, dove nessuno la conosceva. Aveva venduto i gioielli e pagato in anticipo l'affitto in una vetusta casa dove abitavano due vecchiette affettuose: Ninette e Thérèse. Loro l'avevano aiutata a trovare lavoro da *Chez Jules et Lorette*, loro accudivano la piccola quando lei era in negozio.

«Léonie, ti giuro che non so chi sia tuo padre. Ed è meglio così, perché, chiunque sia, è un bastardo», le rispose ora.

Sua figlia le credette.

«Ma un giorno o l'altro, riuscirò a darti un padre. L'uomo che hai visto oggi è un albergatore di Tolone, è bello e pieno di soldi. Non complicarmi la vita e lasciami il tempo di coltivarlo.»

Léonie tacque. Aveva capito che sua madre continuava a vivere di sogni.

3

NINETTE non tornò più dalla sua vacanza ad Aix. Un infarto fulminante l'aveva portata via poche ore dopo il suo arrivo nella bella casa del figlio.

Thérèse era inconsolabile.

«È come se mi mancasse un braccio», disse a Léonie.

Le due vecchie erano amiche fin da bambine. Erano andate a scuola insieme, insieme erano andate a lavorare in campagna. Ninette si era sposata, era rimasta vedova cinque anni dopo il matrimonio e aveva avuto due figli: uno era emigrato in Australia, l'altro, Pierre, aveva trovato un impiego a Parigi, in una concessionaria di automobili, e lì aveva conosciuto la figlia bruttina e pretenziosa del padrone.

Pierre aveva detto a sua madre: «Se la sposo, mi mette il cappio al collo. Ma è una donna leale».

«E l'amore? Dov'è l'amore in questo matrimonio?» aveva chiesto Ninette.

«L'amore viene e va, i soldi rimangono, se li amministri bene», aveva replicato lui. Ninette non aveva mai accettato un centesimo da quel figlio che si era arricchito sposandosi. Come Thérèse, si faceva bastare la pensione e, in estate, si guadagnava qualche spicciolo vendendo la lavanda.

Le due amiche si erano fatte compagnia per tutta la vita e, ora che Ninette non c'era più, Thérèse pensò che presto se ne sarebbe andata anche lei.

«Sai, Ninette mi ha lasciato tutti i suoi averi», confidò la donna a Léonie, mentre la precedeva verso il primo piano, nell'appartamento in cui l'amica aveva vissuto.

Il figlio Pierre le aveva telefonato per dirle che, a fine luglio, avrebbe vuotato la casa e restituito le chiavi al proprietario.

«Ninette aveva delle lenzuola di lino ricamate a mano e anche delle belle tovaglie. Aveva un debole per la biancheria. Ora sono mie e io le regalo a te. Per me prenderò le tazzine di Limoges e la stola di lapin che mi farà comodo in inverno. Intanto, se vedi qualche cosa che ti piace, puoi prenderla. Qui dentro è tutto mio, perché lo ha deciso lei, capisci? Me lo ha detto suo figlio», aggiunse la donna, mentre apriva la porta di casa dell'amica.

Léonie aveva quasi paura di varcare la soglia del minuscolo appartamento, che pure conosceva molto bene, ora che la sua inquilina non c'era più. La morte, per lei, era qualcosa di misterioso e terribile.

«Non voglio le lenzuola di una morta», disse, senza decidersi a entrare in quelle stanze.

Thérèse non insistette.

«Allora scendi da me e aspettami», ordinò.

Quando la donna ridiscese, ed era ormai il tramonto, trovò la tavola apparecchiata e la zuppa di cipolle sul fuoco.

«*Ma petite*, hai fatto tutto da sola?» domandò Thérèse.

«Sai, adesso che Ninette non c'è più, non ti sentirai sola, perché ho deciso di venire a vivere con te», annunciò la bambina.

«Ma tu ci vivi già, soprattutto ora che ci sono le vacanze e non vai a scuola», osservò Thérèse.

«Siediti e lascia che ti serva la zuppa. Prendimi con te. La mia mamma è una pasticciona, piena di sogni che non si avvereranno mai e non mi vuole tra i piedi.»

Le parole di Léonie colpirono Thérèse. Lei le voleva molto bene, come se fosse davvero sua nonna. Quella bambina stava crescendo troppo in fretta e troppo dolorosamente, pensò.

«Sarebbe una grossa responsabilità farti vivere con me», le spiegò.

«Lascia almeno che ti aiuti. Adesso che Ninette non c'è più, la sera potrei venire con te a vendere la lavanda e insieme potremmo fare buoni affari.»

«Ci penserò», promise Thérèse.

Cominciarono a mangiare insieme la zuppa di cipolle, che non era perfetta ma era comunque commestibile.

Fu così che, a otto anni, Léonie divenne un'eccellente venditrice di lavanda. La grazia con cui vendeva i mazzolini ai turisti di ogni nazionalità che gremivano i locali pubblici le fruttò i suoi primi guadagni. Léonie aveva l'aspetto di una bambolina di porcellana agghindata a festa, con la gonnellina provenzale dai colori sgargianti. Il sorriso schietto le dava l'aria di una bambina felice. E, quell'estate, Léonie fu davvero felice.

Capitava che gli avventori dei caffè e dei ristorantini all'aperto le dessero qualche spicciolo in più per i suoi mazzetti di fiori, che qualcuno la guardasse con più simpatia di altri, che qualche signora scambiasse Thérèse per la sua nonna e con lei si congratulasse per la bella nipotina.

Una sera fece l'incontro che avrebbe impresso una svolta alla sua vita. Si avvicinò a una tavolata di italiani, composta da adulti e da ragazzini, offrendo sacchettini di lavanda. Una delle signore, esprimendosi in un francese approssimativo, le disse che li voleva tutti, compreso il cesto di canne intrecciate che conteneva i sacchetti profumati.

Léonie la guardò perplessa, temendo di non aver capito la richiesta, mentre la giovane signora continuava a domandarle: «*Combien, combien?*»

«Il cesto non è in vendita», insisteva Léonie. La signora non capiva. Le chiese se parlasse inglese, ma la ragazzina parlava a stento il francese, abituata com'era a esprimersi in dialetto provenzale. A quel punto intervenne Thérèse.

«Trenta sacchetti di lavanda più il costo del cesto fanno duecento franchi», disse velocemente.

Fu un uomo, probabilmente il marito della signora, a mettere il denaro in mano a Thérèse, mentre una ragazzina domandava alla piccola fioraia: «*Comment t'appelles tu?*»

«Léonie», rispose con prontezza e soggiunse: «*Et toi, comment tu t'appelles?*»

«Daniela.»

«Danielle?»

«No, Danielà», insistette la piccola italiana.

«Ciao, Danielà», la salutò Léonie.

«Vuoi del gelato alla fragola?» domandò Daniela, indicandole quello che stava mangiando.

«*Glace à la fraise*», disse Léonie e soggiunse: «*Non, merci*», perché non sarebbe stato professionale sedere al tavolo dei ricchi turisti.

Intanto, gli altri ragazzini della compagnia osservavano l'amica e la piccola venditrice di lavanda con curiosità, mentre Thérèse sussurrava: «*Ma petite*, ringrazia e andiamocene».

Ma la mamma di Daniela insistette, nel suo francese approssimativo, perché Léonie le faceva tenerezza.

«La lasci qui a mangiare un gelato con i bambini.»

«Si fa tardi, è ora di tornare a casa», replicò Thérèse.

«*Grand-maman, je t'en prie*», supplicò Léonie, chiamandola nonna all'improvviso.

La madre di Daniela promise che avrebbe riaccompagnato Léonie a casa se alla bambina fosse stato permesso di stare un po' con sua figlia e gli altri ragazzini.

Léonie raccontò che era orfana di padre e di madre, che viveva con la nonna, che in estate vendeva fiori per comprare i libri di scuola e altre innocenti fantasie sulla sua vita. Thérèse era sulla soglia di casa ad aspettarla, quando la comitiva di italiani la riaccompagnò. Le due ragazzine si erano scambiate i loro indirizzi e si erano promesse solennemente di scriversi, l'una in francese e l'altra in italiano, così avrebbero imparato le rispettive lingue. E fu così che Daniela Pallavicini divenne amica di Léonie Tardivaux.

4

Le vacanze finirono e venne il tempo di tornare a scuola. Thérèse aveva insegnato a Léonie come preparare e cucinare la *tarte aux champignons* e, una sera, la ragazzina mise sulla tavola, per sé e per la mamma, quella squisitezza appena sfornata, preparata con i funghi prataioli che lei aveva raccolto lo stesso giorno, l'ultimo della vacanza, nei campi dove crescevano in abbondanza dopo i temporali di fine estate. Accanto al piatto aveva impilato anche il denaro che aveva guadagnato con la vendita della lavanda.

Nadine mangiava di malavoglia.

«La pasta è un po' bruciacchiata», osservò e proseguì: «Mai che tu riesca a fare una cosa giusta. Cosa sono questi soldi?» domandò.

Léonie ci rimase male perché aveva sperato di ricevere un complimento. Così non le rispose.

Nadine contò il denaro e insistette: «Che soldi sono?»

«Un aiuto per le mie spese. Li ho guadagnati vendendo la lavanda con Thérèse», sussurrò.

«Quest'anno ti servono le scarpe nuove, il cappotto e anche i golfini per l'inverno. Continui a crescere e i vestiti vecchi sono diventati piccoli.»

La bambina si aspettava che almeno per quel contributo in denaro la mamma le dicesse che era stata brava, invece l'aveva distrutta con poche parole.

«Se almeno tua nonna si decidesse a morire...» soggiunse Nadine sottovoce.

Léonie sapeva che, quando prendeva il salario, sua madre correva ad Arles per pagare la retta di sua madre. Capì che era la mancanza di denaro a renderla così aspra. Infatti la donna soggiunse: «Il padrone di casa mi ha aumentato l'affitto».

Ancora una volta Léonie sentì la mancanza di un padre che avrebbe potuto rendere meno penosa la loro condizione.

«Il signor Clément mi ha detto che, se gli porto fuori il cane due volte al giorno, mi dà qualche spicciolo», le confidò sua figlia.

«Ma non capisci che i tuoi spiccioli non servono a niente?» urlò la donna.

«Cosa c'è? Il tuo corteggiatore non ti dà più i soldi? È sparito come tutti gli altri?» urlò anche lei ormai sul punto di piangere.

Le arrivò uno schiaffo forte come una frustata.

«Esigo che tu mi porti rispetto», sibilò Nadine.

Per tutta risposta, la bambina buttò la *tarte* e il denaro nel secchio della spazzatura, uscì dalla cucina sbattendo l'uscio e andò nella sua stanza. Si gettò sul letto, si coprì la testa con il cuscino e pianse. Sentiva di essere un peso per la mamma che, senza di lei, avrebbe risparmiato tanti soldi e invece aveva una figlia da mantenere ed era sempre a caccia di denaro. Sarebbe stato meglio se Nadine non l'avesse fatta nascere visto che la incolpava di tutto quello che le andava storto. A questo punto lei poteva fare soltanto una cosa: morire. Si sarebbe lasciata morire di fame.

Con questo proposito, si addormentò.

Quando si svegliò era mattina: la mattina del suo primo giorno di scuola. La casa era vuota. Sul tavolo, in cucina, c'erano una scodella di latte con i cereali e un croissant ancora caldo.

Léonie sorrise pensando che la mamma, nonostante il pessimo carattere, le voleva bene.

Ritrovò le compagne di scuola. Erano tutte cresciute e la maestra le mise subito al lavoro.

«Farete un tema, raccontando come avete trascorso le vacanze», disse, dopo aver fatto l'appello e aver constatato che la classe era al completo.

Léonie cominciò a succhiare la cannuccia della penna, sentendo di non avere niente da scrivere. Le sue amiche avrebbero raccontato la loro estate al mare, in montagna, forse a Parigi o all'estero. Lei era rimasta a casa a patire il caldo e a piangere di solitudine. Non poteva certo raccontare che sua madre la lasciava fuori di casa quando riceveva un uomo, che era morta la vecchia Ninette, che Thérèse le faceva da nonna, che era andata in giro a vendere fiori e sua madre non le aveva neppure detto grazie quando le aveva consegnato il denaro guadagnato.

La maestra notò lo sguardo triste della sua allieva migliore. La chiamò alla cattedra e le domandò sottovoce: «Perché non scrivi?»

Léonie fece spallucce.

«Ti è successo qualcosa di brutto?»

La bambina scosse il capo. La maestra aveva capito tante cose di lei attraverso i temi che aveva svolto l'anno precedente. Ora le disse: «Vieni con me».

La condusse fuori dall'aula, raccomandando alle alunne: «Continuate il vostro tema e state in silenzio».

Quando furono nel cortiletto della scuola, bordato di aiuole fiorite, invitò la sua alunna a sedere su una panchina accanto a lei e chiese: «Non fai il tema perché ti sembra di non aver niente da dire?»

Léonie annuì.

«Invece, sono sicura che hai da raccontare cose molto più interessanti di quelle delle tue compagne. Il fatto che tu non sia andata in vacanza forse ti fa sentire inferiore a loro. Tu, però, quanto a intelligenza, capacità di apprendimento e sensibilità, bagni il naso a tutte. Per vivere una grande avventura, non è necessario andare in giro per il mondo. Anzi, sai che cosa penso? Le avventure più interessanti sono quelle che hai vissuto tu, perché hai sicuramente letto qualche libro, hai certamente ascoltato le storie di quelle due vecchiette che abitano accanto a te...»

«Una, Ninette, è morta», disse timidamente la bambina.

«Ecco, hai già un argomento da affrontare.»

«Ho conosciuto una bambina italiana. Si chiama

Danielà. È molto simpatica e mi ha già scritto da una città italiana che si chiama Milano. La sua lettera era in italiano e io, con l'aiuto di Thérèse che sa qualche parola, l'ho letta e l'ho capita. Così le ho risposto in francese, perché questa è la promessa che ci siamo fatte.»

«Torniamo in classe e mettiti subito a scrivere il tuo tema», la spronò l'insegnante.

Léonie cominciò a scrivere e riempì quattro pagine del quaderno. Il giorno dopo, l'insegnante annunciò alla classe che il tema più bello era quello di Léonie.

Quella sera, la ragazzina raccontò tutto alla mamma che l'ascoltò distrattamente e poi le disse: «Non è con le lodi della tua maestra che potremo affrontare l'inverno. L'uomo che non ti piaceva ora non c'è più, perciò il venerdì e il sabato sera dovrò lavorare in birreria e tu dormirai da Thérèse, perché rientrerò tardi».

All'improvviso la ragazzina non ebbe più nulla di cui andare fiera. Tornò a sentirsi un peso per sua madre e pianse tutte le sue lacrime tra le braccia della vecchia Thérèse.

Poi accadde qualcosa. Una domenica, al ritorno dalla visita mensile a sua madre, Nadine le disse: «Ho conosciuto un ricco signore. Questa volta voglio farmi furba e giocare bene le mie carte».

5

Si chiamava Jean-Marie Perrin, era un vinificatore della zona, possedeva ettari di vigneti, aveva passato i quarant'anni, era vedovo e aveva due figli maschi che studiavano a Parigi e, secondo Léonie, era brutto come il peccato e molto antipatico.
Nadine lo aveva conosciuto ad Arles, nell'ospedale dove lui si recava ogni settimana a visitare sua madre.
Si erano incontrati nel giardino della clinica dove entrambi spingevano le carrozzine delle rispettive mamme, lungo un vialetto che portava a una fontana.
La madre di Jean-Marie, affetta da demenza senile, era molto più tranquilla della madre di Nadine, che si quietava soltanto per effetto dei sedativi.
Da principio si erano salutati appena, rivolgendosi parole di circostanza, ma all'inizio dell'estate avevano iniziato a scambiarsi informazioni reciproche. Il vignaiolo era un tipo che amava parlare e raramente ascoltava l'interlocutore. Nadine aveva capito che era

un egocentrico, egoista e maschilista, con un debole per la sua mamma.

«È in queste condizioni da cinque anni, ormai. Per quattro anni l'ho tenuta a casa prendendo due infermiere che si alternavano giorno e notte. Ma lei è molto furba. Basta un attimo di distrazione e si butta. L'anno scorso è stata salvata per miracolo, mentre scavalcava il parapetto del terrazzo. Io sono spesso in viaggio e ho bisogno di essere tranquillo quando lavoro. Così mi sono deciso a metterla in questa clinica, dove ci sono le sbarre alle finestre. Mi pesa saperla qui invece che nella nostra casa, lei mi capisce», le aveva raccontato. Nadine aveva pensato che quel «lei mi capisce» era soltanto un intercalare, perché all'uomo non importava affatto di essere capito, voleva soltanto qualcuno che lo ascoltasse. Sembrava non essersi nemmeno accorto di quanto lei fosse giovane e bella, né gli interessava sapere di quale malattia soffrisse sua madre. Una volta, tuttavia, osservò: «Io vengo ogni domenica, lei invece no».

Un'infermiera aveva informato Nadine che monsieur Perrin era un uomo molto ricco e produceva il vino migliore di tutta la Camargue e la sua azienda era vecchia di cent'anni. Allora gli aveva risposto: «Sono sola, ho un lavoro modesto, una figlia da crescere e faccio i salti mortali per pagare la retta ospedaliera. Quattro viaggi al mese da Salon sono davvero troppi per le mie possibilità. Per fortuna, mia madre non si rende conto della realtà, e che io ci sia o non ci sia per lei non fa differenza. A me, invece, dispiace molto non vederla tutte le settimane perché le voglio bene».

Per la prima volta Jean-Marie l'aveva guardata con curiosità e poi aveva detto: «Se le fa piacere, posso venire a prenderla la domenica a Salon e poi posso riaccompagnarla a casa».

«Mi sembra troppo... non saprei come sdebitarmi...» aveva esitato Nadine.

«Per carità! Non è niente. E poi, non ho mai nessuno che mi ascolti, nemmeno i miei figli, le rare volte che tornano a casa. Mia moglie sì, lei mi ascoltava. Ma due anni fa se ne è andata. Un male devastante. Mi manca molto la mia Régine.»

Domenica dopo domenica, mentre la piccola Léonie veniva affidata a Thérèse, Nadine divenne una presenza indispensabile per il ricco vignaiolo.

A Natale le regalò un cesto che conteneva vino, olio e altri prodotti della campagna, dicendole: «Con l'augurio che lei, cara Nadine, possa avere un pranzo abbondante. Vorrei invitarla a festeggiare il Natale a casa mia, ma ci sono i miei figli e chissà che cosa penserebbero. Verrò a prenderla la mattina di Capodanno. Tanti auguri».

A Nadine spuntarono le lacrime e l'uomo pensò che fosse commossa per il dono ricevuto. Lei, invece, aveva voglia di tirargli in testa quel cesto che non l'aiutava a risolvere i suoi problemi di denaro.

I problemi li risolse la vecchia madre che morì dopo Natale e quando, il primo gennaio, l'uomo si presentò alla porta per condurla ad Arles, Nadine gli disse: «La ringrazio, monsieur Perrin, ma non verrò con lei. La mia mamma è al cimitero».

Allora lesse lo sgomento sul viso di quell'uomo egoista ed egocentrico, mentre domandava: «Mi sta dicendo che dovrò andare ad Arles da solo?»

Il bel viso di Nadine si rabbuiò e con aria severa replicò: «Pensavo che, per una volta, lei riuscisse a occuparsi di me e mi dicesse che le dispiace».

Jean-Marie Perrin la guardò incredulo e poi balbettò: «Mi scusi. Certo che mi dispiace... be', buona domenica». Girò sui tacchi, risalì in macchina e si allontanò.

Léonie, che stava alle spalle di sua madre, aveva assistito alla scena e le domandò: «È questo il corteggiatore che ci ha regalato le prelibatezze di Natale?»

«È lui, ed è molto ricco. Comunque, non fa niente. Da gennaio spero che il mio stipendio basti per tutte e due. Ma tu devi sbrigarti a crescere e a trovare un lavoro.»

In quei mesi, la donna aveva ricamato castelli sul ricco Perrin che era più pesante di un macigno, ma aveva una robusta stabilità economica. Si immaginava di riuscire a far breccia, se non nel suo cuore, almeno nella sua voglia di rifarsi una vita con una donna bella e giovane. Ancora una volta si era sbagliata. Lui non si era neppure accorto di quanto lei fosse desiderabile. Non aveva mai detto una parola o fatto un gesto che esprimessero un vago interesse per lei. Voleva soltanto la sua compagnia per andare a trovare la madre. Per tutte le ore che lei aveva sprecato ogni domenica, aveva ricevuto un cesto natalizio come ricompensa.

«Figurati che mi ero illusa di diventare la seconda signora Perrin. Ce l'ho messa tutta, credimi», disse alla figlia. «Mi sono comportata come un'educanda e sono stata di una sincerità allarmante. Pensa, Léonie, gli ho raccontato tutto di me, perché volevo cominciare una nuova vita. Adesso so che quello non mi ha mai nemmeno ascoltata. Mascalzone! Come tutti i ricchi, del resto.»

Léonie avrebbe voluto dirle: «Nemmeno tu mi ascolti», invece tacque, ma era soddisfatta della scomparsa di quell'uomo che aveva appena intravisto ma non le piaceva. Ora che la nonna era morta e non c'era più la retta ospedaliera da pagare, loro due potevano vivere senza l'angoscia di non arrivare alla fine del mese. E poi, chissà, magari l'estate prossima sarebbero potute andare insieme al mare, almeno per qualche giorno. Così avrebbe avuto qualcosa da raccontare alla sua amica Daniela.

Léonie le aveva confessato di non essere del tutto orfana. Non sapeva chi fosse suo padre, ma una madre ce l'aveva e Thérèse era soltanto una vicina di casa che però l'amava più della sua mamma. E poiché per Natale Daniela le aveva spedito da Milano un panettone, lei ricambiò il dono con un cestino di fiori di lavanda. Aveva capito benissimo che la famiglia della sua amica italiana era ricca e così non fu d'accordo con sua madre sul giudizio negativo che aveva espresso a proposito di quelli che hanno molti soldi.

Stava formulando questi pensieri quando bussarono alla porta.

«Chi sarà, adesso?» domandò la donna, avviandosi per aprire. Monsieur Jean-Marie Perrin stava lì impalato sull'uscio.

«Buongiorno!» balbettò Nadine, sorpresa.

«Posso entrare?» domandò lui.

Lei si fece da parte e lui si addentrò nella cucina dove c'era Léonie seduta a tavola.

L'uomo la guardò di sfuggita e rivolse tutta la sua attenzione alla madre.

«Stavo andando ad Arles, come sa, e poi ho invertito la marcia», esordì.

«L'ascolto», disse Nadine.

«Ecco... volevo farle sapere che mi dispiace...» mormorò.

«Che mia madre sia morta?»

«Anche», rispose lui. E aggiunse: «Ma soprattutto mi dispiace di non poterla più venire a prendere e trascorrere con lei qualche ora ogni domenica».

«Un po' dispiace anche a me», sussurrò Nadine.

«Mi chiedevo se potessi invitarla a pranzo. Qui a Salon c'è un buon ristorante che si rifornisce con i miei vini. Ecco, se lei accettasse l'invito, io verrei tutte le domeniche, sempre che questo non interferisca con i suoi impegni.»

Nadine si rivolse a sua figlia: «Tu che cosa ne dici?»

«Benissimo», rispose la bambina, controvoglia.

«Tu puoi pranzare con Thérèse», aggiunse prontamente sua madre che tornava a sperare.

6

«Da come la racconti, penso che monsieur Perrin si sia innamorato della tua mamma. Vedrai che questa è la volta buona e lei si sistema», commentò Thérèse.

«Lui è brutto e antipatico», obiettò Léonie.

«Ma è conosciuto da tutti come un uomo rispettabile.»

«Il buongiorno si vede dal mattino», sostenne Léonie, scimmiottando una frase fatta di Thérèse.

«Cioè?»

«È uno che non sa quello che vuole e comunque non vorrà mai una donna che non è alla sua altezza», tagliò corto la ragazzina.

Thérèse non disse niente, ma guardò la piccola amica con una sorta di ammirazione. Per i suoi nove anni, era davvero molto perspicace. Però, se Nadine fosse riuscita a giocare bene le sue carte, chissà...

Il produttore di vini, in capo a un anno, infilò un invito domenicale dopo l'altro, continuando a darle del lei e a parlare di continuo, mentre Nadine annuiva senza mai interloquire, annoiandosi a morte. E poiché era giovane e trasudava voglia di vivere, si sentì quasi sminuita dall'assiduità di un uomo che la riduceva al ruolo di un grande orecchio.

Ora che Léonie stava crescendo, Nadine l'aveva presa a sua confidente. Un giorno le disse: «Ti sembra giusto che io perda il mio tempo con un quasi cinquantenne che è ricco e avaro? Domenica scorsa gli ho detto che era il mio compleanno e lui ha sorriso e risposto: 'Tanti auguri'. Io voglio un uomo che mi faccia apprezzare la vita, che mi porti a ballare, qualche volta. Che mi porti a Parigi, che mi faccia un regalo. Sai cosa ti dico? Domenica prossima gli chiudo la porta in faccia, quando viene a prendermi».

«Non ti chiede mai come sto io?» domandò Léonie.

«Figurati! Lo chiede a stento a me. Senza contare che detesta i ragazzini, dice che gli danno fastidio.»

«Lo sapevo: monsieur Perrin è antipatico.»

«Tu detesti tutti gli uomini che mi corteggiano. E dire che se riuscissi a farmi sposare, sarei tranquilla per il resto della mia vita.»

«Lo sposeresti davvero, se te lo chiedesse?»

Nadine prese tempo, poi rispose sottovoce: «Finalmente sarei al sicuro. Questo tu non puoi capirlo, ma ho il terrore del giorno in cui, guardandomi allo specchio, vedrò che la mia bellezza incomincia ad appassire. Questo corpo e questa faccia sono la mia sola dote. Per quanto tempo ancora potrò sperare di barattarli in cambio di una solidità economica? Il mio tempo, adesso, è prezioso e devo spenderlo per qualcuno che sia meno egoista di Perrin».

«Forse hai già cominciato a farlo», insinuò sua figlia.

Da alcune settimane, quando lei andava a dormire, sentiva sua madre che parlava al telefono, sottovoce, a lungo. Aveva visto nel bagno un costoso profumo di Dior e, nel cassetto della biancheria, aveva trovato una preziosa *combinaison* di seta nera, ancora avvolta nella carta velina.

Allora sua madre ribatté: «Certo che a te non sfugge nulla. È soltanto un rappresentante della Oréal. L'ho conosciuto in negozio. Se non altro è un bel ragazzo ed è molto divertente. Ha tanti progetti, vuole aprire un salone di bellezza ad Avignone... ma, non so. Mi ha proposto una festa di Capodanno a Marsiglia».

«E io con chi passo il Capodanno?»

«Ecco, lo vedi come sei? Pensi soltanto a te. A me non pensi mai.»

Léonie ebbe pietà di quella madre tanto infantile. Così si affrettò a rassicurarla: «Vai pure. Io starò con Thérèse e una sua parente che arriva da Nantes».

L'ultimo dell'anno era domenica e Nadine partì di primo mattino con il giovane rappresentante della Oréal. All'ora di pranzo si presentò monsieur Perrin.

«La mia mamma non c'è», disse Léonie quasi con gioia.

«Non è possibile, oggi è domenica!» replicò l'uomo con aria sconcertata.

Indossava un cappotto color cammello con il bavero

di pelliccia, calzava guanti e cappello neri, e lei sentì il profumo del suo dopobarba.

«Ma è anche l'ultimo dell'anno. La mamma è stata invitata a Marsiglia per il veglione», precisò lei.

«Ma è pur sempre domenica!» reagì lui offeso.

Léonie gongolò di piacere nel vedere la delusione dipinta sul viso del ricco signore.

«Poteva almeno avvertire», commentò e se ne andò senza salutarla.

Léonie ebbe la sua festicciola di Capodanno con crêpe Suzette e un dito di champagne preso dal cesto natalizio regalato da Perrin. Ascoltò le chiacchiere infinite fra Thérèse e la cognata e, quando crollò dal sonno, le due anziane la misero a letto, in mezzo a loro.

Al suo risveglio, la cognata venuta da Nantes dormiva ancora.

Thérèse invece era già vestita di tutto punto ed era in cucina a preparare la colazione.

Allora Léonie le raccontò la visita di monsieur Perrin e risero insieme.

«Sai cosa ti dico? Quell'uomo deve avere un carattere così insopportabile che è solo come un cane e tua madre ha fatto bene a farsi desiderare», commentò la donna e proseguì: «Forse oggi Perrin avrà capito che se vuole continuare ad asfissiare Nadine con le sue parole, dovrà decidersi a chiederle di sposarlo».

«Spero proprio che non lo faccia.»

«Lo spero anch'io, perché lei sarebbe capace di dirgli di sì.»

«Non si farà più vedere. Mi dispiace soltanto per

il cestino natalizio. L'anno prossimo non lo avremo», osservò Léonie.

Jean-Marie Perrin sparì dalla circolazione per qualche settimana.

A primavera, Léonie vide il produttore di vini seminascosto dalla bancarella di fiori sulla piazza. Guardava verso la bottega di *Chez Jules et Lorette*, le mani affondate nelle tasche del soprabito. Immaginò che stesse spiando la mamma. Allora gli passò accanto e, a gran voce, lo salutò.

«Buongiorno, monsieur Perrin.»

Lui rispose distrattamente: «Tu chi sei?»

«Sono la figlia di mademoiselle Nadine. Ricorda?» disse con aria maliziosa.

«Ah, sì, sì. Ho fretta, devo andare», replicò e si allontanò.

La sera, Léonie raccontò alla mamma: «Monsieur Perrin ti sta spiando».

«Lo so. Come i rondoni, ora che è primavera, svolazza intorno al negozio. È così scemo che crede di non essere notato. Lo lascio cuocere nel suo brodo», rispose la mamma.

Nadine aveva ricominciato a uscire, la sera, con il bel ragazzo che faceva il rappresentante. Non aveva molti soldi, ma soltanto sogni e lei, che stava smettendo di sognare, esitava a lasciarsi coinvolgere in fumosi progetti.

«Pensavo che non si sarebbe fatto vedere mai più», osservò sua figlia.

«Infatti si limita a spiarmi e mi ha vista uscire con

Philippe. Credo che si stia rodendo il fegato, perché un'altra scema come me, disposta a starlo a sentire in cambio di niente, non la trova più.»

Una sera, all'inizio dell'estate, monsieur Perrin telefonò.

«Passami la tua mamma», domandò a Léonie.

«Mamma, c'è al telefono monsieur Perrin. Ci sei o non ci sei?» domandò la bambina sapendo che l'uomo la stava sentendo.

«Digli che non ci sono», urlò Nadine, in modo che l'uomo sentisse.

«La mamma non c'è», riferì Léonie e chiuse la comunicazione.

La donna rise divertita, mentre diceva alla figlia: «Credo che sia abbastanza disperato da fare il passo decisivo. Ma questa volta sarò io a dettare le regole».

7

NADINE si trovò di fronte monsieur Perrin la sera successiva, mentre rincasava dal lavoro.

«Non voglio importunarla, mademoiselle Nadine, ma avevo tanto bisogno di parlare un po' con lei, anche per dirle che la mia povera mamma è mancata.»

Tutto il paese sapeva che la vecchia, terribile madame Geneviève Perrin era passata a miglior vita, lanciandosi dal balcone della clinica. Nessuno seppe mai come fosse riuscita a eludere la sorveglianza degli infermieri.

«Monsieur Perrin, mi dispiace tanto per la sua povera mamma, ma per essere sincera fino in fondo, io ho perduto la mia prima della sua e lei si è limitato a una banale frase di condoglianze», disse la giovane. E concluse: «Sono stata a sentirla per due anni. Ho ascoltato le prodezze della sua defunta consorte, i problemi con i suoi operai, le descrizioni minuziose delle fasi della produzione del vino. So tutto sulla differenza tra un tappo di sughero e uno di plastica, su come avviene l'etichettatura delle bottiglie, la pulizia delle botti, la differenza dell'uva a seconda che la stagione sia stata assolata o piovosa. Per due anni mi ha parlato dei suoi guadagni e delle sue perdite, di quanto valgono le sue poltrone Luigi Quindici e i suoi tappeti di Aubusson. Abbia pazienza, ma io ho problemi ben più seri. La saluto, monsieur Perrin».

L'uomo stette lì, immobile, al centro della piazza, lo sguardo stralunato, la mascella pendula, incapace di capire che cosa avesse fatto di così sconveniente da indurre Nadine a rifiutare i suoi inviti a pranzo, a negarsi al telefono e ora a trattarlo così male. Dopotutto, a quella giovane donna, lui aveva fatto l'onore di trattarla da amica e di invitarla in ristoranti eccellenti, ogni domenica. Era questa la ricompensa? No, la verità era che Nadine era un po' libertina e non bastava che avesse fatto una figlia senza essere sposata, che non sapesse neppure chi fosse il padre di sua figlia, che si fosse accompagnata a tanti uomini che la ricompensavano con regali e denaro. Ora frequentava uno squattrinato commesso viaggiatore che non le avrebbe potuto mai offrire un futuro solido. Mentre lui, lui sì che avrebbe potuto...

Quel pensiero fu come un lampo e squarciò il velo che gli offuscava la mente. In quel momento seppe che, malgrado tutto, era persino disposto a sposarla. Questa presa di coscienza lo riempì di orrore.

Poteva davvero un Jean-Marie Perrin abbassarsi fino a chiedere in moglie una ragazzotta ignorante, di dubbia reputazione, di oscuri natali, con una figlia a carico?

Ebbene, sì. Poteva, ma non voleva. Lui le aveva

dimostrato come un uomo di classe possa rispettare una donna e lei non aveva capito. Per quanto gli dispiacesse, l'avrebbe lasciata al suo destino. Dopotutto lui era monsieur Perrin e lei una poveretta che curava i piedi della gente. Fosse stata almeno una podologa. Invece era una semplice pedicure. Non posso sposarla, si disse mentre saliva sulla sua auto per tornare a casa. Nadine non aveva capito che con la sua logorrea, come l'aveva definita lei, lui voleva soltanto mostrarle la visione di un mondo diverso, stimolante, altoborghese. Ma era stato come offrire un'ostrica dell'Atlantico a un gatto randagio.

«Peggio per lei», concluse a mezza voce, mentre lasciava la piazza di Salon.

Ora su chi poteva riversare la piena della sua amarezza? Ci fosse stata la sua povera mamma! Lei sì che sapeva ascoltarlo. Oppure quella santa donna di sua moglie! La povera Régine lo ascoltava per ore e sapeva confortarlo. Ora era disperatamente solo. C'erano i suoi due figli, ma si facevano vedere raramente. E dire che un giorno l'azienda sarebbe passata a loro.

Quando all'orizzonte si profilò, tra i vigneti, la sagoma austera della sua villa, lui aveva lo sguardo annebbiato dal pianto.

Nadine, invece, se la rideva, perché, ancora una volta, era riuscita a lasciare con un palmo di naso quell'egoista supponente e verboso che, nella sua alterigia, si rifiutava di ammettere quanto avesse bisogno di lei.

Raccontò l'accaduto a sua figlia, che non trovò divertente quella storia. Infatti commentò: «Non ci trovo niente da ridere».

«Ecco, lo vedi come sei? Chissà chi era l'uomo che ti ha trasmesso un carattere così pestifero!»

«Mio padre, chiunque sia, vorrei tanto conoscerlo, ma non accadrà mai, perché tu non prendi niente sul serio, nemmeno le storie con gli uomini e nemmeno me, che sono tua figlia. Sono stanca di sentirti sempre parlare di uomini. Quando parlerai un po' di me?» ribatté, amareggiata.

«Che cos'altro dovrei fare, oltre a mantenerti?» chiese.

«Io voglio una madre e non l'ho mai avuta», strillò. Léonie confrontava sua madre con le madri delle compagne di scuola che, qualche volta, la invitavano a casa loro perché riusciva bene negli studi e le aiutava a fare i compiti. Le loro mamme non erano né giovani né belle come la sua, ma erano mamme vere, mentre la sua era una specie di sorella maggiore, frivola ed egoista. Lei non voleva saperne delle sue storie con gli uomini. Così proseguì: «Sai che cosa ti dico? Quando sarò grande, prenderò a calci qualunque maschio mi si avvicini. E se tu fossi intelligente faresti altrettanto».

«Non capisci niente. Dovrei prenderti a schiaffi, ma non lo faccio perché sono stanca. Che cosa hai preparato per cena?» le domandò.

Era davvero stanca, dopo una giornata di lavoro, e amareggiata, perché ora che Léonie stava diventando grande, si aspettava di trovare in lei un'amica, non una nemica. Dopotutto, nemmeno lei aveva avuto un padre, ma non ricordava di essere stata così perfida con la sua mamma. Casomai era stata protettiva nei confronti di quella povera donna e si era presa cura di lei fino a quando era morta.

«A proposito», disse, «l'anno prossimo compirai quattordici anni e finirai la scuola. Sarà il caso che ti guardi intorno perché dovrai trovarti un lavoro.»

Léonie sentiva ancora l'umiliazione bruciante di quella sera lontana in cui le aveva offerto il poco denaro guadagnato vendendo lavanda.

«Non vedo l'ora, così potrò finalmente mantenermi da sola», rispose.

Intanto la ragazzina mise in tavola una minestra d'orzo e un piatto di formaggi freschi.

Suonò il telefono e Nadine andò a rispondere. Era il rappresentante della Oréal che chiedeva di passare la notte da lei, visto che l'indomani doveva andare a Marsiglia.

Nadine pensò a sua figlia. Cominciava a vergognarsi di doverle chiedere di trasferirsi da Thérèse. E in quello stesso momento bussarono alla porta di casa.

Léonie andò ad aprire e si trovò di fronte un gran mazzo di rose rosse sorretto dalla mano tremante di monsieur Perrin.

Nadine vide la scena e disse all'amico rappresentante. «Stasera è davvero impossibile. Ho un problema con mia figlia».

Chiuse la comunicazione e raggiunse Léonie e il vignaiolo.

8

«Sono per me, monsieur Perrin?» chiese Nadine, con voce flautata.

«Madamoiselle Nadine, sono venuto a domandarle se vuole diventare mia moglie, dopo un adeguato periodo di fidanzamento», disse l'uomo, tutto d'un fiato, diventando prima rosso e poi paonazzo.

«Léonie, prendi i fiori», ordinò Nadine.

«Prendili tu», replicò sua figlia. E soggiunse: «Io vado da Thérèse».

Sgusciò via, ed entrò nell'appartamento della sua vecchia amica che, ultimamente, era un po' acciaccata ed era già a letto.

«Tombola!» le annunciò mentre Thérèse deponeva il libro e gli occhiali.

«Cos'è successo?» domandò la donna.

«Il vedovo Perrin ha chiesto alla mamma di sposarlo, si è presentato ora con un gran mazzo di rose rosse e io ho lasciato la minestra a metà. Vado in cucina a vedere se c'è rimasto qualcosa da mangiare», disse e uscì dalla stanza.

«Voglio sapere tutto», borbottò la donna che sgusciò fuori dal letto, si infilò le pantofole e raggiunse Léonie in cucina. La ragazzina stava per spalmare del pâté de foie gras su una robusta fetta di pane.

«Ti ho detto tutto quello che so. Me ne sono andata dopo che lui aveva pronunciato la fatale dichiarazione», spiegò.

La vecchia sedette davanti a lei e iniziò a sbocconcellare un pezzetto di pane.

«Bisogna dire che Nadine è stata furba, questa volta. Ha cucinato Perrin a puntino», commentò.

«Lui non piace alla mamma, che apprezza soltanto i suoi soldi. E poi non è detto che si sposeranno. Lui ha parlato di un ragionevole periodo di fidanzamento. Sai quante volte si è già fidanzata la mamma? I suoi innamorati scappano sempre e io spero tanto che scappi anche questo, tanto più che attualmente lei ha già un altro fidanzato.»

«Che è un gran bel ragazzo, mentre Perrin...»

«È brutto, vecchio e antipatico», concluse Léonie.

«Ma se le cose vanno in porto, tu potresti continuare a studiare. La scuola ti piace e, invece di limitarti al *certificat d'étude*, potresti andare al *collège* e poi al liceo, e so che questo ti darebbe gioia.»

La ragazzina finì di mangiare, pulì le briciole dal tavolo, ripose il tagliere del pane e lavò il coltello. Poi domandò: «Thérèse, pensi che da grande sarò come la mamma?»

«Penso che tuo padre, chiunque fosse, avesse una bella testa, perché tu sei più intelligente di Nadine e così non farai gli sbagli che ha fatto lei, primo fra tutti quello di avere una figlia senza avere un marito.»

«Anche la nonna ha avuto mia madre senza avere un marito.»

«Tu, invece, incontrerai un giorno il tuo principe azzurro. Lui ti sposerà e avrete tanti bambini.»

«Sono cresciuta e non credo alle favole. E neppure agli uomini. Quindi rimarrò zitella.»

Thérèse sorrise: «Dai tempo al tempo, ragazzina».

Sentirono una porta che si chiudeva e, dalla finestra, videro monsieur Perrin che saliva sulla sua auto. Lo guardarono allontanarsi e, in quel momento, Nadine fece irruzione nella cucina di Thérèse. Aveva un sorriso di trionfo sulle labbra, mentre annunciava: «Sono crollate le porte della Bastiglia. Guardate qui».

Mostrò la mano sinistra su cui spiccava un anello con un brillante. E proseguì: «Pensate, per la prima volta l'ho chiamato Jean-Marie e lui mi ha chiamata Nadine. Mi ha baciata su una guancia e domenica sono invitata a pranzo a casa sua. Non è fantastico?»

«Quando vi sposerete?» indagò Thérèse.

«A un anno da oggi», rispose lei raggiante. E soggiunse: «Mi dispiace tanto dover lasciare Philippe. Lui è un bravo ragazzo e mi piace, ma sarei matta a scegliere lui, invece di Perrin, tanto più che Perrin mi sposa, mentre Philippe...»

«E io con chi mangerò domenica, quando tu sarai

a pranzo nella grande villa del tuo ricco fidanzato?» la provocò Léonie.

«Abbi pazienza, una cosa per volta. Lui non ha ancora parlato di me ai suoi figli e si aspetta che io faccia lo stesso con te. Lo so che non ti piace.»

«E non piace neanche a te», sottolineò Léonie.

«Ma mi piacciono i suoi soldi», affermò.

«Da quanto si dice in giro, lui era avaro, molto avaro, con la prima moglie», intervenne sommessamente Thérèse.

«Si dicono tante cose... Io so che diventerò la rispettabile signora Perrin, servita e riverita come una gran dama e tu, Thérèse, verrai a pranzo in villa e tu, Léonie, avrai tanti vestiti bellissimi. Io avrò una pelliccia di visone.»

Quella sera, Léonie scrisse a Daniela, la sua amica italiana, per raccontarle il grande evento e concluse dicendole: «Sembra dunque che tra un anno avrò un ricco patrigno, ma poiché è un signore molto antipatico e non mi piace, non sono contenta. Invece mi piacerebbe molto rivederti. Dalla foto che mi hai mandato, sei incantevole. Quando torni a Salon?»

Daniela le rispose dopo alcuni giorni, invitandola in Italia per l'estate. Scrisse: «Abbiamo una casa a Castiglioncello e poiché so che sarò rimandata in due materie dovrò stare lì a studiare. Se vieni tu, ci faremo un po' di matte risate nello squallore della mia vacanza punitiva».

I giorni passarono e Nadine aveva ripreso i pranzi

domenicali con Jean-Marie, non più per ristoranti, ma in villa, nel cuore dei suoi vigneti.

Le domestiche di monsieur Perrin la guardavano con sussiego, mentre il padrone la sfiancava con interminabili camminate sia attraverso le stanze della ricca dimora, sia tra i filari dei vigneti. Nelle prime le decantava la preziosità degli arredi e degli oggetti, delle tappezzerie e dei tappeti, attribuendo a ogni pezzo il valore di mercato, nei secondi le mostrava il fogliame, le parlava di peronospore, di grandinate, di influenze climatiche. Lei annuiva e sbadigliava. Verso sera, prima di riportarla a casa, le regalava un vino speciale, un olio di prima spremitura, un cestino di fragole selvatiche o di funghi prataioli, un barattolo di conserva o di confetture di frutta. Lei ringraziava.

«Ora che è finita la scuola e la mia Léonie ha preso il *certificat d'étude*, vorrei che la invitassi. Dopo andrà in Italia per due mesi», disse al fidanzato.

«C'è tempo per queste ufficialità. Magari si potrebbe fare nell'imminenza delle nozze, in autunno», propose lui.

Una domenica le fece incontrare i due figli venuti da Parigi. Erano individui scostanti e altezzosi e Nadine capì che la consideravano meno di niente. Lei abbozzò, ripromettendosi di ricambiarli di un'uguale moneta quando fosse diventata madame Perrin.

Il fidanzato non sapeva come scusarsi per la maleducazione di «questa gioventù» e lei colse la palla al balzo per chiedergli un aiuto economico per sua figlia.

«Non vorrei che Léonie sfigurasse con quella famiglia italiana che la ospita così generosamente», spiegò.

Dopo un attimo di smarrimento per quella richiesta inaspettata, l'uomo aprì il portafogli e le mise in mano del denaro, precisando: «Non voglio tuttavia che diventi un'abitudine».

«Invece dovrà diventarlo. Già mi hai costretto a lasciare il lavoro, assicurandomi lo stesso stipendio. Ora sto per diventare tua moglie e sarebbe il caso di aumentarlo, non credi?»

«Mi stai dicendo che dovrò farmi carico delle spese di tua figlia?»

«Sì. Ti sto dicendo proprio questo», miagolò lei. E soggiunse: «Léonie è molto portata per gli studi. Se non ci fossi stato tu, lei sarebbe stata costretta a lavorare. Ora penso che sarà un tuo piacevole dovere di patrigno mantenerla agli studi».

Lui si prese il tempo per riflettere e poi disse: «D'accordo, ma tu mi farai il favore di non farmela trovare tra i piedi. Detesto vedermi ronzare intorno i ragazzi. Come vedi, mi infastidiscono anche i miei figli».

Quando accompagnò Léonie alla stazione a prendere il treno che l'avrebbe portata in Italia, Nadine le diede il denaro di Perrin e le disse: «Fermati là più che puoi. Io sono a un bivio: o lascio te per sposarlo, o lascio lui per stare con te».

«Buona la prima», dichiarò sua figlia e, dal finestrino del treno, la salutò agitando il braccio.

9

Léonie aveva quindici anni quando Nadine Tardivaux sposò monsieur Perrin e andò a vivere nella villa tra i vigneti. Fu grata alla figlia che non impose al ricco marito la sua presenza e non si sentì in colpa per averla lasciata a vivere nelle due stanze della vecchia casa di Salon, convincendosi che quello era il desiderio di Léonie.

Di tanto in tanto andava a trovarla e le regalava vestiti e profumi che la figlia accettava per non dispiacerle e subito chiudeva nell'armadio.

Qualche volta, nel cuore della notte, Léonie piangeva sdraiata nel letto in cui aveva dormito sua madre e si sentiva disperatamente sola al mondo. Ora che stava diventando donna, Léonie riusciva a essere meno severa con Nadine e capiva che non avrebbe potuto essere diversa da com'era, che il suo gesto d'amore più grande era stato decidere di darle la vita e tenerla con sé. Quanto ad allevarla, quello era un compito troppo difficile per lei e, non a caso, l'aveva quasi delegato alle due anziane vicine di casa. Senza rendersene conto, Nadine le aveva insegnato che una vita equilibrata non dipende dagli uomini che incontri, ma dal ritmo che riesci a imprimere all'esistenza. Nadine non aveva il senso del ritmo. Léonie lo possedeva avendolo assimilato durante la vacanza trascorsa in Italia con la famiglia di Daniela Pallavicini. In quella occasione, inoltre, aveva assorbito come una spugna alcuni elementi fondamentali per il suo futuro: aveva imparato come comportarsi in società e come controllare la sua aggressività. Aveva capito quali sottili ma invalicabili differenze separino i ricchi dai signori. Ma soprattutto aveva conosciuto una vera famiglia e avrebbe tanto desiderato farne parte. Aveva giurato a se stessa che, un giorno, ne avrebbe avuta una così. Quando era tornata a casa si era guardata intorno per cercare un lavoro. Il direttore dell'ufficio postale, che la conosceva da sempre ed era un brav'uomo, l'aveva aiutata a compilare una serie di moduli per essere assunta alle Poste. Mentre aspettava una risposta, la padrona del ristorante *Le Château* le aveva offerto un lavoro nella sua cucina. Poiché Nadine stava per sposarsi e lei intendeva mantenersi da sola, si era infilata cuffia e grembiule e si era impegnata con tutta se stessa nei lavori più umili che quel piccolo tempio della ristorazione provenzale comportava. Lavava le pentole, sbucciava mele e patate, puliva la verdura, accompagnava lo chef al mercato e portava le borse piene di spesa, strofinava i pavimenti e i piani di cottura e la sera crollava sul letto vinta dalla stanchezza.

Percepì il suo primo salario alla vigilia delle nozze della madre e volle regalarle il bouquet da sposa.

Quando monsieur Perrin venne a prendere Nadine per andare in municipio dove il sindaco li avrebbe sposati, Léonie augurò alla mamma: «Spero tanto che tu possa essere felice». Glielo disse perché, intimamente, dubitava che lo sarebbe stata.

Monsieur Perrin aveva preteso che i figli assistessero alla cerimonia e Léonie incontrò per la prima volta quelli che erano ora i suoi fratellastri. Non le piacquero, come lei non piacque a loro, ma non si diede pensiero per questo.

A conclusione del pranzo di nozze, in villa, il suo patrigno le consegnò una busta con del denaro.

«È per arrotondare il tuo salario», precisò.

Lei lo ringraziò e gliela restituì, facendo appello alle buone maniere acquisite in Italia: «Le sono molto grata, ma sto cercando di vivere solo con le mie risorse».

Glielo disse a cuor leggero, anche perché la somma elargita controvoglia era piuttosto esigua e, comunque, il suo orgoglio le impediva di accettare un aiuto economico dal ricco avaro.

Qualche tempo dopo, quando sua madre andò a trovarla, l'inverno era alle porte. Nadine indossava una pelliccia di visone che era appartenuta alla prima moglie del Perrin.

«Non posso fermarmi troppo a lungo, perché Jean-Marie pretende la mia compagnia a pranzo e a cena. Intanto prendi queste buone cose», esclamò, mettendo sul tavolo della cucina uno scatolone pieno di cibo. E proseguì: «La rispettabilità ha un prezzo molto elevato. Devo fare i salti mortali per rubacchiargli un po' di spiccioli, per convincerlo qualche volta a portarmi a Parigi o ad ascoltare un po' di musica, la sera, visto che mi vorrebbe in poltrona, a sferruzzare, come faceva la sua povera prima moglie».

«Se non gli facessi compagnia a pranzo o a cena, che cosa succederebbe?» le chiese Léonie.

«Non lo so e non voglio saperlo. Lo assecondo e quando sono sul punto di esplodere prendo un tranquillante. Ogni sera mi addormento sperando che il domani sia un giorno migliore.»

Quell'inverno, la vecchia Thérèse rese l'anima a Dio all'improvviso, mentre Léonie si preparava a trascorrere il Natale con lei.

A primavera ricevette una lettera dalle Poste in cui le veniva comunicata l'assunzione presso l'ufficio locale.

Non lasciò il lavoro al ristorante. Di giorno stava allo sportello dell'ufficio postale e la sera aiutava il cuoco nella cucina dello *Château*.

Teneva a distanza i ragazzi di Salon che la invitavano a uscire. A volte diceva a se stessa: «Da qualche parte, in questo vasto mondo, c'è l'uomo che sposerò. Com'è? È biondo o bruno? È bello o bruttino? Com'è la sua voce, quali sono i suoi pensieri? Dove vive in questo momento? Studia o lavora? Gli piace andare al cinema o preferisce leggere? È ricco o è povero come me? Saprò amarlo? E lui, saprà amarmi?»

Quando un ragazzo la colpiva per l'aspetto o per come si esprimeva si interrogava: sarà lui? Ma dopo poco l'istinto le diceva che non era quello l'uomo che la sorte aveva scelto per lei.

Un giorno, mentre lavorava allo sportello dell'ufficio postale, monsieur Perrin le telefonò.

«Tua madre ha avuto un incidente di macchina ad Avignone. È morta», le annunciò. E poiché lei era rimasta in un silenzio attonito, aveva soggiunto: «La stanno portando ora nella camera mortuaria dell'ospedale, casomai volessi vederla».

L'uomo aveva chiuso la comunicazione, ma lei continuava a stringere la cornetta, paralizzata da una notizia data con tanta brutalità.

Due giorni dopo, a conclusione del rito funebre, il due volte vedovo monsieur Perrin la condusse nella sua villa.

Strada facendo diceva: «Nadine aveva tanto insistito per avere un'auto tutta sua. Io l'avevo avvertita che era troppo distratta per mettersi al volante. Ma lei non aveva voluto sentire ragioni. E poi, che bisogno c'era di andare ad Avignone a fare la spesa? Salon non era degna di lei? Quella ragazza si stava montando la testa, avanzava pretese assurde. Recentemente insisteva per passare il Natale in montagna, perché voleva imparare a sciare. Be', adesso è finita. Certo che mi ha dato una bella fregatura! Sono di nuovo solo e proprio per colpa sua».

«Non l'ha sfiorata il dubbio che mia madre abbia preferito morire piuttosto che continuare a sopportare un marito come lei?» domandò Léonie con voce aspra.

«Se tu fossi mia figlia, ti darei uno schiaffo», disse lui inchiodando davanti all'ingresso della villa.

«Ma, per fortuna mia, non lo sono», ribatté lei, scendendo dall'auto.

Aveva accettato di andare in villa perché il patrigno l'aveva invitata a portarsi via gli effetti personali di sua madre.

Lui la accompagnò all'interno della casa e puntualizzò: «Non farti idee sbagliate, casomai pensassi che ti spetta qualche eredità. Tua madre non possedeva neppure i vestiti che indossava. Comunque puoi prenderteli e puoi prendere anche la sua biancheria tutta pizzi e volant».

Lei non replicò e lo seguì silenziosa verso la camera da letto sontuosa e austera in cui Nadine aveva dormito fino a due giorni prima.

L'uomo la lasciò sola e lei si guardò intorno. Fissò i profumi e le creme di bellezza che erano sul tavolo della toilette, osservò l'infilata di abiti appesi nell'armadio, sorrise alla vista della collezione di bamboline in abiti regionali che occupava il piano del trumeau, frugò nei cassetti stipati di biancheria di seta e scovò, in fondo a uno di questi, un bouquet di fiori di lavanda e roselline bianche essiccati. Era il suo dono di nozze e Nadine lo aveva conservato con una piccola fotografia in bianco e nero che la ritraeva bambina accanto a sua madre.

Una foto dell'infanzia, con la mamma alcolizzata, e un mazzolino di fiori erano il legame di Nadine con il passato, gelosamente nascosto in un cassetto e rappresentavano il suo mondo affettivo. Léonie afferrò la fotografia e i fiori e scese nell'atrio della villa, dove monsieur Perrin la stava aspettando.

«Questi sono gli effetti personali di mia madre che porto via con me», gli comunicò.

«E tutto il resto?» domandò lui.

«Si riferisce ai gioielli che lei ha già messo al sicuro? O si riferisce alla pelliccia di visone riadattata della sua prima moglie? Le sarei grata se mi facesse riaccompagnare a casa da qualcuno, perché la corriera per Salon passerà soltanto tra un paio d'ore e io non intendo fermarmi qui più a lungo.»

La riaccompagnò il fattore. Quando arrivò a casa, Léonie si mise ad affettare le cipolle. Preparò una gustosa zuppa in cui affogò alcune fette di pane abbrustolito e la divorò. Quello fu il suo modo di dire addio alla mamma.

10

PER quanto svagata e assente, Nadine era stata comunque un punto di riferimento. A pensarci bene, Ninette e Thérèse erano stati appigli più solidi, eppure la scomparsa di sua madre la fece precipitare nella solitudine.

Aveva appena compiuto diciotto anni ed era senza famiglia. Parlò con il direttore dell'ufficio postale.

«Ho bisogno di un permesso per assentarmi dal lavoro», gli disse.

«Lo capisco. Devi tirarti su, la mamma è sempre la mamma», rispose lui, con paterna comprensione. E soggiunse: «Prenditi un mese tutto per te e io farò in modo che ti venga comunque assegnato lo stipendio».

La sera precedente, in preda allo sconforto, aveva telefonato all'amica Daniela e le aveva raccontato i recenti avvenimenti, compreso il meschino comportamento del marito di sua madre. Daniela le aveva detto: «Sali su un treno e vieni a Milano. Starai un po' con noi». Léonie aveva subito accettato l'invito.

Ora rispose al direttore: «La ringrazio. Vorrei andare in Italia per un paio di settimane». Prelevò dal suo conto corrente postale tutto il denaro che Thérèse le aveva lasciato. Non era una grossa somma, ma le sarebbe bastata per vivere qualche mese. Poi andò al cimitero. Sua madre era stata sepolta nella cappella dei Perrin. Sulla lapide provvisoria, una scritta a carboncino riportava il nome di Nadine Tardivaux coniugata Perrin. Vi depose il bouquet di fiori secchi che le aveva regalato per il suo matrimonio. Recitò una preghiera e tornò a casa.

Preparò il bagaglio e la mattina dopo lasciò Salon. Sul treno, pianse a lungo per la morte di sua madre e perché si sentiva sola e smarrita.

Quando arrivò alla stazione di Milano, sulla grande città calavano le prime ombre della sera. Daniela la stava aspettando, l'abbracciò e le mostrò con fierezza la sua nuova auto.

«Ho appena preso la patente di guida e ti garantisco che sono un asso del volante», le disse, mentre infilava la valigia di Léonie sul sedile posteriore, perché il bagagliaio era troppo piccolo per contenerla.

«L'ho stipata con tutti i miei averi», spiegò Léonie. E proseguì: «Non pensare che voglia accamparmi a casa tua, ma ho bisogno di avere con me la mia casa».

«Léonie, ascoltami, devi credere fermamente che ti aspetta comunque un futuro migliore rispetto alla vita che hai fatto fino a ora. La mia famiglia è felice di averti e faremo in modo che tu possa trovare la serenità», volle rassicurarla, mentre zigzagava con la sua utilitaria nel traffico, dirigendosi verso via

Boccaccio, dove c'era il palazzo dei Pallavicini. Poi la aggiornò sulle novità.

Le raccontò che aveva un quasi fidanzato che si era appena laureato in medicina e stava prendendo la specializzazione in oculistica.

«Si chiama Damiano. Sta facendo tirocinio con mio padre. Non vedo l'ora di fartelo conoscere. È bellissimo e dolcissimo e io sono innamorata persa. Per quanto mi riguarda, andando contro la tradizione di famiglia, ho deciso che farò archeologia. Amo la storia antica e mi entusiasma l'idea di scavare nel passato. Ora, però, devo mettercela tutta per superare l'esame di maturità.»

«Allora io sono venuta a farti perdere tempo», concluse Léonie, desolata.

«Sei venuta a darmi una mano. Ascolta, ho programmato tutto. Di giorno ho la scuola e poi lo studio, ma la sera non mi perdo un bel film o uno degli ultimi spettacoli di prosa. Nel fine settimana dimentico i doveri scolastici e mi diverto. Così di giorno starai con la mamma e la sera ce la spasseremo insieme. Hai bisogno di imparare meglio l'italiano e questa full immersion milanese ti servirà.»

La accolsero tutti con affetto e Léonie ebbe la sensazione di aver trovato una famiglia.

Daniela divise con lei la sua camera e la sera, prima di addormentarsi, le due ragazze imbastivano chiacchiere e tessevano sogni. Non avevano niente in comune, se non l'affetto che le legava dagli anni dell'infanzia, eppure i loro sogni erano identici: aspiravano alla felicità, immaginando un futuro ricco d'avventura e d'amore.

Léonie era a Milano ormai da due settimane e Daniela le annunciò: «Domani pomeriggio andiamo a una festa in un paese dell'hinterland. Un amico di Damiano che si chiama Guido Cantoni dà una specie di ricevimento nel parco della sua villa per festeggiare il suo primo contratto con la Rai. Ha scritto un romanzo breve e ne faranno uno sceneggiato per la televisione».

«È uno scrittore di successo?» domandò Léonie.

«Francamente non lo so. So che appartiene a una famiglia di industriali e conosce il mio fidanzato dagli anni del liceo. Pare che abbiano una casa e un parco fantastici. Ci divertiremo», garantì Daniela.

Quel giorno, Guido e Léonie si conobbero e lei non tornò più in Francia.

Léonie indossava una gonna scampanata di un bel blu intenso e una camicetta color verde smeraldo che metteva in risalto il viso dorato e i capelli scuri tagliati a caschetto. Più che dalla figura minuta, dalla vita sottile, dal seno appena accennato, Guido fu colpito dai lineamenti del viso che erano dolci e decisi insieme e dallo sguardo vivace e intelligente.

«Allora sei tu la ragazza provenzale di cui mi ha parlato Damiano.»

«Più che provenzale mi definirei provinciale, perché lo sono davvero e in tutti i sensi», confessò Léonie, mentre le sue guance si coloravano di un rossore delizioso.

«Non perdere mai questa ingenuità così schietta.»

«Se mai accadesse, tu non lo sapresti, perché torno a Salon tra pochi giorni», replicò.

«Salon? Dov'è?»

«Nella ricca, ubertosa, suggestiva Provenza.»
«Che io conosco per averla visitata più volte quando studiavo la storia dei papi e dei re di Francia. Ma non ricordo nessuna Salon.»
«Come potresti? Gli avignonesi disprezzano Salon, il luogo più brutto della Provenza», replicò lei.
«E tu vorresti lasciare l'Italia per tornare in quel posto?»
«Non vorrei, ma devo.»
«Perché la tua famiglia ti aspetta», dedusse lui.
«Non ho famiglia, ma soltanto un lavoro.»
«Vediamoci una di queste sere», propose Guido, senza indagare oltre.

Léonie osservava con curiosità le amiche e gli amici di Daniela e misurava la distanza che la separava da loro. Vestivano e avevano un modo di fare che non le apparteneva. Alcune ragazze la guardavano di sottecchi, come per valutarla, facendola sentire ancora più in imbarazzo. Soltanto il giovane padrone di casa, con il garbo di un vero signore, l'aveva avvicinata con reale interesse. Mentre stavano andando a Villanova, il fidanzato di Daniela l'aveva informata sui Cantoni e riferendosi a Guido aveva detto: «Un anno fa è uscito da un legame devastante e si sta ancora leccando le ferite».

Ora lo osservò mentre dialogava con una coppia di giovani molto disinvolti.

«Se posso permettermi, lei è l'ospite più graziosa, signorina», disse una voce alle sue spalle.

Si girò di scatto e si trovò di fronte un domestico che le porgeva un vassoio con bicchieri di bevande fresche.

«Lei è gentile, monsieur», rispose Léonie, arrossendo.
«Sono Nesto e servo questa famiglia da sempre. Mi scusi se mi sono permesso di farle un complimento. E adesso le suggerirei questa bibita fatta con le fragole del nostro giardino», la rassicurò l'uomo.

Daniela la raggiunse e la prese sotto braccio.

«Hai fatto colpo su Guido», le sussurrò con fare malizioso.

«Davvero?» chiese Léonie, fingendo indifferenza.

«Sta parlando di te con il mio fidanzato.»

Pochi mesi dopo, Guido e Léonie si sposarono.

Villanova

1

L'ECOGRAFIA rivelò che il quarto figlio di Léonie era una bambina.

«Vorrei chiamarla Daniela», disse al marito.

Qualche tempo prima, una malattia incurabile aveva ucciso la sua amica. Ora le sembrava che chiamare la figlia con il suo nome fosse un modo per ricordare una persona che le era stata vicina in anni difficili e aveva impresso una svolta decisiva alla sua vita.

«Pensavo di chiamarla Giacinta, perché i giacinti ti piacciono e sono molto teneri e profumati. Daniela potrebbe essere il secondo nome. Che ne dici?»

Léonie non aveva voglia di discutere anche perché, in quei giorni, era piuttosto irritabile. Persino il suocero si era accorto del suo nervosismo e ne conosceva la causa.

Léonie aveva a lungo discusso con lui per fare delle Rubinetterie Cantoni un marchio di moderna eccellenza.

Così aveva coinvolto un famoso architetto perché progettasse una linea di rubinetti innovativi. Ne era scaturito un prototipo in acciaio brunito e plexiglas, a prova di calcare, molto originale ed estremamente funzionale. Era anche nata l'idea di sostituire i flessibili delle docce, troppo soggetti all'usura, con cannule trasparenti come vetro. Li avevano testati con alcune aziende produttrici di sanitari ultramoderni, che avevano accolto con entusiasmo il prototipo. Non restava che fare un'indagine di mercato per capire il gradimento dei distributori. Era stato allora che il dottor Panizza, il direttore dell'area commerciale, aveva detto: «È inutile buttare soldi in un'indagine. Questa roba da designer può avere soltanto un mercato di nicchia e dubito che rientreremo delle spese».

Léonie ascoltava sempre con molta attenzione il parere di tutti e non mise in discussione l'esperienza di un tecnico come Panizza. Il suo punto di riferimento, comunque, era il suocero al quale sottopose i dubbi del direttore commerciale, un uomo ormai avanti negli anni e prossimo alla pensione.

«Tu credi in questa nuova linea?» le domandò il cavalier Cantoni.

«Tantissimo.»

«Perché?»

«Perché mi piace. Se avessi una casa nuova, arredata in un certo modo, vorrei anche dei rubinetti come questi», spiegò lei.

«Il Panizza fece storie anche quando dalle due valvole, quella dell'acqua calda e quella dell'acqua fredda, passammo al miscelatore. Fosse per lui, produrremmo soltanto i modelli Old England.»

«Infatti vorrei chiamare New Generation questa

linea. Ma mi pare di capire che anche lei non ne sia entusiasta.»

«Mi avevi chiesto carta bianca e ti ho accontentato», disse lui, con l'aria di un nonno che concede un vaso di Nutella al nipotino.

«Così, se va male, la colpa è solo mia. Se invece va bene, il merito è di tutti», ribatté Léonie con fare aggressivo. E, quasi volesse accusarlo, domandò: «Perché lei non si sbilancia? Prima sottolinea che il direttore commerciale è ancorato alla tradizione e subito dopo mette le mani avanti perché potrei fare un buco nell'acqua. Questa azienda è sua. Perché non mi dà il suo parere?»

«Da quando sei diventata sospettosa?»

«Da quando lei si è chiamato fuori da questa mia idea che io mi rifiuto di portare avanti senza un'indagine di mercato, perbacco!»

«Stai facendo scintille e questo non è un buon metodo di lavoro. Hai litigato con mio figlio?»

«No, ma non mi stupirei se adesso lei citasse la storia degli umori uterini delle donne. Bene, non cadrò nella sua trappola.»

Era furibonda e quando lasciò l'ufficio dovette controllarsi per non sbattere l'uscio.

Quante volte, nel corso del tempo, si era assunta le sue responsabilità senza battere ciglio? Non era mai accaduto che cercasse baruffa con il suocero. Che cosa le stava succedendo? Invece di tornare nel suo ufficio, uscì dall'azienda, salì in macchina e tornò a casa, in tempo per sedare una lite tra Giuseppe e Gioacchino che si contendevano un giocattolo, mentre la piccola Gioia era in lacrime perché i due fratelli, litigando, avevano rotto la sua bambola preferita.

Quando Léonie entrò nella stanza dei giochi, fu tutto un lamento di «mammina, lui è cattivo», «maman, devi mandarlo a letto senza cena», «Léonie, *regarde ma pauvre poupée!*»

Gioia la chiamava Léonie, come chiamava Guido suo padre e non c'era verso di correggerla, e si ostinava a parlare francese, sostenendo di non capire l'italiano.

Ersilia, la decana delle domestiche, se ne stava beatamente in poltrona a sferruzzare e osservò: «I bambini è meglio lasciarli sfogare, così quando è sera crollano per la stanchezza».

«Allora, questa sera niente crème caramel a voi due maschiacci per aver rotto la bambola di Gioia, e nemmeno a te, piccola peste, perché ti ostini a non parlare in italiano», decretò Léonie e si defilò, ignorando le loro proteste.

Salì nella sua camera, si spogliò e indossò il costume da bagno e l'accappatoio. Poi scese nel seminterrato. Si buttò nella piscina e cominciò a nuotare.

Fece una decina di vasche prima di sentirsi più rilassata. Allora impresse un ritmo lento alle bracciate e infine si issò sul bordo della vasca. Quando tornò nella sua camera accarezzò con tenerezza il ventre che si andava ingrossando e sussurrò: «Tranquilla, bambina mia. Adesso la tua mamma sa esattamente che cosa farà, se mai ti venisse in mente di nascere dopo la prima metà di dicembre».

Era quello il cruccio sotterraneo scaturito nel momento in cui aveva acquisito la consapevolezza che, se avesse partorito in prossimità del suo appuntamento con Roger, non avrebbe potuto incontrarlo e lui avrebbe elaborato chissà quali terrificanti pensieri. Ammesso che Roger si presentasse all'appuntamento come sempre. Trascorse i mesi che la separavano dal parto lavorando in azienda e occupandosi dei suoi figli. Guido, che aveva ripreso i suoi ritmi creativi a tempo pieno, tornava da Roma per il fine settimana e, quando non poteva farlo, Léonie lo raggiungeva con i bambini che si erano abituati agli spostamenti in aereo e tiranneggiavano le hostess con continue richieste di giochini e caramelle.

Anche Guido aveva ritrovato la serenità ed era diventato più affettuoso. La faceva partecipe del suo lavoro, come non era mai accaduto prima, la sua nuova casa di produzione, di film, sceneggiati e sit-com lo stava ripagando degli investimenti iniziali.

«Mi piace pensare che i nostri figli, una volta cresciuti, potranno scegliere tra i rubinetti e il cinema», disse un giorno a Léonie.

«Se avranno preso da me, ameranno i rubinetti», decise lei.

«Ma potrebbero anche voler fare tutt'altro.»

«Li asseconderemo, proprio come ha fatto tuo padre con te.»

«Mio padre mi ha sostituito in azienda con una ragazza francese molto tosta. Una fortuna così non si ripeterà due volte.»

«Vorrà dire che tu liquiderai il cinema, io liquiderò

l'azienda e, insieme, faremo il giro del mondo», progettò Léonie.

«Sarà un giro lunghissimo. Lo faremo durare per diversi anni, concedendoci lunghe tappe nei posti che ci piacciono di più», disse Guido.

«Ma i ragazzi ci daranno dei nipoti. Non pensi che dovremmo vestire anche i panni di nonni?» obiettò Léonie.

«Sto già facendo la mia parte come padre. Ai nostri nipoti penseranno i loro genitori.»

Léonie sbottò in una risata schietta.

«Noi due non abbiamo ancora finito di fare figli e già ci preoccupiamo dei figli dei nostri figli.»

«Mi piace fantasticare intorno a questi mostriciattoli che amiamo tanto, ai quali diamo tutto perché, nel loro infinito egoismo, vogliono tutto. E mi piace che mi rubino tempo, amore, pensieri», disse Guido.

Léonie amava questi momenti quieti che trascorreva con il marito.

La piccola Giacinta scelse il primo giorno del solstizio d'inverno per nascere. Léonie era entrata in clinica la sera del ventuno dicembre già in preda alle doglie.

«Non è ancora dilatata», aveva constatato il ginecologo. E aveva precisato: «Credo che fino a domattina non succederà niente».

Nonostante le fitte e la nausea, Léonie aveva insistito con il marito e il suocero, che l'avevano accompagnata, perché tornassero a casa.

«Vi chiamerò prima di entrare in travaglio. Adesso voglio riposare», disse.

Non dormì per l'intera notte. Al mattino, il ginecologo tornò a visitarla e decise: «Ora le faccio una flebo per affrettare la dilatazione».

Quando l'infermiera entrò nella stanza per inserirle la soluzione prescritta, Léonie le chiese di aspettare qualche minuto e telefonò a Varenna, all'*Hotel du Lac*.

«Il dottor Bastiani non è ancora qui», rispose la padrona dell'albergo.

«Se arriva, gli dica che sono alla clinica Mangiagalli e sto per partorire il mio quarto figlio.»

2

Era la sera del ventidue dicembre. Per quanto esausta, Léonie era felice di avere intorno a sé tutta la famiglia. La piccola Gioia si era addormentata sul letto accanto a lei. Giuseppe e Gioacchino giocavano a nascondersi e di tanto in tanto si avvicinavano alla culla di Giacinta e scrutavano con diffidenza la nuova sorellina che, a loro giudizio, era così brutta «che più brutta non si può».

Con i loro strilli, l'avevano già svegliata un paio di volte e non serviva che Guido li minacciasse di pene severissime. Dopo qualche attimo di silenzio, la loro esuberanza riprendeva il sopravvento.

«Io torno a casa e mi porto via questi due disgraziati», decise il cavalier Cantoni, dando per scontato che Guido si sarebbe fermato in clinica ancora un po' e si sarebbe fatto carico di Gioia che dormiva.

Anche la piccola Giacinta si era addormentata, così Guido e sua moglie assaporarono finalmente il silenzio, ben sapendo che non sarebbe durato a lungo.

«Lo sai che mi toglieranno i punti soltanto a Santo Stefano?» disse Léonie.

«Ho parlato con il medico e so tutto. Non ti dispiace passare il Natale qui dentro?» domandò suo marito.

«Sarà un Natale diverso dal solito. Promettimi che non ti farai venire idee strane.»

«Tipo quella di imbandire qui la tavolata di Natale?»

«Mi hai letto nel pensiero.»

«Non ti mancherà la famiglia il giorno di Natale?»

«No, non preoccuparti, lascio a te il privilegio di gestire, per una volta, bambini e parenti. A casa avevo già preparato i pacchettini per tutti. Dovrai soltanto metterli sotto l'albero e leggere i biglietti. Te lo chiedo per favore, perché ho davvero bisogno di riposare. Sarà la mia prima vacanza dall'agosto scorso», affermò lei.

«Lo sai che ci mancherai tantissimo.»

«Non sono sicura di poter dire la stessa cosa di voi», replicò Léonie con aria scherzosa.

«Non ti mancherò nemmeno io?» si insospettì Guido.

«Spero che tu possa venire, lo sai. Ma tu solamente. Questa volta sono davvero stanca. È come se avessi scalato una montagna.»

«Ti ho vista soffrire molto mentre facevi nascere questo quarto mostriciattolo e penso che sia arrivato il momento di fermarci. Quattro figli dovrebbero bastarci.»

«Hai detto la stessa cosa anche quando è nata Gioia. Poi, però...»

Quasi si fosse sentita chiamare in causa, la bambina spalancò gli occhi all'improvviso, si guardò intorno e poi sorrise, dicendo: «*Bonsoir, maman, bonsoir, papa. On y va?*» e si mise a sedere sul letto.

In quello stesso istante, Giacinta si agitò nella culla, si esibì in una serie di smorfie terrificanti e poi incominciò a piangere.

«Fine della pausa relax», constatò Guido, prendendo in braccio Gioia. Un'infermiera si affacciò alla porta della stanza e disse: «Questa urlatrice ha l'orologio a tempo incorporato. È giusto l'ora della poppata».

Sospinse nella camera il fasciatoio con tutto l'armamentario di pannolini, salviette detergenti e creme emollienti per cambiare la neonata.

«Ma perché strilli? Vorresti fare concorrenza alla Callas?» scherzò la donna, mentre manipolava Giacinta con la destrezza di un prestigiatore.

«*Ah, qu'elle est agaçante*», deplorò Gioia, guardandola.

«Ci vediamo domattina», annunciò Guido, chinandosi sulla moglie. Le sfiorò le labbra con un bacio e se ne andò con la bambina.

«Finalmente sole», si rallegrò Léonie, mentre offriva il seno alla sua ultima nata, che profumava di borotalco.

La presenza degli altri, anche quella dei suoi figli, le impediva di godere appieno tutto il piacere che le veniva dalla comunione con la figlia appena partorita, ed era questa la ragione per cui dimenticava subito i dolori laceranti del parto. Una simile beatitudine la accompagnava per tutti i mesi dell'allattamento e soltanto quando sarebbe iniziato lo svezzamento questo bisogno di intimità si sarebbe stemperato in un quieto amore materno.

Stavolta, il parto era coinciso con l'appuntamento di Varenna e la felicità di tenere tra le braccia la sua cucciola le aveva impedito di soffrire per il mancato incontro con Roger.

Sorrise ricordando le sue parole: «Per favore, non partorire il quarto figlio in prossimità del nostro prossimo incontro». Ci sarebbe stato tutto un anno d'attesa fino al dicembre venturo, ma era valsa la pena di saltare il loro appuntamento, perché il concepimento di Giacinta era coinciso con il primo momento di vero dialogo tra lei e Guido.

Quel marito quieto e misterioso le aveva finalmente parlato di sé ed era questo che lei aspettava dal giorno del loro matrimonio.

Quando la piccolina si staccò dal seno, Léonie la adagiò nella culla, ritornò a letto e si addormentò con il sorriso sulle labbra.

Poco dopo Roger si affacciò alla porta della stanza.

Aveva avuto una giornata piuttosto movimentata. Arrivato a Varenna, la padrona dell'albergo gli aveva comunicato il messaggio di Léonie.

«Oh no, un'altra volta!» esclamò sorridendo, e pensò che in tutto il mondo non c'era donna più imprevedibile e divertente di Léonie.

Sul momento decise che avrebbe approfittato di quella giornata vuota per andare a sciare, noleggiando gli sci, perché non aveva i suoi con sé. Ma poi lo afferrò l'urgenza di vederla, di sapere se il parto era andato bene.

Salì in macchina e prese la via di Milano. Si fermò a pranzare in un piccolo ristorante di buona cucina casalinga che gli era stato suggerito da un collega milanese.

Prima di mettersi a tavola, consultò l'elenco telefonico della città, trovò il numero della clinica e chiamò il centralino.

«Devo recapitare dei fiori alla signora Tardivaux. Può dirmi il numero della camera?»

Dopo il pranzo, con l'aiuto di una cartina stradale, arrivò in prossimità della clinica, parcheggiò l'auto e fece un lungo giro a piedi per le vie del centro, assediate dal traffico natalizio. Infine, ritornò alla clinica, salì al terzo piano e si sedette nel salottino che era esattamente di fronte alla camera di Léonie.

Da quella postazione privilegiata, osservò le persone che entravano e uscivano dalla stanza.

Assistette alla processione di fasci di fiori che venivano consegnati dagli inservienti e, poco dopo, venivano riportati fuori dalle infermiere.

Vide un uomo dall'aria aristocratica che uscì dalla stanza con una bambina e ne dedusse che fosse il marito di Léonie con la terza figlia.

Era tardi ormai quando nessuno più entrò o uscì dalla camera. Allora, con il cuore in gola per l'emozione, socchiuse la porta e vide Léonie e la neonata nella culla.

Tutte e due dormivano profondamente. Avrebbe voluto accarezzarle il viso, baciarla sulla fronte, ma ebbe paura di svegliarla. Stava bene e questo era quanto gli premeva sapere. Allora, in punta di piedi, uscì dalla stanza, dalla clinica, dalla città, dal mondo di Léonie e cercò un albergo in cui dormire. Sarebbe tornato a Marsiglia il giorno dopo.

3

Era uno di quei giorni di febbraio che annuncia l'arrivo della primavera, nonostante il vento del nord pungesse il viso con i suoi aghi di ghiaccio. La natura stava per risvegliarsi dal lungo letargo invernale.

Il vecchio Nesto aveva già convocato l'esperto e con lui era salito sul tetto della villa per verificare i danni causati dalle abbondanti nevicate di gennaio. Si erano presentati il serramentista, l'idraulico e l'elettricista. Il tappezziere aveva avuto l'incarico di stendere un preventivo per la sostituzione di alcune tappezzerie e il rinnovo dei tendaggi. Il parquettista aveva valutato la rimozione di alcuni listoni dei vecchi pavimenti e l'ebanista aveva deciso di restaurare un soffitto a cassettone.

«È giunto il momento di cacciare via l'inverno», diceva Nesto che, in tutto quel trambusto, si muoveva con la scioltezza di un ragazzino.

Léonie aveva ripreso gradualmente il lavoro in azienda e Guido aveva ricominciato la spola tra Villanova e Roma.

Giuseppe, che era in prima elementare, era tornato da scuola in lacrime perché i compagni gli avevano detto che era un «abbiente».

«Come è successo?» aveva indagato Guido.

«L'hanno detto alla maestra», riferì il bambino.

«E lei?»

«Ha risposto che c'è chi nasce abbiente e chi no e che essere abbiente non è una colpa.»

«Lo sai che cosa significa questa parola?»

«Un po' come essere deficiente?» chiese il bambino.

C'era voluta tutta la pazienza di Guido per spiegargli che abbiente non era un insulto, che i suoi compagni stavano prendendo coscienza della realtà e delle differenze che c'erano fra loro. Quindi constatavano che lui era ricco, cioè abbiente, altri lo erano meno di lui e altri ancora erano poveri. Guido aveva aggiunto che questa disparità era ingiusta, pertanto chi possedeva di più aveva il dovere di soccorrere chi era meno fortunato. Aveva concluso la spiegazione raccontando a Giuseppe che i Cantoni, per tradizione, aiutavano le famiglie in difficoltà, gli anziani indigenti e i bambini poveri, offrendo lavoro, accogliendo i vecchi nella casa di riposo e i bambini nell'asilo infantile che era stato voluto da Léonie. Giuseppe si era tranquillizzato. Anche Gioacchino aveva i suoi crucci. A lui piaceva giocare con le bambole di sua sorella e, benché si accapigliasse con il fratello maggiore, rifuggiva dalle liti con i compagni e finiva sempre per soccombere all'irruenza dei suoi amici.

Gioia continuava a essere un mistero. Era molto testarda, si ostinava a non parlare l'italiano e, a volte, fingeva perfino di non capirlo. Non c'erano punizioni o blandizie che riuscissero a smuoverla dalla sua posizione e Léonie cominciava a pensare che fosse il caso di affidarla a uno psicoterapeuta infantile, incontrando l'opposizione di Guido e del suocero, fermamente convinti che non ci fosse bisogno di ricorrere a un medico per un capriccio che sarebbe svanito con il tempo.

«Io ho avuto una madre con problemi seri e vi posso garantire che Gioia è perfettamente equilibrata. Del resto, povera bambina, con quel nome così impegnativo che le avete rifilato, che altro potrebbe fare se non dispensare preoccupazioni, tanto per osteggiarvi?» aveva sentenziato il nonno, liquidando l'argomento.

Un giorno, mentre allattava Giacinta, Léonie disse a Guido: «Lo sai che tuo padre da qualche tempo è un po' strano?»

«In che senso?» domandò lui.

«Ha rinnovato il guardaroba e, francamente, non credo che ne avesse necessità. Ha cambiato la marca dell'eau de toilette... ne usa una inglese. Tu stai a Roma cinque giorni su sette e non puoi accorgertene, ma capita che la sera, dopo l'ufficio, invece di rincasare vada fuori a cena e non per lavoro, altrimenti lo sapresti. E poi ci sono altri segnali che una donna coglie al volo», rivelò Léonie, divertita.

«Che abbia un'amante?» sussurrò Guido, quasi con riluttanza.

«Se fosse, vorresti saperlo?»

«Io no. E tu?»

«Nemmeno io. Sono affari suoi, inoltre è vedovo e

ha tutto il diritto di avere una compagna. Per quanto.. se si intrattenesse con una donnina interessata al suo denaro...» insinuò lei.

«L'hai detto: il suo denaro, non il nostro. Per quanto... il denaro non è esclusivamente suo. C'è un'azienda che è di tutti noi. Ma poi, dico io, papà è sempre stato un uomo molto riflessivo e concreto. Forse stiamo costruendo un castello sul nulla, su piccoli indizi che hai colto soltanto tu», ragionò Guido e, subito dopo, aggiunse: «Parli forse per esperienza?»

La moglie non si scompose. Gli offrì uno sguardo placido e disse: «Spero che la battuta sia scherzosa, anche se di pessimo gusto».

Tanta tranquillità le veniva dalla convinzione che la sua storia con Roger non interferisse in alcun modo con la sua vita coniugale, non soltanto perché lo incontrava una sola volta all'anno, e aveva anche mancato l'ultimo appuntamento, ma perché il sentimento che provava per lui non aveva niente a che fare con l'affetto profondo che la legava al marito.

Guido, dal canto suo, dopo le rassicurazioni della detective milanese, aveva deciso di non fare domande a Léonie, che era davvero una moglie e una madre irreprensibile. Così replicò: «Per uno che scrive dialoghi, la battuta è veramente pessima. Hai ragione. Per farmi perdonare, questa sera ti invito a teatro. C'è Pavarotti alla Scala. L'opera ti piace: è la *Bohème*, un capolavoro».

Fu così che, quella sera, si ritrovarono seduti in platea accanto al cavalier Cantoni che era in compagnia di una bella signora, tra i quaranta e i cinquant'anni, che Renzo, con qualche imbarazzo, presentò al figlio e alla nuora.

Si chiamava Violetta Bianchi Clementi ed era la proprietaria di una bottega antiquaria di via Bagutta.

«Avevi fatto centro», sussurrò Guido all'orecchio della moglie.

«Mi sembra molto *comme il faut*», constatò Léonie.

«Se non altro non è una ventenne», replicò il marito.

Peggio, pensò lei. Era una signora molto graziosa, con un garbo squisito e un tratto signorile. Era, insomma, una donna capace di far perdere la testa a un vedovo solitario.

Più tardi, quando si ritrovarono nel foyer del teatro, durante l'intervallo del primo atto, Renzo si sentì in dovere di spiegare al figlio: «È soltanto un'amica. Me l'ha presentata mio fratello quando aveva deciso di comprare una pala d'altare per la sua chiesa e voleva che lo aiutassi nella trattativa. Non avevo voglia di parlare di questa amicizia che mi gratifica molto».

«Perché non la inviti a casa?» domandò Guido.

«Perché non voglio complicare una cosa che, invece, è molto semplice», tagliò corto il padre e considerò chiuso l'argomento.

Qualche mese dopo, nel cuore della notte, la signora Violetta Bianchi Clementi telefonò in villa per dire che il cavalier Cantoni stava per essere portato al pronto soccorso dell'Ospedale Policlinico perché si era sentito male.

Quello fu il primo infarto del miocardio che costrinse Renzo a una lunga degenza e lo privò di quel rapporto che aveva voluto contrabbandare per semplice amicizia.

4

«Non voglio visite di dipendenti, ma mi aspetto che tu mi tenga aggiornato su tutto», aveva detto alla nuora il cavalier Cantoni e lei si era ritrovata a fare la spola tra l'azienda e l'ospedale.

Guido passava il suo tempo al capezzale del padre e rincasava soltanto per la notte.

Ora che Renzo era uscito dalla terapia intensiva, smaniava per tornare in fabbrica, ma i medici erano stati categorici: se voleva uscirne bene, doveva rassegnarsi a una degenza piuttosto lunga. Alle Rubinetterie tutti davano per scontata la presenza di Léonie in sostituzione del titolare e si rivolgevano tranquillamente a lei per i problemi che esulavano dalla routine. Lei ascoltava e replicava: «Riferisco a mio suocero e vi saprò dire».

In realtà, non gli riferiva ogni cosa. Spesso rifletteva sulla soluzione migliore e decideva da sola.

Osservando il suo dinamismo, capitava che Guido le domandasse dove trovava tanta energia per seguire contemporaneamente la piccola Giacinta, gli altri tre figli e l'andamento dell'azienda. Lei sorrideva e ribatteva: «Sono una donna. È solo questo il segreto. Ottimizzo il mio tempo e cerco di fare tutto con gioia».

Appena rientrata a casa dopo un paio d'ore trascorse in ufficio, si fiondò nella camera di Giacinta che strillava reclamando la sua poppata. Se l'era subito attaccata al seno e, mentre la piccola succhiava il latte con ingordigia, Nesto si profilò sulla soglia della stanza.

«La signorina Mombelli chiede di lei», annunciò, tendendole un cordless massiccio e pesante, una novità della tecnologia telefonica.

«Se l'azienda non sta andando a fuoco, ci sentiamo più tardi», disse Léonie, prima ancora che la segretaria del suocero potesse parlarle.

«Mi sono permessa di disturbarla perché c'è un po' di fermento nell'ufficio del personale», spiegò la donna.

In quei giorni, il direttore del personale era a Torino per seguire un corso di aggiornamento e se la signorina Mombelli le aveva telefonato significava che c'era un problema urgente da risolvere.

«Allora lasciamo che gli animi si plachino. Verrò nel pomeriggio», rispose e chiuse la comunicazione.

Immaginò che fosse in corso una disputa tra impiegate che la Mombelli non sapeva come gestire. Mentre continuava tranquillamente ad allattare la figlia, Léonie inquadrò la situazione di quell'ufficio diretto da un uomo giovane, il dottor Luigi Stucchi, piuttosto avvenente e sposato. Le impiegate, sei in tutto, facevano a gara per avere da lui un sorriso o un complimento che lui talvolta elargiva, completamente ignaro delle aspettative che loro coltivavano: giovani, graziose e innamorate del capo.

Il lavoro del direttore del personale era tutt'altro che semplice e, come sosteneva il dottor Stucchi, laureato alla Bocconi, con due master conseguiti uno in Italia e uno all'estero: «È più semplice gestire trecento operai che tre impiegati».

Léonie aveva imparato a conoscere bene gli uni e gli altri ed era d'accordo con Stucchi.

Tuttavia, forse perché era donna, forse perché riusciva a capire le frustrazioni di queste dipendenti che conducevano una vita spesso difficile, ormai da tempo le era stato riconosciuto un ruolo di materna autorevolezza e veniva chiamata a dirimere controversie e a trovare soluzioni adeguate.

Così, dopo la poppata, si tenne in braccio la piccola Giacinta mentre leggeva una fiaba a Gioia che la interrompeva a ogni riga con una serie infinita di «perché»: perché il drago cattivo tiene prigioniera la bella principessa? Perché il giovane cavaliere non usa la pistola invece della spada per uccidere il drago? Perché il drago non ha una fidanzata?

Quando Giacinta si fu addormentata la affidò alla cameriera e scese a pranzare con Gioia. Giuseppe mangiava a scuola e Gioacchino all'asilo del paese. Poi mise a letto la sua terzogenita per il riposino pomeridiano e tornò in azienda.

«La Rovani e la Isgrò si sono accapigliate e il ragionier Picchi, nel tentativo di separarle, si è preso una pinzatrice sul naso che ha iniziato a sanguinare e adesso ha un naso che sembra un pomodoro», la informò la signorina Mombelli non appena Léonie mise piede in ufficio.

Lei conosceva le due contendenti, entrambe carine e con tanta voglia di primeggiare. La Rovani lavorava in azienda da cinque anni e si riteneva la reginetta di bellezza dell'ufficio del personale. La Isgrò era stata assunta da pochi mesi ed essendo, oltre che bella, anche aggressiva, era decisa a sottrarre il ruolo di primadonna alla Rovani. Si erano detestate da subito, ingaggiando una lotta fatta di dispetti meschini. Tutte e due erano innamorate del dottor Stucchi.

«La Rovani ha dato della puttana, scusi la parola, alla Isgrò, che l'aveva definita una zitella frustrata capace soltanto di fare la spia con il capufficio. Dopo il ferimento del ragionier Picchi ho chiamato l'agente della vigilanza per separarle. La faccenda è grave, signora», disse la segretaria.

Léonie si chiese se ci fossero gli estremi per una denuncia da parte del ragionier Picchi e lo convocò nel suo ufficio.

Il suo naso sembrava davvero un pomodoro e tuttavia, poiché lavorava alle dipendenze dei Cantoni da trentacinque anni, l'uomo minimizzò l'accaduto.

«Me la sono cercata. Mai mettersi tra due donne che si detestano. Il fatto è che erano venute alle mani», spiegò l'anziano dipendente.

«Quindi non vuole sporgere denuncia?» domandò Léonie.

«Ne andrebbe di mezzo il buon nome dell'azienda», rispose lui.

«Che cosa suggerisce?» chiese lei, sapendo che c'erano gli estremi per il licenziamento immediato di entrambe.

«Cercherei di non perdere due ottime impiegate. Ma bisogna separarle, metterle in due uffici diversi», consigliò Picchi.

Léonie lo ringraziò e, dopo averlo congedato, convocò le due dipendenti.

Erano in piedi di fronte a lei, che sedeva alla scrivania e non le invitò ad accomodarsi. Le guardò negli occhi, con un viso di pietra, senza proferire parola.

Fu la Isgrò a cedere per prima. «Sono licenziata?» sussurrò. Era una calabrese tosta e molto concreta che sapeva che cosa significa restare senza lavoro.

Léonie non le rispose.

«Mi dispiace. Non volevo ferire il ragionier Picchi», si scusò la Rovani.

Léonie continuava a tacere, mentre le due restavano immobili davanti a lei.

Quando entrambe erano ormai sul punto di piangere, Léonie disse: «È un vero peccato che due belle ragazze e brave impiegate abbiano così poca fiducia in loro stesse da venire alle mani, trasformandosi in due esseri irragionevoli. Nessuno vi ha insegnato quanto sia importante la solidarietà tra donne? Anche sul lavoro riusciremmo a essere migliori degli uomini, se sapessimo apprezzarci a vicenda. Dopo quello che avete fatto, potremmo licenziarvi oppure trasferirvi in altri uffici. Ma io vedo una terza possibilità: continuerete entrambe a lavorare nello stesso ufficio, deponendo le ostilità. Tra un mese saprò quale decisione prendere per il vostro futuro».

Guardò l'orologio. Doveva tornare a casa per dare il latte alla piccola e poi correre in paese a prelevare i bimbi da scuola. Si alzò e uscì dalla stanza senza salutare.

Il giorno dopo, la situazione era tranquilla e tra il personale circolava l'opinione che «la signora» fosse una donna imparziale, quasi meglio del padrone.

Il naso del ragionier Picchi si stava sgonfiando e il cavalier Cantoni rimase all'oscuro di un episodio che lo avrebbe inquietato.

Varenna

1

Léonie partì da Villanova sotto la neve che aveva cominciato a cadere fin dalla sera prima coprendo con la sua coltre bianca la campagna e la strada che stava percorrendo.

Via via che si avvicinava al lago, la neve diventava più pesante e bagnata. A Varenna pioveva e le gomme chiodate della sua auto ticchettavano sull'asfalto.

Riuscì a tenere sotto controllo l'ansia mentre l'albergatrice l'accoglieva con un sorriso.

«Il dottor Bastiani non è ancora arrivato, ma il vostro appartamento è pronto. Vuole salire?» domandò.

Non vedeva Roger da due anni e si era aspettata che lui fosse già lì, da ore.

«Preferisco fermarmi al bar, se mi fa portare un tè bollente», disse, soffocando la delusione. Andò a sedere davanti alla vetrata picchiettata dalla pioggia, chiedendosi perché mai non fosse ancora lì.

Si sbottonò il giaccone senza toglierlo perché aveva freddo e quel luogo, senza Roger, non le sembrò più così accogliente. Non è ancora venuto e non ha neppure telefonato. Perché? si domandò.

E se fosse malato? Ma scartò subito questa ipotesi, perché lui avrebbe comunque trovato il modo di avvertirla, così come aveva fatto lei l'anno precedente, quando era in clinica a partorire sua figlia.

Forse era morto... Roger era morto da un anno e lei non ne sapeva niente. La fantasia, che aveva iniziato a correre sul piano inclinato della tragedia, le diede un senso di soffocamento e non si accorse del cameriere che aveva posato sul tavolino la tazza e la teiera. Si placò e ritrovò il sorriso soltanto quando una mano le accarezzò i capelli con dolcezza e una voce nota sussurrò: «*Bonjour*, Léonie».

Lei si portò le mani al viso e le sfuggì un singhiozzo.

Roger, in piedi alle sue spalle, l'abbracciò mentre si chinava su di lei per mormorarle: «Sssssst... sono qui, amore mio».

«Fatti vedere», disse Léonie.

Roger girò intorno al tavolino e si mise davanti a lei.

«Stai bene?» gli domandò.

Lui sorrise e rispose: «Benissimo. Vengo da Venezia e, all'altezza di Brescia, la mia auto ha avuto un guasto. L'ho lasciata a un meccanico e ho avuto fortuna perché mi hanno subito trovato una macchina con autista. Speravo di arrivare, come sempre, prima di te, ma con questa neve le strade sono impraticabili. Ho fatto scandalosamente tardi. Perdonami».

«Sono felice che tu sia qui.»

«Bevi il tuo tè, prima che si raffreddi.»

Le riempì la tazza, poi l'aiutò a togliersi il giaccone e, infine, sedette di fronte a lei, scrutandola.

«Sei di nuovo incinta?» domandò, mentre Léonie sorseggiava la bevanda calda e ambrata.

«No, ma potremo stare insieme poco tempo perché è il compleanno della mia bambina», annunciò Léonie.

«Lo so», annuì Roger.

Quella mattina, mentre faceva colazione con il marito e i tre figli più grandi, Guido l'aveva guardata con curiosità.

«Qualcosa non va?» si era decisa a domandargli.

«Mi chiedevo che cosa hai organizzato per il compleanno di Giacinta», aveva detto lui.

«Soltanto una torta con una candelina, tanta spremuta d'arancia e un tappetino di gomma su cui è disegnata una tastiera di pianoforte. Camminandoci sopra, suona», aveva risposto.

I tre figli più grandi, che non si perdevano mai una sillaba quando i genitori parlavano tra loro, erano intervenuti per esternare l'entusiasmo. Tutti e tre volevano vedere il tappeto musicale.

«Non se ne parla nemmeno! Quando tornerete da scuola festeggerete la sorellina con noi», aveva tagliato corto Léonie.

«Però non è giusto! Per quella smorfiosa hai preso il tappetino che suona e a me niente», aveva protestato Gioia, che da qualche tempo aveva iniziato a parlare in italiano.

«Non sanno più quali diavolerie inventare per far diventare scemi i bambini», aveva borbottato il cavalier Cantoni. Lui, come faceva a ogni compleanno dei nipoti, regalava una sterlina d'oro.

«Credevo che oggi avessi il tuo solito impegno fuori casa», aveva precisato il marito.

Lei non aveva voluto raccogliere la provocazione e aveva replicato risoluta: «Rientrerò nel pomeriggio, quando i miei diavoletti torneranno a casa, in tempo per festeggiare Giacinta».

Guido era uscito per accompagnare i due maschietti a scuola e all'asilo, Gioia e Giacinta erano state prese in carico dalle domestiche e lei era partita per Varenna.

«Non ho cuore di lasciarti, ma devo andare dalla mia piccolina», annunciò ora a Roger.

«Vai senz'altro da lei», convenne lui e le sorrise, come per dirle che i figli sono più importanti di tutto. E aggiunse: «Vieni, ti accompagno al parcheggio. Stai attenta perché sull'autostrada continuerà a nevicare».

Fu lui ad alzarsi per primo, ad aiutarla a infilarsi il giaccone e a condurla sulle scale che dal vicolo del Prestino portavano al parcheggio.

Soltanto quando lei stava per risalire in macchina, lui la strinse forte a sé e le disse: «Ci vediamo l'anno venturo, amore mio. Dodici mesi passano in fretta, credimi. Nel frattempo io non smetterò di pensarti e di desiderarti».

Lei sedette al posto di guida e abbassò il finestrino.

«Tu che cosa farai oggi?» gli domandò.

«Mi rintanerò nella nostra camera e penserò a te. Guida con prudenza e, se vuoi davvero farmi felice, telefona all'albergo per dirmi che sei arrivata a casa sana e salva. Ripensandoci, no, non telefonare, non fa niente.»

«All'anno venturo», esclamò Léonie.

Varenna, sei anni dopo

1

«Lo diresti che è quasi Natale?» domandò Léonie.

«È una giornata stupenda, calda, che sa di primavera», rispose Roger.

Erano in accappatoio sul terrazzo della loro suite, all'*Hotel du Lac*.

«Non mi hai ancora raccontato niente di te, di come è andato questo ultimo anno», disse lei.

«Ne abbiamo forse avuto il tempo?» chiese lui, sorridendo.

«Pare di no, vista la tua calorosa accoglienza», scherzò lei, con fare malizioso.

«Non dare a me tutta la colpa. Tu facevi scintille.»

«Dovevamo pur riguadagnare il tempo perduto», ragionò lei alludendo al loro ultimo incontro quando era di nuovo incinta dopo una tregua di sei anni. Quindi proseguì:«Per la verità, Giuditta è stata un incidente di percorso. Mio marito e io non avevamo nessuna intenzione di avere un quinto figlio».

«Perché no? Visto che la cosa ti piace?»

«Perché gli ultimi anni senza gravidanze sono stati bellissimi. Sono riuscita a lavorare bene e, credo, a fare bene anche il mio mestiere di mamma. Ora niente più figli, nemmeno per sbaglio.»

Tacquero, ascoltando lo sciabordio dell'acqua che si frangeva contro la riva.

«Non mi hai detto niente di te», ribadì Léonie, dopo poco.

«Andiamo a pranzo?» propose Roger, alzandosi.

Léonie lo imitò e insistette.

«Allora?»

«Mia moglie è voluta venire in Italia con me. Questa volta il nostro convegno si svolge a Milano. L'ho lasciata in albergo, stamani, con le mogli degli altri colleghi. Spero che faccia acquisti e si distragga», si decise a confessare.

«Mi sento un'intrusa... mi dispiace. Come ti sei giustificato?»

«Le ho detto la verità.»

«Stai scherzando?»

Erano rientrati nel salottino della loro suite.

«Sono stato molto serio. Le ho detto che sarei tornato soltanto a fine pomeriggio e, poiché voleva accompagnarmi, le ho spiegato che non era il caso, perché dovevo incontrare la mia amante.»

«Oddio, Roger! Questo non era nei nostri patti. Ci eravamo ripromessi di non ferire né mio marito, né tua moglie.»

«Infatti non l'ho ferita. Sul momento mi ha guardato sgomenta e subito dopo si è messa a ridere, chiedendomi quando mi deciderò a fare la persona seria. Ti garantisco, non c'è modo migliore per non essere creduti che dire la verità. È convinta che mi stia concedendo una giornata sulle piste da sci. Comunque, se avesse dei sospetti, si guarderebbe bene dall'esternarli, visto che io sono un marito irreprensibile per trecentosessantaquattro giorni l'anno.»

Uscirono dall'albergo e si avviarono verso il solito ristorante.

«Anche mio marito si chiederà che cosa io faccia durante le mie misteriose sparizioni prenatalizie. Ma anche lui, come tua moglie, preferisce non affrontare l'argomento», ragionò Léonie.

«Sono tanti anni che tu e io scompariamo in prossimità del Natale. Sarebbe fare un torto all'intelligenza di tuo marito e a quella di mia moglie se pensassimo che non si sono chiesti se nella tua vita e nella mia ci sia una parentesi segreta.»

«E tale deve rimanere», affermò Léonie, con piglio deciso.

Tuttavia, quando furono a tavola davanti a un antico camino dove la legna scoppiettava, Roger riprese il discorso.

«La nostra storia rimarrà segreta. Fino a quando tuo marito o mia moglie non decideranno di farci delle domande», disse lui.

«Roger, abbiamo un solo giorno all'anno tutto per noi. Vogliamo parlare d'altro?» propose lei.

«Non possiamo fare come loro e nascondere la testa sotto la sabbia.»

«Allora parliamone», cedette Léonie.

«Se tuo marito ti scoprisse con me, che cosa faresti?» domandò lui.

«Dovrei confessargli la nostra storia e sarei costretta a scegliere: o lui o te», ragionò la donna.

«Dovresti confrontarti con i tuoi sentimenti per me.»

«Anche tu dovresti fare altrettanto, se tua moglie ti scoprisse con me.»

«Io sceglierei te, ma non sono una mamma di cinque figli, l'ultimo dei quali ha solo pochi mesi.»

«E sono legatissima a mio marito e alla sua famiglia, oltre che ai miei bambini. Devo molto a Guido, lo sai. Ero una ragazza sola e infelice, prima di incontrare lui, che mi ha dato tutto quello che desideravo: una casa, una famiglia, una stabilità economica, un affetto sincero. Ma la passione che, come dici tu, mi fa fare scintille, fino a oggi l'ho provata solo con te», dichiarò con franchezza.

«Ma se dovessi scegliere?»

«Roger, *ça suffit!* Se mai dovesse accadere, te lo dirò. E lo stesso farai tu con me. A me basta pensare che oggi ho ancora qualche ora per stare con te. E adesso ordiniamo il pranzo», concluse lei.

Quando rientrarono in albergo, la sala attigua alla hall era a soqquadro e due musicisti, con chitarra e fisarmonica, accordavano gli strumenti.

«Vi chiedo scusa, ma mia figlia si è laureata la settimana scorsa e vuole festeggiare con i suoi amici. Spero che non vi dispiaccia se ci sarà un po' di rumore», si scusò la proprietaria dell'hotel, raggiungendoli.

«A me la musica piace», rivelò Léonie.

«Però la vostra suite è proprio sopra questa sala e ho dovuto scegliere tra garantire il silenzio per i miei ospiti o accontentare mia figlia: mi sono detta che i figli vengono prima dei clienti», affermò la donna, sorridendo.

«Sono pienamente d'accordo con lei», la rassicurò Léonie.

«Tu non sai di che cosa sono capaci i ragazzi. Io sì. Aspetta che crescano anche i tuoi e vedrai che cosa combineranno», la ammonì Roger, salendo le scale per andare nel loro appartamento.

«Hai già dimenticato com'eri quando avevi vent'anni?» domandò Léonie.

«Hai ragione. Sono un vecchio brontolone.»

L'argomento dei rispettivi coniugi non era più stato ripreso ma pesava su di loro come un macigno.

Si amarono come se non dovessero rivedersi più. Alla fine, Léonie piangeva e lui, abbracciandola con tenerezza, le sussurrò: «Continueremo a incontrarci come sempre. Io non voglio perderti, né lo vuoi tu».

Le asciugò le lacrime e la cullò come se fosse una bambina.

Uscirono dalla suite quand'era quasi buio e, scendendo le scale, videro i ragazzi che entravano nella sala per partecipare alla festa. I musicisti suonavano una mazurca e Roger sussurrò a Léonie: «E se ballassimo anche noi?»

«Stavo per proportelo», rispose Léonie.

Si ritrovarono nel bel mezzo di una festa in cui tutti, compresi i musicisti, si stavano divertendo davvero e loro due ballarono e ballarono cercando di dimenticare che il loro bel sogno segreto stava svanendo, incalzato dalla realtà

Villanova oggi

1

Ancora una volta le feste erano state il pretesto per riempire la casa di amici e parenti, mettendo a dura prova la resistenza di Guido e Léonie. Ma come al solito, dopo Capodanno, i due partirono per la montagna con i loro ragazzi e quando tornarono a Villanova trovarono soltanto il cavalier Cantoni e suo fratello monsignore che, data l'età, erano rimasti a casa a riposare. I due fratelli godevano della reciproca compagnia che, da ragazzi, non avevano potuto coltivare e amavano ricordare episodi, fatti e avvenimenti di quando erano giovani, riuscendo spesso a ridere di tanti momenti difficili della loro vita.

Ora, mentre erano a tavola per la cena, che iniziava puntualmente alle sette e mezzo di sera, occupando ognuno un capo del tavolo, osservavano Guido e Léonie che sedevano lateralmente con i loro figli.

L'industriale e il religioso consideravano la famiglia di Guido una specie di capolavoro di fronte al quale non smettevano di domandarsi da dove fosse scaturita tanta perfezione, augurandosi che niente mai la potesse turbare.

Mentre gustavano un risottino al gorgonzola e la Wiener Schnitzel in crosta dorata con porcini trifolati, gli adulti parlavano di lavoro, di economia, di politica, e i ragazzini, educati da Léonie, tacevano e ascoltavano.

Si intrecciavano le critiche al nuovo governo che prometteva la luna e avrebbe distribuito soltanto fichi secchi. Deploravano la diffusa indulgenza verso l'evasione fiscale e altre illegalità che si stavano trasformando in vezzi comuni, raffrontandoli alla correttezza dei comportamenti di un tempo che ancora sopravvivevano in altri Paesi europei, e pronosticavano grossi guai per il futuro dell'Italia.

«Le regole, ragazzi, sono la base dell'armonia del mondo e del vivere civile», raccomandava lo zio monsignore, rivolgendosi ai nipoti.

«Senza regole non si va lontano», ribadiva il cavalier Cantoni.

Di fronte all'ennesima replica di questi concetti, Gioacchino domandò: «Esiste una regola per sapere se è meglio la torta al cioccolato o la crostata con la crema al limone?»

Léonie fulminò il suo secondogenito con un: «*Tais-toi, s'il te plaît*».

«Perché? Non è una domanda così fuori luogo», intervenne Guido.

L'interrogativo di Gioacchino nasceva da un momento di intimità con la mamma.

Il giorno prima, approfittando del fatto che Guido

si era alzato presto, Gioacchino si era infilato nel letto con Léonie in cerca di coccole che lei non lesinava a nessuno dei suoi figli.

Mentre stavano al caldo, sotto le coltri, abbracciati l'uno all'altra, lei aveva sussurrato: «Non venga mai il tempo in cui io sia costretta a scegliere».

Senza avvedersene, aveva dato voce ai pensieri che la tormentavano dall'ultimo incontro con Roger.

«Se dovessi scegliere?» aveva domandato il bambino avendo colto al volo la frase sussurrata da sua madre.

«Che cosa?» aveva chiesto lei, sentendosi presa in contropiede.

«Questo lo sai tu. Perché non me lo dici?»

«Pensavo che tra le cose che mi piacciono di più ci sono la torta al cioccolato e la crostata con la crema al limone e non saprei quale delle due preferire», aveva detto immaginando di essere costretta a scegliere tra Guido e Roger.

«Perché scegliere? Io le mangio tutte e due», aveva replicato il ragazzino.

«Sono d'accordo con te», aveva dichiarato Léonie, ridendo.

Poco dopo, il bambino si era addormentato abbracciato a lei.

Ora Guido stava dicendo a suo figlio: «Il solo modo per sapere quale ti piace di più è provare l'una e l'altra torta».

«Ma la mamma le ha provate e dice che le piacciono tutt'e due», incalzò il ragazzino, invece di tacere, come gli aveva ingiunto Léonie.

«Davvero? Non ti facevo tanto golosa», disse Guido alla moglie.

«Non è questo il punto. Come si fa a decidere tra due cose che ti piacciono, sapendo di doverne scegliere una sola?» intervenne Giuseppe, rivolgendosi al nonno, al quale riconosceva un'autorevolezza superiore al resto della famiglia.

«Ne trovi una terza che ti piace più delle altre due e così ti levi il pensiero», si intromise Gioia, che era molto pragmatica e detestava l'introspezione.

«Ci sono cose per le quali non esistono regole, ma soltanto compromessi. Per tornare alle due torte che piacciono tanto alla vostra mamma», rispose il nonno rivolgendosi alla nuora, «basterà ridurre la porzione dell'una e dell'altra e godersele tutte e due.»

Allora Guido regalò un sorriso a sua moglie e concluse: «Ogni tanto, una sana scorpacciata di torta al cioccolato fa soltanto bene all'umore».

Per un attimo Léonie si chiese che cosa nascondessero le parole del marito, ma il suo volto sorridente e sereno la tranquillizzò.

2

Capitavano sere in cui, davanti al camino del salotto rosso, Léonie e il suocero si ritrovavano soli, dopo cena, a chiacchierare. Con i bambini a letto e Guido a Roma, se non c'erano ospiti, il patriarca di casa Cantoni lasciava fluire le parole, sapendo che la nuora lo ascoltava con attenzione.

Léonie era intelligente, saggia e dotata di straordinarie capacità imprenditoriali, Renzo nutriva per lei un affetto paterno ma, poiché aveva un carattere scontroso, invece di dirle: «Ti voglio bene», o di complimentarsi per un affare andato a buon fine o per un'iniziativa interessante che aveva promosso, le diceva: «Puoi fare di meglio».

La nuora, che lo conosceva bene, da tempo ormai gli rispondeva con un sorriso affettuoso e non raccoglieva la provocazione.

Una sera d'aprile, mentre fuori esplodeva un temporale e il vecchio sorseggiava la tisana all'escolzia preparata da Nesto, lei disse: «Ho pensato che si potrebbe organizzare un asilo nido per i figli delle dipendenti. Consentirebbe alle giovani mamme che hanno partorito di ritornare a lavorare senza dover ricorrere all'aspettativa perché non sanno dove lasciare i piccoli appena svezzati. In Giappone e in altri Paesi gli asili nido danno buoni risultati per quanto riguarda il rendimento lavorativo».

«Non ti basta il Museo del Rubinetto e la mensa trasformata in un ristorante con menu a scelta? Adesso tiri in ballo anche questa diavoleria», esclamò Renzo, con il solito tono burbero.

«Se in fabbrica ci fosse stato un nido per i miei figli, io avrei risparmiato tanto tempo prezioso e avrei lavorato di più e meglio», insistette lei, per nulla scoraggiata dall'atteggiamento del suocero.

«Certo che tu una ne fai e cento ne pensi! Hai idea di quanto ci verrebbe a costare questo progetto e di tutti i lacci e lacciuoli da superare e rispettare, pena le multe, se non ottemperi alle normative e ai controlli della Sanità e tutto il resto? E poi, dove lo faresti?» chiese già incuriosito.

«Tra lo stabilimento e gli uffici, c'è un'area in cui si può costruire una struttura lineare e fare un giardino per i giochi all'aperto. Ho già le piantine, un preventivo dei costi, la richiesta dei permessi e il risultato di un'indagine tra le nostre donne. Sarebbero felici se potessero portarsi i piccoli al lavoro, avendo la possibilità di stare con loro durante il pasto e gli intervalli. Senza contare che l'asilo nido in paese è molto costoso, mentre noi potremmo chiedere una somma simbolica, accollandoci le spese di gestione che ci verrebbero ripagate da una migliore produttività», spiegò Léonie, palesando così il lungo lavoro svolto, nella speranza che il suocero desse il suo assenso.

«Certo che sei proprio una piccola strega! Hai già conquistato la stima e l'affetto dei dipendenti, ma a te non bastano. Vuoi che ti adorino», esclamò Renzo, divertito.

«Io voglio soltanto quello che vuole lei, papà. Comunque, le ho esposto la mia idea. Ora sta a lei decidere.»

Renzo Cantoni ammirava l'intelligenza e le doti imprenditoriali della nuora e si riteneva molto fortunato perché lei avrebbe garantito la continuità dell'azienda di famiglia. C'erano stati anni in cui aveva temuto di dover vendere le Rubinetterie in mancanza di un suo successore, poiché Guido, il suo unico figlio, non aveva nessuna propensione all'imprenditoria. Invece, ed era stato un vero miracolo, si era profilata all'orizzonte quella ragazza della provincia francese che si era appassionata alla fabbrica e, avendo partorito cinque meravigliosi figli, aveva assicurato la continuità della famiglia e dell'azienda Cantoni. Non solo, stava svecchiando l'impronta un po' datata delle Rubinetterie trasformandole in un marchio moderno, quasi avveniristico.

Tutte le riviste del settore, comprese quelle più prestigiose, dedicavano pagine di articoli e fotografie ai modelli della produzione Cantoni, che diventava sempre più elegante e innovativa. I loro rubinetti erano nei bagni delle case più importanti e degli hotel più esclusivi del mondo. Il colpo di genio di Léonie era stato quello di aggiudicarsi la fornitura per l'Eliseo e il Cremlino. I russi, in particolare, avevano voluto solo rubinetti in oro massiccio, come quelli che venivano prodotti per i Paesi arabi.

Ora Léonie stava facendo al suocero una proposta perfettamente in linea con le scelte sociali volute dalla famiglia, che manteneva una casa per anziani e un asilo infantile con educatori professionisti.

Renzo Cantoni amava ripetere, come suo padre: «Dobbiamo farci perdonare i nostri privilegi aiutando chi ha bisogno».

Nel corso degli anni, a Renzo era capitato di ascoltare imprenditori che si vantavano degli espedienti messi in atto per favorire i loro affari a scapito degli operai, soprattutto delle donne a cui facevano firmare una lettera di dimissioni contestualmente a quella dell'assunzione. Così, se restavano incinte, erano costrette a licenziarsi. Molti di loro tenevano una doppia contabilità: quella legale e quella in nero e assumevano regolarmente solo la metà degli operai: un sistema perverso che puniva gli imprenditori onesti e avrebbe provocato guai a tutti.

Quando Renzo criticava questi imprenditori, alcuni gli rispondevano: «Tu sei più furbo di noi. Tieni in pugno la tua gente e nessuno osa fiatare».

Era vero, ma otteneva questo risultato perché rispettava le leggi e responsabilizzava i dipendenti. Questi princìpi gli erano stati trasmessi dal padre, Amilcare Cantoni, e non li aveva mai traditi.

Ora, dopo un lungo silenzio sottolineato dai tuoni del temporale, Renzo disse a Léonie: «Voglio analizzare i preventivi di questo progetto». Si alzò dalla poltrona e soggiunse: «Adesso vado a dormire».

«Salgo anch'io», concluse lei, seguendolo.

Passando accanto al pianoforte che era stato di sua moglie, Renzo ne accarezzò i tasti con mano lieve e sussurrò: «Mi manca la contessa. Non capisco perché tu e tuo marito stiate insieme così poco. E tutto perché lui si è inventato quel lavoro strampalato che lo fa stare a Roma. Mah... vai a sapere perché. Si meriterebbe che ti facessi l'amante», borbottò mentre uscivano dall'ascensore che li aveva portati al primo piano.

Léonie gli sorrise e chiese divertita: «È un suggerimento?»

«Al contrario, è un timore», mormorò lui guardandola negli occhi.

«Stia tranquillo, papà», rispose Léonie e gli sfiorò la guancia con un bacio.

3

Tutta la famiglia sedeva intorno alla tavola, apparecchiata a festa. Fuori, la neve cadeva lenta e silenziosa.

Renzo Cantoni e lo zio Gioacchino, sempre più anziani e petulanti, sedevano come di consueto ai due capi della tavolata, mentre Léonie e Guido si fronteggiavano affiancati dai figli e dai loro compagni.

La loro prima nipotina, Margaret, figlia di Giuseppe e della moglie Fiona, aveva tre mesi ed era nella sua stanza, accudita da una cameriera.

Era la sera della vigilia di Natale e, come da tradizione, dopo aver consumato un pranzo di magro erano andati nel salotto giallo, dove, sotto un abete monumentale, li aspettava una montagna di regali da aprire. Il cavalier Cantoni borbottò: «Godetevi tutto questo bendidio, perché l'anno prossimo potremmo essere ridotti a contenderci una minestra e a scaldarci con il fiato».

Il suo atteggiamento voleva essere scaramantico, ma dava comunque voce al timore di una crisi che aveva investito il mondo e in Italia era aggravata dalla scarsa fiducia della gente nella classe politica inadeguata a traghettare il Paese su una riva sicura.

L'azienda di famiglia non mostrava ancora cedimenti grazie all'intuito di Renzo Cantoni e di Léonie che li aveva spinti a investire sull'eccellenza della produzione e a cercare nuovi clienti nei Paesi arabi e in Cina.

Quando Léonie analizzava i set di rubinetti destinati ai boss cinesi e ai sultani arabi sospirava: «Mi sembra un insulto alla miseria».

Erano oggetti rivestiti con lamine d'oro, oppure in argento o in oro massiccio, dalle forme avveniristiche, destinati alle case dei miliardari. Ogni pezzo era un gioiello costosissimo che portava impresso il nome di chi lo aveva assemblato e rifinito. Una serie di questi pezzi era esposta nel Museo di Arte Moderna di New York.

Specializzandosi nel mercato internazionale del lusso, i Cantoni avevano garantito all'azienda e agli operai un lavoro qualificato e uno stipendio adeguato. Ma a Villanova c'erano anche operai di altre piccole e medie aziende che restavano a casa in cassa integrazione, quando addirittura non perdevano il lavoro.

La sfiducia nel futuro avvelenava l'umore di tutti.

Gioacchino, che lavorava a Londra, nella City, e toccava con mano ogni giorno l'andamento dei mercati finanziari, aveva fatto una descrizione sommaria e impietosa dell'economia degli anni a venire.

Giuseppe, che lavorava in uno studio legale a New York, aveva dichiarato: «Si tratta di portare pazienza ancora per un paio d'anni e poi ci sarà la ripresa».

«Almeno a Natale possiamo smettere di parlare della crisi per goderci i nostri regali?» sbottò Guido, che aveva aperto il dono di sua figlia Gioia e del fidanzato Bertrand.

Erano gemelli in oro con incise le sue iniziali. A quel punto incominciò una serie interminabile di esclamazioni gioiose, di scambi di abbracci, di frecciatine perfide tra fratelli.

Léonie guardava con orgoglio quei figli belli e ricchi di sogni e si domandava chi di loro avrebbe un giorno raccolto l'eredità delle Rubinetterie. Giuseppe non aveva alcuna intenzione di tornare a vivere in Italia, a meno che non si rendesse conto di quanto fosse scostante la moglie, la bionda Fiona, che lo teneva al guinzaglio e gli imponeva le sue scelte. Gioia viveva a Parigi e, seguendo le orme del padre, si era data al giornalismo. Stava facendo uno stage alla rivista *Elle* e il suo fidanzato lavorava all'Eliseo.

Léonie riponeva invece qualche fondata speranza su Gioacchino e Giacinta.

Gioacchino, bello come un arcangelo e con un fisico atletico da statua greca, non appena tornava a Villanova si precipitava in azienda e si piazzava nel suo ufficio, subissandola di domande sulla produzione, la gestione commerciale, la pianificazione e gli investimenti. Giacinta, che aveva frequentato il liceo artistico e si stava specializzando a Roma in restauro delle antichità, studiava con curiosità i bozzetti e i disegni dei modelli in fase di produzione. In un paio di occasioni le aveva detto: «Amo il restauro, ma mi deprime la miseria dei mezzi di cui disponiamo. Mi sa tanto che, una volta o l'altra, perdo la pazienza e vengo a lavorare con te».

Léonie non faceva pressioni su nessuno dei suoi figli e aspettava il giorno in cui avrebbero bussato alla porta del suo ufficio.

Gioacchino aveva da anni una relazione con Peter, che scriveva sul *Sunday Mirror*. Era un uomo simpatico e un giornalista brillante, ma terribilmente possessivo e Gioacchino cominciava a dare segni di insofferenza. Ma era stato grazie a lui che era riuscito a dichiarare apertamente la sua omosessualità. La famiglia Cantoni aveva accettato lui e il suo compagno senza fare drammi, ma Léonie era sicura che, prima o poi, Gioacchino avrebbe chiuso il suo rapporto con Peter e sarebbe tornato a Villanova.

Giuditta era ancora un mistero. Aveva sedici anni, studiava in un collegio in Svizzera, odiava l'attività fisica e passava il suo tempo a leggere romanzi d'amore. A differenza delle sorelle che, anche quando avevano la testa tra le nuvole, tenevano i piedi per terra, lei vagava come un palloncino sospinto dal vento e sembrava non desiderare un ancoraggio. Stava crescendo più lentamente degli altri quattro figli, si diceva ora Léonie.

Poco prima di mezzanotte, erano usciti tutti insieme per andare a messa in paese.

Lo zio Gioacchino li aveva preceduti, perché avrebbe officiato la funzione con il parroco.

Il mattino seguente, come tutti i Natali, Guido, il padre e Léonie avevano fatto visita agli anziani della casa di riposo e avevano distribuito doni, accolti dai sorrisi felici dei vecchietti e dei loro parenti. Al ritorno, la famiglia si era riunita intorno alla tavola sotto la sorveglianza del vecchio Nesto che dirigeva i camerieri con l'abilità di un direttore d'orchestra.

Come da tradizione, il cavalier Cantoni si alzò e tenne il suo discorso iniziando con la frase di rito: «Ancora una volta, nella ricorrenza della nascita di nostro Signore, ho la gioia di avervi tutti quanti intorno». Ricordò poi suo padre Amilcare, sua madre Bianca Crippa, la sua amata Celina, il cui spirito, ne era sicuro, vegliava su di loro. Come sempre, si commosse dicendo: «Non so quanti altri Natali mi concederà ancora il buon Dio, perché sono ormai un vecchio stanco e malandato. Ma lo ringrazio perché sono ancora qui con mio fratello, con il quale ho diviso un'infanzia difficile, mio figlio, che purtroppo non ha seguito le mie orme ma è sempre in tempo per ritornare sui suoi passi, mia nuora che, con quell'aspetto da eterna ragazzina, ha la forza di un leone ed è ormai la colonna portante della nostra azienda, i miei nipoti che, grazie al cielo, sono tutti sani e belli e nei quali, almeno in alcuni, ripongo la speranza di trasmettere l'amore per la nostra azienda...» Si interruppe per asciugarsi una lacrima e concluse: «Buon Natale a tutti!»

Si sedette. Monsignor Gioacchino fece il segno della croce, imitato dagli altri, benedisse i commensali e, finalmente, il pranzo ebbe inizio.

Soltanto nel tardo pomeriggio Guido e sua moglie riuscirono a isolarsi nel salotto del loro appartamento. Si abbandonarono stremati sul divano, mentre una cameriera usciva dalla stanza avendo posato su un tavolino le tazze e un bricco di tisana alle erbe.

«Com'è andata?» domandò Guido, mentre riempiva le tazze con il decotto aromatico.

«Bene, come sempre. Non credi?» chiese Léonie.

«Benissimo. Speriamo che i nostri figli siano davvero come sembrano, sereni ed equilibrati.»

«Spero anch'io che non ci nascondano dispiaceri o inquietudini gravi.»

«Se uno di loro ti dicesse che ha un cruccio assillante che coltiva da anni... in segreto...»

«Ho assorbito così bene i comportamenti dei Cantoni, che il mio consiglio sarebbe: chiudilo a chiave in fondo al cuore e fingi che non esista», lo interruppe Léonie. Poi aggiunse guardandolo negli occhi: «Vuoi forse dirmi qualcosa?»

Tra loro scese il silenzio. Guido terminò la tisana e, infine, mormorò: «Anche quest'anno sei andata a Varenna, per incontrare quell'uomo».

4

Léonie strinse con entrambe le mani la tazza che si stava portando alle labbra e non proferì parola.

«È passato tanto tempo dalla prima volta che vi ho visti insieme», continuò Guido.

Seguì ancora un lungo silenzio. Dal giardino salivano fino a loro le voci e le risate dei figli che giocavano a palle di neve.

«La prima volta, la scoperta è stata del tutto casuale. Stavo facendo un sopralluogo per ambientare uno sceneggiato. Vi ho visti e mi si è spalancato un baratro sotto i piedi. L'uomo con cui stavi era un bel tipo e avevate l'aria di stare molto bene insieme.»

Guido le parlava con calma, lo sguardo fisso alla finestra da cui si vedeva scendere la neve. «Quando sei rincasata, io dormivo nel mio studio, ma il giorno dopo ti ho vista raggiante», proseguì e soggiunse: «Per la prima volta, da quando ti avevo sposato mi sono reso conto di essere perdutamente innamorato di te. Non sapevo che cosa fare, infine mi sono rivolto a un'agenzia di investigazioni private, che ti ha seguita per mesi, senza scoprire neppure un'ombra su di te, soltanto che ti vedevi con quell'uomo per poche ore una sola volta all'anno, il ventidue dicembre. Ho cercato di stanarti dal tuo silenzio, ma poi non ho avuto il coraggio di insistere perché avevo paura di perderti. In questi anni, più di una volta, quando andavi a Varenna, avrei voluto seguirti. Invece restavo a casa e pregavo perché tornassi da me. Dopo ogni appuntamento tentavo di convincermi che sarebbe stato l'ultimo, che il tempo avrebbe posto fine a questa storia. Invece, la tua relazione con il marsigliese non accenna a finire. Quindi sono pronto a farmi da parte, se decidi di lasciarmi, ma voglio che tu sappia che ti amo profondamente, che sei la donna della mia vita».

Con mani tremanti, Léonie depose sul tavolino la tazza della tisana.

Lacrime silenziose le rigavano le guance mentre replicava: «Perché hai aspettato tanto tempo per dirmi tutto questo?»

«Perché sono un Cantoni, e i Cantoni, lo sai, tacciono», rispose Guido.

Lei si asciugò gli occhi e disse: «Ho sempre creduto che tu fossi ancora innamorato di Amaranta, che nel tuo cuore non ci fosse posto per un altro amore e io avevo un bisogno disperato di sentirmi amata».

«Così... hai saputo... e da chi?» chiese lui, in un sussurro.

«Dal nonno Amilcare.»

«E non me ne hai mai parlato», constatò tristemente.

«Mi sono adeguata allo stile di famiglia», ribatté lei, con amarezza.

«Che ha causato tante sofferenze inutili», precisò Guido e proseguì prendendole una mano tra le sue: «Amaranta è stata per tanto tempo il fantasma di una passione giovanile, assurda e delirante. Ma da molti anni ormai sono innamorato di te. Ti amo, ti desidero e non voglio dividerti con nessun altro uomo, neppure per un solo giorno all'anno».

Ecco, è arrivato il momento della verità, pensò Léonie. E, all'improvviso, si sentì in preda a una collera furibonda. Scattò in piedi e, fronteggiando il marito, lo aggredì: «Tu mi hai sposata continuando a nutrire per anni una passione per un'altra donna e adesso, di punto in bianco, dici che mi hai sempre amata, che sei geloso, che ti ho fatto soffrire, che non tolleri che ci sia un altro nella mia vita e, poiché sei molto generoso, mi offri la possibilità di scegliere. Ma come osi? Ricordi la nostra prima notte di nozze? Io ero vergine e molto spaventata. Di fronte alla mia paura, hai saputo dire soltanto: 'Va be', ci proviamo un'altra volta'. Ti sei girato dall'altra parte del letto e ti sei addormentato. Certo, sei sempre stato di una correttezza esemplare, mi hai colmata di regali e tenerezze, ma il tuo pensiero era sempre altrove. Quando mi hai vista con un uomo, allora e solo allora ti sei scoperto geloso e follemente innamorato di me. E che cosa hai fatto? Hai taciuto! Che razza d'uomo sei, Guido Cantoni? Se vuoi proprio sapere la verità, l'uomo che incontro a Varenna e a cui ho dedicato una minima parte di attenzione, una sola volta all'anno e per poche ore, ha contribuito a tenere in piedi il nostro matrimonio, nell'attesa che tu, dopo quasi trent'anni, ti decidessi a dirmi che ami me, non Amaranta. Adesso sei tu che devi scegliere, non io. Puoi decidere di continuare a stare con me ma senza più segreti né misteri, oppure puoi tornare a Roma dove, peraltro, hai trascorso gran parte del tuo tempo lasciandomi sola a occuparmi dei nostri figli, con l'aiuto dei tuoi nonni e dei tuoi genitori che, a differenza di te, mi hanno amata dal primo giorno in cui ci siamo sposati. Adesso raggiungerò i nostri figli e, se vedranno che sono sconvolta, perché lo sono, non mentirò sostenendo che va tutto bene, ma dichiarerò che sono furibonda con te».

Pronunciò le ultime parole mentre sbatteva la porta del salotto.

I figli, invece, non le chiesero niente. Giuseppe e la moglie Fiona erano andati a Milano, portando con loro la piccola Margaret. Gioacchino e Peter disputavano una partita a scacchi, Gioia e Giacinta sfogliavano alcune riviste di moda, Giuditta era sdraiata sul tappeto, davanti al camino e, tanto per non smentirsi, leggeva l'ennesimo romanzo d'amore.

Alzarono appena lo sguardo, quando la videro entrare nel salotto giallo e poi la ignorarono. Lei, allora, andò nel salotto rosso, dove lo zio Gioacchino russava, sdraiato su un divano, e il suocero, sprofondato in poltrona, guardava la televisione.

«Sembra che ti abbia morso la tarantola», osservò Renzo, vedendola entrare.

«Ho litigato con suo figlio», spiegò Léonie, con tono deciso.

«Le feste sono sempre il momento migliore per accapigliarsi», replicò lui, con aria placida.

«È possibile che Guido e io ci separiamo», confessò lei.

«Non siete un po' troppo cresciuti, per queste sciocchezze?»

«Prima o poi, doveva accadere. È successo ora», rispose Léonie.

In quel momento entrò Guido. Senza dire una parola la afferrò per un braccio e la trascinò fuori, mentre Renzo Cantoni sogghignava divertito e il fratello monsignore continuava a russare. Léonie non oppose resistenza, anche perché il marito aveva la forza di un lottatore e lo seguì al primo piano, nel salotto accanto alla loro camera da letto.

«Siediti», le ordinò, con un piglio che la disorientò.

Lei ubbidì e lui le si piazzò davanti. A quel punto il viso di Guido si addolcì, mentre le diceva: «Sono uno stupido. Per troppi anni mi sono comportato da perfetto idiota. Non serve che ti chieda scusa. Invece ti chiedo se, nonostante tutto, vuoi continuare a dividere con me il resto della nostra vita. Ti prego, accetta, perché ti amo alla follia».

5

Léonie non aveva mai visto suo marito tanto commosso e disperato. Cedette alla tenerezza e gli tese una mano che lui prese tra le sue.

«Allora?» le domandò ansioso, sedendosi accanto a lei.

«È pazzesco», sussurrò Léonie più a se stessa che a lui.

«Che cosa?»

«Che tu abbia aspettato tanti anni per dirmi che mi ami.»

«Non mi sembrava necessario, visto che te lo dimostravo ogni giorno in tutti i modi.»

«E come? Facendomi regali? Passando a Roma l'intera settimana e fingendo che la nostra fosse un'unione perfetta?»

«Ogni tua parola è una frecciata alla speranza di ricominciare con te una nuova vita», si lamentò Guido.

«E tu, hai idea di quanto mi abbia mortificata il tuo amore tiepido, privo di slanci e la tua storia con

Amaranta che mi hai sempre taciuto, come se fossi un'estranea? Io ti ho raccontato tutto della mia vita. Tu non mi hai mai detto niente di te», si sfogò Léonie.

«Perché non mi hai lasciato per andare a vivere con il marsigliese?» reagì Guido, spiazzandola.

Léonie non rispose. Fissò il bellissimo marito che la guardava dritto negli occhi e fu colta da un attimo di smarrimento.

«Perché amavo te?» sussurrò.

«Non devi chiederlo a me, ma a te stessa», la incalzò Guido, stringendole le mani.

«Oddio! Io... sono rimasta perché... sono innamorata di te», confessò lei.

Scoppiò in lacrime e pianse a lungo fra le braccia di suo marito che la teneva stretta a sé.

Quando si calmò Guido le disse: «Siamo stati due deficienti».

«Pensa quanti anni ci siamo persi», osservò Léonie, asciugandosi gli occhi.

«In realtà non ci siamo persi niente, perché siamo ancora qui, noi due, insieme», la rassicurò Guido sorridendole.

«Ho bisogno di stare un po' da sola per riprendermi da tutte queste emozioni. Pensa tu ai ragazzi, ti prego.»

«D'accordo», rispose lui, la baciò sulla fronte e uscì dal salotto. Léonie andò nella camera accanto, si sdraiò sul letto e poco dopo si addormentò.

Quando si svegliò, Guido era accanto a lei.

Léonie si rifugiò fra le sue braccia e gli disse: «Non

lo vorresti un altro figlio per inaugurare la nostra nuova vita insieme?»

«Alla nostra età?» domandò Guido ridendo.

«Appunto, sarebbe una ventata di giovinezza», rispose lei.

«Allora, proviamoci», decise Guido.

Dopo le feste, prima che i loro figli ripartissero da Villanova, Guido e Léonie chiesero allo zio Gioacchino di celebrare una messa nella chiesa del paese per tutti loro, per la famiglia riunita.

Tre mesi più tardi Guido telefonò a ognuno dei suoi figli per comunicare che la mamma era incinta.

Il sesto figlio nacque ai primi di ottobre e lo chiamarono Giovanni.

All'inizio di dicembre, Léonie andò a Varenna e consegnò alla proprietaria dell'*Hotel du Lac* una busta per il professor Bastiani, se e quando fosse arrivato in albergo. Conteneva un foglio su cui aveva scritto: «Amico mio, sono stata felice con te in ogni istante che abbiamo passato insieme. Ma dopo molti anni ho infine trovato in mio marito quello che per tanto tempo ho cercato in te, nella nostra bellissima storia. Sei un uomo meraviglioso. *Adieu, mon cher ami.* Léonie».

Collana «Pandora»

D. Steel, *Palomino*
H. Van Slyke, *La negra bianca*
E. Stewart, *Ballerina*
S. Casati Modignani, *Il Barone*
S. Casati Modignani, *Anna dagli occhi verdi*
D. Steel, *Fine dell'estate*
D. Steel, *Una perfetta sconosciuta*
M. Higgins Clark, *Nella notte un grido*
D. Steel, *Una volta nella vita*
B. Taylor Bradford, *La voce del cuore*
D. Steel, *Un amore così raro*
M. Higgins Clark, *La culla vuota*
D. Steel, *Due mondi, due amori*
D. Steel, *Incontri*
S. Casati Modignani, *Come stelle cadenti*
R. Mason, *Il vento non sa leggere*
D. Steel, *La tenuta*
M. Higgins Clark, *Incubo*
D. Steel, *Ritratto di famiglia*
B. Taylor Bradford, *L'eredità di un sogno*
D. Steel, *Svolte*
S. Casati Modignani, *Disperatamente Giulia*
D. Steel, *Menzogne*
D. Steel, *Ora e per sempre*
D. Steel, *L'anello*
B. Taylor Bradford, *I nodi del destino*
D. Steel, *Giramondo*
D. Steel, *Amarsi*
D. Steel, *Amare ancora*
M. Higgins Clark, *Non piangere più, signora*
D. Steel, *Cose belle*
S. Casati Modignani, *E infine una pioggia di diamanti*
E. Segal, *Dottori*
J. Lynch, *Il diario segreto di Laura Palmer*
S. Casati Modignani, *Lo splendore della vita*
D. Steel, *Il cerchio della vita*
S. Lord, *Il prezzo della bellezza*
D. Steel, *Il caleidoscopio*
D. Steel, *Messaggio dal Vietnam*
D. Steel, *Stagione di passione*
D. Steel, *Promessa d'amore*
J. Susann, *La valle delle bambole*
W. Adler, *La guerra dei Roses*
D. Steel, *Zoya*
D. Steel, *Batte il cuore*
D. Steel, *Star*
B. Taylor Bradford, *Sempre di più*
D. Steel, *Nessun amore più grande*
S. Casati Modignani, *Il Cigno Nero*
D. Steel, *Gioielli*
D. Steel, *Le sorprese del destino*
D. Steel, *Scomparso*
S. Casati Modignani, *Come vento selvaggio*
D. Steel, *Il regalo*
M. Higgins Clark, *Ricordatevi di me*
D. Steel, *Scontro fatale*
S. Casati Modignani, *Il Corsaro e la rosa*
D. Steel, *Cielo aperto*
M. Higgins Clark, *Domani vincerò*
D. Steel, *Fulmini*
M. Higgins Clark, *Un colpo al cuore*
D. Steel, *Cinque giorni a Parigi*
M. Higgins Clark, *Una notte, all'improvviso*
P. Mosca, *C'è una farfalla dentro di noi*
D. Steel, *Perfidia*
M. Higgins Clark, *Bella al chiaro di luna*
S. Casati Modignani, *Caterina a modo suo*
D. Steel, *Silenzio e onore*
P. Mosca, *Beata incoscienza*
D. Steel, *Il ranch*
M. Higgins Clark, *Testimone allo specchio*
S. Casati Modignani, *Lezione di tango*
D. Steel, *Un dono speciale*
S. Casati Modignani, *Saulina (Il vento del passato)*
S. Casati Modignani, *Donna d'onore*
D. Steel, *Il fantasma*
D. Steel, *La lunga strada verso casa*
M. Higgins Clark, *Accadde tutto in una notte*
D. Steel, *Immagine allo specchio*
M. Higgins Clark, *Ci incontreremo ancora*
S. Casati Modignani, *Vaniglia e cioccolato*
M. Higgins Clark, *Uno sconosciuto nell'ombra*
D. Steel, *Dolceamaro*
D. Steel, *Forze irresistibili*
S. Casati Modignani, *Vicolo della Duchesca*
D. Steel, *Le nozze*
M. Higgins Clark, *Sapevo tutto di lei*
D. Steel, *La casa di Hope Street*

M. e C. Higgins Clark, *Ti ho guardato dormire*
D. Steel, *Il viaggio*
M. Higgins Clark, *La figlia prediletta*
S. Casati Modignani, *6 Aprile '96*
S. Townsend, *Il diario segreto di Adrian Mole*
D. Steel, *Aquila solitaria*
D. Steel, *Atto di fede*
M. Higgins Clark, *La seconda volta*
C. Higgins Clark, *Quattro diamanti per un delitto*
S. Casati Modignani, *Qualcosa di buono*
D. Steel, *Il bacio*
M. Higgins Clark, *Quattro volte domenica*
D. Steel, *Il Cottage*
M. Higgins Clark, *La notte mi appartiene*
C. Higgins Clark, *Festa di nozze con brivido*
D. Steel, *Tramonto a Saint-Tropez*
M. e C. Higgins Clark, *Il ladro di Natale*
D. Steel, *Una preghiera esaudita*
M. Higgins Clark, *Casa dolce casa*
S. Casati Modignani, *Rosso corallo*
C. Higgins Clark, *Crimini in prima serata*
S. Townsend, *Fuori di zucca*
D. Steel, *Un angelo che torna*
S. Casati Modignani, *Rosso corallo (edizione illustrata)*
M. e C. Higgins Clark, *Una crociera pericolosa*
S. Townsend, *Il grande Io*
M. Higgins Clark, *Due bambine in blu*
K. Harter, *Quando finisce la pioggia*
L. Fox, *Natura morta con marito*
D. Carlton Adams, *Il diario segreto di Don Giovanni*
A. Kerlin, P. Oh, *Generazione extra small*
D. Wei Liang, *L'occhio di giada*
H. McElhatton, *È un gioco da ragazze*
C. Higgins Clark, *La collana maledetta*
D. Koomson, *La figlia della mia migliore amica*
I. Lorentz, *Salvata dall'amore*
V. Bennett, *Ritratto di una sconosciuta*
D. Steel, *Un porto sicuro*
S. Casati Modignani, *Singolare femminile*
C. Kelly, *Le donne di Summer Street*
J. Mitchard, *La forza di restare*
A. Davis, *Le mille luci di Parigi*
M. Higgins Clark, *Ho già sentito questa canzone*
P. Mosca, *Vivi tu per me*
D. Steel, *La casa*
M. Higgins Clark, *Dimmi dove sei*
D. Steel, *Il miracolo*
M.D. Raineri, *Più bella di così*
C. Higgins Clark, *Vendetta sotto le stelle*
D. Steel, *Sua Altezza Reale*
S. Sottile, *Più scuro di mezzanotte*
S. Casati Modignani, *Il gioco delle verità*
AA. VV., *Il mondo di Patty - La storia più bella*
H. McQueen, *Isabel Bookbinder (neodesigner) si dà alla moda*
M. Higgins Clark, *Prendimi il cuore*
V. Bennett, *La tessitrice di arazzi*
A. Gracie, *I Tudors - Scandali a corte*
D. Steel, *Ricominciare*
J.F. Wright, *Una lettera per sempre*
A. Taylor, *Il bambino rubato*
B. Taylor Bradford, *L'amore non può attendere (La dinastia di Ravenscar)*
C.M. Buchanan, *Nei tuoi occhi verdi come il fiume*
M. e C. Higgins Clark, *Il biglietto vincente*
A. Nixon, *Il corpo di Jennifer*
G. Musso, *Perché l'amore qualche volta ha paura*
AA. VV., *Il mondo di Patty - Il sogno più grande*
J. Fletcher & D. Bain, *La Signora in Giallo - Capodanno con delitto*
D. Steel, *Una grazia infinita*
A. Pike, *Wings*
S. Dunn, *Una piccola felicità*
B. Valsecchi, *Un sogno di torta fritta e marzapane*
P. Gregory, *L'altra regina*
D. Kennedy, *Il mio posto nel mondo*
D. Cartier, *Nel cuore del re*
S. Kearsley, *Come il mare d'inverno*
A. Fortier, *La chiave del tempo*
AA. VV., *Il mondo di Patty - Una sorpresa meravigliosa*
D. Diamanti, *La restauratrice di matrimoni*
I. Sundaresan, *La principessa indiana*
D. Safier, *L'orribile attesa del Giudizio Universale*
K. Morton, *Il giardino dei segreti*
M. Federico, *Questa casa non è un ospizio*
J. Stepakoff, *Regalami le stelle*
AA. VV., *Il mondo di Patty - Una canzone per tutti*
L. Viera Rigler, *Shopping con Jane Austen*

M.D. Raineri, *Se fosse tutto facile*
M. Higgins Clark, *L'ombra del tuo sorriso*
M. Binchy, *Le regole del cuore*
C. Kluver, *Legacy*
S. Casati Modignani, *Mister Gregory*
D. Steel, *Irresistibile*
AA.VV., *Champs 12 - Che la partita cominci*
AA.VV., *...però mi manchi*
AA.VV., *Il diario segreto di Antonella*
K. Wright, *Qualcosa per me*
R. Maizel, *Eternity*
B. Plain, *Ogni volta che ti incontro*
C. Higgins Clark, *Una giornata nera*
AA.VV., *Il mondo di Patty - Saranno famose*
D. Kalotay, *Nina*
B. Taylor Bradford, *Una donna contro*
R. Oren, *Come un figlio*
S. Lowell, *Glee - Prima che tutto abbia inizio*
G. Musso, *La ragazza di carta*
AA. VV., *Il mondo di Patty - Le emozioni non finiscono mai*
P. Gregory, *La regina della Rosa Bianca*
L. Harrison, *Monster High*
AA. VV., *Il mondo di Patty - TVTB*
J. Fletcher & D. Bain, *La Signora in Giallo - Ospite inatteso a Cabot Cove*
D. Steel, *Gli inganni del cuore*
A. Pike, *Spells*
S.K. Lynch, *Uno tira l'altro*
C. Kluver, *Alera*
L. Candlish, *Non voglio dirti addio*
A. Plichota e C. Wolf, *Oksa Pollock e il mondo invisibile*
L. Viera Rigler, *In viaggio con Jane Austen*
L. Gounelle. *La felicità viaggia sempre in incognito*
S. Raule, V. Berberian, *Come sabbia nel vento*
D. Safier, *Delirio di una notte di mezza estate*
A. Gaudenzi, *Amiche in alto mare*
K. Morton, *Una lontana follia*
B. Despain, *Dark Divine*
P. Parmar, *Memorie di una cortigiana*
H. McQueen, *Le (dis)avventure di una wedding planner*
M. Higgins Clark, *Nessuno mi crede*
C. Noe Pagán, *Le imprevedibili coincidenze dei ricordi*
K.A. Milne, *Il gusto segreto del cioccolato amaro*
C. López Barrio, *La casa degli amori impossibili*
J. Fletcher & D. Bain, *La Signora in Giallo - Delitto cum laude*
D. Steel, *Le luci del Sud*
S. Ahrnstedt, *Ritratto di donna in cremisi*
Z. Fishman, *Donne in cerca di equilibrio*
L. Harrison, *Monster High - Il mostro della porta accanto*
D. Cartier, *Un sogno oltre il mare*
S. Casati Modignani, *Un amore di marito*
S. Bower, *I peccati dei Borgia*
P. Gregory, *La regina della Rosa Rossa*
L. Fallon, *The Mark*
B. Taylor Bradford, *L'amore non è un gioco*
C. Higgins Clark, *Un mare di guai*
L. Harrington, *Il giardino di Alice*
C. Palumbo, *Damned*
J. Fletcher & D. Bain, *La Signora in Giallo - Omicidio sul ghiaccio*
D. Steel, *Una ragazza grande*
P. Gregory, *La signora dei fiumi*
N. Bortolotti, *E qualcosa rimane*
A. Pike, *Illusions*
G. Musso, *Il richiamo dell'angelo*
D. Safier, *La mia famiglia e altri orrori*
N. Bilyeau, *L'ultimo velo*
A. Plichota e C. Wolf, *Oksa Pollock e la foresta scomparsa*
T. Bloom, *Niente sesso, è martedì*
R. Drummond, *Sex and the Country*
A.H. Bubenzer, *La favolosa vita di Henry N. Brown orsetto centenario*
H. Dixon, *Enchanted*
S. Casati Modignani, *Léonie*
J.E. Smith, *La probabilità statistica dell'amore a prima vista*
H. McQueen, *Domani scappo o ti sposo*
C. Addison, *L'altra metà del sole*
B. Asher, *Amore al profumo di lavanda*
C. Valente, *La bambina che fece il giro di Fairyland per salvare la Fantasia*
R. O'Melveny, *L'arte segreta dei rimedi del cuore*
S. Prince Halverson, *L'amore più grande del mondo*
K. Klise, *Colazione a Parigi*
A. Winn Scotch, *Una sorpresa sulla Fifth Avenue*
J. Close, *Ragazze in bianco*

Finito di stampare nel giugno 2012
presso la Mondadori Printing S.p.A.
Stabilimento N.S.M. di Cles (TN)
Printed in Italy